Roland Barthes

罗兰·巴尔特文集

L'obvie et l'obtus

显义与晦义

文艺批评文集之三

Essais critiques III

[法]罗兰·巴尔特（Roland Barthes）/著

怀　宇/译

中国人民大学出版社

·北京·

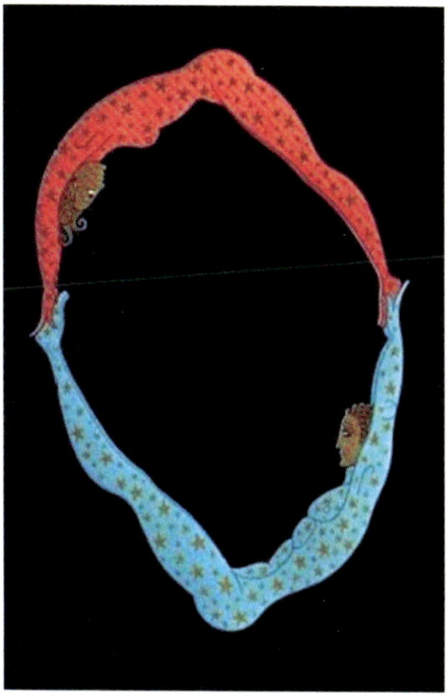

字母 O（埃尔泰绘）

字母 M（埃尔泰绘）

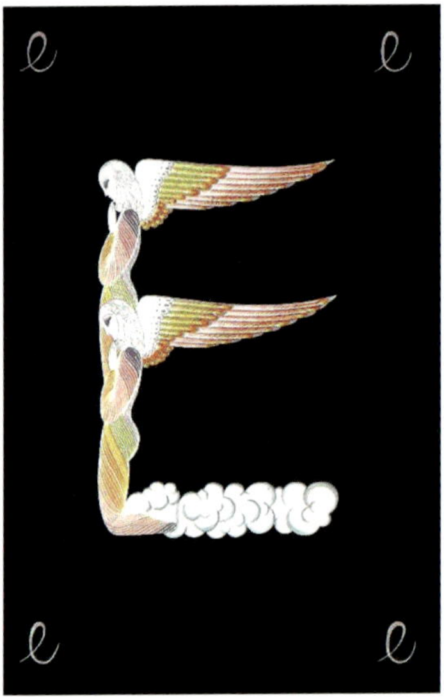

字母 E（埃尔泰绘）

字母 Z（埃尔泰绘）

字母 F（埃尔泰绘）

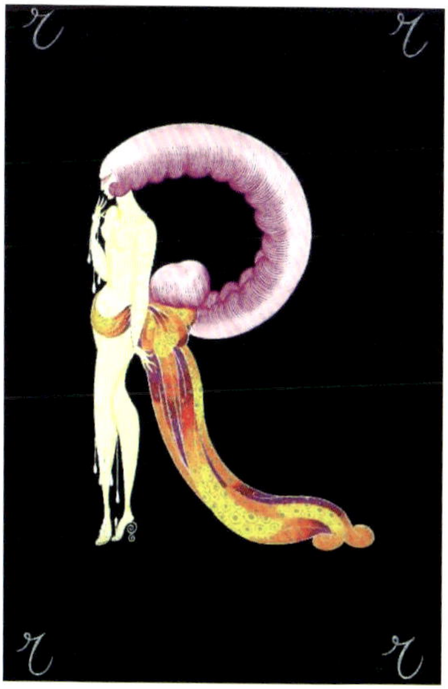

字母 R（埃尔泰绘）

总　序

罗兰·巴尔特（1915—1980）是已故法兰西学院讲座教授，法国当代著名文学思想家和理论家，结构主义运动主要代表者之一，并被学界公认为法国文学符号学和法国新批评的创始人。其一生经历可大致划分为三个阶段：媒体文化评论期（1947—1962）、高等研究院教学期（1962—1976）以及法兰西学院讲座教授期（1976—1980）。作者故世后留下了 5 卷本全集约 6 000 页和 3 卷本讲演录近千页。这 7 000 页的文稿，表现出了作者在文学、文化研究和人文科学诸领域内的卓越艺术品鉴力和理论想象力，因此可当之无愧为当代西方影响最大的文学思想家之一。时至今日，在西方人文学内最称活跃的文学理论及批评领域，巴尔特的学术影响力仍然是其他文学批评家和理论家难以企及的。

1980年春，当代法国两位文学理论大师罗兰·巴尔特和保罗·萨特于三周之内相继谢世，标志了第二次世界大战后法国乃至西方两大文学思潮——结构主义和存在主义的终结。4月中旬萨特出殡时，数万人随棺送行，场面壮观；而3月下旬巴尔特在居住地Urt小墓园下葬时，仅有百十位朋友学生送别（包括格雷马斯和福科）。两人都是福楼拜的热爱者和研究者，而彼此的文学实践方式非常不同，最后是萨特得以安息在巴黎著名的Montparnasse墓地内福楼拜墓穴附近。萨特是雅俗共赏的社会名流，巴尔特则仅能享誉学界。

1976年，巴尔特以其欠缺研究生资历的背景（据说20世纪50年代末列维-斯特劳斯还曾否定过巴尔特参加研究生论文计划的资格），在福科推荐下，得以破格进入最高学府法兰西学院。1977年1月，挽臂随其步入就职讲演大厅的是他的母亲。8个月后，与其厮守一生的母亲故世，巴尔特顿失精神依持。在一次伤不致死的车祸后，1980年，时当盛年的巴尔特，竟“自愿”随母而去，留下了有关其死前真实心迹和其未了（小说）写作遗愿之谜。去世前两个月，他刚完成其最后一部讲演稿文本《小说的准备》，这也是他交付法兰西学院及留给世人的最后一部作品。而他的第一本书《写作的零度》，则是他结束6年疗养院读书生活后，对饱受第二次世界大战屈辱的法国文坛所做的第一次“个人文学立场宣言”。这份文学宣言书是直接针对他所景仰的萨特同时期发表的另一份文学宣言书《什么是文学?》的。结果，30年间，没有进入过作为法国智慧资历象征的“高等师范学院”的巴尔特，却逐渐在文学学术思想界取代了萨特的影响力，后者不仅曾为“高师”哲学系高材生，并且日后成为法国第二次世界大战后首屈一指的哲学家。如今，萨特的社会知名度仍然远远大于巴尔特，而后者的学术思想遗产的理论价值则明显超过了前者。不过应当说，两人各为20世纪文学思想留下了一份巨大的精神遗产。

如果说列夫·托尔斯泰是19世纪“文学思想”的一面镜子，我们不妨说罗兰·巴尔特是20世纪“文学思想”的一面镜子（请参阅附论《罗兰·巴尔特：当代西方文学思想的一面镜子》）。欧洲两个世纪以来的社会文化内容和形成条件变迁甚巨，“文学思想”的意涵也各有不同。文学之“思想”不再专指作品的内容（其价值和意义须参照时代文化和社会整体的演变来确定），而需特别指“文学性话语”之“构成机制”（形式结构）。对于20世纪特别是战后的环境而言，“文学实践”的重心或主体已大幅度地转移到批评和理论方面，“文学思想”从而进一步相关于文学实践和文学思想的环境、条件和目的等方面。后者遂与文学的“形式”（能指）研究靠近，而与作为文学实践“材料”（素材）的内容（“所指”）研究疏远。而在当代西方一切文学批评和文学理论领域，处于文学科学派和文学哲学派中间，并处于理论探索和作品分析中间的罗兰·巴尔特文学符号学，遂具有最能代表当代“文学思想”的资格。巴尔特的文学结构主义的影响和意义，也就因此既不限于战后的法国，也不限于文学理论界，而可扩展至以广义“文学”为标志的一般西方思想界了。

中国人民大学出版社编选的这套“罗兰·巴尔特文集”，目前包括10卷12部作品，它们在一定程度上反映了罗兰·巴尔特文学思想的基本面貌。由于版权问题，出版社目前尚不能将他的其他一些重要作品一一收入。[①] 关心巴尔特文学思想和理论的读者，当然可以参照国内其他巴尔特译著，以扩大对作者思想学术的更全面了解。此外，文集还精选了菲利普·罗歇（Philippe Roger）的著名巴尔特评传：《罗兰·巴尔特传》(1985)，作为本文集的附卷。

现将文集目前所收卷目及中译者列示于下：

1. 写作的零度（1953）·新文学批评论文集（1972）·法兰西学院就职讲演（1977）：李幼蒸

2. 米什莱（1954 ）：张祖建

3. 文艺批评文集（1964）：张智庭（怀宇）

4. 埃菲尔铁塔（1964）：李幼蒸

5. 符号学原理（1964）：李幼蒸

6. 符号学历险（1985）：李幼蒸

7. 罗兰·巴尔特自述（1976）：张智庭

8. 如何共同生活（讲演集 1）(2002)：张智庭

9. 中性（讲演集 2）(2002)：张祖建

10. 小说的准备（讲演集 3）：李幼蒸

附卷：罗兰·巴尔特传：张祖建

讲演集是在法国巴尔特专家埃里克·马蒂（Eric Marty）主持下根据作者的手写稿和录音带，费时多年编辑而成的。这三部由讲演稿编成的著作与已经出版的 5 卷本全集中的内容和形式都有

---

① 在“10 卷 12 部作品”之后，已经获得版权的巴尔特作品有《萨德 傅立叶 罗犹拉》(1971)、《明室》(1979)、《中国行日记》(1974)、《哀痛日记》(1977—1979)、《偶遇琐记 索莱尔斯》、《恋人话语》(1974—1976)、《显义与晦义》(1982)，并有附卷《罗兰·巴尔特最后的日子》（埃尔韦·阿尔加拉龙多著）。——编者注

所不同，翻译的难度也相对大一些。由于法文符号学和文学批评用语抽象，不易安排法中术语的准确对译，各位译者的理解和处理也就不尽相同，所以这部文集的术语并不强求全部统一，生僻语词则附以原文和适当说明。本文集大致涉及罗兰·巴尔特著作内容中以下五个主要方面：文本理论、符号学理论、作品批评、文化批评、讲演集。关于各卷内容概要和背景介绍，请参见各卷译者序或译后记。

在组织翻译这套文集时，出版社和译者曾多方设法邀约适当人选共同参与译事，但最后能够投入文集翻译工作的目前仅为我们三人。张智庭先生（笔名怀宇）和张祖建先生都是法语专家。张智庭先生为国内最早从事巴尔特研究和翻译的学者之一，且已有不少相关译作出版。早在 1988 年初的“京津地区符号学座谈会”上，张智庭先生对法国符号学的独到见解即已引起我的注意，其后他陆续出版了不少巴尔特译著。张祖建先生毕业于北京大学法语文学系，后在美国获语言学博士学位，长期在法国和美国任教至今，并有多种理论性译著出版。我本人在法语修养上本来是最无资格处理文学性较强的翻译工作的，最后决定勉为其难，也有主客观两方面原因。一方面，我固然希望有机会将自己的几篇巴尔特旧译纳入文集，但更为主要的动力则源自我本人多年来对作者理论和思想方式的偏爱。大约 30 年前，当我从一本包含 20 篇结构主义文章的选集中挑选了巴尔特的《历史的话语》这一篇译出以来，他的思想即成为我研究结构主义和符号学的主要“引线”之一。在比较熟悉哲学性理论话语之后，1977 年下半年，我发现了将具体性和抽象性有机结合在一起的结构主义思维方式。而结构主义之中，又以巴尔特的文学符号学最具有普遍的启示性意义。

这种认知当然也与我那时开始研习电影符号学的经验有关。我大约是于20世纪70年代末同时将巴尔特的文学符号学和克里斯丁·麦茨、艾柯等人的电影符号学纳入我的研究视野的。1984年回国后，在进行预定的哲学本业著译计划的同时，我竟在学术出版极其困难的条件下，迫不及待地自行编选翻译了那本国内（包括港、澳、台）最早出版的巴尔特文学理论文集，虽然我明知他的思想方式不仅不易为当时长期与世界思想脱节的国内文学理论界主流所了解，也并不易为海外主要熟悉英美文学批评的中国学人所了解。结果两年来在多家出版社连续碰壁，拖延再三之后，才于1988年由三联书店出版（这要感谢当时刚设立的“世界与中国”丛书计划，该丛书还把我当时无法在电影界出版的一部电影符号学译文集收入）。这次在将几篇旧译纳入本文集时，也趁便对原先比较粗糙的译文进行了改进和订正。我之所以决定承担巴尔特最后之作《小说的准备》的译事工作，一方面是“从感情上”了结我和作者的一段（一厢情愿的）“文字缘”，即有意承担下来他的第一部和最后一部书的译事，另一方面也想“参与体验”一段作者在母亲去世后心情极度灰暗的最后日子里所完成的最后一次“美学历程”。我自己虽然是“不可救药的”理性主义者，但文学趣味始终是兼及现实主义和唯美主义这两个方向的。

中国人民大学出版社在“列维-斯特劳斯文集”之后决定出版另一位法国结构主义思想家的文集，周蔚华总编、徐莉副总编、人文分社司马兰社长，表现了对新型人文理论的积极关注态度，令人欣慰。本文集策划编辑李颜女士在选题和编辑方面发挥了重要的判断和组织作用。责任编辑姜颖昳女士、翟江虹女士、李学伟先生等在审校稿件方面尽心负责，对于译文差误亦多所更正。

对于出版社同仁这种热心支持学术出版的敬业精神，我和其他两位译者均表感佩。

最后，我在此对中国人民大学出版社再次约请我担任一部结构主义文集总序的撰写人一事表示谢意。这不仅是对我的学术工作的信任，也为我提供了再一次深入研习罗兰·巴尔特思想和理论的机会。巴尔特文学思想与我们的文学经验之间存在着多层次的距离。为了向读者多提供一些背景参考，我特撰写了“附论”一文载于书后，聊备有兴趣的读者参阅。评论不妥之处，尚期不吝教正。

李幼蒸（国际符号学学会副会长）

2007年3月于美国旧金山湾区

导读

《显义与晦义》是罗兰·巴尔特（R. Barthes，1915—1980）的第三部“文艺批评文集”。与他谈论文学方方面面的第一部、第二部和第四部文集不同的是，第三部文集是有关多种艺术——概括说来是关于图像和音乐——的文章集结。像另外三部一样，符号学思想也贯穿在这部书中，因此，也可以称其是作者对于艺术符号学方面的发声。不过，我们能明显地看出，他对于艺术对象的分析没有脱离他对于符号学的整体运用。由于本书没有对相关符号学理论和罗兰·巴尔特的符号学思想进行较为集中的论述，所以，本篇“导读”打算在这两方面做一点粗线条的介绍和梳理，以利于读者阅读。

一

法国现代符号学思想，主要源于瑞士著名语言学家索绪尔(F. de Saussure，1857—1913)的语言学理论和后续一些学者的贡献。索绪尔在其《普通语言学教程》中对于言语活动的科学做了完全创新的论述，并首次指出了对于社会生活中的符号生命建立符号学的可能性。实际上，罗兰·巴尔特也正依据索绪尔的相关论述建立起了自己的符号学构想。

首先，对于言语活动的拆分。索绪尔在1916年由他的学生整理出版的《普通语言学教程》中将言语活动（langage）拆分为两个组成部分，即语言（langue）和言语（parole）。索绪尔认为，“在任何时候，言语活动既包含一个已定的系统，又包含一种演变”①。这个“已定的系统”便是语言，它“是通过言语实践存放在某一社会集团全体成员中的宝库，一个潜存在每一个人的脑子里，或者说得更确切些，潜存在一群人的脑子里的语法体系”②；而那“演变”的成分则是言语，“个人永远是它的主人”③。“把语言与言语分开，我们一下子就把（1）什么社会的，什么是个人的；（2）什么是主要的，什么是从属的和多少是偶然的分开来了。”④用现在的话说得明白一些，语言是社会的人都可使用但也都要遵守的一套表达规则，而言语则是个人对于这一套规则的运用；在我看来，这在一定程度上，就是人们所概括的一般与个别的关系。但是，语言与言语是不能完全相脱离的，语言是言语的基础，而言语则是语言发展的依据和渠

---

① ［瑞士］索绪尔：《普通语言学教程》，29页，北京，商务印书馆，1982。

②③④ 同上书，35页。

道。由于语言是表达观念的一种符号系统，而它又比任何其他系统更适宜于使人了解符号学的问题，因此，在设想建立一种研究社会生活中符号生命的科学时，语言与言语的划分就是非常重要的：将社会生活中不同符号按照语言概念和言语概念来进行划分，无疑已经是一种内容丰富的符号学探索。这便是罗兰·巴尔特在分析服饰时（见《服饰系统》）多次为我们做出的范例。在这本《显义与晦义》中，语言与言语两个概念的出现频率非常之高，并且始终保持着索绪尔给出的定义。因此，在对这两个概念有所了解的前提下，获得在书中各种情况下提及的这两个概念的正确理解，也就非常重要。

其次，关于符号性质。索绪尔认为，对于有声语言来说，符号是音响形象与概念的结合，“我们把概念与音响形象的结合叫做符号”①，也就是说，两者缺一就不能构成符号。音响形象就是符号的“能指”（signifiant）部分，概念就是“所指”（signifié）部分。如果从有声语言扩大到书写语言，那么，符号就是书写标志与概念的结合。索绪尔认为，符号具有任意性特征，就是说，符号的能指与所指在最初结合时是任意的。但在结合之后，符号便具有了稳定性，也就是说，不能随意地改变这种结合。罗兰·巴尔特发展了这一论述，他总结，符号具有层递变化的特征，即一个能指与一个所指构成第一个符号，这第一个符号作为一个新的能指借助一定的修辞手段与另一个新的所指（概念）结合，构成第二个符号，而第二个符号所给出的意指就是内涵。他由此得出的结论是，文学文本属

① ［瑞士］索绪尔：《普通语言学教程》，102页，北京，商务印书馆，1982。

于“二级符号”。可以说，关于二级符号的论述，是罗兰·巴尔特为符号学做出的重大贡献，他也将其用在了多个领域的分析之中。从理论上讲，这样的结合还可以继续下去（可参阅其《神话》一书，法文原版第193-247页“今日之神话”）。至此，我们明确地看到，罗兰·巴尔特的二级符号学理论，带有明显的“符号三角形”的特征，即以“能指”为第一项、以“所指”为第二项和以“意指”为第三项组成的三角形关系，但它不同于美国符号学家皮尔斯指出的“表象”“对象”和“解释”之间的三角关系。索绪尔在《普通语言学教程》中对于语言符号的“意义”（“signification”，现在多被翻译成“意指”）早有论述，但他是将这一概念放在“能指”与“所指”之外作为一种联系来论述的，而且他没有引进符号的层级概念。纵观罗兰·巴尔特的符号学论述，笔者认为，在不同的领域发现不同层级符号的能指与所指的结合方式，特别是对于在二级符号基础上寻找意指即内涵，占去了他大部分研究工作。读者可以在这部《显义与晦义》一书中看到作者对于摄影、广告、书写、绘画、音乐等领域的二级符号的意指或内涵所做的细致和精彩的分析，而这种分析有助于我们把握不同艺术类型的特征。

索绪尔有关符号的“形式”与“实质”的论述，对于理解符号的本质也是非常重要的。《普通语言学教程》告诉我们：“在语言里，我们不能使声音离开思想，也不能使思想离开声音。……所以语言学是在这两类要素相结合的边缘地区进行工作的；这种结合产生的是形式（forme），而不是实质（substance）。”① 紧接着，他又

① ［瑞士］索绪尔：《普通语言学教程》，158～159页，北京，商务印书馆，1982。

强调说："语言是形式而不是实质。"① 这一论点在语言学和符号学理论中意义重大。在西方传统哲学思想中，"实质"对立于"偶性"(accident)。实质指在一个有可能变化的主题中那种稳定的东西。亚里士多德就将实质看成生命存在的内在原因。但是，在《普通语言学教程》中，索绪尔却从否定的意义上引入了"实质"概念，并将其与"形式"相对立。那么，语言为什么是"形式"呢？索绪尔说："语言是一个系统，它的任何部分都可以而且应该从它们共时的连带关系方面加以考虑。"② "在语言里，每项要素都由于它同其他各项要素对立才能有它的价值。"③ 可见"语言"是一种关系，是一种"组织机制"，是一套"语法规则"，因此也就是一种"形式"，而这种"形式"，格雷玛斯（A. J. Greimas）将其说成"接近于我们的结构概念"④。在这一方面，后人做了这样的论断：既然"语言"是"形式"，那么，与之相对的"言语"，也就自然是"实质"。由于言语是对于语言的运用，也就是说，言语表现语言，那么，说"实质"表现"形式"也就顺理成章了。这样一来，"形式"反而是内在的、稳定的，而"实质"却是外在的、变化的了。我们似乎可以将"实质"理解为"外在的实际表现"（索绪尔将"意义"也包含在"实质"之中）。《显义与晦义》中的多篇文章，谈到了在具体艺术表现中形式与实质的关系，希望读者能结合这里的介绍去理解

---

① ［瑞士］索绪尔：《普通语言学教程》，169 页，北京，商务印书馆，1982。

② 同上书，127 页。

③ 同上书，128 页。

④ A. J. Greimas et J. Courtés, *Sémiotique, dictionnaire raisonné de la théorie du langage*, Hachette livre, 1993, p. 155.

它们。

最后，关于组合关系与聚合关系问题。这里涉及语言符号的连接。索绪尔认为，“语言各项要素间的关系和差别都是在两个不同的范围内展开的”①。“一方面，在话语中，各个词，由于它们是连接在一起的，彼此结成了以语言的线条特征为基础的关系，排除了同时发出两个要素的可能性。……另一方面，在话语之外，各个有某种共同点的词会在人们的记忆里联合起来，构成具有各种关系的集合。”② 于是，便形成了横向的组合关系（也翻译成“句段关系”）和纵向的聚合关系（亦称“联想关系”）。语言中的联想关系表现为多方面，例如同义、反义、近义、同音、同韵等。著名俄裔美国语言学家雅格布森（Roman Jakobson，1896—1982）对于这两种关系的研究付出了巨大努力。他的结论是，组合关系轴是换喻轴，聚合关系轴是隐喻轴。罗兰·巴尔特也在这方面做出了自己的贡献，他结合不同艺术领域发现了不同的组合关系和聚合关系，也为开展艺术领域的符号学研究打下了基础。

这本书所收文章，起于 1961 年，止于 1977 年。从时间上来讲，它们横跨罗兰·巴尔特研究生涯的十余年，即从第一个写作时期（神话写作时期）的后期起，中经符号学研究时期和文本性研究时期，最后至道德写作时期，反映了他对于艺术符号的不断探讨和思考。但是，从总的情况看，他的符号学分析仍然属于索绪尔主张建立的结构论符号学（sémiologie），其所实践的是对于“不连续性”的分析，其分析对象是文本的“散在的单位”（他对于音乐的符号

① ［瑞士］索绪尔：《普通语言学教程》，170 页，北京，商务印书馆，1982。

② 同上书，170～171 页。

学分析已有所变化），这与分析对象为“连续体”的后结构主义和巴黎符号学学派有着明显的区别。

需要说明的是，就像理论符号学本身还处于百家争鸣和不断得到综合的过程中一样，有关艺术门类的符号学探索也正处于逐渐形成和发展过程中，许多概念和方法随着时间的推移也在变化。然而毋庸置疑，罗兰·巴尔特是艺术符号学探索的先驱之一。同时，艺术符号学在今天的发展，已经可喜地超越了罗兰·巴尔特当年的论述。

二

《显义与晦义》包括两大部分内容。第一大部分，是对于视觉艺术的符号学阐述。我们先来看这一部分。

首先，视觉艺术范围广泛。罗兰·巴尔特在这一部分中就分析了摄影、多种形式的绘画，还有戏剧等。我们在此将着重介绍其关于摄影图像方面的符号学思想，因为他也是以基本相同的符号学思想论述其他视觉艺术的。

罗兰·巴尔特首先告诉我们，摄影（照片）是一种讯息存在方式。讯息（message）一词，在书中频繁出现，它指的是符号呈现状态中那个“能指”的部分，并不是符号所传达的信息（information）即“所指”。乍一看，这种讯息似乎是无编码（无规则）的，因为它被一般理解为对客观对象的一种复制。其实不然，这种讯息，在其类比性内容（场面、对象、景物）之外，都直接和明显地形成着被业内人士说成是摄影“风格”的一种“补充讯息”。那么，这种补充讯息作为一种新的能指与在原先所指基础上产生的新的概念的结合，便形成了第二层意义。显然，这还是罗兰·巴尔特“二级符号”的概念在艺术符号学研究上的应用。具体来讲，这种风格是什么呢？它就是摄影者（创作者）所运用的各种手段或各种“处理”方法。而这时的第二层意义，就是与各种手段相结合所形成的审美的或意识形态的观念，即某种社会“文化”。于是，我们可以说，包括摄影在内的所谓模仿性“艺术”或再现性艺术，“都包含着两种讯息：一种是外延的，即相似物本身；另一种是内涵的，它是社会在一定程度上借以让人解读它所想象事物的方式”①。

在这里，罗兰·巴尔特接受了丹麦语言学家叶姆斯列夫（L. Hjelmslev，1899—1965）的著名论述，即以表达平面和内容平面来分别代表能指与所指，使得这两个术语在变得更为通俗的同时，也方便了进一步的分析。不过，叶姆斯列夫关于表达平面与内容平面完整的理论是：每一个平面又可分为“形式”与“实质”，并且表达之实质表现表达之形式，内容之实质表现内容之形式，内容之形式表现表达之形式，仍然是“实质”在外，“形式”在内。我们在罗兰·巴尔特对于艺术类作品的分析中，还没有见到对于这两个下位概念（在罗兰·巴尔特后来发表的《符号学基础》中，他全面接受了叶姆斯列夫的理论）之间关系的介绍和运用。但是，罗兰·巴尔特的分析已经告诉我们，像语言类作品一样，艺术类作品也是可以承受“二级符号”的符号学分析的。

那么，摄影图像的内涵手段有哪些呢？罗兰·巴尔特为我们列举了特技摄影、姿态、对象选择、上镜头处理、审美处理和多幅照片组成的“组图”之间的连接“句法”；其实，这些手段，按照叶姆斯列夫的理论，就是“内容之形式”。这几项，在罗兰·巴尔特

---

① Roland Barthes，*L'obvie et l'obtus*，Seuil，1982，p. 11.

看来，都是摄影者（作者）依据一定的文化背景人为安排的。同样的情况还有，与摄影作品（照片）可能在一起的配文，罗兰·巴尔特将其叫作文本，是由不同程度的言语构成的，“言语越是接近图像，它就越不大能使图像具有内涵”，而且，文本与照片之间的关系，则是“词语讯息由于在某种程度上被肖像讯息死死抓住，所以它似乎参与其客观性，而言语活动的内涵则借助于照片的外延来‘自我辩解’”①。在本书《摄影讯息》一文中，罗兰·巴尔特对于“意指”（即内涵）的论述值得我们去认真理解，他说：“意指总是通过一种确定的社会和一种确定的历史来建立的。总之，意指是解决文化的人与自然的人之间矛盾的辩证运动。”②可见，照片（或泛指的图像）的意指，是不能只依靠照片本身来寻找的，而是要联系社会、个人［但是，罗兰·巴尔特当时并不承认有个人（作者）的参与］和整体文化的背景（或关联文本）来寻找的，这也就为针对同一作品出现不同的解释提供了可能。作者在本书《图像修辞学》一文末尾对于图像符号学的未来做了预测，认为“技术越是在发展信息（尤其是图像）的传播，它就越能提供可以掩盖以既定意义之外表来构成意义的所有方式”③。现代摄影技巧的发展说明了这一点。

对于图像修辞学的论述，是罗兰·巴尔特有关图像符号学的重要组成部分。他以“内涵特征性”为核心，结合一幅意大利花式面品牌潘扎尼（Panzani）的广告画，从语言信息（专有名词的意大利语发音）、造型讯息（各种颜色）和象似讯息（代表社会文化的各种对象）出发，分析了该产品的“意大利特征”。罗兰·巴尔特在

①②③ Roland Barthes, *L'obvie et l'obtus*, Seuil, 1982, p. 19, 21, 37.

此采用的方法，即从所指开始去寻找能指进而找出构成图像符号的方法，后来形成了从意义（内容之实质）出发去寻找产生意义之结构（内容之形式）的符号学研究方法，对于巴黎符号学学派的研究起到了推动作用，罗兰·巴尔特本人也成了后者形成的先驱之一。

《第三层意义》一文，借着对爱森斯坦电影的几幅剧照的分析，进一步探讨了图像的特征。作者指出，图像（照片）由三个层次构成。第一层是信息层，也就是前面说的“讯息”层或传播层所给出的东西，它只提供画面可以直观呈现的东西。第二层是“象征层”，即“主题层”“意指层”或“内涵层”，因为剧照中那从头上向下撒下的金子意味着财富和皇权。他明确指出，有关第二层的符号学，不再向讯息科学开放，而向象征科学（精神分析学、经济学、戏剧理论）开放。然而，这还不是全部，因为罗兰·巴尔特还感觉在“收到（甚至是首先收到）第三种明显的、游移的和固执的意义”①。他无法明确指出其所指，但是他“清楚地看到了组成这个今后是不完整符号的那些特征即那些意蕴活动的变化：那便是两位朝臣面部施粉的厚薄状况，一个浓妆艳抹，一个清淡雅致；那便是这一位有着‘愚蠢的’鼻子，那一位有着细描的眉毛；这一位皮肤黄而暗淡，那一位皮肤白而无光——其发型平塌，看得出是假发，一直披到抹灰的皮鞋底部和盖到涂粉的鼻头上部”②。其实，这种一时间找不到其所指即第三层意义的符号，在符号学分类中属于我们称作“标示”或“指示”（indice）的一类。这类符号只有明显的能指，但是人们无法一下子找到其所指，更无法发现其进一步的内涵意义。这使我们联想到其他艺术实践中的情况。在诗歌创作中，在一篇诗

①② Roland Barthes，*L'obvie et l'obtus*，Seuil，1982，p. 44.

歌文本中安排多种意象，就会带来“难以捉摸”的效果，“朦胧诗”创作采用的就是这种手法。“标示”的丰富性，为一篇诗作的多种解释和丰富联想提供了可能。罗兰·巴尔特遂对于图像中“显义”与“晦义”给出了定义。“我建议把这种完整的符号称为**显义**（sens obvie）。**显义**意味着**来到面前**”①。根据他的论述，第二层意义即内涵意义也属于这种显义。而“晦义”则是“第三层意义……它就像是我的理解力所不能吸收的一种多余的东西，它既顽固又捉摸不定，既平滑又逃逸，我建议把它称为晦义（sens obtus）”②。以《显义与晦义》作为书名，显然是告诉我们，这本书探讨的就是内涵意义与在这种意义之上某些“标示”符号所提示的可能意义。

罗兰·巴尔特对于图像符号的开拓性研究，在很长一段时间成为人们对这一领域进行探讨的参照。法国著名图像符号学家玛丽娜·乔丽在总结罗兰·巴尔特的图像符号学思想时指出，罗兰·巴尔特在“探索图像是否包含着符号、都包含着哪些符号的时候，他为自己发明了方法。这种方法在于假设。这些，需要找到的符号都具有与索绪尔指出的语言符号的结构相同的一种结构：一个能指与一个所指的连接”③。

在对于“视觉艺术”这一部分的分析中，作者还谈到了对于古希腊戏剧、字母艺术、绘画和总称为“艺术”的符号学探讨。不过，我们似乎可以说，这些论述都是作者对于其“二级符号”思想的进一步阐述。这本书中最后一篇文章是后来才被发现的，因此作为“第一部分的补遗”放在了书末，名为《直盯盯地看着》，也还

---

①② Roland Barthes, *L'obvie et l'obtus*, Seuil, 1982, p. 45.

③ ［法］玛丽娜·乔丽：《图像分析》，45 页，天津，天津人民出版社，2012。

是关于视觉艺术符号学的。该文论述了目光与意指活动的关系，指出“目光不是一个符号，可是，它却有意味。秘密是什么呢？这是因为目光属于其整体性不是（断续的）符号而是由本维尼斯特(Benveniste，1902—1972) 大体拟定了其理论的意指活动的那种意指领域。与作为符号秩序的语言相对立，艺术一般地属于意指活动”①。那么，什么是“意指活动”呢？这篇文章的写作时间是1977年，可以看出，罗兰·巴尔特有关艺术的符号学思考又得到了深化。关于意指活动的概念，在第一大部分中刚有所论及，不过我们在下面一节将重点予以介绍。

三

本书第二大部分是对音乐符号学的阐述，共收七篇文章，我们在此就它们涉及的几方面问题做概括的介绍。

关于“听音乐”的符号学认识。罗兰·巴尔特首先对听到（entendre）和听（écouter）做了区分，认为前者是一种生理现象，后者是一种心理行为。听到可以借助于听觉的声学和生理学来描述听力（audition）的物理条件（其机制）；但是，听只能依靠被听的对象即其目标（visée）才可以得到确定。罗兰·巴尔特就此提出了有关听的三种类型。他认为，属于“听到”的生理学表现，都是一些标示，而标示尚未构成包括能指与所指在内的完整符号，“在这个层次上，没有任何东西可以将动物与人分开”②。“第二种听是一种**识辨**（déchiffrement）。我们通过耳朵尽力接收的东西，都是些符号。无疑，人就是在此开始的：我听，就如同我阅读”③。最后，还

①②③ Roland Barthes，*L'obvie et l'obtus*，Seuil，1982，p. 279，217.

有第三种听，它“并不针对（或者并不期待）一些确定的、分出类别的符号。不是被说出的东西，或者被发送的东西，而是正在说、正在发送的东西。它被认为形成于一种跨主观的空间，而在这种空间里，‘我听’也意味着‘请听我’；它所占有的以便进行转换和无限地在转移游戏中重新启动的东西，是一种总体的‘意指活动’，这种意指活动在潜意识得不到确定的情况下是不可构想的”①。这里所说“跨主观的”，实际上是指至少两位主体之间的关系，所以，才有“我听”即意味着“请听我”。潜意识，是属于精神分析学研究的内容。“这样被确定为是交付给精神分析者的听的主要成分的东西，是一个术语、一个单词、一个指向一种身体运动的字母整体即一个能指。”②因此，对于另一个人的欲望的辨认，就是“辨认这种欲望，要求人们进入欲望之中、在其中摇摆、最终陷入其中”③。精神分析学与符号学的结合，始于雅克·拉康（Jacques Lacan，1901—1981）的相关论述。他的名言是“潜意识也像言语活动那样是被结构的”④。由于言语活动是建立在符号与符号之间关系基础上的，所以，对于潜意识的分析也是依据符号进行的。但是，根据罗兰·巴尔特的符号学思想，这种符号只能是寻找内涵意义的“二级符号”。这样被说的东西，源自一种潜意识知识，这种知识被转移到另一个主体上，而这个主体的知识又是被假设的，我们在相关文字中，会读到进一步的阐述。并且，精神分析的“听开向所有的多义形式、多因决定形式、叠加形式”⑤。

意指活动（signifiance）是作者从茱莉娅·克里斯特娃（Julia

①②③ Roland Barthes，*L'obvie et l'obtus*，Seuil，1982，p. 217，225，227.

④ Jacques Lacan，*Écrits*，Seuil，1966，p. 268.

⑤ Roland Barthes，*L'obvie et l'obtus*，Seuil，1982，p. 229.

Kristeva）那里接受的概念。克里斯特娃 1965 年来到法国后，不久就加入了《如此》杂志所聚拢的“新批评派”行列之中，她参加罗兰·巴尔特的研讨班，遂发表融苏联符号学家巴赫金的理论和结构主义理论为一体的文章，逐步引起了人们的关注。1969 年她出版了《符号学：符义分析研究》（*Semiotiké, recherches pour une sémanalyse*）一书，该书汇集了她那时的全部文章，系统地介绍了她的符号学思想，而她的理论也影响了罗兰·巴尔特。她的符号学叫作“符义分析”（sémanalyse），是以“互文性”（intertextualité）和“复变性”（paragramme）等为核心内容、以“意指活动”为基础理论组织起来的一部著作。那么，什么是意指活动呢？克里斯特娃这样论述道：“我们以意指活动来定名区分出层次和进行对比的工作，这种工作在语言中进行，并在说话主体的线上放置一条属于传播学的和在语法上是结构性的意指链。符义分析将研究文本中意指活动及其类型，因此它需要借助能指、主体和符号，以及话语的语法结构。”① 这样听起来有些复杂。她后来又写道：“对于文本的研究属于符义分析，这意味着不再用符号来封锁对于意指实践的研究，而是把符号分解并在其内部开辟一个新的外部，‘即一种新的可能进一步讨论和组合的场所空间，也就是意指活动的空间’（索莱尔斯）。在不忘记文本表现一种符号系统的情况下，符义分析在这一系统之内又打开了一个新的场面”②。茱莉娅·克里斯特娃很注重精神分析学的学习与研究，作为她的“符义分析”之核心的“意指分

---

① Julia Kristeva, *Semiotiké, recherches pour une sémanalyse*, Seuil, 1969, p. 9.

② Julia Kristeva, «Sémanalyse et production du sens», *Essais de la sémiotique poétique*, Larousse, 1871, p. 210.

析”就包含着精神分析方法的运用。我们仅以她在分析马拉美《骰子一掷》一诗中的例证来说明一下。在谈到诗句中“N’abolira”（永不消除）时，她指出“abolira”（消除）一词在引起马拉美的注意，他似乎在把这个词与“bol”（碗）、“bassin”（盆地）、“récipient creux”（空心器具）连在一起，作为义蕴微分的“abol”，带有“空”“空心”“深”之义素。因此，又与全诗开头部分的“深渊”（abîme）相呼应。在对该词进行分析时，茱莉娅·克里斯特娃认为，“abolira”从构成成分上来讲，还包含lira（rage：疯狂）、ira（folie：癫狂）、lyra（lyrique：抒情）几方面的联想。“该词想必是指现存表面的空心底部，这里是能量的汇集之地。在这个地方，疯狂地、当然是富有诗意地进行着意指活动的工作。”① 这样被分析的符号，由于可以为多种联想提供可能，因此克里斯特娃借用了索绪尔研究过的anagramme（原意为“改变其中一个字母就变为新词”）的同义词paragramme予以定名，笔者将其翻译成“复变性”。那么，意指活动，显然就是在一个符号上进行多种意义联想的活动，而多个符号的意指活动，便构成克里斯特娃称为的文本“能产性”，这是读者参与意指活动的结果。我们看到，这样的分析离不开语言学单位，离不开主体（即作者），离不开“互文性”（作者的其他作品与社会文化背景），离不开词源学上的论述和精神分析学上的推论。罗兰·巴尔特在关于音乐的符号学分析中，强调了听者的参与性。

关于嗓音的微粒。这本书中专门有一篇同名文章。乍听起来，

---

① Julia Kristeva，« Sémanalyse et production du sens »，*Essais de la sémiotique poétique*，Larousse，1871，p. 231.

"微粒"一词很不好理解。作者是从总结此前的音乐批评说起的。他指出，传统的批评都是对音乐演出进行的"形容词式的"批评。而他所希望的"最好是改变音乐对象本身，就像这种对象自愿承受言语那样，变动它的感受或理解层面，移动音乐与言语活动的接触边缘"①。罗兰·巴尔特说："在这种空间中，**一种语言与一种嗓音相遇**。我将立即赋予这种能指一个名称，在这个能指上，我认为，民族习性的意图可以被清除——因此，形容词也就没有了。那将是**微粒**（grain）：当嗓音处于语言和音乐两种姿态、两种生产状态的时候，就是嗓音的微粒"②。在这里，"语言"还是我们前面介绍的概念，即它是"形式"，换句话说，就是当我听歌曲演唱时，从歌者那里所感受到的是形式和音乐的结合体。"我试图对'微粒'说出的东西，当然只能是我在听唱歌的时候连续感受到的属于个人享乐方面的那种表面上抽象的内容，即不可阐述的内容。"③"嗓音的'微粒'并不是——或者不仅仅是——它的音色；它所开启的意指活动，恰恰只能借助于音乐与其他东西即语言（而绝不是讯息）的摩擦本身来得到更好确定。"④至此，结合作者在其他地方的相关论述（例如，"带有不大有意味'微粒'的嗓音"⑤），我们似乎可以给"微粒"换上一个比较通俗易懂的名称：本色。"为了从发声音乐的被人承认的价值中找出这种'微粒'，我将使用一种双重对立：从理论上讲，就是现象—文本和生成—文本（茱莉亚·克里斯特娃）的对立和从聚合关系上讲两位歌唱家的对立"⑥。这里，罗兰·巴尔特又借用了克里斯特娃在进行符义分析时区分的"现象—文本"和

---

①②③④⑤⑥ Roland Barthes，*L' obvie et l' obtus*，Seuil，1982，p. 237，227-228，238，241-242，238.

"生成—文本"两个概念。前者指呈现在读者面前的文本，后者指经过对"意指活动"的分析获得多重可能意义的文本。而在随后的分析中，他把两个概念转换成"现象—歌曲"和"生成—歌曲"。他明确地指出，"现象—歌曲（phéno-chant）（如果我们确实想接受这种移用的话）涵盖着所有的现象，即关系到被唱出的语言的结构、体裁的规律、装饰音的编码形式、词曲作家的个人习惯用语、演唱风格的所有特征。总之，是在演唱过程中服务于沟通、再现、表达的全部东西"①。而生成—歌曲（géno - chant），"便是歌唱着的、有距离的嗓音的音量，即所有的意指'在语言的内部和在其物质性本身'得以萌生的空间"②。说得直白一些，就是嗓音依靠其本色容纳所有内容之形式的空间，也就是说意指活动的空间。在这里，我们又一次看到了对于符义分析的运用。需要说明的一点是，"意指活动"与"意指"（或"意指过程"）是有区别的。"意指"（或索绪尔称之为"意义"）是结构语言学从一开始就有的一个概念，它表明依据"能指"与"所指"之间的连带关系所产生的"内涵意义"或"内涵意义"的产生过程。格雷马斯给出的定义是："意指可以有时指作为（意指就像是过程），有时指状态（即被意味的东西），因此它揭示了所涉及理论动态的或静态的概念。根据这种观点，意义可以被释义为或者像是'意义之产生过程'，或者像是'被产生的意义'"③。罗兰·巴尔特早期习惯使用其"意义之产生过程"的定义，而在他后期的符号学研究中基本上采用的是"意指活动"。这后一概念，正像我们前面说的那样，指的是在一个符

---

①② Roland Barthes，*L'obvie et l'obtus*，Seuil，1982，p. 239.

③ A. J. Greimas et J. Courtés，*Sémiotique，dixxtionnaire raisonné de la théorie du langage*，Hachette livre，1993，p. 352.

号区域上进行多种可能意义的探讨活动。两个概念程度不同地都包含一种“动态”含义，这也揭示了罗兰·巴尔特很快就接受克里斯特娃“符义分析”的原因。但是，前者基本表现为“组合”（横向）的特征，后者则基本属于“聚合”（竖向）的呈现。符号学家若赛特·雷-德博夫（Josette Rey-Debove）在她的《符号学词汇》一书中，对于在音乐方面的“意指活动”有过明确的阐述：“在音乐上，指多元意指活动区域，即音乐陈述的区域，这种区域借助同时性和相续性来集中各种特征，而这些特征将间接地并相互独立地发展。”①

这部书内容丰富，有些分析细致入微，充分体现了罗兰·巴尔特作为特殊随笔作家的“描述”才华和作为符号学家入木三分的理解与分析睿智。概括说来，罗兰·巴尔特对于艺术作品的符号学分析，不脱离他始终坚持的“二级符号学”理论，而在他借鉴了茱莉亚·克里斯特娃的“符义分析”理论和实践之后，又使自己的理论臻于完善。本篇“导读”结合书中例证不多，虽尽力阐述了各种分析所使用的理论依据，但还需读者的参与。若它能有助于读者阅读、理解和研究罗兰·巴尔特的艺术符号学思想，译者自欣然满足。

怀宇

2016 年 8 月于南开大学，舍内

---

① Josette Rey-Debove, *Lexiique sémiotiqu*e, PUF, 1979, p. 135.

出版说明

前几年，罗兰·巴尔特一直在说，他要出版一部新的文艺批评文集，为此，编排工作已充分进行。他甚至草拟了多种分组方式。在应该重新去做这项工作的时候（不是代替他，我们后面会说明为什么），有一个原则是明确的：就像前两部文艺批评文集那样［《文艺批评文集》（*Essais critiques*），1964；附在《写作的零度》（*Degré zéro de l'écriture*）后面的《新文学批评论文集》（*Nouveaux essais critiques*），1972］，不应该将那些属于偶发性的、为一时之需而写的文章编排进去。因此，应该留住的是那些前言、在杂志上发表的文章和研究性文章。总之一句话，是那些真正构成随笔的文章。第一部文艺批评文集说过，那是带有时代特征的一种智力经验走过的路标。在此我们还要加上，其条件就是，既要强调经验，也要强调在经验上工作的智力；并且，要明确，通过开发“符号帝国”，一种主观性的不可替代的意图——最好写成一种主观性的雄心——得到了陈述。这种雄心，便是在一项计划中把自己确定为“符号爱好者”的雄心。

即便进行了选择，所留文章探讨的范围之广也是让人激动不已的，并为许多人所意想不到。于是，由于缺乏更适当的称谓，有关我们后面称为可视对象（照片、电影、绘画）的书写，以及有关音乐研究的深入程度和进展情况，在此便得到了突出；并且，把这些内容编排在此，而把文学随笔留给另一部文集，看来也是适宜的。没有人能确信，罗兰·巴尔特会采用这种方式。因此，应该对这种编排承担起责任，包括对书名的采用——该书名取自有关爱森斯坦的一篇文章，它在爱森斯坦从象征性组织系统到意指活动的“无所指”的令人迷惑的补充内容即颠覆性“虚假皱褶”的过程中，似乎较好地覆盖了全书。

还应该对选定的顺序负责：我们甚至可以确信，对于内容的安排和这里提供的几个主要部分，它们不会是罗兰·巴尔特的编排。这种确信，仅仅是因为编排一直是在这样的工作条件中进行的，即在以往一直关注其创作的人看来，罗兰·巴尔特的创作活动总是突然出现在更为难以预料的情况之中；也因为排序工作在这部很有特色的著述中属于更难以简约的内容。这部书的特点在于一种完整写作的内在一致性，而在这种一致性中，无法对概念的发明、关键图像的选择、话语的流畅与顿挫做出区分。但在沿用以前的做法即将思想的发展当作对风格的重新占有的情况下，我们似乎至少能够做到相当广泛地遵守了年代顺序。

最后，我们要提到：罗兰·巴尔特非常注意与作家创作活动有关的哪怕是很微小的细节，所以他总是为自己的著述亲自撰写“内容介绍”。例如，他自己就写作了“永世作家丛书”中的《罗兰·巴尔特自述》一书。这也足以说明，出版者只能将其自认为在此应该介入的义务，重新感觉为就像仅在用一种不恰当的改动来表明对此书负有责任那样。①

F. W. ②

① 在一种情况下，罗兰·巴尔特有关不能将写出的作品与口语相混同的规则已经被违反。那是 1977 年在罗马召开的有关夏尔·潘泽拉（Charles Panzéra）的研讨会。我们掌握着一篇写作完整的文章，而且我们认为它非常重要，这是因为它既完善了此前有关音乐的写作，同时也提供了生平方面的内容。

在绘画方面，罗兰·巴尔特写作的所有随笔——其写作时间都相对较晚——在诸家出版社的慷慨支持下，似乎都收集在此了。不过，我们极为遗憾地注意到，那篇论述斯坦伯格（Steinberg）的文章未能包括进来，那是在几年前就预定的，而罗兰·巴尔特在其最后的写作即进行片段写作时才将它写完。这本书的初版——罗兰·巴尔特早在 1977 就交付了文稿——实际上被拖延至今日了。

② 此处的署名，应该是罗兰·巴尔特的朋友和结构主义哲学家弗朗苏瓦·瓦尔（François Wahl）全称的缩写。——译注

目 录

第一部分 可视对象的书写

第二部分　音乐之躯

第一部分

可视对象的书写

显　义　与　晦　义

- ◎ 摄影讯息
- ◎ 图像修辞学
- ◎ 第三层意义
- ◎ 古希腊戏剧
- ◎ 狄德罗、布莱希特、爱森斯坦
- ◎ 字母的精神
- ◎ 埃尔泰或字母艺术家
- ◎ 阿尔桑保罗多：修辞学家与魔术师
- ◎ 绘画是一种言语活动吗?
- ◎ 安德烈·马松的书写符号学
- ◎ 赛伊·通布利或数量不大但质量很高
- ◎ 艺术的智慧
- ◎ 威廉·冯·格勒登
- ◎ 艺术，这老东西……
- ◎ 雷吉肖和他的身体

照片

摄影讯息

新闻摄影是一种讯息。① 这种讯息的整体是由一个发送源（source émettrice）、一个传送渠道（canal de transmission）和一个接收环境（milieu récepteur）组成的。发送源，就是报刊的编辑部，即一组技术人员，其中某几个人负责摄影，另外几个人进行选择和处理，最后还有其他几个人为之加上名称、文字说明、评述。接收环境，就是阅读报刊的读者。而传送渠道，则是

① 讯息（message）与信息（information）是两个内涵不同的概念。从信息论上讲，讯息是由发送者借用一种渠道向接收者传递的一种信号序列，这种序列通常是按照一定的编码规则组织在一起的，它一般只涉及“能指”（signifiant）部分；信息则是借助于一种编码可以被说明的任何成分，它有数量之分，并带有一定的认识内容，因此一定程度上属于“所指”（signifié）部分。——译注

报刊本身，或准确地讲，是同时出现的诸多讯息的复合体，其中照片是中心，但是其周围则由文本、标题、说明文字、排版方式，以及从更抽象但也同样具有“信息性”的方面来讲由报刊的名称构成［因为名称是一种所指，它可以极大地影响所说的讯息：一幅照片登载在《曙光报》（*l'Aurore*）上与登载在《人道报》（*l'Humanité*）上具有不同的意义］。这些考虑不是毫无关系的。因为我们看得很清楚，这里，讯息的三个传统组成部分，并不求助于相同的研究方法。发送与接收，两方面都属于一种社会学，关键在于研究人的群体，确定动机、态度，并尽力将这些群体的品行与其参与构成的社会联系起来。但是，对于讯息本身，方法则只能是不同的：不论讯息的来源和用途如何，照片并不仅仅是一种产品或一种途径，它还是具有结构自立性的一种对象。在丝毫不考虑将这种对象与其使用分开的情况下，应该预想到一种特
10 殊的研究方法，该方法先于社会学的分析，并且只能是对这种特殊的结构即一幅照片的内在分析。

当然，即便是从纯粹内在的分析方面来讲，照片的结构也不是一种孤立的结构；这种结构至少与另一种结构相联系，那就是陪伴着新闻照片的文本（题目、说明文字或文章）。因此，信息的整体便是由两种不同的结构承载着（其中一个是语言学结构）。这两种结构是同时出现的，但由于它们的单位有别，所以它们无法混同。这里（在文本中），讯息的实体是由词语组成的；那里（在照片中），讯息的实体是由线条、表面和色调组成的。此外，讯息的两种结构占据的空间是预留的，是比邻的，而不是“均质性的”，就像在一幅画谜（rébus）中那样——在画谜中，词语和图像都在同一行之中。因此，尽管从来不存在无评述文字的新闻照片，但首先还是要分别进行分析。只有穷尽了每一种结构的研究，我们才可以理解它们相互补充的方式。在这两种结构之中，一种结构已经为人所知，那就是语言的结构（但确实不是

报刊的言语所构成的“文学”的结构，在这方面还有许多工作要做）；另一种结构，即照片本身的结构，这种结构还不为人所知。在此，我们将局限于对照片讯息的一种结构分析所面临的首批难题加以确定。

一、照片的反常现象

照片讯息的内容是什么呢？照片传递的是什么呢？从定义上讲，它传递的是场面，是严格的真实。从对象到其图像，当然会出现简约（réduction）的问题：这包括大小、视角和颜色。

但是，这种简约在任何时刻都不是一种转换（transformation）（从该词的数学意义上讲）。

为了从真实过渡到其照片，根本不需要把这个真实切分成单位， 11
并将这些单位组织成在实质上有区别的一些符号（通过这些符号可以解读对象）。在这个对象与其图像之间，根本不需要安排一个中间环节，也就是说一种编码。当然，照片并不是真实；但它至少是其完美的相似物（analogon），而且，恰恰是通过这种相似的完美性在面对常识时来确定照片。于是，摄影图像的特殊地位问题就出现了：**这是一种无编码的讯息**。从该命题中立即就可以得出一个重要的推理：摄影讯息是一种连续讯息。

是否存在着其他无编码的讯息呢？乍一看来，是存在的。那恰恰就是对于现实的所有类比性的复制活动：图画、绘画、电影、戏剧。但实际上，这些讯息中的每一种，都在类比性内容本身（场面、对象、景物）之外，直接和明显地形成着一种补充的讯息，这种讯息被人一致地称作复制的风格（style）。这就涉及第二层意义，其能指是在创作者的运作下对图像的某种“处理”（traitement），而它的或是审美的或是意识形态的所指，则是接收这种讯息的社会的某种“文化”。总之，所有这些模仿性“艺术”，都包含着两种讯息：一种是外延的，即相似物本身；另一种是内涵的，它是社会在一定程度上借以让人解读它所想象事物的方式。讯息的这种二元特征（dualité），在非摄影的所有复制活动中都是明显的：不存在其准确性（尽管它是非常“准确的”）转向［“真实主义的”（vériste）］风格的图画；不存在其客观性最后被当作客观性本身符号来解读的被拍成影片的场面。这里，对于那些内涵讯息的研究，还有待进行（尤其要确定，人们称之为艺术作品的是否可以简约为意指系统）。我们只能预见，对于所有这些模仿性艺术，当它们是共通一致的时候，内涵系统的编码大体上要么由一种普遍的象征系统构成，要么由一种富有时代特征的修辞学构成，总之，是由一种俗套（stéréotype）库（模式、颜色、笔法、动作，表达方式，要素组合）来构成。

然而，原则上，对于摄影来说，根本不是这样的；无论如何，对于新闻摄影来说根本不是这样的，因为新闻摄影从来就不是一种“艺术”摄影的问题。照片作为真实之物的机械性相似物，其首要的讯息是在某种程度上完全地充满其实体，而不留下可以形成第二种讯息的
12 任何位置。总之，在所有信息结构当中①，照片有可能是唯一可以由一种“外延”讯息构成和占据的，这种讯息要完全地穷尽其存在物；“外延”之感觉——或者如果愿意这样说的话，完全相似之感觉——是非常强烈的，以至于对于一幅照片的描述严格地说来是不可能的。因为，准确地讲，描述（décrire）在于为外延讯息补加上第二种讯息，这种讯息是在一种编码即语言中提取的，并且它最后通过与照片的相似物进

① 当然，这里所说的结构，是“文化的”或被赋予文化的结构，而不是操作结构。例如，数学构成一种外延结构，而没有任何内涵；但是，如果群体社会占有了数学，并且在为爱因斯坦而写的一篇文章中安排了一种代数方程式的话，那么，这个纯粹数学的讯息就具有了一种非常沉重的内涵，因为它**意味着**科学。

行比照而构成一种内涵——尽管人们为了准确而煞费苦心。因此，描述并不仅仅是不准确的或不全面的，它还改变结构，它在被指出的东西之外，还意味着别的东西①。

不过，照片的这种纯粹“外延性”地位，其相似性的完美和完整，简言之，即它的“客观性”，这一切都几乎可能是神秘的（这便是常识给予摄影的那些特性）。因为，实际上，有极大的可能性（这里只是一种研究工作的假设）可以使摄影讯息（至少是新闻讯息）也是内涵性的。内涵不一定立即在讯息本身的层面上被理解（内涵既是看不见的又是活跃的，既是明确的又是暗含的），但是我们已经可以根据在制作层面上出现的某些现象和对于讯息的接受情况来推导它：一方面，一种新闻照片，是依据同样是内涵要素的一些职业的、审美的或意识形态的标准来加工、选择、布置和建构的一种对象；另一方面，同一幅 13
照片不仅仅被消费它的公众所发觉、所感受，还被公众所**解读**，并被公众或多或少地与一种传统的符号库相联系。然而，任何一种符号都要求一种编码，正是这种（内涵的）编码需要尽力去确定。这样一来，照片的反常现象，就是两种讯息的共存性：一种无编码（就是照片上的相似物），另一种有编码（就是“艺术”，或者是处理、“书写”或是摄影的修辞学）。从结构上讲，反常现象显然不是一个内涵讯息与一个外延讯息的串通，这大概正是所有大众传播媒介的注定地位。这是因为，内涵讯息（或编码讯息）在此依据**无编码**的一个讯息来形成。这种结构上的反常现象，恰与一种伦理学的反常现象偶合：当我们想要“中性、客观”的时候，我们就尽力细心地复制真实，就好像相似之物

---

①　描述一幅图画是容易的，因为总的说来就是描述一种已经内涵化的、为了一种**被编码的**意指而加工的结构。也许是因为这一点，心理测试较多地使用图画，而很少使用照片。

是影响各种价值投入的阻抗因素（这至少是美学上的“现实主义”的定义）。因此，照片如何才能既是“客观的”又是“被投入意义的”，既是自然的又是文化的呢？也许正是在掌握外延讯息与内涵讯息的叠盖方式（imbrication）的情况下，我们有一天才可以回答这个问题。但是，要进行这项工作，必须想到，在摄影中，由于外延讯息是绝对相似的，也就是说是不求助于一种编码的，更可以说是连续的，那么，也就不会出现寻找第一个讯息的意蕴单位的情况。相反，内涵讯息恰好包含着一种表达平面和一种内容平面，即包含着一些能指与一些所指。因此这就要求进行真正的识辨（déchiffrement）活动。这种识辨活动现在还不成熟，因为为了分离意蕴单位和所意蕴主题（或价值），必须进行（也许要借助于测试）有指导的阅读，同时人为地改变照片的某些要素，以便观察这些形式的改变是否会引起意义的变化。至少，从现在起，我们也许可以预想到有关摄影的内涵分析的那些主要的平面。

14 二、内涵手段

内涵，即强加给真正摄影讯息上的第二种意义，它形成于照片制作过程中的各个层面（选择、处理技术、取景、图像安排）。总之，摄影是对于照片上相似物的一种编码安置。因此，是可以找出一些内涵手段的。但是，必须提醒的是，这些手段与意蕴单位无任何关系，即便以后进行的一种语义分析也许有一天能够确定这些单位。真正说来，内涵手段不属于照片结构。那些手段是为人所知的，我们将只用结构的术语来阐述它们。严格地讲，应该区分出前三种手段（特技摄影、姿态、对象）与后三种手段（上镜头、审美处理、句法）。因为在前三种手段里，内涵是由真实本身的变动来产生的，也就是说由外延讯息的变动来产生的（显然，这种人为的准备方式并不是摄影所特有的）；不过，我们之所以将它们放进摄影的内涵手段中，是因为它们也享有外延的诱惑力。摄影可以让摄影师**逃避**他为抓取场面而必须承受的准备工作。同样，从以后的一种结构分析的观点来看，也不能确信人们就可以考虑这些手段所提供的物质条件。

1. 特技摄影（truquage）

1951年，美国新闻界广泛传播的一幅照片，使得参议员米拉尔·泰丁斯（Millard Tydings）丢掉了席位：这幅照片上出现的是该参议员正在与共产党领导人伊尔·布洛德（Earl Browder）谈话。实际上，那是一幅特技照片，它是通过对两副面孔进行人为拼凑而构成的。特技方法的好处，在于在无任何预告的情况下就可以在外延 15
平面的内部本身加以介入；它在利用摄影的可信性（我们已经看到，这种可信性只不过是其特殊的外延能力），来传递只是简单地被外延的一种讯息，而这种讯息实际上是非常具有内涵性的。内涵在任何其他的处理中，都无法像这样可以完全地采用外延的“客观的”面具。当然，意指只在有符号库和初步编码的情况下才是可能的。在这幅照片中，能指，即两个人的谈话态度；我们还会看到，这种态度只对于某种社会也就是说只对于某些价值来说，才变成符号：这就是美国大选中的那些吹毛求疵的反共派，是他们把两位对话者的举动变成一种可受到指责的亲密态度的符号。这就意味着，内涵编码既不是人为的（就像在一种真正的语言中那样），也不是自然的：它是历史的。

2. 姿态（pose）

我们的面前，是最近几次美国大选中广为传播的一幅照片：从侧面看上去的肯尼迪总统的上半身，他两眼望着天空，双手合拢。在此，是主体的姿态本身在为人准备着对于内涵所指（青春、灵性、纯洁）的解读；只是因为存在着构成完全是现成的一些意指要素的一系列俗套态度（望着天空，双手合拢），照片才明显是有意味的。因此，肖像性内涵的一种“历史语法”，应该在绘画中、戏剧中、意念的结合方式中、通常的隐喻中等，准确地说，就是在“文化”中去寻找其材料。我们前面说过，姿态并不是摄影所专有的手段，但是，在摄影于奠定其基础的类比原理中获得效果的情况下，不谈论姿态是困难的。在此，讯息不是“姿态”，而是“肯尼迪在祈祷”：读者把实际上是被外延的和被内涵的一种双重结构只当作一种普通的外延来接收了。

16

3. 对象（objets）

在此，必须承认，我们称之为对象姿态的，也具有特殊的重要性，因为内涵的意义出自被摄入镜头的对象（或者是因为在摄影师对对象有兴趣的时候人们有意地在镜头前面安排它们，或者是因为摄影师在多项摄影活动中选择对于这种对象或那种对象的摄影）。其好处在于，这些对象是通常的意念联想的诱发因素（书橱＝知识分子），或者说得含混一些，它们是真正的象征符号［谢斯曼（Chessmann）的毒气室之门让人想到古代神话的地狱之门］。这些对象构成出色的意指要素：一方面，它们自身是非连续的和完整的，这对于一个符号来讲是一种物理品质；另一方面，它们让人想到一些明确的和为人所知的所指。因此，它们是一种真正的词汇构成要素，这些要素是稳定的，以至于我们可以很容易地将其组织成句法。我们来看一幅对象组合画面：一扇窗户朝着一些挂瓦的屋顶开着，一处葡萄园的景致；在窗前，摆放着一个相册、一个放大镜、一个插着花的花瓶。因此，我们是在农村，是在卢瓦尔河的南面

（葡萄和房瓦），是在一处有产者的家园里（桌子上的花），家园的年迈的主人（放大镜）在重温旧日的记忆（相册）。这就是弗朗苏瓦·莫里亚克①在马尔加尔（Malagar）（见于《巴黎竞赛》杂志）。在一定程度上讲，内涵出自所有这些意指活动单位，然而，这些单位却是“被获取的”，就像这里涉及的是一处直接的和自发的场面，也就是说是无意指活动的场面。人们在文本中看到的这个场面是明确的，因为它展示着莫里亚克对乡土的恋情。也许，对象不再具有一种力量，但是它确切地具有一种意义。

4. 上镜头（photogénie）

人们已经对于上镜头的理论做过研究［参阅埃德加·莫兰②在《电影与想象的人》（*le Cinéma ou l'Homme imaginaire*）中的论述］，不需要重新探讨这种手段的一般意指，只需要用信息结构术语来确定上镜 17
头就可以了。在上镜头中，内涵的讯息就在图像本身，该图像被灯光技术、洗印技术所“美化”（也就是一般所说的“升华”）。这些技术需要统计，只是因为它们中的每一种都对应于一种内涵所指，这种所指很稳定，以至于能够被编入有关“效果”的一种文化词汇之中［例如斯泰奈尔（Steinert）博士等人为了表明空间-时间而搞的“运动的模糊性”或“渐出的模糊性”］。此外，这种统计也许就是一次很好的机会，用以区分审美效果和意指活动效果。也许除非承认，在摄影方面，与

---

① 弗朗苏瓦·莫里亚克（François Mauriac，1885—1970）：法国基督教作家。——译注

② 埃德加·莫兰（Edgar Morin，1921—　）：法国社会学家，主要作品有《迷失的范式》（*Le paradigme perdu*）（1973）、《方法》（*La Méthode*）（四卷）（1977—1991）。——译注

负责曝光的摄影师的意愿相反，从来就没有艺术存在，但却总有**意义**存在。根据一种明确的标准，最后，这正好使绘画（尽管绘画是极为图像化的）对立于摄影。

5. 审美处理（esthétique）

因为，如果我们可以谈论摄影方面的审美处理的话，那似乎是以一种模棱两可的方式来谈论的：当摄影成为绘画也就是说成为“在不成型状态之中”被深思熟虑地处理的构成物或视觉实体的时候，那或者是为了自我表明是“艺术”（这便是20世纪初“绘画中心主义”的情况），或者是为了使人接受其他内涵手段无力为之的一个更为敏感、更为复杂的通常的所指。卡蒂埃-布雷松①就是这样把帕塞里（Pacelli）主教受到利西约城（Lisieux）信徒的接待组织成了一幅类似古代大师的绘画；但是，这种摄影丝毫不是一种绘画。一方面，它的公开的审美处理（巧妙地）让人想到绘画的意念本身（这与任何真正的绘画相反）；另一方面，画面在此明确地意味着一种心醉神迷的、恰恰是以客观的景致所表现的精神状态。此外，我们在此看出了摄影与绘画的区别：在一个原始人的绘画里，“精神状态”丝毫不是一种所指，但是，
18 却是（如果可以说的话）图像的存在本身。当然，在某些绘画里，具有一些编码成分、修辞方式、时代象征符号；但是，没有任何意蕴单位指的是精神状态，这种精神状态就是一种存在方式，而不是具有一种结构讯息的对象。

---

① 亨利·卡蒂埃-布雷松（Henri Cartier-Bresson，1908—2004）：法国素描画家，而尤其是著名的摄影家。他作品中的图像既理性又客观，主要是由于他在主体、目标和快门闪动之间进行的几乎是完美的同时性拍摄。——译注

6. 句法（syntaxe）

这里，我们已经谈了在一幅照片的内部对对象—符号进行的话语解读。自然，多幅照片可以组成序列（这在插图性杂志中是常见的情况）。这样一来，内涵能指就不再位于序列的每一个片段平面上，而是位于链接的平面上（语言学家们说，那是超片段的层次）。这里是有关总统在朗布耶（Rambouillet）打猎的四幅快镜照片。每一次射击，出色的猎手［万桑·奥里约尔（Vincent Auriol）］都换一个方向打枪，搞得那些警卫要么躲开，要么卧倒。这个序列（只有序列）让人解读为一种喜剧，该喜剧依据一种为人所共知的方式从态度的重复和变化之中表现出来。在这一点上，我们会看到，单独的一幅照片很少（也就是说很难）是喜剧性的，这与图画不一样。喜剧需要动作，也就是说需要重复（这在电影中是容易的），或是需要典型化（这在图画中是可能的），这两种“内涵”在摄影方面都是禁止的。

三、文本与图像

这些便是摄影图像的主要内涵手段（再说一遍，这里说的是技巧，而不是单位）。我们可以经常性地为其加上伴随着新闻照片的文本。在此，我们注意到三个方面。

首先，文本构成了一种寄生性的讯息，它被用来涵盖图像，也就是说为其“注入”一个或多个二级所指。换句话说——而且这是一种 19
重要的历史性颠倒——那就是图像不再**说明**言语；从结构上讲，是言语成了图像的寄生物。这种颠倒是有其代价的：在传统的“说明”方式中，图像的作用就像是从被认为带有内涵的一种主要讯息（文本）出发，在情节安排上返回外延，因为它恰恰需要一种说明。在现时的关系中，图像并不阐明或“实现”言语，是言语升华图像、使图像感人或者使图像理性化；但是，由于这种过程是以辅助的方式进行的，新的信息整体就好像主要是建立在一种客观的（外延的）讯息上，这种讯息的言语只不过是某种几乎是无结果的二级振动。从前，图像说明文本（使其更为明确）；今天，文本加重图像，使其具有一种文化、道德规范、想象力。从前，文本简约为图像，今天则是一种向着另一种扩延：内涵仅仅被体验成是由照片的类比性所构成的基本外延的自然反响。因此，我们面对的是带有文化的自然化之特征的一种过程。

其次，内涵效果在很大程度上依据言语的出现方式而有所区别。言语越是接近图像，它就越不大能使图像具有内涵；词语讯息由于在某种程度上被肖像讯息死死抓住，所以它似乎参与其客观性，而言语活动的内涵则借助于照片的外延来“自我辩解”。确实，这里从来没有真正的并入，因为两种结构（这里是书写符号的，那里是肖像性的）的实体是不可以简约的；但是，在混合之中很大程度上存在着一些等级。说明文字在很大程度上不如黑体标题或文章那样具有明显的内涵效果；然而标题以其得以被打印，文章以其距离，它们很容易与图像分离，一个是因为其不与图像在一起，另一个是因为其使内容远离图像。相反，说明文字则以对其位置的安排、对其进行的中等程度的解读，似乎强化了图像，即参与其外延活动。

然而，言语“强化”图像是不可能的（这是有关文本的最后一
20 点）；因为在从一种结构过渡到另一种结构的过程中，注定要出现一些二级所指。这些内涵所指与图像有什么关系呢？表面看来，这里涉及一种解释，即在某种程度上涉及一种夸张。因为，在通常情况下，文本只是扩展已经包含在照片中的内涵整体；但是有时，文本也产生（发明）一种全新的所指，而这种所指在某种程度上是以追溯既往的方式投射在图像之中的，甚至到了似乎被外延化的程度。在一幅照片中，

我们看到伊丽莎白和菲力普正在走下飞机，照片的粗大标题这样写道：**“他们与死亡擦肩而过，他们的面色可以证实。”**可是在拍照的时刻，这两个人还不知道他们所躲过的那次空难的全部情况。有时，言语也与图像对着说，以至于产生一种抵偿的内涵。杰布内尔（Gerbner）的一种分析［《封面女郎风流韵事的社会解剖》（*The social anatomy of the romance confession cover-girl*）］说明，在某些情感杂志中，封面（内容凄惨而忧郁）上的粗体词语的讯息总是伴随着光彩照人的封面女郎的形象。这两个讯息在此互相连带，内涵具有调节的功能，它预留了对于投射即同一辨认的非理性空间。

四、照片的无意指活动性①

我们已经看到，内涵编码似乎不是“自然的”，也不是“人为的”，而是“历史的”，或者如果我们愿意说的话，它是“文化的”。在此，符号就是在某一社会的习惯里具有某种意义的举止、态度、表达、颜色或效果。能指与所指之间的联系，即意指，仍然——甚至毫无动机地——至少是完全地历史性的。因此，我们不能说，现代人在对于照片的解读中，投射了特征性的或“永久的”也即基础的或超越历史的情感与价值；我们也不能说——如果我们要明确表述的话——意指总 21
是通过一种确定的社会和一种确定的历史来建立的。总之，意指是解决文化的人与自然的人之间矛盾的辩证运动。

因此，对于照片的解读，多亏了其内涵编码的存在，而总是历史性的。解读取决于解读者的“所知”，这完全像是一种真正的语言，只

---

① 无意指活动性（insignifiance）：指无意指活动的表现，请参阅后面对于“意指活动”的整体介绍。——译注

有了解其符号的时候才是可以理解的。在这一切之后，照片的“言语活动”也使人想到某些表意的语言，在那些语言中，类比单位与信号单位是混合在一起的，其差别只是，表意文字被当作一种符号来体验，而摄影的“复制”则变成现实之纯粹和完全的外延。因此，重新找到内涵编码，就是隔离、记录照片的所有“历史”要素并使其结构化，就是隔离、记录照片表面的所有成分并使之结构化，因为这些成分是从解读者的某种所知，或者如果我们愿意的话，是从他的文化现状中获得其非连续性的。

然而，在这项任务之中，也许还要走得远一些。没有任何东西告诉我们，在照片中，存在着一些“中性”部分，或者至少，照片的完全无意指活动性也许十足是特殊的。为了解决这个问题，首先应该完全地阐明解读机制（在该词的推断意义上讲，而不在其语义意义上讲），或者如果我们愿意的话，首先应该阐明对于照片的感知机制。然而，在这一点上，我们并不了解什么：我们怎样来解读一幅照片呢？我们感知什么呢？按照什么顺序和根据什么路径来感知呢？甚至感知是什么呢？依据布鲁纳①和皮亚杰②的假设，没有直接的范畴化就没有感知，那么照片是在它被感知的时刻被词语化的，或者更可以这么说，照片只有在词语化的情况下才能被感知（如果词语化推迟了，那么，根据 G. 科昂-塞阿特③有关电影理解的假设，就会出现理解的混乱、疑

---

① 杰罗姆·布鲁纳（Jerome Bruner，1915—2016）：美国心理学家。——译注

② 让·威廉·弗里兹·皮亚杰（Jean William Fritz Piaget，1896—1980）：瑞士心理学家。他重点研究了儿童对于言语活动以及对于各种逻辑功能的获得。——译注

③ G. 科昂-塞阿特（Gilbert Cohen-Séat，1907—1980）：法国电影理论家，曾担任巴黎影视学院院长。——译注

问、主体的忧虑、精神创伤)。总之，本着这种观点，被一种内在的元言语活动即语言所直接理解的图像，就不会真正具有任何外延状态。这个图像只有至少在第一次内涵过程即语言的各种范畴的内涵本身之中被浸没的情况下，才在社会上是存在的；而且，我们知道，任何语 22
言都对事物发表看法，它包含真实——尽管是在切分真实的同时。因此，从大的方面来讲，照片的内涵与言语活动的主要内涵平面是偶合的。

这样一来，我们在“感知的”、假设的但却是可能的内涵之外，又遇到了更为特殊的一些内涵方式。首先，是一种“认知”内涵，其能指是在相似之物的某些部分中被选择、被定位的。在某一城市景象面前，我知道我是在北非的一个国家，因为我在左边看到了阿拉伯文的招牌，在中间看到了一个穿着长袍的男人，等等。在此，解读紧密地依靠我的文化知识，依靠我对于世界的了解。有这种极大的可能：一幅很好的新闻照片（新闻照片都是很好的，因为它们是被挑选出来使用的）可以轻而易举地利用其解读者可能有的所知，选择包含着有关这种体裁的尽可能多的信息的照片，为的是使解读更为愉快。如果拍摄已经被破坏了的阿加迪尔市①，最好带有一些具有“阿拉伯特征”的符号，尽管这种特征与灾难本身无任何关系。因为源自对于所知的内涵，总是一种可靠的力量：人喜爱符号，并且喜爱它们都是明确的。

感知的内涵，认知的内涵：剩下的就是意识形态的内涵（根据该词最为广泛的意义）或伦理的内涵，即在对图像的解读中引入一些道理或一些价值的内涵。这是一种很强烈的内涵，它要求制定一种很好的通常属于句法领域的能指：人与物之间的相遇（我们在谈到特技摄影时已经看到过这种相遇），态度的变化，物体的堆放。伊朗国王的儿

---

① 阿加迪尔（Agadir）：摩洛哥西南部面对大西洋的港口城市。——译注

子刚刚出生的照片是这样的：高贵（摇篮被一群下人围观着）、富贵（多位保姆照顾）、卫生（白色罩衣，有机玻璃作顶的摇篮）、国王们具备的同样是属于人的条件（婴儿啼哭）。也就是说，有关王室神话的所有矛盾的成分，就像我们今天所消费的那样。在此，涉及一些非政治的价值，而这方面的词汇是丰富和明确的。相反，在政治选择总是具
23 有欺瞒特征的时候，政治内涵通常交付于文本，这是可能的（但这只是一种假设）：对于这幅照片，我可以提供一种右派的解读方式，也可以提供一种左派的解读方式［请参阅1955年法国民意调研所（IFOP）在《现代》（*Temps modernes*）杂志上发表的调查报告］。外延，或者说其外表状况，是对于改变政治见解无作用的力量。在政治意识有可能在逻各斯之外不存在的情况下，没有任何一幅照片说服或是批驳了哪个人（但照片可以“确认”）；因为，政治，即允许**所有**言语活动的东西。

这几点为摄影的内涵勾勒了某种差别图表；不管怎样，我们看到，内涵涉及面很广。能否说，一种纯粹的外延即一种**言语活动**是可能的呢？如果这种外延是存在的，那么，也许并不是在日常的言语活动称之为无意指活动性特征、中性、客观性的层次上，而是相反在真正创伤性的图像层次上。所谓创伤，恰恰是中止了言语活动、阻碍了意指的东西。当然，有一些正常创伤的情况，可以在摄影的意指过程中被理解；但是，这是因为这些情况恰恰是通过将其分离、使其升华和让其平静下来的一种修辞编码来被指明的。真正创伤性的照片是很少的，因为在摄影方面，创伤完全依靠场面得以真实地发生的确定性依赖于**摄影师必须在此**（这是外延的神秘定义）；但是，这样提出之后（说实在的，这已经是一种内涵），创伤性摄影（相对于“活人”而被理解的火灾、溺水、灾难、猝死）便是无任何可说的摄影。从结构上来讲，刺激人的照片就无意指活动特征可言，没有任何价值、没有任何所知，

极言之，没有任何词语范畴化过程可以在意指的构成过程中形成。我们似乎可以想象一种法则：创伤越是直接的，内涵就越是困难的。或者说，一幅照片“神秘的”效果，是与其创伤性效果成反比的。

为什么会这样呢？这也许是因为，就像任何极富结构性的意指一样，照片的内涵是一种建构性活动。在整个社会的等级上，它的功能是包容人，也就是说要使其放心。任何编码都同时是任意的和理性的。 24
因此，对于人来讲，任何对一种编码的求助都是通过一种理由和一种自由来自我证实和自我考验。在这种意义上，对于编码的分析比对于所指的分析也许更可以在历史上较为容易和较为确切地确定一种社会，因为这些所指通常可以表现为超历史的，它们更属于一种人类学内容，而不属于一种真正的历史。黑格尔曾借勾勒古希腊人使自然具有意味的方式更好地确定了古希腊人，这比在这方面描述其“情感”和信仰强得多。同样，比起直接地记录我们时代的意识形态内容，我们也许会有更好的事情要做；因为在依据其特定的编码来重新构筑与新闻摄影同样宽泛的一种传播的内涵编码时，我们希望可以在其细微之处重新找到我们的社会用以使自己平稳并借以掌握这种努力的大小、偏离和深在功能的形式。这种功能因其更引人注意而是透视性的，正像我们在开始时所说的那样，关于照片，它靠一种反常的形式来形成。这种反常使得一种惰性的对象成了一种言语活动，并且它在最为社会性的机制之中转换一种“机械性”艺术的无文化性。

1961，《交流》(*Communications*)

图像修辞学

依据一种古代的词源学，**图像**（image）一词应该与**模仿**（imitari）的词根有关。我们现在立即就处在了可能向图像符号学提出最为重要问题的中心：类比性再现（“复制”）可以产生一些真正的符号系统而不再仅仅是一些普通的象征符号之汇聚吗？一种类比的而不再是数字显示的编码，是可以构想的吗？我们知道，语言学家把任何类比性传播排除在言语活动之外，从蜜蜂的“言语活动”到借助于动作而进行的“言语活动”——既然这些传播不是双重分节式连接①的，也就是说它们最终是建立在一些数字显示的单位的结合关

---

① 双重分节式连接（double articulation）：这是索绪尔对于语言的重要发现。他认为，语言是建立在无意义的音位层和有意义的义素层两个层面上的，而不管是在哪个层次上，要素之间都是一个接一个地（分节式地）结合的。蜜蜂飞动时的“嗡嗡”声和动作语言只有表意层，而无音位层，所以它们的传播不是双重分节式的。本书作者在后面有详细论述。——译注

系基础上的，就像音位所是的那种情况。语言学家们并不是唯一怀疑图像的语言学本质的人；一般的舆论也隐隐约约地以某种有关生命的神秘观念把图像当作一种抵抗意义的场所。图像是再现，也就是说，它最终是复活，而且我们知道，可理解性被认为是与体验相对立的。因此，从两方面来讲，类比性被感觉为像是一种贫乏的意义：一些人认为，图像与语言相比，是一种非常初步的系统；另一些人认为，意指不可能穷尽图像的难以表述的丰富性。然而，即便图像尤其具备有关意义的某种**极限**（limite）方式，它所允许返回的，也只是意指的一种真正的本体论。意义如何进入图像之中呢？意义在何处终止呢？如果意义终止，那么**在此之外**还有什么呢？在使图像承受着对其可能包含的诸多讯息进行一种详细分析的同时，这是我们很想在此提出的问题。我们规定自己在开始时从简单入手：我们将只研究广告图像。为什么呢？因为在广告方面，图像的意指是确定的意愿性的：是产品的 26
某些属性在先验地构成广告讯息的所指，而这些所指应该也尽可能明确地被传送。如果图像包含着一些符号，那么我们确信，在广告方面，这些讯息就是充实的，并且是为了获得最好的解读而建构的：广告图像是**直率的**，或至少是夸张的。

三种讯息

这是一幅有关**潘扎尼**（Panzani）花式面的广告：几包花式面，一个金属罐，一个包装袋，几个西红柿，几个洋葱头，一个蘑菇，所有这些都从一个半张开的网中出来，它们都是黄色和绿色的，而图像的底色则是红色的。[①] 我们来“提炼”一下它所包含的各种讯息。

该图像立即就提供了第一个讯息，其实体是语言学的；这一讯息

① 对于照片的描述在此是慎重的，因为它已经构成了一种元语言。

的载体，是旁边的说明文字和已经“缩影式地”（en abyme）进入了画面自然性之中的标签。这一讯息赖以提取的编码，不是别的什么，而只是语言的编码；为了被识辨，这种讯息，不要求别的所知，而只要求对于书写文字和对于法语的认识。说真的，这种讯息本身还可以自身分解，因为 Panzani 这个符号不仅仅提供了公司的名称，而且通过其读音的反响也提供了一个补充的所指，我们可以把这个所指叫作“意大利特色”（italianité）。因此，语言讯息是双重的（至少在这个图像中是这样）：它既是外延讯息，又是内涵讯息。然而，既然这里只有一个典型符号①，即分节连接的言语活动（写出的言语活动），那么我们将只考虑唯一讯息。

27 语言讯息说完之后，剩下的是纯粹的图像（尽管那些标签以逸闻的名义参与其中）。这个图像也提供一系列非连续的符号。首先（这种顺序是无关紧要的，因为这些符号不是线形的），是在所再现的场面中让人想到市场的这种意念。这种所指本身包含着两种令人惬意的价值：产品的新鲜价值和表明产品最终用途的纯粹烹调价值。它的能指是半开的网，这个网让这些可食用的物质散落在桌子上，就像“开包”一样。为了解读这第一个符号，只需具有扎根于一种非常广泛的文明习惯中的某种所知即可，因为在这种文明习惯中，“自己采买”对立于一种更为“机械化的”寄送供货（罐头食品、冷藏食品）。第二个符号也差不多是明显的。它的能指是招贴画上的西红柿、青椒和多种颜色（黄色、绿色、红色）的汇合；它的所指是意大利，或最好说是意大利特色。这个符号与语言讯息的内涵性符号（Panzani 这个名称的意大利

① 在一个系统的符号足以被其实体确定的时候，我们就把这种符号称为**典型符号**。词语符号、肖像符号、举止符号，都是典型符号。

语的半谐音）处于一种冗余信息①关系之中，由这个符号所调动的所知已经是很特殊的：这是一种真正的“法国式”所知（意大利人不大能感知专有名词的内涵，大概只可以感知西红柿和青椒的意大利特色），这种所知是建立在对于某些旅游俗套的认识基础上的。在我们继续发掘图像（这并不意味它在最初时就不完全是明确的）的时候，我们至少会容易地看出其他两种符号。在一种符号里，不同的东西紧凑地放在一起，传达的是完整的烹饪用途的意念，就像一方面 Panzani 可以提供做这种菜肴所需的全部东西，另一方面又像金属罐里的浓缩物质可以平衡它周围的自然产品那样，因为画面在某种程度上阐明了产品的来源和它们的最后状态。在另一种符号里，画面构成由于让人想到那么多的食物绘画，所以可以指向一种审美所指，即“静物”②，或者像它在别的语言中所更好地表述的那样，是“still living”（静止的生命）。在此，必要的所知是非常具有文化性的。我们可以提醒，在这四种符号之上，还可以增加最后一种信息。这种信息本身告诉我们，这里涉 28
及的是一种广告，而且它同时来自图像在杂志中的位置和 Panzani 标签的要求（无须谈论说明文字）；但是，这种最后的信息在场面中是扩展性的。在图像的广告本质主要是功能性的时候，这种信息在某种程度上躲避意指：主张某种东西，并不一定意味着某种东西。**我在谈**，除非是在像文学那样的一些真正自省的系统之中。

因此，对于这幅图像来说，有四种符号，我们借此推测，它们形成了一种密切相关的整体，这是因为它们都是非连续性的，它们要求

---

① 冗余信息（redondance）：信息论术语，在符号学里，指重复信息或一个要素在同一种话语中的复现。——译注

② 在法语上，“静物”参照了丧葬物品的原始表现情况，例如在某些绘画中出现的人的头颅。

一种通常是文化性的所知，并指向一些其每一个都是总体性的（例如意大利特色）和带有令人惬意的价值的所指。因此，我们将看到，在语言讯息之后，便是具有象似本质的第二种讯息。就是这些了吗？如果我们从图像上分离所有这些符号，那么，还剩下某种信息性材料。我在不具备任何所知的情况下继续“解读”图像，我继续“理解”到，这张图像在同一空间中汇聚了一定数量可辨认（即可命名）的对象，它们不仅有一些形式，而且还有一些颜色。这第三种讯息的所指是由画面上的真实对象构成的，能指是由这同一些被拍照的对象构成的，因为明显的是，在类比性再现中，由于被赋予所指的事物与意指活动性图像之间的关系不再是“任意的”（就像在语言中那样），所以就不必再以对象的某种通灵形象来精心安排第三项了。所指与能指之间的关系几乎是同语反复的，实际上，正是这一点为这第三种讯息赋予了特征。无疑，照片包含着某种对于场面的安排（取景，简约，摊平），但是这种过渡并不是一种**转换**（像一种编码过程可能是的情况）。这里存在着等值的损失（这种等值是符号系统所特有的）和一种准身份的安排。换句话说，这种讯息的符号不再从一种机制性储库中提取，它不是被编码的，于是，我们就与一种**无编码讯息**的反常现象有关系
29 了。① 这种特性重新出现在解读讯息过程中被投入的所知水平上。为了解读图像这一最后的（或者说是最初的）层次，我们只需要与我们的感知有关系的所知。这种所知不是丝毫没有，因为我们必须知道什么是一幅图像（小孩子只在大约四岁时才知道）和什么是一个西红柿、一张网、一盒面食。不过，这里涉及的几乎是对于一种人类学的所知。这个讯息在某种程度上对应于图像的文字，而且我们应该称之为文字讯息，以便与前面的“象征”讯息加以区别。

---

① 参阅本书“摄影讯息”部分。

如果我们的解读是令人满意的，那么，被分析的照片会为我们提供三种讯息：一种语言讯息，一种编码的象似讯息和一种非编码的象似讯息。语言讯息很容易与另外两种讯息分离；但是，由于另外两种讯息具有相同的（象似性的）实体，那么，我们在什么情况下可以将它们区分开来呢？可以确定的是，对于两种象似讯息的区分，不能自发地在通常的解读层次上进行。因为观看图像的观众**同时**接收到感知的讯息和文化的讯息，我们接着会看到，这种解读的混合情况对应于整体图像的功能（这正是我们在此所关心的）。可是，区分具有一种操作的效力，它类似于可以在语言符号中区分一个能指与一个所指的效力，尽管实际上从来没有人能够将“词语”与其意义分开，除非借助于对于一种定义的元语言①：如果区分可以以连贯和简单的方式来描述图像的结构，如果这样进行的描述可以为解释图像在社会中的作用做准备，那么，我们认为它得到了证实。因此，应该重新探讨每一种类型的讯息。以便在其一般性之中来研究它，同时要看到我们是在图像的整体之中来尽力理解它的结构的，也就是说来理解三种讯息之间的最终关系。不过，既然不再是一种“淳朴的”分析，而是一种结构描述②，我们将通过颠倒文化讯息与文字讯息的先后来改变三种讯息的顺序。在两种象似讯息中，
第一种在某种程度上是印刷在第二种上的：文字讯息就像是“象征”讯 30
息的载体那样出现的。然而，我们知道，将另一个系统的所有符号变成自己的能指的一个系统，是一种内涵系统。③ 因此，我们要说，文字图

① 元语言（métalangage）：指可以解释和说明另一种言语活动的语言，各种理论都是元语言。——译注

② “淳朴的”分析是一种统计构成要素的活动，而结构描述则想根据一种结构的各项之间的连带原理（如果一个项改变，那么其他项也改变）来掌握这些要素之间的关系。

③ Cf. *Éléments de sémiologie*, in *Communications*, 4, 1964, p. 130.

像是**外延的**，而象征性图像是**被赋予了内涵的**。因此，我们下面将先后研究语言讯息、外延图像和被赋予内涵的图像。

语言讯息

语言讯息是稳定的吗？图像之中、图像下面、图像周围是否总是伴有文字呢？要重新找到在无言语的情况下提供的图像，大概应该追溯到一些在一定程度上是文盲的社会，也就是说追溯到图像的某种图画文字的状态。实际上，自从出现书籍，文字与图像便经常连接在一起；这种连接似乎尚未从结构上加以研究。“插图”的意指活动结构是什么呢？借助于一种冗余信息现象，图像能够增加某些文本的信息吗？或者，文本能够为图像增添一种没有言明的信息吗？对于古典时代，应该历史地提出这个问题，因为那种时代曾经热衷于带有插图的书籍（我们不能设想在18世纪拉封丹的《寓言》不带有插图），并且在那个时代，某些像梅奈斯特里埃（P. Ménestrier）那样的作者，他们已经过问过插图与话语性之间的关系①。今天，在大众传播的层次上，语言讯息似乎出现在所有的图像之中，例如题目、文字说明、新闻条目、电影中的对话、**连环画**（fumetto）。我们在此看到，谈论一种图像文明是
31 不正确的：我们现在还处于甚至比以前更处于一种书写文明之中②，因为书写和言语一直是充满信息结构的术语。实际上，只有语言讯息的出现是重要的，因为它的位置和它的长度似乎是不相关的（一篇长的文本可以借助于内涵只包含一个总的所指，是这个所指与图像有关

① *L' Art des emblèmes*，1684.

② 无言语的图像在某些幽默性的连环画中是可以见到的，但是以反常现象的名义出现的：无言语总是覆盖一种神秘的意图。

系）。与（双重的）象似讯息相比，语言讯息的功能是什么呢？似乎有两种功能：固位（ancrage）和**接替**（relais）。

正像我们要看到的那样，任何图像都是多义性的，它潜藏于其能指下面，包含着一种“浮动的”所指“链条”，它的读者可以选择其中一些，而不理睬另一些。多义性对于意义提出了质疑；然而，这种质疑出现时总像是一种功能障碍，即便这种障碍被社会以悲剧关系的形式（不会说话的上帝不允许在符号之间进行选择）或以“诗学的”形式（这便是古希腊人所惊愕的“意义之颤动”）所回收。在电影上也是如此，创伤性的图像是与对于事物的意义或一些态度的不确定性相联系的。因此，在任何社会中，都形成了用以固定所指之浮动链的各式各样的技术，以便与不确定符号的可怕性进行斗争：语言讯息就是一种这样的技术。在文字讯息平面上，言语以或多或少直接、或多或少部分的方式回答了问题：**这是什么**？言语帮助我们完全识别画面的各个组成要素和画面本身。这就涉及对于图像的外延性描述（通常是部分的描述），或者涉及叶尔姆斯列夫术语中所说的**操作**（opération）（对立于内涵）①。命名功能借助于一种术语学恰恰与事物的各种可能意义（外延的意义）的固位相对应。面对一份菜肴［“吃好”（A mieux）公司广告］，我可能会在识别形式与体积大小方面出现犹豫。其说明文字（**“蘑菇烧米饭金枪鱼”**）则帮助我选择**准确的感知层面**；它使我不仅要调整我的目光，而且要调整我的理解。在“象征”讯息的层面上，语言讯息不再引导识别活动，而是引导解释活动，它构成了某种虎钳， 32
这种虎钳阻碍内涵意义或者向着过分个人的地区扩展（也就是说它限制图像的投射能力），或者向着烦躁不安的价值（valeurs dysphoriques）扩展。一幅广告［阿尔西（Arcy）罐头］介绍的是几种小的水果，水

---

① Cf. *Éléments…*, *op. cit.*, p. 131－132.

果在一把梯子周围铺展开来。说明文字（**“就好像您绕着您的花园转了一圈”**）在疏远一个可能的所指（精打细算但收获不佳）——因为它使人不悦——并且把解读引向一种吹捧性的所指（私人花园中水果的自然的和个人的特征）。在此，说明文字就像是一种反禁忌手段，它在与造作之风的无耻神话做斗争，因为这种神话通常与罐头相连接。当然，在广告之外，固位可以是意识形态的，而且这甚至就是它的主要功能；文本在图像的所指之间**引导**读者，使其避开一些所指，又使其接受另一些所指。借助于一种通常是灵巧的**快速活动**（dispatching），它远距离地将读者引向一种预先选定的意义。在所有这些固位之中，言语活动显然具有一种明晰功能，但是这种明晰是选择性的。这里涉及一种并非用于肖像讯息的全部而仅仅用于其某些符号的元语言，文本真正是创作者（因此也是社会）对于图像的审视权利：固位是一种检查，它面对外在形象的投射能力对于讯息的使用具有一种责任；与图像的那些所指的自由性相比，文本具有一种**抑制**价值（valeur répressive）①，而且我们的理解，正是在这个层次上，尤其具有一个社会的道德规范和意识形态。

固位是语言讯息的最为通常的功能，我们会同时在新闻摄影和广告中看到这种功能。替代功能是比较少的（至少在有关固定的图像方面是这样），我们尤其在幽默性连环画中看到这种功能。在此，言语

① 在图像是依据文本来形成和控制因此在这里似乎是无用的反常情况里，这一点我们看得很清楚。有一幅广告，它想告诉人们，在某种咖啡里，香味成了粉状产品的“俘虏”，而人们在使用时可以完全重新找到这种香味。这幅广告在这句话之上出现了一种铁罐咖啡，铁罐周围是一条铁链和一把铁锁。在此，语言学隐喻（“俘虏”）是严格地被使用了（这是一种为人所共知的诗意手段）。但实际上，是图像首先被解读，而构成它的文本最后则变成对于其中一种所指的通常的选择：抑制以讯息的一种庸俗化形式重新出现在循环之中。

（通常是一小段对话）和图像处于一种互补的关系之中；这样一来，言 33
语就是更为总括的一个系统中的一些片段，一如那些图像，而讯息的单位则在前一个层次上形成，即故事层、趣闻层、陈事层①（这就确切地说明，陈事应该作为一种独立的系统得到研究②）。由于这种言语—替代（parole-relais）在固定的图像中是很少的，所以它在电影方面就变得极为重要，因为在电影中，对话并不具有一种通常的明晰功能，但是这种言语—替代在讯息接续过程中借助于安排不出现在图像里的意义来真正地使电影动作前进。语言讯息的两种功能显然可以同时存在于一种象似性整体之中，但是，其中这一种或那一种的优势肯定不会与作品的总体经济考虑毫无关系。当言语具有一种陈事性替代价值的时候，信息就更为珍贵，因为这种信息要求对于一种数字编码（语言）的学习；当言语具有一种替换价值（固位价值、控制价值）的时候，是图像在占有信息量，而且由于图像是类比性的，所以信息在某种程度上就是更为“惰性的”。在某些用于快速阅读的连环画中，陈事尤其被交付给了言语，因为这时的图像正在收集属于聚合关系范围（各种人物的俗套地位）的属性信息：我们使珍贵的讯息与话语讯息实现偶合，以便使着急的读者避开词语“描述”所带来的厌倦，因为这些描述交付给了图像，也就是说交付给了一种不太“勤奋的”系统。

---

① 陈事（diégèse）：这是文学符号学家热奈特（G. Genette，1930— ）使用的一个术语。按照热奈特的理论，陈事指的是话语的叙述特征（aspect narratif）。从这种意义上讲，陈事接近于故事（histoire）和叙事（récit）；与之对立的是描述（description），描述具有质量分析的性质。——译注

② Cf. Claude Bremond，«Le message narratif»，in *Communications*，4，1964.

外延图像

我们已经看到，在真正的图像里，区别性文字讯息与象征讯息是可操作的。我们从来不会遇到（至少在广告中是这样）一种处于纯粹状态中的文字图像，即便我们在完成一种完全“淳朴的”图像，这种图
34 像也会立即变成淳朴性的符号，并以第三种讯息即象征讯息来补足。因此，文字讯息的特征不能是实质性的，而仅仅是关系性的。如果我们愿意的话，它首先是否定性讯息。当人们（从精神中）清除掉内涵符号时（真正地将其去掉是不可能的，因为这些符号可以渗透到整个图像之中，就像在“静物构图”的情况中那样），这种否定性讯息就是由图像中剩下的东西构成的。当然，这种否定状态对应于一种完全的潜在性。这涉及带有所有意义的一种意义不出现的状况（absence de sens）。其次，它是（并且这一点并不否定上一点）一种充足的讯息，因为它至少在被再现场面的辨认层上具有一种意义。总之，图像上的文字对应于理解力的第一等级（在这个等级上，读者只感受到一些符号、一些形式和一些颜色），但是这种理解力由于很弱而呈现潜在状态，因为任何源自真实社会的人都总是具有高于人类学知识的一种知识，并且都比文字感受的东西要多。由于既是否定的又是充足的，所以我们可以这样理解，本着一种审美的观点，外延讯息可以以图像的某种亚当式的状态①出现。图像由于非现实地摆脱了其内涵，所以它有可能会彻底地变成客观的，也就是说最终是淳朴的。

内涵的这种乌托邦式的特征，被我们上面已经陈述过的反常现象极大地加强了，并且这种反常现象使得照片（在其文字的状态下）因

① 即“裸体的”或“直接的”意思。——译注

其绝对类比的本质而恰恰构成了一种无编码的讯息。可是，在此，图像的结构分析应该进行得更为细致，因为在所有的图像中，只有照片无须借助非连续的符号和转换规则来赋予信息以形式，就具有转达信息的能力。因此，应该使作为无编码讯息的照片与图画对立起来，因为后者即便是外延的，它也是一种被编码的讯息。图画的编码本质出现在三个层次上：首先，通过图画复制一种对象或一种场面，要求一整套得到**调整的**位置转移（transposition）。绘画性复制的天然性是不存在的，而位置转移编码是历史的（尤其是关系到透视法）。其次，图画的操作（编码过程）立即要求某种能指与非能指（insignifiant）之间的分配。图画并不复制**一切**，通常甚至复制很少的东西，然而却是一种很强的讯息，而照片，如果它可以选择一种主题、范围和角度的话， 35
则不能介入到对象的内部（而无须特技处理）。换句话说，图画的外延不如照片的外延纯洁，因为从来没有无风格的图画。最后，就像所有的编码一样，图画要求一种初学阶段（索绪尔非常看重这种符号学现象）。外延讯息的编码过程对内涵讯息能够产生作用吗？确切地讲，文字的编码过程为内涵做了准备并为其提供了方便，因为它在图像中已经具有某种非连续性。一幅图画的“表现手法”已经构成一种内涵；但同时，在图画表明其编码过程的情况下，两种讯息之间的关系被深刻地改变了。这已经不是一种本质与一种文化之间的关系（例如在照片的情况里），而是两种文化之间的关系：图画的“道德规范”并不是照片的道德规范。

在照片的情况里，因为——至少是在文字讯息的层次上——所指与能指之间的关系并不属于“转换关系”，而是属于“记录关系”，并且无编码显然在增强照片的“自然性”的神话：画面在此，它是借助于机械捕捉到的，并不是用人力来获得的（机械性在此是客观性的保证）；人对于照片的介入（取景，距离，灯光，朦胧，运动线条）都属于内涵平面；一切都好像在最初（即便是空想的最初）就有一幅毛坯照片（正面的、清晰的照片），在这幅照片上，人借助于某些技巧在安排源自文化编码的那些符号。似乎只有文化编码与非自然编码之间的对立才可以阐述照片的特定特征，并允许衡量这种对立在人类历史中所代表的人类学沿革，因为它所包含的意识类型真正是史无先例的。照片建立的不是事物**在此**（être-là）的一种意识（任何复制都可以引起这种意识），而只是一种**曾经在此**（avoir-été-là）的意识。因此，这就涉及有关空间—时间的一种新的范畴：直接局部的和先前时间的范畴。
36 在照片中，会在**在此与从前**之间出现一种非逻辑性的结合。因此，正是在这种外延讯息或无编码讯息的层次上，我们可以完全地理解照片的**真实的非现实性**。它的非现实性就是**在此**的非现实性，因为照片从未像一种幻觉那样被体验，它根本就不是一种**在现场**，于是，应该在照片图像的奇妙特征方面放弃原来的想法。而它的现实性则是**曾经在此**，因为在任何照片当中，总是会对**就是这样发生过的**表现出明显的令人惊愕的情况。这样一来，我们具有了作为珍贵奇迹的一种现实，而我们就躲藏在这种现实的下面。这种时间的均衡（**曾经在此**）在很大程度上降低了图像的投射能力（心理测试很少求助于照片，但有许多却求助于图画）：**曾经是**在摧毁**正是我**。如果这几点具有某些正确性的话，那就应该将照片重新与一种纯粹的观看意识结合起来，而不要与电影在总体上要依赖的更为投射性的、更为“奇妙的”虚构意识结合起来。于是，我们便可以看到，在电影与照片之间，有的不再是一种简单的等级区别，而是一种彻底的对立：电影不等于活动的照片。在电影上，**曾经在此**为了事物的**在此**而消失。这就说明，有关电影的一种历史可以存在，而无须与先前的虚构性艺术真正决裂。可是照片却以某种方式躲避历史（不顾技术的发展和摄影艺术的雄心），并代表了既绝对新颖又最终不可逾越的一种“晦暗的”人类学事实。人类在自己的历史中第一次了解到一些**无编码的讯息**。因此，照片并不是图像大家族的最后一个（被改进完善的）术语，但是它符合信息经济学的一种根本性变化。

不管怎样，外延图像，在其不包含任何编码的情况下（这便是广
告照片的情况），在象似讯息的总的结构中起着一种特殊作用，对于这
种作用，我们已经开始有所明确（在我们下面谈完第三个讯息之后，
再来谈这个问题）：外延图像吸收象征讯息，它为内涵的非常密实的
（尤其在广告方面）语义手法辩解。尽管 Panzani 招贴广告充满了“象 37
征”意味，然而，在文字讯息足够的情况下，照片之中仍然保留了对
象的某种本质**在那里**。本质似乎可以自发地产生所再现的画面。一种
假真实正在偷偷地替代着公开是语义的那些系统的通常有效性。无编
码使讯息非理智化，因为从本质上讲似乎是它在奠定文化的各种符号。
也许这正是一种重要的历史反常情况：技术越是在发展信息（尤其是
图像）的传播，它就越能提供可以掩盖以既定意义之外表来构成意义
的所有方式。

图像修辞学

我们已经看到，第三种讯息（“象征的”、文化的或内涵的讯息）的符号，是非连续的；即便在能指似乎铺展到整个图像的情况下，它还是与其他符号分开的符号。“画面构图”（composition）导致一种审美所指出现，差不多就像声调是言语活动的一种孤立的能指那样——尽管这种声调是超音段的。因此，我们在此就与一种规范的系统有了关系，该系统的所有符号都是从一种文化编码中获得的（尽管符号的各种要素的连接或多或少表现为类比性）。构成这一系统之新颖特征的，是对于同一词汇（同一图像）的解读方式之数目

依据个人而变化：在已经分析过的 Panzani 广告中，我们记录下了四种内涵符号，大概还有其他的内涵符号（比如网可以意味着捕捞收获的奇特、丰富，等等）。不过，解读方式的变化并不是混乱的，这种变化取决于投入图像中的各种所知（实践知识、国家知识、文化知识、审美知识），而这些所知又可以被分门别类、可以进入到一种类型学之中。一切都像是图像同时交付给好几个人来解读那样，而这些人又可以很好地以单一的个人方式同时存在：**同一词汇单位动员起不同的词汇系统**。何谓一个词汇系统呢？它是与一组实践和技巧①
38 相对应的（言语活动的）象征平面的一部分。这便是对于图像的多种解读方式，每一个符号对应于一组“态度”，如旅游、家务、对于艺术的了解，其中某些态度显然可以在一个个人层面上空缺。在同一个人身上，也可以具有各种词汇系统的多元性和共存性；这些词汇系统的数目和身份在某种程度上构成每一个人的**个人习惯语**（idiolecte）②。如果像人们现在所认为的那样，心灵本身也像言语活动那样是分节连接的，那么，图像在其内涵之中就可以借助于从一种可变词汇系统（个人习惯语）深层获得的那些符号而形成的一种建筑术来构成，因为每一个词汇系统尽管是“深在的”，但它仍然是被编码的。或者更可以说，人们越是“进入”个人的心灵深处，符号就越是稀少和变得可以分类。还有什么比解读罗夏墨迹测试③更神秘的呢？因此，解读方式的变化不会威胁到图像的“语言”，人们接受这种语言的条件是由个

① Cf. A. J. Greimas，«Les problèmes de la description mécanographique»，in *Cahier de lexicologie*，Besançon，1，1959，p. 63.

② Cf. *Éléments...*，*op. cit.*，p. 96.

③ 罗夏氏（Hermann Rorschach，1884—1922）：瑞士精神心理学家，他发明的罗夏测试（Test de Rorschach），宗旨在于研究人格，并且是建立在对于一系列墨迹的解释基础上的。——译注

人习惯语、词汇或二级编码构成的：图像完全被意义系统所贯穿，正像人在其内心深处以不同的言语活动来自我表述那样。图像的语言，不仅仅是发出的言语的全部（例如在符号的组合层或讯息的创造层），而且也是所接收到的言语的全部。① 语言应该包含意义的所有“出其不意”现象。

对于内涵的分析还有另一种困难，那就是，一种特殊的分析性言语活动并不与内涵符号的特殊性相对应。如何来命名那些内涵所指呢？对于它们中的一个，我们已经冒险地使用了意大利特色这一术语，但是其他的所指只能通过源于日常言语活动的字词来定名（**烹调制作，静物，充足**）。在分析时应该采用的这些字词的元语言并不是专有的。困难就在这里，因为这些所指具有一种特殊的语义本质。“充足”作为内涵**义素**（sème），并不能准确地覆盖外延意义上的“充足”。内涵能 39
指（在此指产品的丰富与集中）就像是所有可能的充足之主要数字，或者更准确地讲，就像是充足之最纯粹观念的主要数字。“外延的”一词从来不指向一种本质，因为它始终被放在一种偶然的言语之中、一种连续的指向言语活动的某种实际传递性的组合体②（即词语话语的组合体）之中。相反，义素“充足”是具有纯粹状态的一个概念，它脱离任何聚合体，并不具有任何语境；它对应于意义的某种戏剧状态，或者更准确一点说（既然这里说的是一个无聚合体的符号），对应于一

① 按照索绪尔的观点，言语尤其是在语言中发送和提取的（反过来又构成语言）。今天应该扩大语言的概念，特别是从语义观点上讲：语言是被发送的和**被接收的**所有讯息的“整体性抽象结果”。

② 组合体（syntagme）：在语言学上，这是一个概念很宽泛的术语，它指的是一个语符单位，这个单位可以是表达平面上的一个音节，也可以是句法平面上由多个陈述成分组成的叙述单位。在这里，它指的是后一种情况。——译注

个**被表述的**意义。因此，为了描述这些内涵义素，就需要一种特殊的元语言。我们已经冒险地使用**意大利特色**这个术语，正是这种类型的野蛮做法可以更好地阐述内涵所指，因为后缀-tas（印-欧语：-tà）服务于从形容词中提取一个抽象的名词 italianité（**意大利特色**），这不是意大利（Italie），这是从意大利面条到绘画的一切可能是意大利的东西的浓缩本质。在我们接受人为地——并且根据需要有时是野蛮地——调整对于内涵义素的命名的情况下，将方便我们对它们的形式进行分析。① 显然，这些义素组织成联想域（champs associatifs），组织成聚合性的分节式连接，也许甚至根据某些行程，或者像 A. J. 格雷玛斯②所说的那样，根据某些义素轴③，组织成对立关系：**意大利特色**属于某种国籍轴，类似于法兰西特色、德意志特色或是西班牙特色。此外，这些轴继而可以在它们之间出现对立，对于这些轴进行重新组构，显然只有当我们为内涵系统建立了总体名录——不仅包括图像的名录而且包括其他物质的名录——之后才是可能的，因为如果内涵依据所使用的实体（图像、言语、物体、品行）而具备一些有代表性的能指的话，那么，它会将其全部的所指放在一起。我们在文字新闻之中、在喜剧演员的形象或动作之中（所以，符号学只有在一个总体框
40 架中才是可以构想的）所看到的，就会是一些相同的所指。内涵所指的这种共同的领域，便是**意识形态**领域，因为对于特定的社会和特定的历史来讲，意识形态只能是一种，而不管它所求助的内涵能指是

---

① 按照叶尔姆斯列夫所给予的准确意义（cf. *Éléments*…, *op. cit.*, p. 105），形式（forme）就像是诸多所指在它们之间的功能性组织方式。

② 格雷玛斯（Algirdas Julien Greimas，1917—1992）：祖籍为立陶宛的法国著名语言学家、符号学家。——译注

③ A. J. Greimas, *Cours de sémantique*, 1964, cahiers ronéotypés par l'École normale supérieure de Saint-Cloud.

什么。

实际上，与总的意识形态相对应的，是根据所选定的实质①来得到确定的一些内涵能指。我们下面把这些所指称为**内涵因子**（connotateurs），而把全部的内涵因子称为一种**修辞**。因此，修辞就像是意识形态的能指外表。修辞注定通过它们的实质（这里是分节的发声，那里是图像、动作，等等）来变化，但并不一定依据它们的形式来变化。甚至有极大的可能只有一种修辞形式，例如在梦幻、文学和图像方面是共同的形式。② 这样一来，图像的修辞学（也就是说其内涵因子的分类活动）在其服从于视觉的物理约束（区别于发音约束）的情况下，它就是特定的；但在“修辞格”（figures）从来都只是一些要素间的形式关系的情况下，它就是一般的。这种修辞学只能依据一种相当宽泛的名录来构成，但是，我们现在就可以预想，我们将会在其中发现某些从前被**先人**和**古人**③所记录下来的修辞格。因此，西红柿就通过换喻来意味着意大利特色。此外，三个场面的序列（豆状咖啡，粉

---

① “实质”（substance）：这是从索绪尔开始引入的一个概念，在语言学和符号学上，“实质”是指“形式”之外的物质表现，即语音、意义甚至效果。索绪尔说：语言“是形式（forme），而不是实质（substance）”（［瑞士］索绪尔：《普通语言学教程》，158页，北京，商务印书馆，1982），从而颠覆了传统哲学上的定义。——译注

② Cf. E. Benveniste, « Remarques sur la fonction du langage dans la découverte freudienne», in *La Psychanalyse*, 1, 1956, p. 3 - 16; repris dans *Problèmes de linguistique générale*, Paris, Gallimard, 1966, chap. Ⅶ.

③ 应该根据结构关系来重新考虑古典修辞学（这是一项正在进行的研究工作的研究对象），这样一来，也许就可能建立对于分节发出的声音、对于图像、对于动作等有效的有关内涵能指的一种普通修辞学或语言修辞学［*l'Ancienne rhétorique* (*Aide-mémoire*), in *Communications*, 16, 1970, *NdE*］。

状咖啡，鼻闻咖啡）借助的修辞反复之中（或者一个能指替代另一个
41 能指的修辞格①），是换喻在向图像提供它的最大数量的内涵因子。而在所有的并列成分（或组合体的修辞格）中，是连词省略在起主导作用。

至少对于现在，最为重要的，并不是汇总所有的内涵因子，而是要理解这些因子在整个图像中构成的**非连续特征**，或者更准确地讲，构成的**不固定特征**（erratiques）。内涵因子并不填充整个词汇单位，对于内涵因子的解读不能穷尽这种词汇单位。再换句话说（而从总的方面来讲，这一点对于符号学是一种有效的命题），词汇单位的所有构成要素不能被转换成内涵因子，在话语中总是剩下某种外延，而无这种外延，准确地讲，话语就是不可能的。这就把我们重新带回到第二种讯息，即被外延的图像。在 Panzani 广告当中，地中海地区的蔬菜、颜色、蔬菜的构成，甚至丰富性，都像是不固定部分，正像我们已经看到的那样，它们分散地被镶嵌在有着其自己的空间即有着自己“意义”的一种总体场面当中了：它们“被放进了”**并不是它们的而是外延的**一种组合体中了。这便是一个重要的命题，因为这个命题可以使我们建立（以追溯既往的方式）第二个讯息即文字讯息与第三个讯息即象征讯息之间的区别，也可以使我们明确外延相对于内涵所表现出的本地化功能（fonction naturalisante）。现在，我们知道，恰恰是外延讯息的组合体在使内涵讯息的系统“本地化”。或者更准确地讲，内涵仅仅是系统，它只能根据

① 我们愿意回避雅各布森在隐喻与换喻之间建立的对立，因为换喻从其起源上讲是一种邻接性修辞格，它最后还是要像能指的一种替代，也就是说就像一个隐喻来发挥作用。

聚合单位得到确定；象似性外延仅仅是聚合体①，它连接无系统的成分。非连续的内涵因子是通过外延的聚合体来连接、体现和“说话的”。非连续的象征世界深入到了外延场面的历史之中，就像进入了一种干净的纯洁浴中一样。

我们在此看到，在图像的整个系统之中，各种结构功能是有所引导的。一方面，在内涵因子（泛泛地讲，就是“象征”）的层面上有某种聚合性浓缩，这些内涵因子是一些很强的、不固定的符号，我们甚至可以说是一些“物化的”符号；另一方面，在外延层面上有某种句法“轮廓”。我们将不会忘记，聚合体总是非常接近言语的，而且恰恰是象似性“话语”使其象征本地化。然而，在不过早地将图像纳入总 42
的符号学的情况下，我们可以大胆地提出，整体意义的世界，在作为文化的系统与作为自然的聚合体之间以内在的方式（结构的方式）被分裂了。大众传播作品，借助于一些不同的和以不同的方式获得成功的辩证关系，使一种自然之诱惑力即叙事的诱惑力、个人语型的诱惑力、聚合体的诱惑力与躲进某些非连续象征之中的、被人们“弃之”于他们生动言语之后的一种文化的可理解性实现了结合。

1964，《交流》(*Communications*)

---

① 聚合体（paradigme）：这是与“组合体”概念相对应的一个概念，指的是在组合关系链上可以占据同一位置的各种要素，亦指在同一语境中可以相互替换的各种要素。在罗兰·巴尔特的术语中，也指由相对立的两个词项组成的关系。——译注

第三层意义

——关于爱森斯坦几幅电影剧照的研究笔录

致“3号影院”(Cinéma 3)

经理诺狄娜·萨伊勒(Nordine Saïl)

这是《可怕的伊万》[*Ivan le Terrible* (I)]① 中的一个画面:不知是两位朝臣,还是两位助手,或是两个哑角(这无关紧要,即便我想不起故事的细节),他们正在往年轻的沙皇头上泼一桶黄金。我似乎可以在这个场面中看出三层意义:

(1)一个信息层。在这个层次中,汇集了布景、服饰、人物、它们之间的关系以及其在我所了解(即便是模糊地了解)的一个故事中的嵌入情况所带给我

① 这里提到的爱森斯坦的所有电影剧照均取自《电影手册》(*Cahiers du cinéma*)第217期和第218期,除了罗姆(Romm)的剧照(《惯常的法西斯》,*Le Fascisme ordinaire*)取自《电影手册》第219期。

I

的认识。这个层次便是**传播**层。如果需要为其找到一种分析方式的话，我就会转向第一种符号学（即关于“讯息”的符号学，但在此，我们将不考虑这个层次和这种符号学）。

（2）一个象征层。即泼出的金子。这个层次本身也是层叠的。首先是指称象征，那便是用金子来做洗礼的皇家习俗。其次是趣味象征，那便是黄金的主题，即《可怕的伊万》中的财富的主题（假设这种主题存在的话），正是在此出现了意蕴活动的介入。再者是爱森斯坦①式象征——如果哪位批评家竟能识破，这黄金，这如雨而泻的黄金，这如幕而降的黄金，即这种损面动作可以纳入爱森斯坦特有的一种转移和替代系统之中的话。最后是历史象征——如果有人能以比此前更广泛的方式说明这引入一种游戏（戏剧游戏）和一种交换式的舞台透视技术中的黄金，可以同时从精神分析学角度和经济学角度也就是说从符号学角度得以标识的话。这第二个层次，从总体上讲，是**意指**层。它的分析方式是比第一种符号学更周密的一种符号学，这第二种符号学或新符号学不再向讯息科学开放，而是向象征科学（精神分析学、经济学、戏剧理论）开放。 44

（3）这就完了吗？没有完，因为我还是离不开画面。我还在解读，

① 爱森斯坦（Serguï Mikhaïlovitch Eisenstein，1898—1948）：苏联电影艺术家，世界电影界著名导演之一，他的有关蒙太奇的理论使电影发生了革命。——译注

还在收到（甚至是首先收到）第三种明显的、游移的和固执的意义①。我不知道它的所指是什么，至少我无法称谓其所指，但是我清楚地看到了组成这个今后是不完整符号的那些特征即那些意蕴活动的变化：那便是两位朝臣面部施粉的厚薄状况，一个浓妆艳抹，一个清淡雅致；那便是这一位有着“愚蠢的”鼻子，那一位有着细描的眉毛；这一位皮肤黄而暗淡，那一位皮肤白而无光——其发型平塌，看得出是假发，一直披到抹灰的皮鞋底部和盖到涂粉的鼻头上部。我不知道对于第三种意义的解读是否已经确立——假使可以使之普及的话，但是，我似乎已经看到，它的能指（就是我刚才试图说明的甚至描述的那些特征）具有某种理论性特征。因为，一方面，它不能与场面的简单**在此**（être-là）混为一谈，它超出对于参照性原因的模仿，它迫使人去进行一种疑问式解读（问题恰恰在能指方面，而不是在所指方面；是在解读方面，而不是在理解方面：这是一种“诗性”理解）。另一方面，它也不与情节的剧情意义混为一谈。说这些特征指的是朝臣的一种说明问题的“表情”，这一位冷淡而厌倦，那一位认真而亲近（**“他们仅仅是在尽朝臣的职责”**）。这种说法不能使我满意：在这两副面孔里，有某种东西
45 超出了心理、故事、功能，总之是超出了意义，然而，却又不简约为任何人都可放置在此的一种固执的东西。与前两个层次——传播层和意指层——相对立，这第三个层次——即便对它的解读仍然是大胆

---

① 在古代的五种感官聚合项中，第三种是听觉（在中世纪为最重要的感官）。这是令人快乐的巧合，因为这里谈到的正是听。首先是因为人们在此将利用爱森斯坦引人注意的地方，来自对于影片中听觉现象的思考；其次是因为听（不需要依靠唯一的语音）有力地掌握着最适合“文本关系”的隐喻：管弦乐器配器法（爱森斯坦的用词）、对位法、立体声法。

的——便是**意指活动**[①]**层**。这个词更依靠能指范围（而非意指范围），并且借助于茱莉亚·克里斯特娃[②]开辟的途径（正是她提出了这个术语）而与有关文本的一种符号学结合在一起了。

在此，只有意指和意指活动——而非传播——使我感兴趣。因此，我必须尽可能经济地命名这第二层意义和第三层意义。象征意义（倾泻的金子，强盛，财富，皇家礼仪）从两种确定性方面显示于我：它既是含有某种意愿的（这正是作者想要说的东西），又是在某种一般的象征符号词汇中抽取的。这个意义在寻找我——讯息的接收者和解读的主体，它从爱森斯坦出发而走到**我的面前**：当然它很明显（另一意义也是如此），但是这种明显是**封闭的**，是在一种完整的用途系统中取用的。我建议把这种完整的符号称为**显义**（sens obvie）。**显义**意味着**来到面前**，这正是这种意义的情况，因为是它来找到了我。有人说，从神学上讲，显义是"完全自然地出现在精神中"的意义，而且还是这种情况：倾泻如雨的黄金象征论，在我看来，一直带有一种"自然的"明显性。至于另一层意义，即第三层意义，也就是那个"多余地"出现的意义，它就像是我的理解力所不能吸收的一种多余的东西，它既顽固又捉摸不定，既平滑又逃逸，我建议把它称为**晦义**（sens obtus）。我轻而易举地想到了这个词，而且奇迹就在于，从其词源学上来讲，它已经提供了一种有关多余意义的理论：晦义意味着**变钝，从形式上**

---

① 意指活动（signifiance）：这是朱莉娅·克里斯特娃确定的一个术语，指区分出层次和进行对比的工作，这种活动为多种联想提供了可能。可参阅"导读"中的相关论述。该词区别于作为意义产生过程或结果的"意指"（signification）。——译注

② 茱莉亚·克里斯特娃（Julia Kristeva，1941— ）：祖籍为保加利亚的法国符号学家——译注

变圆。然而，我指出的那些特征（脂粉、白色、假发等），难道不是一种过分明显、过分强烈的意义变钝的情况吗？难道它们不向明显的所指提供比如某种不大好抓住的圆滑吗？它们没有转移我的解读吗？一个钝角比一个直角要大，字典上说**100°的是钝角**。在我看来，第三层意义也比叙事文纯粹的、笔直的、生硬的和法定的垂线要**大得多**。我
46 似乎觉得它完全地——也就是说无限地——打开了意义的范围。对于这种晦义，我甚至接受贬义的内涵。晦义似乎在文化、知识和信息之外展开。从分析上讲，它有某种微不足道的东西。因为它开向言语活动的无限境界，所以它在分析的理性目光看来可以是有限的。它属于文字游戏、诙谐动作和无益耗费之类的东西。它与道德范畴或审美范畴（平庸、微不足道、虚假、模仿）关系不大，它属于滑稽可笑之列，晦义一词极为适合。

显义

Ⅱ

尽管这不是此项研究的对象，但我还是要说一说显义。这里有两幅画面，表现了这种意义的纯粹状态。剧照Ⅱ的四副面孔“象征着”生命的三个年龄阶段，象征着群体出动服丧（瓦库林屠克的葬礼）。剧照Ⅲ中紧握的拳头，以实在的“细节”表现了愤怒，表现了有节制和有定向的悲愤，表现了战斗的决心。从换喻上讲，它由于与整个《战舰波将金号》的故事一致，因此“象征着”工人阶级、工人阶级的力量和它的意志。因为，作为语义理解力的奇迹，这个**从里面看到的**

拳头由于被其主人暗暗地握着（手先是沿裤线自然地垂放着，然后它收拢、握紧，并考虑它未来的战斗、它的忍耐性和它的慎重性）而不能当作一位打架的人的拳头来解读，我甚至说，也不能当作一位法西斯分子的拳头来解读：它就直接是无产者的拳头。由此，我们看到，爱森斯坦的“艺术”并不是多义性的：他选择意义，强化意义，消灭意义（虽然意指中充溢着晦义，但它却不是为此而被否定和被搞乱的）。爱森斯坦式的意义摧毁含混性。如何摧毁？借助于补加一种审美价值即夸张来实现。爱森斯坦的“装饰论”具有一种经济功能：它直言事实。请看剧照Ⅳ：悲痛来自低垂的头、痛苦的脸和捂住嘴巴以止住泣声的手，这些极为寻常。但是，它们一经非常足够地显示，一种装饰性特征就会对其加以 48

强化：两只手合乎审美地叠在一起，带着母性的温柔和花的姿态向着低垂的头缓缓升去。在总的细节

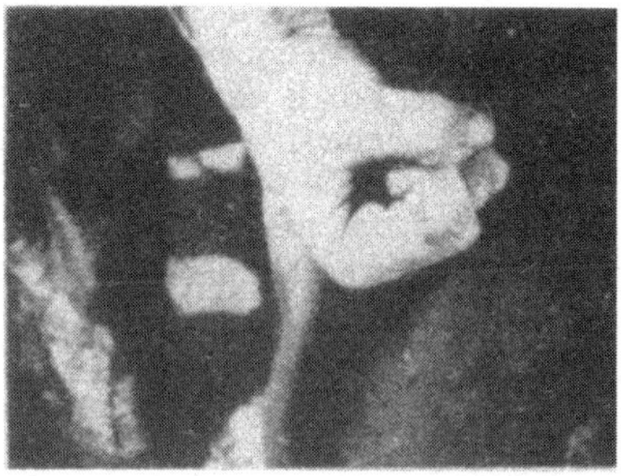

Ⅲ

Ⅳ

Ⅴ

之中（两个女人），还会深深地存在着另一种细节。它由于来自一种绘画范畴，就像引证圣像和圣母哀痛耶稣之死画像的举动一样，所以它

Ⅵ

不分散意义而是强化意义。这种强化（为任何现实主义艺术所专有）在此与“实际”有某种联系。这种实际便是《战舰波将金号》的实际。波德莱尔曾谈到过“动作在生活的重要境遇中的夸张性实际”；在此，便是“无产阶级的重大境遇”的实际在要求夸张。爱森斯坦的审美观并不构成一种独立的层次：他的审美观属于显义，而显义，在他那里，便总是革命。

晦义

我第一次确信晦义存在，是面对剧照Ⅴ的时候。一个问题向我提了出来：在这位哭泣的女人身上，是什么在向我提出有关能指的问题？我立刻相信，既不是痛苦的面容，也不是痛苦的动作（眼皮闭合，嘴角抽搐，合拳捶胸），尽管它们都是可挑剔的。它们都属于实在的意
49 指，属于剧照的显义，属于爱森斯坦的现实主义和装饰论。我觉得，那给人以强烈感觉的特征，即像死皮赖脸地待在人们不需要他的地方的一位客人那样令人不安的特征，应该位于额部：那条头巾说明了某种东西。然而，在剧照Ⅵ中，晦义消失了，只剩下一种痛苦讯息。于是，我懂了，加到对于痛苦的传统表现方式上的这种丑态、这种补加内容和这种偏移内容，恰恰来自一种细微的关系，即较低的头巾、闭合的双眼与噘突的嘴巴之间的关系。或者，若我们取用爱森斯坦本人在“教堂的黑暗”与“黑暗的教堂”之间所作的区分的话，那便是被反常地拉到齐眉毛的“低低的”头巾（就好像这种装扮有意表现出逼人的丑态）和半开半闭的嘴巴之间的关系——嘴巴线与头巾线和眉毛线相互对应，其隐

喻风格“就像干死的鱼”一样。所有这些特征（逗人的头巾，老太婆，患斜视病的眼皮，像干死的鱼）模模糊糊地参照一种较低级的言语活动，即微不足道的一种装饰性言语活动。它们都与具有显义的高贵痛苦结合在一起，构成一种细微的对话体，我们简直不能担保它有什么意愿性。实际上，这第三层意义的本义，至少在爱森斯坦那里，是在于打乱把表述与装扮加以区分的界限，但同时也在于以简洁的方式提供这种变化：这是一种简明的夸张——如果可以这样说的话。它是一种复杂而曲折的安排（因为它涉及意指的一种时间性），在爱森斯坦欣喜地引用年迈的吉莱特（K. S. Gillette）的黄金规律（极点向后稍许回转一点）时，他本人曾对这种安排做过绝妙的描述（第219期）。

因此，晦义在某种程度上需要与化装一起出现。在我看来，伊万的山羊胡子在剧照Ⅶ中已具有晦义：它看上去是假的，但不因此而放弃其指称对象（沙皇的历史形象）的“善意”。一位演员，他要装扮两次（一次作为故事的演员，一次作为戏剧评论的演员），而不需要以一 51
种装扮毁掉另一种装扮。像在一种地质构造中一样，意义层次中总是存在着前一层的意义。说相反的事物，却不敢放弃被反驳的事物：似乎布莱希特①就喜欢这种（二项式）戏剧辩证法。爱森斯坦式的假须，既是他的假须，也就是说是他的仿作，又是可笑的崇拜物，因为它让人看出了断口与合缝：我们在剧照Ⅶ中看到的，是垂直于下巴的山羊胡子与下巴的结合，但在此之前它却是与下巴分离的。假若头的顶部（人的最“晦义的部位”），也就是一个发髻（见剧照Ⅷ），能够成为痛苦的**表达**，那就可笑了——我说的是**表达**而不是痛苦。因此，这里不存在滑稽模仿，也无任何诙谐痕迹。痛苦是不能假装的（显义应该是

① 贝托尔特·布莱希特（Bertolt Brecht，1898—1956）：德国诗人、戏剧作家和理论家。——译注

可变革性的，伴随瓦库林屠克之死而出现的普遍服丧具有一种历史的意义），然而，由于痛苦“体现在”发髻之中，它便带有一种防止混同的断口即对于混同的拒绝方式。羊毛头巾（显义）的民众艺术性便**停留**在发髻上。崇拜物即浓密的长发便在此开始，而且就如同对于表达的一种**非否定式嘲笑**。整个晦义（它的破坏力）就存在于过分浓密的头发之中。再看另一个发髻（剧照Ⅸ中的妇女发髻），它与举起的小拳头形成对照，它在使拳头显得小而无力，而无须这种简约具有最小的象征价值（即智力价值）。它延伸成一个小发髻，把面孔拉成绵羊的模样，它赋予这个妇女某种**感人的**东西（就像某种慷慨的傻相可能就是如此的那种样子），或者某种**富有同情心的**东西。这些陈旧的、不大带政治性的、不大具有革命性的但倒可以说是有点神秘性的词语，应该被人接受。我认为，晦义带有某种**情绪**；这种情绪由于包含在化装之中，而从来不是黏着性的。这是一种仅仅在于**指明**人们之所爱和人们想捍卫的东西的**情绪**；这是一种价值**情绪**，即一种估价。我认为，大家会同意这种说法，即围绕着瓦库林屠克的葬礼而逐渐表现出的爱森斯坦的无产阶级人种志，总是有某种爱恋之类的东西（该词用于此处，无年龄与性别的规定）：爱森斯坦的民众，不论是母性的，还是热烈而富男性的，抑或是不求助于任何俗套而表现出“同情心的”，都基本是可爱的。人们品味、人们喜爱剧照Ⅹ中的两顶大盖帽，人们便与之共谋、与之共识。美无疑可以表现为一种晦义，这便是剧照Ⅺ的情况。其中，显义虽然非常密实（伊万的模仿神态，年轻的弗拉基米尔的呆相），但被巴斯马诺夫之美所吸引或转移开；但是，包含在晦义中的色情（或者说这个意义从侧面所获得的色情）不构成审美词义。俄弗罗西尼娅丑陋而“迟钝”（剧照Ⅻ和ⅩⅢ），就像剧照ⅩⅣ中的修士，但是，这种迟钝性超出故事，它变成意义的衰退和偏移。在晦义中，有一种色情，它包含着美的反义词和对比性的外部，也就是说包含着极限、

Ⅶ

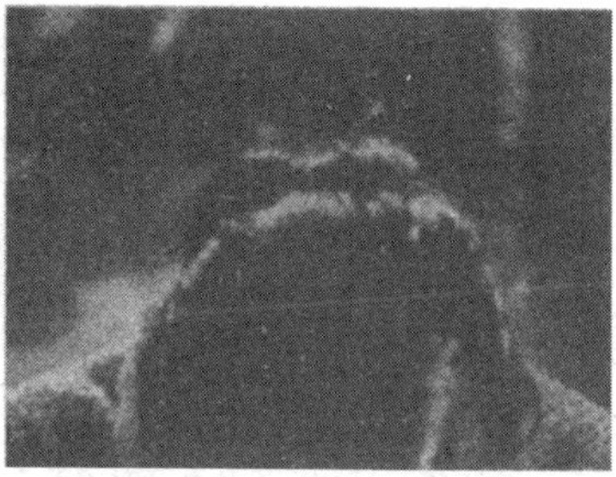

Ⅷ 50

Ⅸ

Ⅹ

倒置、不适，也许还有虐待狂。请看《烈火中的孩子们》（*Enfants dans la Fournaise*）（剧照ⅩⅤ），他们是那样天真而软弱；他们胸前的围巾规规矩矩高挂到下巴底下，显出可笑的学生气；皮肤（还有嵌入皮肤的眼睛和嘴巴）的变相特征——似乎菲里尼①在表现《好色

Ⅺ 52

① 费德里柯·菲里尼（Federico Fellini，1920—1993）：意大利著名电影导演。——译注

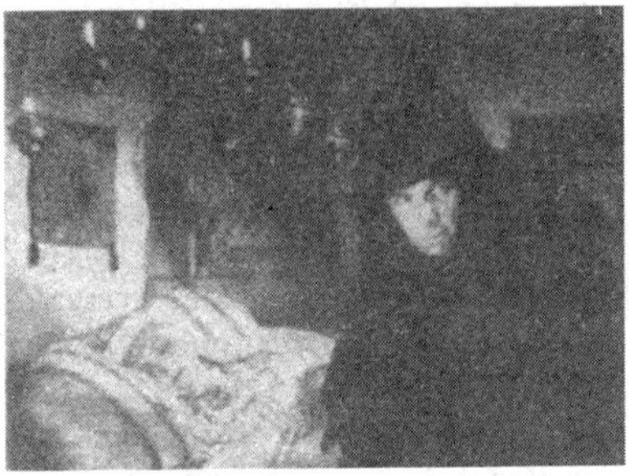

XII

XIII

53

XIV

XV

之徒》(*Satyricon*)的两性人时曾采用过这种特征。对于这一点,乔治·巴塔耶①尤其在作为**文献**的《王后的大脚》(*Le gros orteil de la reine*)(我记不清准确的题目了)中谈到过,依我看,该文确定了晦义的一种可能的所在范围。②

我们接下来再看看(假使这些例子不足以归纳一些较为理论性特征的话)。晦义不存在于语言之中(也不存在于象征的语言之中):去掉

① 乔治·巴塔耶(Georges Bataille, 1897—1962):法国作家。——译注

② Cf. depuis «Les sorties du texte», in *Bataille*, «10/18», Paris, 1973(*NdE*).

它，传播与意指依旧存在、巡回、过往；没有它，我照样可以说和解 54
读。但是，它也不存在于言语之中。也许，爱森斯坦的晦义有某种固定成分，但已经就是一种主体言语即个人习惯语了。不过，这种个人习惯语是临时的（仅仅是由有可能为爱森斯坦写出一本书的批评家来确定的）。因为，并非到处都有晦义（其能指作为有前途的配角是某种少见的东西），而是**在某个地方**才有。（也许）在其他影片**作者**那里，它存在于解读“生活”因此也就是解读“实际”本身（“实际”一词在此仅作为有意识虚构的对立面来理解）的某种方式之中。在《惯常的法西斯》（*Fascisme ordinaire*）的这幅资料性剧照（剧照XVI）中，我轻而易举地读到一种显义，即法西斯意义（它是力量与戏剧空间的审美与象征）。但是，我也读到了一种晦义的补加意义：年轻射箭手的（依然是）伪装蠢相、他柔软的手和嘴巴（我不去描述，我也描述不出，我只指出部位），戈林①的粗大手指，还有他的假戒指（这个戒指已经处在显义的极限了，剧照深处那位戴眼镜的人装模作样和平淡乏味的傻笑也是如此：他明显是一位“马屁精”）。换句话说，晦义在结构上并不存在，语义学家并不承认它的客观存在性（可是，何谓客观阅读呢?），它之所以（对我）是明显的，这也许**依然**是（就目前来看）由于索绪尔的那种“精神错乱”引起的，这种错乱**曾迫使**这位独一无二的不幸者在古代诗句中听出一

XVI

① 赫尔曼·威廉·戈林（Hermann Wilhelm Göring，1893—1946）：第二次世界大战时期德国元帅。——译注

种萦绕不断且无起因的神秘声音，即复变①的声音。当**描述**晦义（即提
55 供它倾向于何处或离开何处的某种看法）时，会出现同样的不确定性。晦义是一种无所指的能指，因此也就难以命名它：我的解读也就停留在剧照与对它的描述之间，停留在确定与概述之间。我们之所以不能描述晦义，是因为它与显义不同，它不模仿什么，怎么能够描述什么都不表现的东西呢？用词语把它“变成”绘画性的，在此是不可能的。结果便是，面对这些剧照，如果我们在分节连接的言语活动方面——在我们自己的文本方面——依然是您和我的话，那么，晦义便不会存在，也就不会进入批评家的元语言中。这就意味着，晦义不在（分节连接的）言语活动之内，然而，却处于中间判断之中。因为，如果您看一看我说的这些剧照的话，您就会看到这种意义。我们可以在分节连接的言语活动的“肩”上和“背后”理解其主体。借助于剧照（当然它是固定的，我们下面还将谈到），更借助于剧照中纯粹是剧照的东西（说实在的，它微不足道），我们免去了言语，但却始终相互理解。

总之，晦义所打乱和使之贫乏的，是元语言（即批评）。我们可以列举几种原因。首先，晦义是非连续的，它与故事和显义（作为故事的意指）**无关**。这种脱离有一种反自然的作用，或至少具有一种与指称对象（与作为自然和现实主义要求的“实际”）相脱离的作用，爱森斯坦很可能接受了能指的这种不一致性即不相关性，他曾对我们谈到过声音与颜色（第 208 期）：“艺术开始于（在声音方面）靴子的踏地声落在一个不同的可见平面的时刻。对于颜色也是一样，颜色开始于它

---

① 复变（anagramme），或译为“复变词”，原本指改变一个单词中字母的位置就可以变成新词的情况，后来茱莉亚·克里斯特娃使用其近义词“paragramme”代替了它，用来指一个单词或一种词语结构在语义上的多种变化的可能性。——译注

不再与自然的色彩相一致的地方……”其次，能指（即第三层意义）不自我充实，它处于一种经常性的**贫乏**状态之中［这是一个语言学用语，指那些内容空泛的、样样都适合的动词，这正如法语中的**做**（faire）这个词］；相反——而这可能是正确的，我们也可以说，这个能指并不自我空乏（即最终不会自我贫乏）——它处于一种经常性的兴奋状态之中。在它身上，欲望达不到所指的痉挛状态，这种状态通常 56
会使主体快活地重新进入平和的命名活动过程。最后，晦义可以被看作一种突起或一种褶痕（甚至是一种假的褶痕）的**强调标志**，沉重的信息和意指层就带有这种标志。要是它能被描述（这样说是矛盾的），它也就成了日本俳句的情况了：头语重复行为，毫无意蕴，有点像是意义（或者意义念头）的痕迹。因此，剧照Ⅴ就成了这个样子：

嘴角抽搐，斜视的眼睛紧闭着，
额上头巾低围着，
她在哭泣。

这种强调标志（我们说过，它的本性既是夸张的，又是省略的），并不进入意义的指向之中（就像歇斯底里发作那样），并不进入剧情之中（爱森斯坦的化装属于另一种层次），甚至不标示意义的**旁出**（即补充到显义之中的另一种内容），而是破坏意义——不破坏内容而破坏意义的整个实践。晦义作为一种新的、罕见的、断定要与主流实践（即意指实践）相悖的实践，必然就像是一种奢华、一种无交换的耗费。这种奢华**尚**不属于今天的策略，但已经属于明天的策略。

还需要说一下这第三层意义的组合责任。既然没有它，似乎就不能使读者或观众“群体”理解一种叙事文，那么，它在故事的接续中、在时间逻辑中占据什么位置呢？显然，晦义是一种反叙事。由于它是分散的、可转移的和与其延缓时间密切相关的，因此它只能建立（如果密切注意它的话）与创作计划、语序和（技术的与叙述的）组合体完全有别的一种区分方式：一种从未听到过的、反逻辑的然而却是真实的区分方式。请您设想，要是不去“注意”俄弗罗西尼娅的诡计，也不去注意（作为趣闻实体或象征形象的）人物，更不去注意那位**恶婆**的面孔，而是在这副面孔中、在这种姿态和这条黑色的头巾中仅仅
57 去注意那种丑陋又深沉的灰暗色调的话，您就会获得一种既不是趣闻的又不是梦境的时间性，您就会获得一部新的影片。作为既无变化又无发展的主题（显义是带主题的，如葬礼主题），晦义只能靠出现和消失来运作。这种出现与不出现的活动于使人物成为普通的多面体场所的同时在逐渐地削弱人物。爱森斯坦在别的地方也曾谈到过这种分离情况：“富有特征性的，是独一无二的沙皇的各种位置在毫无过渡的情况下就从一种位置变成另一种位置。”

因为，一切在于：超出叙事文的那种补加能指的位置具有**随遇性**（indifférence）或自由性，而这一情况又可以使爱森斯坦所完成的历史的、政治的和理论的任务得以准确地定位。在他身上，故事（即逸事性和趣闻性再现）并没有被破坏，恰恰相反：还有什么故事比得上**伊万**的故事和**战舰波将金号**的故事更美呢？叙事文的这种境界为一个社会所**理解**是必要的，因为该社会在无漫长历史道路的情况下就不能解决历史的矛盾，所以便求助于（是临时的吗？）（叙述性的）神秘解决办法。**现时的**问题不在于破坏叙事文，而在于颠覆它：把颠覆从破坏之中分离出来，这便是今天的任务。在我看来，爱森斯坦正进行着这种区分：第三种补加意义即晦义的出现，尽管是在某些剧照中，但它却像是一种不朽的确认签字和为整个作品作保的印玺，这种出现重新深刻地改变了故事的理论地位：故事（即趣闻）不再仅仅是一种有利的系统（千年的叙事系统），而且也相反是一种普通的空间，是一种稳定与转换领域。它是一种外形和

一种场面，其虚设的界限在繁衍能指的转换关系；它是一种宽泛的轮廓线，借助于区分来迫使进行一种**垂直的**解读（这是爱森斯坦说过的话）；它是一种**虚假的**秩序，可扭转纯粹的序列、偶然的结合（偶然性只不过是一种无价值的能指，是一种廉价的能指）和达到一种**逃离内部**的结构过程。因此，可以说，要理解爱森斯坦，就必须把以往的说法颠倒过来。这种说法是，意义越是无根据的，它就 58
越像是被叙述故事的一种普通的寄生物。现在要反过来说，正是这种故事在某种程度上变成能指的参数，故事只不过是能指的位移领域和其构成的否定性，或者更可以说是其同路人。

总之，第三层意义**以另外的方式**赋予影片以结构，但不颠覆故事（至少在爱森斯坦那里是这样）。也许正是在此，即在其仅有的层次上最终出现“影片性”（filmique）。影片性是在电影中不能被叙述的东西，它是不能被再现的再现。影片性仅仅开始于言语活动和分节连接的元语言停止的地方。我们对**伊万**和**战舰波将金号**所能**说**的一切东西，都可以是一个已写文本（它可以叫作《可怕的伊万》，也可以叫作《战舰波将金号》）的元语言，但不包括晦义，我可以在俄弗罗西尼娅身上评论一切，但却无法评论她面部的晦义特征。因此，影片性便恰恰在此，它就存在于分节连接的言语活动仅仅表现为近似并开始一种新的言语活动（有关这种言语活动的“科学”，将不会是像发射运载火箭那样很快就可以建立的语言学）的地方。我们可以从理论上定位这第三层意义，但却不能描述它。因此，它就像是从言语活动到意指活动的**过渡**，它就是影片性的奠基活动。由于影片性被迫在所指的文化之外出现，因此，它（尽管世上的影片数量数不清）极为少见（爱森斯坦的影片中有一些，也许别的地方还有）也就不足为怪了。甚至我们可以这样说，影片与文本一样都还不存在，而仅仅有“电影”，也就是说仅仅有叙事文、诗歌，尽管它们有时是“现代的”、“转译为”所谓“有生命的画面”的。同样，我们只能在有分析地穿过电影作品的“主要部分”“深在内容”和“复杂性”（这些财富都是分节连接的言语活动的财富，而我们就构成这种言语活动的财富之一，并认为正在穷尽这种财富）时才可标记影片性，这也是不足为怪的。因为，影片性是不同于影片的，一如故事性远离小说（我可以写作故事性，但从未写作小说），影片性也远离影片。

59 · 剧照画面

所以，从某种程度（即我们初步的理论探讨程度）上讲，极为反常的是，影片性却不能在“处于情景中”“处于运动中”和“处于自然状态中”的影片里获得，而只能还是在这种主要的赝象即剧照画面中获得。长期以来，我就对这种现象感兴趣。附兴于甚至依恋于影片剧照（在电影院门口，在《电影手册》之中），而在进入放映大厅时则失去了对于这些剧照的一切印象（不仅是在捕捉画面方面，而且在记忆画面方面）：变化可以达到完全推翻价值的程度。首先是因为我对电影的无知和抵触才对剧照画面产生了爱好。我当时认为我就像是喜欢插图而不喜欢文本的儿童，或者就像是不能像成人那样占有物品（因为太贵了）而满足于兴致勃勃地浏览样品目录或大商店目录的顾客。这种解释只是重复人们对于剧照的通常看法：影片的无关紧要的副产品，样品，招揽顾客的手段，色情片段，并且从技巧上讲，它借助于固定我们当作电影神圣本质的东西即画面的运动来压缩作品。

但是，如果影片的特征（未来的影片性）不存在于运动之中，而是存在于通常的摄影术与形象绘画都不承担（因为它们缺少趣闻范围即我们说过的可能的外形①）的不可言表的第三层意义之中的话，那么，作为影片本质的“运动”就丝毫不是活跃、流动、活动、“生命” 60 和复制，而仅仅是一种转换过程的框架。因此，一种有关剧照的理论是必要的，而且，为了完成这种理论，指出其可能的途径是必要的。

剧照为我们提供片段的**内部**（dedans）；在此，似乎应该移用爱森斯坦本人的话为好，他在陈述视听蒙太奇的新的可能性时说过（第 218 期）：“……基本的重心在片段**内部**即**在包含在画面本身的所有成分之中**转移。而重心已不再是‘诸多设计中’的构成成分（这令人吃惊），而是‘专项设计中’的构成成分——**在片段内部加以突出**……”毫无疑问，在剧照中无任何视听蒙太奇；但是，爱森斯坦的公式，在其为画面的组合关系分离建立规则和要求对画面的连续进行**垂直**解读（还是爱森斯坦说过的话）的时候，是普遍适用的。此外，剧照不是一种样品（这一概念要求影片的各种组成部分具有某种统计学的和均等的性质），而是一种引

① 还有一些其他的“艺术”，它们把剧照（或至少是绘画）和故事即趣闻结合在一起。这便是摄影小说和连环画。我深信，出自伟大文化底层的这些“艺术”具有一种理论品质，并表现一种新的能指（与晦义有关）。从此，连环画得到了承认；但是，我在某些摄影小说面前却感到意指活动的这种轻微的创伤：“**它们的蠢相触动着我**”（这大概可以说是晦义的某种定义）。因此，在这些可笑的、平庸的、愚蠢的、对话体的、属于低层次消费文化的形式中，有一种未来真实（或说一种非常古老的真实）。而且，有一种自立的“艺术”（一种“文本”），即**画片**艺术（故事性画面，位于趣闻空间之中的晦义）。这种艺术从侧面采用在历史和文化方面讲都是不合规则的一些生产方式：人种志画片、彩色玻璃窗、卡巴修（Carpaccio，1455—1525，意大利威尼斯画家——译注）的《女圣人于尔叙勒的传说》（*Légende de sainte Ursule*）、埃皮纳尔（Epinal，距巴黎 378 公里的小镇，以首创木刻连环画出名——译注）的画面、摄影小说、连环画。剧照（与其他象形图片相比）所代表的革新，有可能将是（它所构成的）影片性与另一文本即影片的**重合**。

证（我们都知道这一概念目前在文本理论中占据的重要性）。因此，它既是滑稽模仿性的，又是分散性的；它不是按照化学方法从影片物质中提取的一点东西，而更准确地讲是各种特征的一种高级**分配**的痕迹，借助于这些特征，那种过时的、演过的和有过活力的影片充其量只不过是诸多文本中的一种文本。这样一来，剧照便是一种次级文本的片段，**而这种次级文本的存在又从不超过片段**。影片与剧照处于某种隐迹纸关系之中，而我们却不能说其一位于其二**之上**，或者说其一是其二的**节选**。最后，剧照取消影片与剧照时间的束缚；这种束缚是很强的，它还阻碍成
61 熟的影片的出现（影片产生于技术，有时甚至产生于审美，但它还应该产生于理论）。对于已写文本来说，除非它们在逻辑时间顺序中规定极严、进入极深，否则，解读时间是自由的；对于影片来说，就不是这样了，因为除非画面失去其可感形象，否则它既不能走得太快又不能走得太慢。剧照，在建立一种瞬间的和垂直的解读的同时，嘲弄逻辑时间（这种时间仅仅是一种操作时间）。它试图分离技术束缚（“摄制”）与影片特征，这种特征即“不可描述的”意义。在爱森斯坦说影片不应只是简单一看、一听而必须**仔细看**和认真听（第 218 期）的时候，也许，他所要求解读的正是**这另一种文本**（在此便是剧照的文本）。这种听、这种看，显然不会只是简单地要求运用精神（这是庸俗的要求、虔诚的愿望），而是对解读及其对象即文本或影片进行真正的改变。这正是我们时代的重大问题。

1970，《电影手册》（*Cahiers du cinéma*）

古希腊戏剧

大约在公元前7世纪的时候，对于酒神狄俄尼索斯（Dionysos）的崇拜，主要在作为多利亚人（Dorien）居住地的科林斯（Corinthe）地区和西西约纳（Sicyone）地区。那里出现了一种半宗教、半文学的极为流行的体裁，它由合唱团与舞蹈组成，这便是酒神赞美歌（dithyrambe）。大约在公元前550年，这种酒神赞美歌被一位名叫泰斯庇斯①的抒情诗人引入亚蒂克（Attique）地区——他用牛车拉着他的器具，一个村庄一个村庄地组织酒神赞美歌演唱，并就地招募歌手。一些人说，就是这位泰斯庇斯发明了第一位演员，从而创立了悲剧；另一些人则说，那是他的承袭人弗里

① 泰斯庇斯（Thespis，公元前约6世纪）：古希腊诗人。——译注

尼科斯[1]。新的戏剧很快就得到了城邦的认可，一种纯粹公民性的机制承担起戏剧的演出，这便是比赛（compétition）。雅典的第一次悲剧公开比赛大约是在公元前538年，是在毕西斯特拉特[2]主持下进行的，他希望借助于节日和崇拜来彰显他的统治。后来的情况，便都知道了：剧场被固定在为酒神狄俄尼索斯所安排的地方，而且狄俄尼索斯一直主导着戏剧体裁；一些几乎是同一时代的著名诗人（最好说是一些重要的戏剧承办人），赋予了戏剧演出一种成熟的结构和深在的历史意义；这种繁荣状况恰好与民主的胜利、雅典的称霸、历史的出现和菲狄亚斯[3]的雕塑相偶合。这便是公元前5世纪，是佩里克莱斯[4]所在的世纪，即古典世纪。后来，从公元前4世纪到亚历山大时代结束，除了出现过几位我们了解甚少的天才（米南德[5]和新喜剧），便是衰落时期。作品平庸无奇，正是因为这种不被人注意的原因，合唱团的结构便逐渐地被放弃，而这种结构曾经是古希腊戏剧的特定结构。

64 尽管如此，这一历史还是有些神秘的。有些方面还是不清楚的，至少是假设性的。我们对于必须将古希腊戏剧与崇拜酒神狄俄尼索斯联系起来的原因，没有任何确切的了解；而且，不要忘记，我们失去了几乎所有的记录。各种体裁的整体情况，如酒神赞美歌、西西里喜

① 弗里尼科斯（Phrynichus，公元前6世纪末—前5世纪初）：雅典悲剧诗人。——译注

② 毕西斯特拉特（Peisistratos 或 Peisistratus，公元前600—前528或前527年）：雅典执政官。——译注

③ 菲狄亚斯（Phidias，公元前480—前430年）：雅典雕塑家。——译注

④ 佩里克莱斯（Périclès，公元前495—前429年）：雅典政治家。——译注

⑤ 米南德（Ménandre，公元前342—前291年）：古希腊喜剧诗人。——译注

剧、俄毕沙尔姆[①]的喜剧、林神剧，几乎没有为我们留下任何东西。有好几百部由好几代戏剧作者创作的作品，我们仅知道他们中的三位悲剧诗人和一位喜剧诗人：埃斯库罗斯[②]、索福克勒斯[③]、欧里庇得斯[④]、阿里斯托芬[⑤]。不仅这些作者每个人的作品都只是选集性的（例如在埃斯库罗斯创作的 70 部作品中，只见到了 7 部），而且还是残缺不全的。除了埃斯库罗斯的《俄瑞斯忒斯》（*Orestie*）之外，其余的悲剧三部曲都是不完整的。由于没有《解放的普罗米修斯》（*Prométhée délivré*），我们不知道埃斯库罗斯为人与神之间的纷争提供的结局是什么。其他情况，虽然较为人所知，但也被古典的共时性形象所破坏。古希腊喜剧在其于公元前 5 世纪最具诱惑力的时代，只有着极为初步的技巧。更为确切地讲，是在作品都变得平庸的时候，它的实际表现才较为细腻和丰富（或者说复杂）起来。此外，这种戏剧在其整个衰落时期，继续获得了重大的公演成功，以至于如果用社会标准而不是用审美标准来评价的话，整个历史观点就会是颠倒的。

因此，公元前 5 世纪的神话产生了一种形象，这种形象要求作许多重新的修整。至少，这种形象具有一种真实，它表明了这样的情况：

---

① 俄毕沙尔姆（Epicharme，公元前 525—前 450 年）：古希腊喜剧诗人。——译注。

② 埃斯库罗斯（Aeschylus，公元前约 525—前 456 年）：古希腊悲剧诗人。——译注

③ 索福克勒斯（Sophocles，公元前约 496—前 406 年）：古希腊悲剧诗人。——译注

④ 欧里庇得斯（Euripides，公元前约 480—前 406 年）：古希腊悲剧诗人。——译注

⑤ 阿里斯托芬（Aristophane，公元前 445—前 380 年）：古希腊喜剧诗人。——译注

这种戏剧是由作品、演出机制、仪式和技巧组成的一个整体，它具有一种结构。而这种结构，由于这种戏剧的特性准确地讲是不同戏剧编码的综合与关联，它就更为重要。在将古希腊戏剧确定在公元前5世纪的情况下，我们无疑会失去一种历史维度；但是，我们却获得了一种结构的真实，也就是说，一种意指。

65 作品

在古典时期，古希腊的演出包含着四种主要的体裁：酒神赞美歌、林神剧（drame satyrique）、悲剧和喜剧。我们还可以加上节日开始时的列队仪式即 cômos，它大概是从宗教祭祀仪式遗留下来的（或者更准确地讲，是从酒神节的单行列队仪式留传下来的）；而且，尽管这里涉及的更多是合唱，而不是表演，也还要加上在祭台上的试唱——这是一种清唱方式，其执唱人就坐在围着供奉酒神的**祭台**（thymélé）而设的**乐池**里。

酒神赞美歌，产生自公元前7世纪大概在作为商业城市和大都市的科林斯附近出现的某些酒神崇拜故事，它很快就形成两种形式：一种是文学形式，另一种是民间形式。在后一种形式里，文本经常是（广泛是）即席编出来的。在被泰斯庇斯带到雅典之后，酒神赞美歌就得到了正规化。戏剧体裁（悲剧和喜剧）的繁荣，丝毫没有对其造成竞争态势。酒神赞美歌的表演占据大酒神节的头几天，并在悲剧和喜剧比赛之前。这是一种类似抒情戏剧的东西，其神话的或者有时是历史的主题，经常让人想到悲剧的主题。（主要的）区别是，表演酒神赞美歌时，无扮演者（即便有独唱），而尤其没有面具和服饰。合唱团人数众多：50个执唱人，他们是青少年（18岁以下）或成年男子。这是一种圆形的合唱，也就是说合唱团的舞蹈是在围着**祭台**而设的**乐池**里进行的，而不像在悲剧里那样是面对观众的。音乐尤其非常多地采用东方的调式①，具有喧闹的意指（与阿波罗颂歌不同）。这种音乐随着颂词推进，这一点更使酒神赞美歌接近我们的歌剧。除了平达②的几段残缺不全的文字之外，这种酒神赞美歌没有给我们留下任何东西。

人们几乎同样不了解林神剧，由于这种剧必须跟随整个悲剧三部 66
曲，所以，这种不了解就更令人尴尬。对于这种体裁，我们只有索福克勒斯的《猎犬》（*Limiers*）、欧里庇得斯的《独眼龙》（*Cyclope*），以及刚被发现的埃斯库罗斯的几个片段。林神剧也是先出现在多利亚地区，后来被普拉蒂那斯（Pratinas）带到雅典的，这个时期也是埃斯库罗斯开始其诗人生涯的时期。林神剧很快就融汇到悲剧的复杂性之中（三部悲剧连续出现），从那时起，林神剧就转换成四联剧（tétralogie）。林神剧非常接近悲剧，它具有悲剧的结构，而其主题又是神话的。使之有区别因此也是构成它的东西，是合唱团必须由林神组成，并由林神的头领即酒神狄俄尼索斯的养父西莱纳（Silène）统领（在雅典，人们也说这是西莱纳戏剧）。这种合唱团具有重要的戏剧作用，它是重要的扮演者。它赋予体裁以色调，并使体裁成为一种“有趣的悲剧”。因为这些林神是一些“无赖”“饭桶”，他们是一些操作笑料和插科打诨的配角（林神剧结局都很圆满），林神们的舞蹈粗俗，他们都着一定服饰并戴着面具。

在这种戏剧中，任何作品都有一种固定的结构，其各个部分的交替是安排好的，顺序的变化是极小的。一部古希腊悲剧包括：序幕即前场（独白或对白）；合唱团的**开场歌**（parodos）；**剧情**（épisodes）——

① 在欧洲历史上，“东方”是指中东和阿拉伯地区，与现在的概念不同。——译注

② 平达（Pindare，公元前518—前438年）：古希腊抒情诗人。——译注

与我们现在剧本的幕次（尽管长短不一样）极为相似，并由合唱团的伴有舞蹈的歌加以分开，这种歌叫作**分唱**（stasima，合唱团的一半人唱第一段，另一半人唱第二段）；最后的一节，这一节通常由合唱团走出来构成，叫作**尾唱**（exodos）。喜剧在合唱歌曲与诵诗之间重复产生一种雷同的交替。可是，它的结构还是有些不同。与悲剧相比，喜剧包含着一种特殊的成分：首先，是**对峙**（agôn），即战斗。这一场，由于与悲剧的第一个剧情相一致，所以它必须是一个争执的场面，在争执过程中，代表着诗人观念的扮演者要战胜其对手（因为雅典的喜剧一直是带有论断的戏剧）。尔后，尤其是**领队的独白**（parabase），这后者紧随着前面的**对峙**：扮演者们（临时地）走了之后，合唱团便脱掉罩衣，转向观众，并向观众走去。一个（理想的）独白通常包含
67 着七个部分：一首非常短的歌，即**短歌**（commation）；领唱人（或合唱队的队长）面向观众的讲话（anapestes）；（平息的）**长吟**（pnîgos），即长时间吟唱而不喘息；最后是四段匀称的以首段歌曲结构出现的歌曲。在悲剧中和在喜剧（在喜剧中还差一些）中，场所的整一和时间的整一，都不是必要的（尽管人们试图这样做）。在埃斯库罗斯的《爱特那地区的女人们》（*les Femmes étnéennes*）中，动作变动了四次。

不论（故事和作者）变化有多大，这种结构具有一种固定成分，也就是说具有一种意义，因为在被说出的与被唱出的之间有规则的交替，在叙事和评述之间有规则的交替。也许，最好去说“叙事”，而不要说“动作”。（至少）在悲剧当中，剧情片段（即我们现在的剧幕）远不是再现动作，也就是说再现场面的直接变化。动作最通常是借助于间接的表述方式来折射，这些间接的表述方式在讲述动作的同时也在使其产生距离。（有关战斗或谋杀的）叙事——交付给典型的角色，即**使者**的角色，或者口头争执场面——这些场面在某种程度上将动作

投射到其争执的表面（古希腊人非常喜爱这些场面，几乎可以确定的是，人们在使这些场面于再现自身之外成为公众解读的内容）。在此，我们隐约地看到了奠定这种戏剧的形式上的辩证原则：言语在表述动作，但言语也遮挡了动作。“正在发生的事情”总是趋向于“已经发生的事情”。

对于这种被叙述的动作，合唱队的评述会定时地将其中断，并迫使观众以一种既抒情又理智的方式重新观看。因为，如果合唱团想评述在其眼下刚刚发生的事情，那么这种评述就基本上是一种质问：对于朗诵人的“已经发生的事情”，合唱团就要回答“马上和会发生什么”，以至于古希腊悲剧（因为这尤其关系到悲剧）一直就是三重演出：现在时（人们目睹一种过去向着未来的转换），一种自由（做什么?）和一种意义（神和人的回答）。

这便是古希腊戏剧的结构：被质问的事物（动作、场面、戏剧言语）和质问者（合唱团、评述、抒情言语）之间的交替。而这种“中断的”结构，它甚至就是将世界与人向所提问题分开的距离。神话本 68
身已经是一种宽阔的语义系统对于本性的强制。戏剧占有了神话的答复，并将其当作一种新问题的储库：因为质问神话，便是质问在神话时代曾经是圆满答复的东西。古希腊戏剧本身也是质问，因此它在两种其他质问之间找到了位置：一种是宗教的，即神话；另一种是世俗的，即哲学（公元前 4 世纪）。确实，这种戏剧构成了艺术的逐渐世俗化的一种途径：索福克勒斯不比埃斯库罗斯更富“宗教性”，欧里庇得斯与索福克勒斯相比也差之。由于质问越来越趋向智力性，所以，悲剧便同时向我们今天称之为戏剧（drame）甚至是建立在性格冲突而不是命运冲突基础上的自由民戏剧方向发展。而标记了这种功能变化的，恰恰是质问成分即合唱团的逐渐萎缩。在喜剧中也出现了同样的变化。政治喜剧（阿里斯托芬的喜剧）在放弃向社会发问（尽管这种争执是变弱了的）的同时，变成情节和性格悲剧（菲雷蒙①和米南德）。于是，悲剧和喜剧都已将人类“真实”当作对象。也就是说，对于戏剧来讲，提出问题的时代已经过去了。

组织机制

是宗教戏剧还是非宗教戏剧？当然，两种都是：在世俗性尚不为人所知的社会里，不可能是另外的情况。但是，两个方面并不具有相同的价值：宗教（最好说是崇拜）主导了古希腊戏剧的起源，它还在其得到发展的时代出现在调整它的机制之中；不过，却是城市在赋予其意义。是它所获得的特征构成了它的存在，而不是其与之俱来的特征。虽然有人现在很想将合唱团的问题置于一旁而不顾（但合唱团是
69 一种转换的宗教成分），但是，酒神崇拜就出现在演出的坐标（时间与空间）之中，而不是出现在其实质之中。

我们都知道，戏剧的表演一年中只有三次，是借庆祝酒神的节日进行的。按照其规模大小排序，这些节日是：大酒神节（Grandes Dionysies）、酒神庙节（Lénéennes）、乡村酒神节（Dionysies champêtres）。大酒神节（即城邦酒神节）是雅典的重大节日（但是，雅典的霸主地位很快就赋予了它一种泛希腊的特征），在初春时节即三月末进行。这个节日持续六天，一般包括三项比赛（酒神赞美歌、悲剧、喜剧）。埃斯库罗斯、索福克勒斯和欧里庇得斯的大部分“首创作品”是在大酒神节期间上演的。酒神庙节，或者更准确地说在酒神庙里庆贺的酒神节，在每年的一月份举行。这是一种唯独雅典才有的节

---

① 菲雷蒙（Philémon，公元前361—前262年）：古希腊喜剧诗人。——译注

日，比大酒神节更简单一些。酒神庙节只持续三四天，并且不包含有酒神赞美歌的比赛。乡村酒神节，每年的十二月末在亚蒂克地区的村镇里进行。贫穷的村镇只需简单地列队行走就可以敬神了，富足的村镇则要组织悲剧和喜剧的比赛。但是，这种演出仅仅是重复演出，只有在非常富足的村镇例如勒·毕雷镇（Le Pirée）的演出，按照苏格拉底的说法，才上演过欧里庇得斯的一部首创作品。

对于所有这些节日，剧场（从其真正意义上讲，即人们观看演出的地点）建立在为酒神而选择的地方。对于演出地点的认可，带来了对于在此发生的一切事情的认可：观众都带着宗教花环，演出人是神圣的，相反，犯罪在此变成渎圣罪。在这种圣洁的场所，有两个地方以更为明确的方式表现出了对于神的崇拜：在乐池里，乐池已在很大程度上被节日之初隆重地安放在**祭台**上的酒神雕塑所占据。什么是祭台？它也许是一种祭坛，也许是用来收存宰杀物鲜血的沟槽。不管怎么说，这是一处祭献之地。在**阶梯座位处**，也就是说全部的阶梯所在的地方，有一些座位是为雅典不同宗教崇拜的教士预留的（教士一直是临时的，因为祭祀团或是选举产生的，或是抽签进入的，或是花钱进入的，但从来都不是靠本事进入的）。获得这些荣誉地位的权利，叫作**席位特权**（proédrie）。这种特权扩展到身居高位的显贵和某些被邀 70
请者。

我们看到，这里涉及一些外在的机制：演出一旦开始，便不再有哪一个文化部门介入演出的过程之中（也许除了某些招魂活动、祈灵活动）。不过，人们一致地将一种宗教的起因赋予古希腊演出的实质本身，尽管这种实质在古典时期已经明显地世俗化了。确切地讲，是怎样的情况呢？这种起因并没有引起争论。被假设的东西，是演变的方式。最为人所知的假设，是亚里士多德的假设：悲剧有可能源自林神剧，而林神剧有可能源自酒神赞美歌；喜剧有可能走的是另一条路，它很可能来自歌颂男性生殖器的歌（chants phalliques）。亚里士多德不谈论酒神赞美歌与对于酒神狄俄尼索斯崇拜之间的联系，而**厚今派**①在很长时间曾经竭力解释这种联系。但是，三种首要体裁的内在联系是正确的吗？今天，人们有可能对此产生怀疑。有人认为，只有酒神赞美歌、林神剧和喜剧可以与酒神狄俄尼索斯挂上钩（因为悲剧另外构成一种情况），而且，对于每一种体裁来说，演变是直接的。一句话，悲剧不再像亚里士多德所说的那样，是对于一种本质（即严肃的模仿的本质）的逐渐揭示。

对于酒神狄俄尼索斯的崇拜，夹杂着东方的成分，正像有人说的那样，这种崇拜包含真正的中魔舞蹈，酒神的崇拜者列队（即它的信徒团）就是靠此形成的，它象征着酒神的随从。酒神赞美歌的圆形舞蹈再现了承受着神意**癫狂**的中魔者们的集体圆形舞蹈，而且，人们在19世纪伊斯兰教中尚存的当然是东方的其他习惯中看到，这种圆形舞蹈或旋转舞蹈在当时既是个人表达性的又是集体歇斯底里的驱魔仪式。至于林神剧，它在文化方面的继承性是双重的：一方面是它的舞蹈，这种舞蹈由一些无序的蹦跳组成，再现着个人的（而不再是集体的）**癫狂**，有人曾经将其视同于沙科②的癫狂性大进攻；另一方面，它的化装（因为林神都是穿戴饰物和戴着面具的）来自非常古老的狂欢节日，而那些狂欢节日都是由马的面具表演组成的（那个时候，马是地狱动
71 物）。最后是喜剧，至少是在其最初的部分（**开场歌**、**对峙**和**领队的独白**）中，喜剧延长了**面具表演**（cômoi），即某种由戴面具的青年人组成

① 厚今派（Les Modernes）：指法国从17世纪末开始延至18世纪中叶以夏尔·贝洛（Charles Perra）和封德奈尔（B. L. B. Fontenelle）为首的主张厚今薄古的一批作家和文艺理论家。——译注

② 沙科（Jea-Martin Charcot，1825—1893）：法国医生，主要从事神经病理学研究，尤其在歇斯底里症的研究和治疗方面有过重大贡献，并为后来的精神分析学奠定了基础，弗洛伊德曾经师从于他。——译注

的流动的面具场面，这种场面开启了那些文化仪式。

我们看到，而且为了大大简化的需要，将酒神崇拜与这三种体裁结合在一起的联系，可以说是属于有形的联系：那便是中魔仪式，或者更为明确地说，是歇斯底里（人们了解歇斯底里与戏剧品性的本质关系），歇斯底里的舞蹈既是心满意足的表现又是获得解放的表现。也许，就是在这种环境之中，才可理解戏剧的**陶冶**（catharsis）概念。我们知道，这个概念源自亚里士多德，曾经成为从拉辛①到莱辛②的有关戏剧目的性的大多数争论的议题。从实用的方面来讲，难道悲剧就是负责在人的身上激起恐惧和怜悯的同时去“净化”人的激情或者仅仅就是将人从这种恐惧和怜悯之中解脱出来吗？人们曾广泛地讨论过作为戏剧模仿之对象和目的的这种激情的本质。可是，最为含混的，始终是**陶冶**概念本身。难道问题就在于仅仅通过从激情上去掉任何多余的非理性的东西（拉辛）来“根除”（按照高乃依③的漂亮说法）激情或者更为稳妥地说来达到纯洁激情和使之升华吗？在这种争论方面去掉历史赋予它的全部真实性，是徒劳的；但是，从某种历史观点来看，这也许并非毫无益处。可以说，不论是高乃依，还是拉辛，抑或是莱辛，他们都无法给出在很大程度上赋予戏剧的**陶冶**概念以真正意义的有关既是神秘的又是医学上的背景观念。从医学上讲，**陶冶**差不多就是对于歇斯底里发作的终结；从神秘性上讲，陶冶既是中魔，又是对魔的解脱，中魔是相对于解脱而言的。这些经验很难进入今日基督教

---

① 让·拉辛（Jean Racine，1639—1699）：法国戏剧诗人。——译注

② 戈特霍尔德·埃夫莱姆·莱辛（Gotthold Ephraïm Lessing，1729—1781）：德国戏剧作家。——译注

③ 皮埃尔·高乃依（Pierre Corneille，1606—1684）：法国戏剧诗人。——译注

唯科学论的词汇之中，尤其是在将其与一种戏剧演出活动相联系的时候（加之心理剧和社会剧更赋予其某种现实性）更是这样。我们只能大胆地设想，古代的戏剧，当其源自对于酒神狄俄尼索斯崇拜的时候，它便构成了一种“整体的经验”，这种经验混杂着和概述着一些间接的甚至矛盾的状态，总之，它构成了一种协调的“去除中魔”的行为，或者如果喜欢用一个更为平淡却更为现代的术语来说的话，它就构成了一种协调的“改变环境”的行为。

72 那么悲剧呢？相反，这种贯穿着酒神狄俄尼索斯的最高贵体裁，至少不应该直接地归因于对于神的崇拜。借助于那些纯粹有关酒神的体裁，城市变得很容易接受由其诗人们建立的一种新的戏剧形式。悲剧，就其本质而言，可以说是一种真正的雅典创造，神借助于简单的比邻关系，只是将有关它的戏剧和其主导作用让给了这种新的创造。如果是这样，那就不需在狄俄尼索斯与悲剧之间想象一种特征关系了（这种关系过去一直是强迫性的）。狄俄尼索斯是一位组合而成的神，我们也可以说它是一位辩证的神。它既是地狱之神（至少是死鬼之神），又是再生之神。如果我们愿意的话，它就是这种矛盾的神的本身。确实，有关狄俄尼索斯的诸多体裁（酒神赞美歌、林神剧和喜剧），在文明化过程中，也就是在过渡到非宗教机制一侧的同时，它们已经纯洁了、简化了、平和了神的令人不安的特征。这便是语调的问题。但是，对于悲剧来说，自立性是不容置辩的。在悲剧里，不论是魔鬼的还是粗俗的，没有任何东西有可能起源于狄俄尼索斯的非理性。

这一切都强烈地表明了古希腊戏剧的非宗教特征，尤其是在悲剧方面：是城邦赋予了悲剧以本质。城邦，也就是说雅典，它既是城市又是国家，既是市府又是民族，既是有限的社会又是“世界性的”社会。演出是如何进入这种社会的呢？是通过三种机制：出钱组织合唱（chorégie）、购票补贴（théôricon）和比赛（concours）。

按照规定，古希腊戏剧是有钱人向穷人赠送的一种戏剧。出钱组织合唱，当时是向富人摊派的一种赋税，也就是说，是国家向富人正式强加的一种义务：出钱的富人应该让合唱团学会唱歌，并为之购买器具。由于有钱而需交纳赋税（除了出钱组织合唱之外，还有其他赋税）的纳税公民人数，在古典时期，有大约 1 200 人，而亚蒂克地区的公民为 40 000 人。正是从他们中间，执政官确定当年的出钱人，其人数显然与被接受参加比赛的合唱团的数目一样。他们的财政负担是很重的：出钱人必须租用排练大厅，购买器具，向演唱人提供饮料，支付艺人们每日的工资。有人估算，出钱组织演出悲剧的费用是 25 米
那①，出钱组织演出喜剧的费用为 15 米那（一个米那差不多相当于一 73
个没有专长的工人一百天的工资）。在国家贫穷的时候（伯罗奔尼撒半岛战争之末），两个人可以合股出这笔钱，这叫作共同出资（synchorégie）。后来，出钱组织演出就不复存在了，而让位于由竞技主持人出钱（agônothésie）。这是某种形式的演出总负责人制，其预算原则上是由国家来提供的，但是实际上，这种预算至少是部分地由演出负责人自己（被指定担任一年）来承担的。显然，我们可以在财富的逐渐贫化与合唱团的消失之间建立某种关系。

原则上，所有的公民进入剧场都是免费的；但是，由于这样做会带来拥挤，所以最初还是支付两奥波尔②的日场入场费（相当于没有专长的工人日工资的三分之一）。这一收费方式，由于不太民主而损害穷人的利益，很快就被废除了，代之以由国家向穷人提供的一种补助。这种补助政策——每个人头为两奥波尔——是在大约公元前 410 年的时

① 米那（mina）：古希腊货币名称。——译注

② 奥波尔（obole）：古希腊货币名称。——译注

候由克雷奥逢①决定的，这种机制取名为购票补贴。

出钱组织演出和购票补贴确保了演出器具的购置。第三种机制（而不是最小的机制）将确保对于民主在其价值上的检查（不应该忘记，对于一种价值的检查，一直是一种意识形态的检查）：那便是比赛。在古希腊的公共生活中，人们都了解**对峙**即竞比的重要性；今天，我们勉强地可以将其比之于我们的体育机制。从社会角度上讲，**对峙**的功能是什么呢？无疑，可以调解对立而不非难对立。竞比可以让我们保留下有关古代决斗的问题（谁是最好的），但是，却给予其一种新的意义：相对于事物来说，什么是最好的？在不是控制人而是控制自然的方面，什么是最好的？在此，自然，便是艺术，也就是说，是对于宗教价值和历史价值、道德价值和审美价值的一种完整的再现，并且这种情况至少——甚至是特殊的——是罕见的：艺术曾经非常少地服从于这样的一种非功利性竞比制度。

戏剧比赛的机制是复杂的，因为古希腊人对于他们竞比的诚恳性
74 是很挑剔的。我们已经看到，是执政者来指定出钱组织演出的人。他还确定被接受参加比赛的诗人的名单（诗人首先是作者和扮演者，然后由他本人来选择他的诗的那些扮演者，而且悲剧演员们的比赛最后要纳入大酒神节）。一方面是出钱组织演出者（以及他们的合唱团）的组合；另一方面是诗人们（以及他们的扮演者）的组合，是在平民代表大会上通过抽签民主地进行的。对于悲剧来说，有三个竞争对手（每一个人上演一部四联剧）；对于喜剧来说，有三个（后来是五个）竞争对手。显然，每一部作品不是只演出一次，至少在公元前5世纪时是这样的。因为后来，又有多次重演。每一次比赛之前都要上演一位

① 克雷奥逢（Cléophon，公元前5世纪）：当时的执政者，是他引入了民主。——译注

古典作者的作品（特别是欧里庇得斯的作品）。

节日之后的评判，是交由一个公民评审团来进行的，这种评审团在两个层次上由抽签确定（不要忘记，对于古希腊人来说，抽签定命是神的符号）：在评审团（10 人）组成的时刻，也就是说在演出之前和在选举之后，其新一轮的抽签最后只保留五人。对于出钱组织演出的人和诗人，都有奖励，后来又对主角设立了奖励（三脚陶器或花冠）。比赛由一项官方的笔录宣布结束，这种笔录最后要雕刻在大理石上。

很难想象，在一个社会与其演出之间，还有更为有力的机制和更为密切的联系。由于这个社会恰恰是在演出的艺术达到其顶峰的时刻成为民主的，所以，人们有意使古希腊戏剧成为大众戏剧的模式。不过，需要提醒的是，雅典的民主，尽管是值得赞赏的，但它既不符合现代民主的条件，也不符合现代民主的要求。有人说过，那是一种贵族式的民主，因为这种民主将外来侨民和奴隶弃之门外。在亚蒂克地区，在 40 万居民中只有 4 万人属于公民。这些公民可以自由而频繁地参与节日和演出，而其他人则为他们付出劳动。但是，这些人数不多的群体（在这些群体中，大家都相互认识）一旦形成（而这一点也与我们的民主相对立）就具有一种公民责任，而这种责任拥有今天难以想象的力量。我们还没有说，雅典的公民可以参与公共事务：借助于
其所属的无数管理委员会，雅典公民可以参与主政，完全置身于政权 75
之中。而尤其是，这种责任作为新的特殊性，是必需的，也就是说，是经常性的、公民都有的；这种责任甚至是思想的框架，在公民范围之外，什么都做不成，什么都无法被人感觉到，或者被考虑到。这是平民的戏剧吗？不是。但是，它却是公民的戏剧，是担负责任的城邦的戏剧。

仪式安排

对于机制的这种表述，还必须补充以对于这种机制的使用的表述，因为，一种演出只有在与其使用者的实际生活相联系的时候，才是有意义的。

古希腊戏剧基本上是一种节日戏剧。激发戏剧出现的节日一年一次，一次延续几天。然而，这种仪式的庄严性与影响之大，带来了两种后果：首先是时间上的一种停顿。我们知道，古希腊人并不知道一周当中是要休息的，休息是犹太人的概念。古希腊人只在宗教节日时才不工作，确实，宗教节日是很多的。由于戏剧与劳动时间的结束相联系，所以它所建立的是另一种时间，即神话的时间和意识的时间，这种时间可以不被当作消遣来度过，而是被当作另一种生活来度过。原因是，这种时间是暂停的，而借助于其长短本身，它就变成一种饱和时间。

在此，必须想到，节日中每一天的安排都是很满的。在节日之前，就有**预告活动**（proagôn），它类似于一种预演，在这种活动中，有人向人群介绍被指定的诗人和他们的演出人员。节日的第一天用于一种祭祀仪式，是将酒神狄俄尼索斯的塑像从庙里请出来，将其庄严地放置在剧场里。这种祭祀仪式中间有百牛大祭活动，牛肉要分给人群，并现场烧烤。紧接着后两天是酒神赞美歌表演，第二天的晚上，有一个
76 列队仪式。随后是连续三天的戏剧演出：每天上午有一种四联剧（三部悲剧和一部林神剧，其间有半小时的休息），每天下午有一部喜剧。在真正的演出之前，还有其他的隆重内容，也就是其他的节目：享有席位特权的人士进场；在乐池里摆设加盟城邦的贡品；检阅全身披甲戴盔的“国家童子军”；宣布向某些公民颁发勋章；用一头幼猪的血来

进行清净祭；吹号宣告真正的演出开始。因此，古希腊的这些狂欢节日是真正的“集会”（大酒神节延续六天，而且每个上午的悲剧演出从东方发亮一直到中午，持续 6 个小时；下午还要重新开始）。在这些集会中，从人们参与开幕仪式时戴着的面具到对节目本身的**模仿**（mimesis），整座城市都像戏剧演出那样生活着。

因为在此，与我们的自由民戏剧相反，在节目与其观众之间没有自然的断裂。这种连续性是由两种基本成分承担的，我们现在的戏剧最近曾试图重新找回它们，那就是演出场地的圆形特征和它的开放性。

古希腊戏剧的乐池是非常圆的（半径大约为 20 米）。剧场的阶梯一般都是背靠山坡，构成了一个半圆形的大空间。深处，有一个建筑物，其内部用来充当后台，其正面的墙用来充当带有装饰的支撑，这便是**木棚**（skéné）。那么，演出人员在什么地方演戏呢？最初，一直是在乐池里，合唱团和扮演人员混杂在一起（也许只有扮演人员才在**木棚**的前面享有几个可以站立的低矮台阶）。后来，（大约在公元前 4 世纪末），人们才在**木棚**前安排了一种很窄但却比较高的前台（proskénion）。在前台上，动作得以活跃，与此同时，合唱则失去其重要性。整个建筑物先是用木头建造，乐池的地面就是踩实的泥土。第一批石砌剧场出现在公元前 4 世纪。我们知道，我们今天称之为舞台的东西（**木棚**和**前台**的整体）在古希腊戏剧中不曾有过真正有机的作用：作为承载动作演出的地方，它是后来才出现的补充之物。然而，在我们的戏剧之中，舞台是动作的正面展示，是演出在内外两个方面的注定分配。在古希腊戏剧中，根本没有这样的情况，因为舞台空间非常之大。在节目的“外部”与观众的“外部”存在着经验的相似性即一致性。这种戏剧是一种初始的戏剧，它在坟墓和宫殿前演出。这 77
种圆锥形的空间，向上张开，向天空张开，具有扩大讯息（即命运）而不是窒息情节的功能。

圆形，构成人们可以称之为古希腊戏剧的“存在”维度的东西。另一种维度是露天。这种早晨的戏剧，即曙光中开演的戏剧，人们尽可以想象其壮美的情况：身着五颜六色衣饰的人群（观众都穿着节日的盛装，头上都戴着花环，就像进行任何宗教仪式那样）、舞台上的红色与金色相间的服饰、明亮的阳光、亚蒂克地区的天空（还需要进一步指出：酒神狄俄尼索斯节在冬天和在冬末比在春天多）。这是为了忘记，露天的意义就是它的无常性。在露天的情况下，演出不能成为一种经常性的事情，它是易受干扰的，因此是不可替代的：观众置身于露天的复杂的复调环境之中（太阳在升起，风在刮起，鸟在飞，城市的噪音，冷风的流动），可以重现戏剧上某个事件的特殊性。从黑暗的大厅到露天，不能具有相同的想象：前者在于逃逸，后者在于参与。

至于阶梯上的观众（今天我们很了解体育比赛现场的这种现象），也被其整体所改变了。座位数量是很大的，尤其是相对于公民总体人数而言：雅典大约有 14 000 个座位［我们的夏约宫（Chaillot）才有 2 000至 3 000 个座位］。这种座位总体上是结构性的，与我们的演出大厅不同或者说与我们现代的场地不同：除了特权席位（这些席位都在第一排）之外，其他席位本身也是按片预留给某些类型的公民的：上院的议员，富豪弟子，外国人，妇女（妇女通常都是坐在最上面的阶梯上）。于是，这便形成了双重的逻辑联系：从整个剧场讲，是群体性的；而从以年龄、性别、职务组成的群体讲，又是个别性的。而且，人们也清楚，一个群体的参与，可以在很大程度上强化这个群体的反
78 应性和使其情感结构化。在剧场中，公众得到了真正的“安排”。在此，还应该加上中魔仪式的最后一点：食品。人们一边看戏，一边吃喝，而且慷慨的出钱人还让人巡回地给大家送上葡萄酒和甜点。

技巧

古希腊戏剧的基本技巧，是一种综合技巧。那便是**结合性**（choréia），即诗、音乐和舞蹈三者的同体结合。我们现在的戏剧，即便是抒情的，也无法提供，因为音乐在其中占据主导地位，而不顾文本和舞蹈，舞蹈被弃置于插曲之中（例如芭蕾）。然而，确定**结合性**的东西，便是构成它的各种言语活动的绝对的平均性。我们可以说，它们都是“自然的”，也就是说，是源自同一种心理框架的，这种框架是经受同一种教育形成的，在“音乐”之名下，这种教育包含着文学与歌唱（合唱团自然是由爱好者们组成的，而且，人们会毫不费力地招雇到）。也许，为了对**结合性**的一种真实形象做些研究，就应该与古希腊教育的意义联系起来（至少像黑格尔所确定的那样）。雅典人借助于其身体性（歌与舞蹈）的完整表演，显示了其自由性。准确地讲，是将其身体转换成精神机体的自由性。

我们从诗歌或者更可以说是从言语本身（因为这里涉及确定一种技巧）知道，这种言语在三种谈吐方式上分配：一种是剧情表述，即口头的、独白的或对白的表述，它由抑扬格的三节拍段诗句组成（即“cataloguè”）；一种是抒情的表述，是用三种韵脚写出然后唱出的（旋律短句，或歌）；最后是中间性表述，即“paracataloguè”，它是由四音部诗构成的。中间性表述比口头表述更为夸张，但丝毫不像唱歌那样富有旋律，它大概可以说是采用高音的一种情节剧，但是却伴有笛子（就像**独唱**）。

音乐是单声的，是通过齐唱或八度音来唱出的，只用一种带双管和簧的笛子来伴奏（这种伴奏本身也参与齐唱），吹笛子的乐手坐在**祭台**上。节奏——这正是**结合性**的高贵特征之一——绝对是与诗的格律 79

相配的：每一个节拍都对应于一个韵脚，每一个音符都对应于一个音节，至少在古典时期是这个样子；因为欧里庇得斯已经在大量使用一种带练声曲的绚丽风格，这种风格很快就迫使这位诗人雇用一位专业作曲者。对于这种音乐（我们完全地失去了这种音乐，我们只在欧里庇得斯的《俄瑞斯忒斯》剧中看到一小段），我们要说的和使其与我们现在的音乐不同的，是它的表述的编码性。我们知道，这种编码性是通过一整套音乐方式的词语来实现的：古希腊音乐是非常好地和公开地有意蕴的，它具有建立在规约而不是建立在自然作用上的一种意指。

在**结合性**中，我们最难以想象的，是舞蹈。是真正的舞蹈，还是简单的节奏性动作？我们只知道，应该区分**舞步**（phorai）和**姿态**（schemata）。那些姿态无疑可以达到哑剧的程度。有一些哑剧是手和手指的哑剧（chironomie），其中一种是非常出色的即普拉蒂纳斯（Pratinas）的合唱团队长为《七人攻占底比斯》（*les Sept contre Thèbes*）所发明的哑剧，该哑剧讲述的战役，“就像亲临现场一样”。还有，需要指出的，是其表达性，即建立了一种真正的语义系统，而每一位观众都非常好地知道其各个构成成分。人们在“解读”一种舞蹈，其智力功能至少是与其塑造功能或情感功能同样重要的。

这些就是**结合性**的各种编码（我们已经看到，语义成分在其中是多么重要）。这些编码是交付给了合适的执行者了吗？根本没有。也许，合唱团从来就不朗诵（与人们使其在我们现代的再现活动相反），它总是唱；不过，扮演者们和领唱，尽管他们主要是对话，但完全可以很好地去唱，而且从欧里庇得斯的作品开始，他们甚至可以跳舞。不管怎样，他们都频繁地使用中间性表述。这是因为，不应该忘记一点，那就是“人物”（这是现代的概念，因为拉辛仍然将其人物称作“扮演者”）逐渐地从一个无区别的群体即合唱团中凸显了出来。合唱团的领队（exarchôn）预示着扮演者的形成。泰斯庇斯或弗里尼科斯跨越了这个门槛，创立了第一个扮演者，同时将叙事转换成了模仿，戏剧的幻觉出现了。埃斯库罗斯创立了第二个扮演者，索福克勒斯创立 80
了第三个扮演者（两位扮演者都取决于主角的需要）。人物的数目通常超过扮演者的数目，同一个扮演者可以扮演连续的角色。于是，在埃斯库罗斯的《波斯人》（*les Perses*）中，一位扮演者扮演了皇后和赛克赛斯①，另一位扮演者扮演了送信人和达里奥斯②的亡灵。正是由于这种特殊的经济原因，古希腊戏剧经常与布道和争讼的场面相结合，因为在这些场面中，只需两个人物。

至于合唱团，其总体人数在古典时期并没有变化：悲剧是 12 个人到 15 个人；喜剧是 24 个人，其中包括领唱。后来，合唱团的作用（甚至立即就该说，它的总体人员）就降低了其重要性：最初，通过领唱的声音与扮演者对话，合唱团围绕着扮演者，赞同他或质问他，合唱团不在动作上参与但却评论他，简言之，合唱团完全是与事件相对立的人的集体，合唱团在尽力理解扮演者；但是所有这些功能都逐渐地消退了，而且合唱部分终于有一天成了与剧本本身毫无有机联系的插曲。这里，有三种情况出现了：由于财富的减少和公民热情的减弱（我们已经看到了这种情况），富人们对于出钱演戏开始表现出了迟疑；合唱团的功能简约为幕间插曲；扮演者数量和作用的增加，这是悲剧质疑向着心理真实的发展。

在酒神赞美歌里却是另外的情况，所有的执唱人即合唱团和扮演者，都戴着面具。面具是用涂灰的布块做成的，封着石膏，上着颜色，

---

① 赛克赛斯（Xerxès，公元前 486—前 465 年）：波斯第一位国王。——译注

② 达里奥斯（Darios，公元前 522—前 486 年）：波斯国王。——译注

并用假发有时也用仿制的大胡子来延长面具；额头通常出奇地高大，这便是**高额头**（onkos），即额头高高突起。这些面具的表达作用有其自己的历史，那便是古代现实主义的历史。在埃斯库罗斯时代，面具没有确定的表达作用。那时，面具还是一种中性的外表，它只在额头部分勉强地有一条很浅的皱褶。相反，在希腊化时代，在悲剧中，面具具有极其感人的作用，其面部特征格外地扭曲。通过其他的面部特征
81 （头发颜色或是肤色），尤其是在喜剧之中，面具是按照形状来分类的，因此，每一种面具都对应于一种用途，对应于一种年龄或一种安排：这便是性格面具。这些面具都用在什么地方呢？我们可以列举其某些表面的使用方式：让人从远处看出特征，掩盖真实性别——因为妇女的角色都是由男人来扮演的。但是，它们深在的功能无疑是依据时代的不同而改变了：在希腊化戏剧中，面具在类型学上用来表明对于心理本质的玄想。面具并不掩盖，它在昭示。它确确实实是今天的化装的祖先。但是，在从前的古典时期，它的功能似乎完全是相反的：首先，它改变环境。它去除了面部的活动性，例如微小区别、微笑、流泪，而不用任何符号即便是一般的符号来代替。其次，它改变声音。例如将其变得厚重、变得深沉、变得古怪，就好像来自另一个世界。这样一来，它将非人性和夸张的人性混合在了一起，成了悲剧幻觉的主要功能，而这种功能的使命则在于让人解读神与人的沟通。

舞台服饰也具有相同的功能，这种功能既是真实的，也是非真实的。说其是真实的，是因为它的结构是古希腊服装的结构：内长衣、外衣、短披风；说其是非真实的，至少在悲剧里是这样的，这是因为这种服饰也是神（酒神狄俄尼索斯）穿的服饰，或者至少是其大神甫的服饰，这种服饰有着显然在生活中（喜剧服饰的非真实性成分是很少的：内长衣被简单地剪短，为的是让人看出男性人物用以炫耀的用皮革做成的阴茎外套）见不到的豪华（颜色与刺绣）。除了这种基本服

饰之外，还有一些特殊的“标志”，也就是说某种服饰编码的端倪：国王的紫红大袍，占卜者的长毛衣，表明贫穷的破衣服，表明痛苦和不幸的黑颜色。至于厚底靴，至少在其作为厚底鞋的意义上讲，它是一种后来的补加，是希腊化时代的产物。扮演者身体的加高带来的是对其肥胖的人为增添内容：假肚皮、假肩膀（在长裙里面用长裤将其固定下来），还有过分夸张的高额头。

现实主义的努力（既然作为现代人的我们向这些技巧提出了这个问题）曾经很快地被用于布景上。最初，这只是一种木质建筑物，简单地表明是一种祭台、一处坟墓或是一块石头。但是，索福克勒斯 82
（后来又有埃斯库罗斯在其最后的几部作品中）引入了在一块活动的布上绘画布景的做法，这种布景就挂在**木棚**前面：开始时是单色平涂的绘画，但很快就交付给专业的绘画师、舞台美术师。大约在公元前5世纪，人们在中心布景（即正面布景）上又增添了两种侧面布景，**即侧景**（périactes）：那是一些装在支轴上的转动的棱柱，根据要求，其某一个棱面转过来与中心布景并合。从**新喜剧**开始，左侧布景（从观众的角度看）按惯例要使远处的外人被看得更远（在雅典，这是亚蒂克农村一侧）；而右侧的布景，就要直接拉近［这便是毕雷镇（Pirée）的方向］。自然，这与面具的情况一样，很快就形成了地域形象的初步类型学：具有森林特色的景致用于林神剧，带有住房的景致用于喜剧，庙宇、宫殿、战地帐篷、乡村的或海洋的景致用于悲剧。在古罗马戏剧之前，布景前面没有一点儿帷幕，或者有时只有一块用来准备某些演出的活动的屏幕。

现实主义的这种广阔的努力，后来又得到了一代人接一代人的补充。它得到了一种珍贵技巧的帮助：道具。在希腊化时代，道具是很复杂的。有一种道具是用来使谋杀的内部场面外在化的，这便是**转台**（ekkykléma），即一种转动的平台，它可以将死尸带到宫殿外，让观众看见。还有一种道具，即**吊台**（méchané），它是用来使神和英雄在空中飞起来的。它类似于一种吊车，人们将其承重的缆绳涂成灰色，以便不至于被人明显看出。休息的时候，神都出现在位于木棚上面的住处，这种住处即**歇息室**（théologeion），或者称之为神的谈话间。过渡梯（即“次级梯”）是一种平台，可以让扮演者与棚顶或背景建筑物的更高一层沟通（尤其是在欧里庇得斯和阿里斯托芬的戏剧中）。最后，是活板门（trappes），即一些地下的阶梯，甚至还有一些上升梯，它们用于地狱之神或死鬼的出现。尽管如此复杂，这类道具具有一种总的意义：“使人看到内部”，即地狱的内部、宫殿的内部或奥林匹斯山[1]的内部。它突出一种秘密、强化类比、取消节目与观众之间的距离。因此，它与古代戏剧的“平民化”同时得到了发展，就是合乎逻辑的：
83 它的功能不仅仅是现实主义的（在最初），或是梦幻的（到最后），而且是心理的。

是现实主义的戏剧吗？可以说，很快就出现了这种戏剧的萌芽。从埃斯库罗斯开始，就有了这种倾向，尽管这第一种悲剧性戏剧还包含着数量众多的距离特征：面具的无人称性、服饰的约定性、布景的象征性、扮演者很少、合唱团比较大；但是不管怎样，一种艺术的现实主义不能在其观众的轻信程度之外来确定。它最终还是要依靠接受它的心理框架。与带来一种强烈的轻信有关的一些暗示技巧，构成了我们可以称之为“辩证的现实主义”的东西，在这种现实主义中，戏剧的幻觉紧随着不停地往返于一种浓厚的象征主义和一种直接的现实主义之间的某种活动。有人说，《俄瑞斯忒斯》的观众在看到那些地狱之神（Érinnyes）出现的时候，都害怕得跑掉了，因为埃斯库罗斯在与传统割裂的同时，使这些神一个一个地出

① 古希腊神话中众神所在之地。——译注

现。正像人们已经注意到的那样，这种动作很能让人们想到第一批观看电影的人在看到火车头进入希腊拉·西奥塔特（La Ciotat）火车站时都向后退缩的情景。在这两种情况里，观众所消费的，既不是现实，也不是对于现实的复制状况。我们可以说，是一种“超现实”，是被其符号所重复的世界。无疑，这是古希腊首批作品的现实主义，即埃斯库罗斯的现实主义，甚至是索福克勒斯的现实主义。但是，有一些非常讲究的类比技巧（面具的表达性，道具的复杂性，合唱团作用的消退），加入到了一种甚至是很弱的至少是不大突出的轻信之中，这些技巧产生了一种完全不一样的现实主义。大概可以说是欧里庇得斯和他的后继者们的现实主义。在此，符号不再指世界，而是指一种内在性。演出的物质性本身在其总体之中变成一种布景，而且甚至在**结合性**解体的时刻，其组成成分就变成一些简单的、人们要求其是合情合理的“说明”。在舞台上发生的，已不再是现实的符号，而是对于现实的复制。我们理解，拉辛正是与欧里庇得斯建立起了对话，而且，19世纪的戏剧协会让人感觉更靠近索福克勒斯，而不是更靠近埃斯库罗斯。

因为，不管人们发现了什么，四个世纪以来，这种戏剧从来没有停止过涉及我们。从文艺复兴开始，音乐家、诗人和巴尔迪剧院（Camera Bardi）的爱好者们在佛罗伦萨就借鉴**结合性**的原理来创立歌剧。我们知道，17和18世纪，古希腊的戏剧作品曾经是我们戏剧作家 84
汲取营养的主要源泉：不仅仅是在文本方面，而且也在悲剧艺术的原理本身、在它的目的性和它的手法上。我们知道，拉辛曾经细心地抄录了亚里士多德《诗学》一书有关悲剧的所有段落，并且后来，就有关**陶冶**的争论又与莱辛重新开战。亚里士多德为现代戏剧所做的贡献，并不是一种悲剧哲学，而是建立在理性之上的一种组织技巧（这便是当时的诗歌艺术的意义）。一种悲剧实践从亚里士多德的诗学中显露了出来，推广了一种戏剧手工艺观念。可以说，古希腊悲剧变成所有诗歌创作的模式、练习和修行。到了 19 和 20 世纪，古希腊戏剧的物质性本身，虽然被我们过去的古典作家们所忽视，但却集中了我们最多的思考。首先，在哲学和人种学平面上，从尼采到乔治·汤姆逊（George Thomson），人们热烈地讨论这种既是宗教的又是民主的、既是原始的又是精美的、既是超现实的又是现实主义的、既是外来的又是古典的戏剧的起源和本质。后来，甚至在舞台上，人们重新开始（自 19 世纪中叶）上演这种戏剧，先是将其当作更为豪华的资产阶级戏剧（这便是法兰西喜剧院的首批“重编剧目”）来上演，随后，又以一种更为野蛮和更为历史的风格上演。在这方面，应该说上几句，因为从科坡[1]的某些思考到老科隆比耶剧院，从 1936 年索邦大学大学生古希腊剧团演出《波斯人》起，当代的经验是非常之多的，这些经验都是建立在通常是矛盾的一些原理基础上的。

因为，人们从来就不能完全决定是否必须重新组织这种戏剧或是改编这种戏剧。在人们今天都上演莎士比亚的作品而并不担心伊丽莎白时期的规约的时候，或者在人们都上演拉辛的作品而不求助于古典戏剧理论的时候，古代作品的杰出性就一直存在于此，这种杰出性在诱惑人们：这是对于既夸张又人性的整个一种非常自然的演出的怀念，是戏剧与城邦之间前所未闻的一种协调留下的痕迹。不过，有一件事是明显的：重编是不可能的。首先，因为考古学为我们提供的是一些
85 不完整的情况，尤其是在涉及作为现代舞台所有安排之难点的合唱团的塑造功能方面。其次，尤其是因为由博学研究所挖掘出来的事实从

[1] 雅克·科坡（Jacques Copeau，1879—1949）：法国作家、表演艺术家、法兰西剧院院长。他于 1931 年创立了“老科隆比耶剧院”（Vieux-Colombier）。——译注

来就只是作为当时思想框架完整系统的一些功能，而且，在整体性方面，**历史**是不可逆转的。一旦这个框架没有了，功能便消失了，单独的事实就成为本质。不论人们愿意与否，它们都具有一种未预料的意指，于是文字事实很快就变成违背常理的东西。例如：古希腊音乐是单声的，古希腊人并不了解其他类型的音乐；但对于作为现代人的我们来说，音乐就是复调音乐，任何单声的都是外来的。这便是一种注定的意指，而古希腊人并不想要这种意指。因此，在古希腊的演出之中，就像考古学告诉我们的那样，有一些与违背常理有关的危险事实：它们恰恰就是那些文字事实、基本事实：一个面具的形式、一个旋律的调式、一种乐器的声音。

但是，也还有一些功能、一些关系、一些结构事实，例如，口述、歌唱与宣告之间的严格区别，或者合唱团（克洛代尔[①]恰如其分地说其是位于唱诗池后面的圣歌歌手）正面的、人数众多的造型，其基本的抒情功能等。正是这些对立情况，我们似乎应该可以重新去发现。因为这种戏剧，不论在外来性方面还是在其真实性方面，不论在其审美方面还是在其范围方面，都与我们有关。而且，这种真实性本身不能只是一种功能，即将我们现代的目光与一个非常古老的社会连接起来的关系。这种戏剧还以其距离而与我们有关。因此，问题不再是同化这种戏剧，而是更在于使其有所离开，在于使人能够理解它。

节选自居伊·迪米尔（Guy Dumur）主编的
《演出史》（*Histoire des spectacles*，Encyclopédie de la
Pléiade，© Editions Gallimard，1965）

---

① 保罗·克洛代尔（Paul Claudel，1868—1955）：法国天主教诗人和外交家，曾在中国任职。——译注

狄德罗、布莱希特、爱森斯坦

我们可以想象，从古希腊时期开始，数学与声学之间就在地位和历史上存在着联系；可以想象，这种纯粹毕达哥拉斯观念的空间，在过去两三千年当中受到过一些压抑［毕达哥拉斯正是**密情**（Secret）一词之名祖］；最后，还可以想象，就从这些古希腊人开始，面对着第一种联系，另一种新的联系又确立了，而且想象，这种新的联系在其于艺术史中连续抢先的同时，战胜了前者。这种新的联系，便是几何学与戏剧的联系。因为，戏剧正好就是计算事物的**被观看**位置的实践活动。如果我将演出放在这里，观众就能看得到它；如果我将演出放在别处，观众就看不到它，而我则可以利用这种掩藏来操纵幻觉。舞台正是挡住光束的一种线，它框定了光束的界限，而且就像是其光华四射的正面状况一样。于是，与音乐相反（也与文本相反），**再现**（représentation）就在此得到了奠定。

再现，并不直接地被定义为模仿：如果我们不去管“真实”（réel）、“相似”（vraisemblable）、“复制”（copie）这些概念的话，只要一个主体（作者、读者、观者或偷看者）将目光投向一处远景并在那里切划出以其目光（或者其思想）作为顶点的一个三角形的底线，那么，一直会有“再现”的概念。**再现之沃尔佳浓**[1]（今天变得可以这样写了，因为有**别的事物**隐约可见了），这种**沃尔佳浓**具有两种基础：切划的绝对权力和进行切划的主体的整体性。因此，艺术的实质也就无太大重要性了。确实，戏剧与电影是对于几何的一些直接表达方式（除非它们进行某些有关声音、立体声的研究），但是，古典的文学话语（即可读性话语）也在长期以来放弃韵律、音乐的同时，成了一种 87
再现性话语、几何性话语，因为它切划一些部分以便描绘它们：发出话语（古典作家就这么说）仅仅是“描绘人们头脑中已有的画面”。场面、画面、方案、被切划出的矩形，这些便是**条件**，这种**条件**可以让人们去设想戏剧、绘画、电影、文学，也就是说除了音乐之外的其他所有“艺术”，我们可以称之为**屈光艺术**（arts dioptriques）（相反的证据是：在音乐文本中，没有任何东西可以让我们标记下哪怕是最小的画面，而只能使之为戏剧体裁服务。没有任何东西可以让人在音乐上去切划哪怕是最小的偶像，而只有在重复使用之后才使其变得黯然失色）。

我们知道，狄德罗的整个美学体系是建立在对于戏剧场面与绘画的同一识别之基础上的：完美的剧本是绘画的延续，也就是说，是一

---

① 沃尔佳浓（Organon）：亚里士多德的全部伦理学著述，这里应该是指再现的全部概念。——译注

种画廊、一种沙龙。舞台向观众提供了“与在有利于画家时刻的动作中同样多的真实画面”。画面（绘画画面、戏剧画面、文学画面）是一种纯粹的切划，它轮廓清晰，它不可逆转，它永远不变，它将其全部无名称的周围情况都压抑到虚无之中，并让一切它使之进入其范围的东西都显露出本质、得到明确阐释、被人理解。这种创造性的区分包含着一种很高级的思维：画面是智力的，它想说明某种（伦理的、社会的）东西，但是，它也说明它知道应该如何去说。它面对情绪的发展路径，既是有所说明的又是有所预告的，既是深有感触的又是颇有思考的，既是激动人心的又是意识清晰的。布莱希特的史诗般的舞台、爱森斯坦的设计，都是画面。那是一些备好的舞台（就像有人说过的那样：**饭菜备好了**），它极好地满足了狄德罗奠定其理论的戏剧整一性。因为那些演出被切划得太厉害了（我们不能忘记狄德罗对于意大利式舞台的宽容态度，他对于那些含混戏剧的蔑视，因为它们在露天，而且是圆形剧场），那些演出在完善一种意义，但却表现这种意义的产生过程，并去完成视觉切划与观念切划的偶合。没有任何东西可以将爱森斯坦的设计与格勒兹①式的画面分离开来（当然，还有设计，这里是道德设计，那里是社会设计）；没有任何东西可以将叙事场面与爱森斯坦的设计分离开来（除了在布莱希特那里，画面是提供给观众批评的而不是让其加入的）。

画面（由于它起源于切划）是一种膜拜对象吗？在理想意义的层
88 次上（**善、进步、原因、好故事**的来临），是的；而在其构图层次上，却不是。或者，更为准确地说，正是**构图**本身在使偶像一词发生变化，并将切划的爱恋作用带到了远方。还是狄德罗，他在此是有关欲望的

---

① 让-巴蒂斯特·格勒兹（Jean-Baptiste Greuze，1725—1805）：法国色粉画家和素描画家。——译注

这种辩证法的理论家。在《构图》一文中，他写道："一幅构图很好的画面，是根据唯一的视角来封闭的一种整体。在这个整体之中，各个部分都为了同一个目标而努力，并通过相互的配合而形成一个整体，这个整体与一个动物躯体的四肢的整体一样真实，以至于一块由大量随便涂抹的形象构成的画面，由于它没有比例、没有智慧、没有整一性，而不再配得上是**真正的构图**这一名称；而且，对于处在同一纸板上的大腿、鼻子和眼睛进行分散的研究，也不再配称得上是对于**肖像**或是**人的形象**的研究这一名称。"这便是明确地被引入画面观念中的身体，而且是整个身体。所有的器官，由于是被切划所组合甚至就像被切划所吸引那样，所以便以某种超越性即**形象**的超越性的名义来发挥作用，因为这种超越性接受整个的膜拜进而变成对于意义的崇高替代：正是这种意义被偶像化了（在后布莱希特的戏剧中和在后爱森斯坦的电影中，我们大概不难看到"构图"脱离剧本的情况，看到形象的"部分器官"游离的情况，总之，我们可以看到作品的抽象意义而且还有它的政治意义的减弱——或者至少可以看到这种意义向着**另外的**政治转化）。

* *

布莱希特曾经清楚地指出，在史诗戏剧中（它借助于连续的画面来进行），整个责任，由于它是意指的和取悦于人的，所以关系到每一个场面，而不是关系到整体。在全剧层次上，没有发展，没有成熟过程，当然（甚至在每一个画面上）有一种理想的意义，但是却没有最终的意义，而只有一些切划片段，这些片段的每一个部分都具有一种足够的指示能力。在爱森斯坦那里，也是一样：电影是一种情节毗连，其每一个部分都绝对是意指活动性的，从审美方面讲是完美的。这是一种带有选集性能力的电影：它亲自断断续续地向崇拜者提供其应该切划和带走以便占有的那一块（不是有人说，某个电影馆存放的《战舰波将金号》影片缺少一段胶片吗？那当然是有关小推车的那一段，是被某些爱好者剪去用编织物、手套或是女人的内衣藏起来了）。爱森斯坦最初的力量在于这一点上：**每一个图像都不是令人厌烦的**，我们不必等待着下一个图像来理解和产生愉悦。没有任何的辩证法（对于某些快乐，这是必要的等待时间），但却有一种连续的、对每一个完美的时刻进行求和而得到的快乐。

这种完美的时刻，狄德罗当然想到了（而且是思考过）。为了讲述一个故事，画家只有一个时刻，即他在画布上要固定的时刻。因此，对于这一时刻，他应该很好地去选择，为其确保最大的意义和最大的快乐效率。这个时刻由于必须是整体的，所以它将是人为的（非真实的：这种艺术不是现实主义的），它将是一种象形文字，在这种文字中，以唯一的目光（即以唯一的理解方式——如果我们过渡到戏剧和电影的话）可以解读出现在时、过去时和将来时，也就是说被表演动作的历史意义。这一关键的时刻，是完全具体的和完全抽象的，即莱辛后来称为［在其《拉奥孔》（*Laocoon*）一书中］**感受很深的时刻**（instant prégnant）。布莱希特的戏剧、爱森斯坦的电影，都是感受很深的时刻的续接：当大胆的母亲走进征兵士官为其指引的房间并借助于这一非常短的时间让其儿子溜走的时候，她既表明了她作为商人的过去，也表明了等待着她的未来即她的几个孩子都因为她唯利是图的盲目性后果而死去。当［在《总路线》（*Ligne générale*）电影中］农妇任凭别人撕扯她的衬裙（衬裙布后来被用于修理拖拉机）的时候，这一动作便是满含着一个**故事**的动作：感人性汇聚了过去的奋斗（由于战胜了官僚主义的粗心大意而艰难地获得的拖拉机）、现时的斗争和团结的效率。感受很深的时刻，恰恰是所有不在场（记忆、教训、承诺）的现在时，而根据这些不在场节奏，故事变成智力性的和可期望的。

在布莱希特看来，正是**社会动作**（gestus social）在重新采用感受很深时刻的观念。什么是社会动作呢（布莱希特的这一概念，是戏剧思考中从未出现过的最为智慧、最为明确的概念之一，反面的批评不是对这种概念大加嘲讽吗）？这是一种动作，或者是一整套动作（但从来就不是一种指手画脚）。在这种动作中，可以解读出整个社会的形 90
势。并非所有的**动作**都是社会的：在一个人摆脱一只苍蝇骚扰的活动中，无任何社会性的东西；但是，如果这个人，衣衫褴褛，拼命在摆脱看家狗，其动作就变成社会性的了。小卖部的女售货员数人们给她的钱，就是一种社会**动作**；《总路线》中的官僚过分潦草地在大堆的无用文件上签字，是一种社会**动作**。那么，到什么地方去找这种社会**动作**呢？要到非常远的地方：在语言本身。布莱希特说过，当语言表明说话人的某些态度而这些态度又是用来指向另外一些人的时候，这种语言就是社会性的："要是你的眼睛疼，你就将它剜掉好了"这句话，就比"将使你疼痛的眼睛剜掉好了"更有动作性，因为句子的顺序和连词的省略在此极为突出，并且指向了一种预言的和复仇的局势。因此，一些修辞形式可以是动作性的。在这一方面，指责爱森斯坦的艺术（一如指责布莱希特的艺术）是"形式化的"或"唯美的"，便是徒劳无益的。形式、审美、修辞学，如果它们是以深思熟虑的方式被操作的，那么，它们可以是社会性地负有责任的。演出（既然这里谈的是演出）不可避免地应该与社会**动作**一起考虑：人们一旦"演出"（即一旦切划、一旦结束一个画面、一旦将整体断续），就必须决定动作是社会性的，还是不是社会性的（如果它不是指这样的社会而是指人的话）。

在画面之中（在舞台上，在设计里），演员做什么呢？既然画面是对于一种理想意义的介绍，那么，演员应该介绍这种意义本身的知识，因为如果这种意义不包含其自己的计谋的话，它就不会是理想的；但是，演员借助于一种异常的补充方式应该在舞台上表演的知识，既不是他具有的人类知识（他的泪水不应仅仅指不幸之人的心灵状况），也不是他作为演员的知识（他不应该表明他很会扮演）。演员应该证实，他并不隶属于观众（即陷入“现实”之中、陷入“人性”之中），但是，他却将意义引向其理想性。演员作为意义主人的这种最高权力，在布莱希特那里看得非常清楚，因为他以“间离效果”（distanciation）名称已将其理论化了。这种最高权力在爱森斯坦那里也不逊色（至少我在此参照的《总路线》的作者身上是这样的）。这不是从一种仪式
91 的、习俗的艺术（即布莱希特所要求的艺术）的效果来看，而是从社会**动作**的强调作用来看，因为这种社会**动作**毫不停留地为演员的所有动作都打上了印记（收拢的拳头，握住劳动工具的手，农民们出现在官僚办公室的窗口等）。不过，在爱森斯坦那里就像在格勒兹那里（在狄德罗看来，他是模范的画家）一样，演员有时会采用最为伤感的表达方式，这种伤感可以显得不太“有间离”。但是，间离效果是一种纯粹布莱希特的方式，这种方式对于布莱希特是必要的，因为它代表了一个本应受到观众批评的画面。在另外两人那里，演员不一定需要有距离。他所应该介绍的，是一种理想的价值。因此，只需要演员“分离开”这种价值的产生过程，使之在智力上变得可以感觉到、可以看到就可以了：这样一来，表达就意味着一种观念（所以它是过分的），而不意味着一种本质。我们达不到演艺学校①要求的那些风度，因为对于那些风度的极为夸大的“克制”的意义，只是喜剧演员个人的光荣［作为举例，我指的是布郎多（Brando）在《巴黎最后的探戈舞》（*le*

① 演艺学校（Actor's Studio）：由弗拉纳根（Flanagan）夫人1935年（另有一说，是1947年）在纽约创立的艺术学校。根据弗拉纳根夫人的观点，戏剧应该与各类居民的地理政治和语言条件相适合，从而变成一种公共服务。——译注

Dernier Tango à Paris）中的风度］。

画面具有一个“主题”（英文为 topic）吗？根本没有。它有一种意义，而没有一种主题。意义开始于社会**动作**（在感受很深的时刻）；在**动作**之外，只有含混、只有无意指活动性。布莱希特说：“主题以某种方式总是具有某种淳朴的东西，它们似乎不具备品质。由于是空的，它们便在某种程度上自我满足。唯独社会**动作**（批评、诡计、挖苦、宣传等）才引入人的因素。”而狄德罗则补充说（如果我们可以这样说的话）：画家或剧作家的创作，不存在于对于一个主题的选择之中，这种创作存在于对于画面的感受很深时刻的选择之中。总之，爱森斯坦在俄罗斯和十月革命的过去选取他的“主题”，而不——“就像他本应该做的那样”（他现在的批评家就对他这样说）——在社会主义建设之中去选取（《总路线》例外），这并不重要。不论是战舰，还是沙皇，这并不重要，因为它们都仅仅是一些“主题”，含混而又空洞，**动作**唯一要考虑的，是在其所属的时间里、在一个其社会计谋是可见的文本中，对于动作的关键演示和对于这种动作的标记；主题既不增加也不抽出任何东西。今天，有多少部“有关”毒品而毒品就是其“主题” 92
的电影呢？但是，这是一种空泛的主题。由于没有社会**动作**，毒品便是无意指活动的，或者最好说，它的意指活动是具有含混的和空洞的即跨越时空的本质的意指活动：“毒品使能力丧失”［《碎屑》（*Trash*）］，“毒品使人自杀”［《一再缺席》（*Absences répétées*）］。主题是一种假的切划：为什么是这一个主题而不是另一个主题呢？当一种意义被置于动作和动作的协调之中的时候，作品只从画面开始。我们举《大胆的妈妈》① 为例：如果您认为其“主题”是 30 年的战争或者

① 《大胆的妈妈》：全名为《大胆的妈妈与她的孩子们》（*Mère Courage et ses enfants*）。——译注

甚至是对于战争的一般揭露，那就请您确信这里边有一种反逻辑的情况吧。它的**动作**并不在此，**动作**存在于认为可以靠战争来活着而又死于战争的女商人的盲目性之中；更可以说，**动作**存在于我作为观众对于这种盲目性的**发现**之中。

在戏剧、电影和传统的文学中，事物总被**从某个地方**看到，这便是表演的几何基础：必须有一个可崇拜的主题以便切划画面。这种起源场所一直就是**法则**（la Loi）：社会法则、自然法则、意义法则。从此，任何战斗艺术便只能是再现性的、符合法则的。为了使再现真正地摆脱起源并超越其几何本质而继续是再现，需要支付的代价是很昂贵的：有甚于死亡。一位朋友让我注意到，在德雷尔（Dreyer）的《吸血鬼》（*Vampyr*）中，摄影机是从房屋移动到坟墓的，并拍摄**死者看到的东西**。这便是再现失败的极限点：观众不能再占据任何的位置，因为他不能将自己的眼睛视同于死者的眼睛；画面无出发点，也无支撑点，它是一种空隙。在这个极限之外发生的一切（这便是布莱希特和爱森斯坦的情况）只能是合乎法则的：最后，是党的法则在切划叙事演出、电影设计，正是这种法则在看、在框定、在集中、在陈述。而且还是在此，爱森斯坦和布莱希特便与狄德罗（室内和自由民悲剧的倡导者，一如他的两位后继者，是一种社会主义艺术的倡导者）汇合在一起了。因为狄德罗在绘画中区分重要的实践和不重要的实践。前者即具有陶冶作用的实践，针对的是意义的理想性；后者即纯粹的模仿性实践、趣闻性实践。一方面是格勒兹，另一方面是夏尔丹①。换句话说，在上升的时代，艺术的任何物理性（夏尔丹）都应该披戴着
93 一种玄学（格勒兹）。夏尔丹和格勒兹共存于布莱希特和爱森斯坦的作

① 让-巴蒂斯-西美翁·夏尔丹（Jean-Baptiste-Siméon Chardin，1699—1779）：法国油画画家和色粉画家。——译注

品中（更为绞尽脑汁的是，布莱希特让其读者关心成为他让其观看的夏尔丹身上的格勒兹）：在一个尚未找到自己歇息之处的社会里，艺术怎样才可以停止是玄学的呢？也就是说，艺术怎样才可以是有蕴涵的、可读的、再现的呢？是盲目崇拜吗？到什么时候，音乐、文本才被人盲目崇拜呢？

布莱希特似乎不大了解狄德罗［也许是勉强有些了解，见《悖论》（*Paradoxe*）］。然而，正是布莱希特以完全是偶然的方式允许刚刚提出的三个部分的衔接。大约在1937年，布莱希特有了创立**狄德罗学会**的想法，以便汇集戏剧经验和研究，这大概是因为他在狄德罗身上除了看到一个伟大的唯物主义哲学家的形象外，还看到了一位戏剧家的形象，因为他的理论也同样关注分离快乐和教育。布莱希特制订了这个学会的规划；他将其搞成了一个小册子，他曾考虑将其寄送给谁呢？寄送给皮斯卡托①、让·勒努瓦②、爱森斯坦。

1973，《美学杂志》（*Revue d'esthétique*）

---

① 皮斯卡托（Erwin Piscator，1893—1966）：德国导演和剧院经理。——译注

② 让·勒努瓦（Jean Renoir，1894—1979）：法国电影导演，浪漫现实主义派（réalisme poétique）的大师。——译注

95 *解读：符号*

字母的精神

马森[1]的书，是一种漂亮的百科全书，充满了信息和图像。是不是因为文字是其论题呢？是的，大概是这样：是在其广告的或绘画的环境中、是在形象性形态变化的天赋之中被考虑的西方文字。只不过，这种表面看似简单的、很容易鉴别和识辨的对象，是不太令人惊奇的：它到处出现，而且甚至主要是以其反面出现。这便是人们称之为矛盾能指的东西，即一种对称义素（énantiosème）。因为一方面，文字发布**法律**（Loi），而以法律的名义，任何荒诞都可以被压缩（“我请您依靠文本的文字”）；另一方面，几个世纪以来，

① 马森（Robert Massin，1925— ）：法国美术图案设计者（graphiste）。——译注

正像马森指出的那样，文字从不间断地在解放大量象征。一方面，文字以其 26 个字母（对于我们法国人来说）的刑枷“把握着”言语活动、把握着整个书写的言语活动，而这些字母本身只是一些直线和一些曲线的安排；但是另一方面，文字提供了类似宇宙形态的一种广阔的形象学起点。文字一方面意味着极限的约束（文字，有人以你的名义可以犯那么多的法！），另一方面，意味着极限的享乐（全部的诗歌、整个的潜意识，都是向着文字的返回）。文字同时使美术图案设计者、语文学家、画家、法学家、广告人、精神分析学者和小学生感兴趣。**是文字在杀人而精神在给人以生命吗？**如果恰恰没有文字的精神而精神又给予文字以生命的话，那就很简单了。或者说如果极限的象征最终不是文字本身，那就很简单了。马森让我们隐约看到的，就是文字与形象之间的这种循环轨迹。像任何成功的百科全书一样（而且，如果这种百科全书是由上千幅图片组成的，它就是更为珍贵的），马森的书使我们产生改正我们某些偏见的义务：这是一种令人快乐的书（因为这里是能指的问题），而且这也是一种批评书籍。

首先，通过浏览来自各个世纪、来自从中世纪到披头士乐队①《黄 96
色潜艇》（*Sous-Marin jaune*）歌曲中的文字抄写工作间的大约几百个形象化的字母，可以极为明显地看出，字母并不是声音。整个语言学都突出言语的语言学，而言语的书写仅仅是一种安排。马森的书籍对此提出了异议：字母的来处和去处（即文字是从哪里来的和它可以无限地、不停止地去的地方）是独立于音位②的。形象性字母（lettres-

① 披头士乐队（Les Beatles）：1960 年成立于英国利物浦的一个四人流行音乐组合，这首歌是其 1969 年的作品。——译注

② 音位（phonème）：语言学和符号学术语，指表达平面上具有区别意义作用的最小语音单位。——译注

figures）的激动人心的激增情况说明，词语并不是字母的唯一环境、唯一结果、唯一的自我超越。字母服务于词语组成？毫无疑问，但它们也组成别的东西。是什么呢？是识字课本。字母表是一个自立的系统，它带有担保其个体性的足够的谓词："粗俗的、奇特的、滑稽的、新颖的、迷人的"字母表等。总之，这是一个其功能、其技巧场所都不能穷尽的对象。它是一个能指链、一个在意义之外但却不在符号之外的组合体。马森列举的所有艺术家、修道士、美术图案设计者、石板画家、油画画家，已经阻塞了似乎可以自然地从第一个发音过渡到第二个发音、从字母过渡到单词的通道，并且采取了**另一个**途径，它不是言语活动的途径而是书写的途径，不是传播的途径而是意指活动的途径。在言语活动的所谓目的性边缘冒险，而且借此在其游戏中心冒险。

马森的书籍所激起的第二种中介对象（而不是最小的对象）：隐喻。我们字母表中的这 26 个字母，正像马森说的那样，曾被各个世纪的成百艺术家赋予活力，它们被放在了与字母之外的**另外事物**建立的一种隐喻关系之中：动物（鸟类、鱼类、蛇类、兔子，有时为了写出一个 D、一个 E、一个 K、一个 L 等，就要吃掉其他的字母）、人（外形、四肢、姿态）、鬼怪、植物（花、嫩芽、树干）、工具（剪刀、弯刀、镰刀、眼镜、三脚架等）。一个有关自然产品和人工产品的目录加厚了字母表很短的单子。整个世界都与字母合为一体，字母在世界的地毯上变成一种形象。

构成隐喻的某些特征，就是这样被说明、被明晰、被制订的。首先，是雅各布森①称为曲线图表的重要性，这种曲线图表是某种最小的类比，是字母与世界之间的一种仅仅是比例的而不是完美类比的关系。

---

① 罗曼·雅各布森（Roman Jakobson，1896—1982）：著名俄裔美籍语言学家。——译注

因此，总的来说，它们是一些阿波里奈尔①式的诗歌或象形诗，在这方面，马森为我们提供了珍贵的一套（因为人们总是在谈论这样的东西，但是却从来不了解阿波里奈尔）。其次，形象性符号的复义本质（还可以说成是泛义的本质）。一个字母脱离开其语言作用之后，就可以去说一切。在意义以象征的名义被破坏的巴洛克地区，同一个字母可以意味着相反的两种东西［似乎阿拉伯语了解这些矛盾的能指，贝尔克（J. Berque）和夏尔奈（J. P. Charnay）曾经为这些同音异义现象（ad'dâd）专门写过一部重要的书］。对于雨果，Z就意味着明亮、意味着上帝；而对于巴尔扎克来说，它就是不好的字母、异常的字母。我对于马森未能在某个地方为我们提供有关一个字母的世界的和世俗的全部聚合内容的摘要感到遗憾（他具有这样的能力）。例如，M的所有形象，在一幅广告中，这个字母从哥特风格大师的三个天使到麦热夫镇（Megève）的两座雪山顶，中经长柄叉、趴着的男人、抬起的大腿、突出的屁股、油画画家与他的画架，以及两位正准备拿掉一个床单的家庭主妇。 97

因为（而且这是关于隐喻的形象课程的第三章了）明显的是，由于过分的想象、过分的解释，由于移动与结合，字母已不再是、不能是形象的起源。一旦从陈述②过渡到了陈述活动、从言语过渡到了写作，**任何隐喻就都失去了起源**。类比关系是循环的，无特别杰出而言。类比关系所控制的术语是浮动的：在所介绍的那些符号中，由谁来**开**

① 纪尧姆·阿波里奈尔（Guillaume Apollinaire，1880—1918）：祖籍为意大利和波兰的法国诗人。——译注

② 陈述（énoncé）：是指在进行任何语言学或符号学分析之前带有确定意义的单位，它可以是句子，也可以是语段。陈述与陈述活动相对立，它是陈述活动的依据和结果。——译注

始呢？是人还是字母？马森走进了字母的隐喻之中了。遗憾的是，必须为我们的书籍提供一个“主题”；但是，也可以从另一端进去，并使字母成为**某种**人、**某种**事物、**某种**植物。总的来说，字母仅仅是一个聚合的、抽象的桥头，因为必须使话语**开始**（这是一种尚未得到很好探讨的制约），但如果我们像诗人和传授神秘祭礼的司祭那样去设想是字母（书写）在奠定世界的话，那么，这种桥头也可以是一种出口。
98 为隐喻的扩张指定一个起源，总是一种玄想的、意识形态的选择。由此，推翻起源便具有其重要性（就像精神分析学对字母本身所做的分析那样）。实际上，马森借助于其各种形象一再对我们说，只有浮动的能指链，这种链在出现、在相互穿插：书写是**在空中**的。请您看一下字母与形象之间的关系，整个逻辑学在此被穷尽：（1）字母是形象，这个 I 是一个沙漏计时器。（2）形象存在于字母之中，全身都进入了其保护壳之内，就像这两位杂技演员蜷卧在 O 之中（埃尔泰曾在其珍贵的字母表中经常使用这种牵连关系，不幸的是，并没有被马森引用）。（3）字母存在于形象之中（这便是所有字谜的情况）。人们并不停止象征，这是因为象征是可逆的。I 可以回指一把刀子，但是刀子只不过是一个起点，在这个过程中（精神分析学就曾经指出过），您又可以重新找出 I（因为它被放进了与您的潜意识有关的单词中了）：从来就只有一些**变形**（avatars）。

这一切都说明，马森的书籍为当前有关能指的研究带来了多少内容。写作是由字母组成的，是的。但是，字母是由什么组成的呢？我们可以去寻找一种历史的起因，不过，有关我们字母表的东西无人所知；但是，我们可以用这个问题来转移起源问题，来进行**两者之间**即浮动关系（由我们以总是过分的方式来确定其固位点）的一种渐进的概念化。在东方这种表意文字的文明之中，是书写与绘画之间的东西被勾勒了出来，而不需要以一方去依靠另一方。这就可以使人放弃这种令人讨厌的演变法则，而这种法则正是我们父辈传承下来的、世俗的、精神的和科学的法则：分离法则。依靠这种法则，我们一方面应对美术图案设计者，另一方面应对油画画家；一方面应对小说家，另一方面应对诗人。但是，书写是**一体的**：在到处起奠定作用的非连续性，又使一切成为我们所写、所画、所勾勒的东西，即唯一的文本。这便是马森的书为我指出的东西。我们不应该在将这些形象性字母的丰富总体简约为一系列荒诞与梦想的同时，去限制物质领域。我们为可称为巴洛克风格的东西（为使我们理解人文主义者）让出的**余地**(marge)，正是作家、画家和美术图案设计者——一句话是文本的操作者——应该细心工作的地方。

1970，《文学半月刊》(*La Quinzaine littéraire*)

埃尔泰[1]或字母艺术家

真实

为了出名，艺术家们就该经历神话中的一种小型炼狱。人们必须将他们与一种对象、一种流派、一种方式、一个像有的人所说的那样他们是先驱、奠基者、证人或是象征的时代联系起来。一句话，必须不费什么劲儿就可以将其分类、将其隶属于一个共同的名称——就像一个成分隶属于其所属类型那样。

埃尔泰的炼狱，是**女人**。的确，是一些女人，埃尔泰曾经画过许多女人，说真的，他只画过这一方面，

① 埃尔泰（Erté）是一个笔名，其本名为罗曼·德·蒂尔托夫（Romain de Tirtoff），生于1892年，卒于1990年，是祖籍为俄罗斯的法国画家和装饰家。——译注

就像他从来不能离开女人那样（是灵魂还是辅助物？是顽念还是有此
便利?），就好像他的作品上有女人比有他精美的签名更为可靠。请看
埃尔泰的随便哪一幅重要的作品（他有一些重要的作品）：装饰的杂乱
无章、准确而有巴洛克风格的丰富性、抽象的绝妙性，这些都带动着
线条，而且是以字谜的方式告诉您：**请您寻找女人**。我们总会找到女
人；她就在那儿，根据需要，她的身躯变得很小，平躺在一个图案的
中心，该图案一旦被人看出，就使整个空间晃动起来，并向着使她得
到崇拜（或者得到恳求）的祭台汇聚。对于**女性**形象的这种经常性实
践，无疑产生于埃尔泰所具有的时装设计师的志向；但是，这种志向
本身也增加了这位艺术家的神话般的坚定性，因为时装是人们认为可
以解读现代性精神、解读其造型的、色情的、梦幻的经验之最好的地
方。不过，埃尔泰在半个世纪里继续占据着时装领地（以及演出领地，
这个领地经常启发他或取决于他）。而且，这个领地当然地和在制度上 100
（也就是说它获得了整个社会的认可与认同）构成了类似于国家公园、
动物保护区那样的地方，在那里，女性依据控制有度的经验得到了保
留、转换和完美。总之，一位艺术家的情况（实践、功能和天才的联
合体）很少有这么明朗：埃尔泰是一位纯洁和完美的人物，他历史性
地朴实无华，他完全地和协调很好地与一个均匀一致的世界合为一体
了，这个世界借助于其时代的重大活动例如冒险、潮流、电影和报界
等被固定在它的那些基点上了，而这些重大活动本身又可简约为它们
最有知名度的协调环节的名字，如马塔·哈尔①、保罗·普瓦雷②、好

① 马塔·哈尔（Margaretha Geertruida Zelle，艺名 Mata-Hari，1876—1917）：荷兰舞蹈演员。1917 年 10 月 15 日因被怀疑是间谍而遭遇死刑。——译注

② 保罗·普瓦雷（Paul Poiret，1879—1944）：法国著名时装设计先驱之一。——译注

莱坞（Hollywood）、哈珀商场（Harper's Bazaar）。而且，这个世界将时装设计史上最为独立的重大年份中的一个年份作为自己的中心：1925 年。埃尔泰的神话非常淳朴、非常充实，以至于我们不知（或者不再想去问）他是否是一部历史的见证人、英雄或者神话学者。

然而，这里所谈的**女人**，难道就是**女人**惯有的形象化中的女人吗？难道**女人**就是埃尔泰一幅画一幅画地从保罗·普瓦雷的工作间（大约在 1913 年）到纽约电视台（1968 年）50 多年来所进行的记叙中最初的也是最后的对象吗？一种风格特征让人想到：埃尔泰并不**寻找**女人；他绘制女人，但女人立即就会得到重复，而且就像在一面可以将一个形象无限地增繁的准确的镜子的透视法中被复制那样。借助于这无数的女人，无须做任何有关女人身体的**改变**工作，尽管这种工作可以证实女人身体的象征性程度和神秘性。埃尔泰的女人至少是一种类型吗？根本不是。她是**时装模特**，虽然由此派生出埃尔泰的肖像集（而这一点并不降低**女人**），但这种模特并不是建立在本性或理性之上的一种观念，并不是在一种很长的哲学研究或一种创作中被发现和被想象的秘密，它仅仅是一种标志，即起源于一种技术和由一种编码规范化了的登录形式。埃尔泰的**女人**，也不是一种象征，不是有可能在其形式之中保留创作者或作者幻想活动的一个躯体的崭新表达方式
101（就像有时在画家和作家笔下的浪漫**女人**那里出现的那样）。它仅仅是一种数字、一个符号，它指一种特定的女性（一种社会公约的赌注），因为女性是纯粹的传播对象，是明确的信息，是通向可理解性的过程，而不是感受性很强的人的表达。这些无数的女人并不是一种观念的肖像、一种梦幻的实验，而相反，她们是同一个词素的回返——这个词素在一个时代的语言中占据一定位置，并且，由于它构成了我们的语言记忆，所以使我们可以谈论这个时代（这是很大的好事）。我们能够在对于符号毫无记忆的情况下来说话吗？难

道我们不需要一个**女人**的符号即作为符号的**女人**来谈论别的事物吗？埃尔泰应该被誉为符号的奠基人、言语活动的创立人，柏拉图比之于神的**代言人**（Logothète）。

外形

这种女性符号，为了建构它，就必须牺牲某种大的东西，那便是身体（将其看作潜意识的秘藏之处即根本场所）。自然，完全地将人的身体表象进行抽象（即将其转换为纯粹的符号）是不可能的：儿童甚至可以面对一部字典中的解剖图进行想象。因此，埃尔泰的语义学，即人们可以称之为他的体态学（somatographie）的，在不考虑其文雅的（但也是连续的）贞洁的情况下，包含着一些（确实是少有的）恋物场所（lieux-fétiches）：手指，这个手指从身体上被切除下来（这便是恋物崇拜的本义），并且因此是通过戴在指端的戒指来表明的（而不是像往常那样是套在手指上的），其方式就像是在令人惊讶的《一个手指上的戒指》（*Bijou pour un doigt*）中看到的以绑扎（阉割者）男性生殖器的方式来进行的一样（第五个手指：从起源上讲，它是挖地用的，后来象征性地进入到社会标志的行列，以便在听任其耳形长指甲随意滋长的人们那里意味着上等阶层——这种长指甲不应在任何体力劳动中被弯折）。脚，当然，她的脚只被其好看的鞋明示过一次，但却是非常出色地被明示的（将一个对象变成一幅油画作品中的**主体**，这难道不是在使其偶像化吗?），那只鞋既是灵巧的又是精美的，既是尖头的 102
又是涡形的，既是有斜度的又是垂直的，它只是一只，外形像船或像一栋房屋，与后者一样温馨，与前者一样美丽。最后是臀部，它被从它这里开始的拖裾的变化（在由埃尔泰写出的字母表的字母 R 中）所夸张，但是，它又通常被一种起否定作用的移动所躲避（因此它是超所指性的)，这种起否定作用的移动是艺术家在将拖裾重新与肩膀连接而不是与腰部连接的时候——就像在《女人-瓜达尔圭维尔河》(Femme-*Guadalquivir*) 中那样——强加给这同一拖裾的。那便是一些非常普通的恋物，可以说，它们是被这位艺术家顺便明示的；但是，对于埃尔泰来说，确实是恋物的东西，即埃尔泰将其变成其作品之特长的东西，是摆脱传统器官—恋物的那个身体的一个场所，它是一个含糊的场所，是一种恋物极限，即勉强说得上是象征或可以直接地说是产生于艺术而不是产生于本质的符号。无疑是恋物，因为它可以使读者在与其欲望相适合并且自己成为受益者的一种场面中凭着幻想去加工女人的身体，去随意地把握它，去想象它的未来，但是，这却又是对于恋物的否定，因为它不是取决于对于身体的一种切划（恋物从定义上讲，是**一块**)，而是这个身体的总体的、整体的形式。处于恋物和符号之间的这种间接场所（即这种形式)，明显地被赋予其一种固定表象——埃尔泰所推崇——那便是**外形**。

外形，仅从其（至少是在法语上的）词源学上讲，就是一种古怪的对象，它既是可剖解的，又是带语义的：它是明显地变成图画的身体，一方面被环绕得很紧，另一方面又完全是空的。这种符号性身体（从功能上讲）基本上是一种社会符号［这正是《影子财务总监》(*Contrôleur général des Finances Silhouette*) 的绘画者们赋予他们绘画的意义］。其任何性欲（及其象征性替代物）都未出现。一种外形，即便是换着角度看，也不是裸体的：不能使外形不穿衣服，这不是因为过分隐秘，而是因为与真正的图画相反，这种外形仅仅是特征（符号)。埃尔泰的外形（丝毫不是用铅笔胡涂乱抹出来的，而是细心完成的）是处于这一体裁的极限的：它们是令人**赞叹的**（当然还可以提出更高的要求)，而且它们已经整体是**可理解的**（它们是非常明确的)。
103 我们假设它们都指向有关身体和服饰的一种新的关系。黑格尔曾经指出，服饰确保从有形物（身体）到能指的过渡。埃尔泰的外形（远比时装的细小形象得到了无限的思考）确保了相反的运动（非常少见）：它使服饰成为可感之物，而使身体成为能指。因为（通过外形而被确定的）身体在此，就是为了使服饰存在着；因为想象一种不带身体（即无外形）的服饰是不可能的。空空的服饰，无头，无四肢（精神分裂症的幻觉），那便是死亡，它丝毫不是身体的中性的不出现状况，而是无头的身体、残疾的身体。

在埃尔泰那里，并不是女性的身体有衣服在身（长裙，紧身衣，内带支架的长裙，拖裾，女式燕尾服，面纱，首饰和无数巴洛克风格的小饰物，其迷人之处是无穷无尽的，一如发明创造那样），而是服饰延长成身体（根本不是被服饰所**充实**，因为埃尔泰的形象物，虽然都理所当然是超现实主义的，但却与它们的内情无关：一切都在被创造、被替代、被诗情画意地发展成为表面）。这便是外形在埃尔泰那里的功能：提出和建议一种整体性的对象（一种观念，一种形式）、一种与身体和服饰不可脱离的混合体，为的是使人们既不能给身体脱衣服又不能使服饰抽象。**女人**是完全被其配饰所社会化的，这种配饰又固执地被**女人**的轮廓所体现。

长发

为什么有这种对象（由于没有更好的说法，人们称之为外形）呢？一位**服饰性女人**已不再是而且远不是**时尚女人**，那么，发明这样的一位女人，是要达到什么目的呢？在了解（和为了懂得）这一点之前，应该说一说，埃尔泰是如何对待女人身体这一组成部分的——它在本质上甚至在历史上，恰恰就像是一种服饰预兆，这一组成部分便是长发。我们知道长发的象征性是非常丰富的。

从人类学上讲，由于长发借助于一种非常古老的换喻而来自久远的年代——因为宗教规定女人在进教堂时要掩盖自己（即使其非性别
104 化），所以，长发在女人的基本区分特征方面就是女人自身。浪漫地说，它是一种完整的实体，它接近生命的（海洋的或植物的）重大领域，它还出色地成为恋物性对象，男人就消失在这种恋物性对象上（波德莱尔）。从功能上讲，它是身体上立即可以变成服饰的东西，这丝毫不是从它可以覆盖身体的方面来讲的，而是因为它在无准备的情况下就可以完成任何服饰的神经官能调节的任务，这种任务就像染红羞愧面部的红晕那样，应该既掩盖又明示身体。最后，从象征意义上讲，它是“可以被编织的东西”（就像阴毛那样）。这种恋物，弗洛伊德曾认为它是纺织（从社会分工上，留给了女人）的起源：编织物代替了没有出现的阴茎（这甚至就是恋物的定义），使得“剪切辫子（编织物）”要么是由于小男孩拿他们姐妹取乐，要么是由于对旧时中国人的社会侵犯（在中国人看来，辫子是满族主人和入侵者们的阳性特征）而成了一种阉割行为。可是，在埃尔泰的妇科放射诊断学里，却可以说并没有长发。他的大多数女人，作为时代的特征，却只有短发——男式的短发，圆帽形的一头黑色的、令人喜爱的、卷曲的或是魔鬼般的头发，仅仅成了头的图形标志；而且，如果可能，头发会立即转换成为**另外的东西**。转换成羽毛——在人物下线的上方延展开来以便构成整个羽饰帷幕，转换成珍珠（从**达里拉**[1]有四串珍珠的冠冕式

[1] 达里拉（Dalilah）：《圣经》中著名女性，参孙（Samson）（《圣经》“旧约全书”中的大力士）曾向她求婚。作为参孙敌人的腓力斯王子们收买了达里拉，参孙最后说出了自己力大无比的秘密在于他作为圣事主持人的长发。达里拉借与参孙说爱之机剪掉了参孙的七条长辫，参孙遂被腓力斯王子抓住，并遭到了残害。——译注

发饰，漂流下来拖裾、头巾、手镯，而且一直到捆绑蹲着就范的参孙的两条链子)，转换成石柱——在只向公众提供其起伏的辫子正面的**棕色女人**与**金黄色女**人们的交替游戏之中［《曼哈坦·麦瑞》(*Manhattan Mary*) 中的帷幕］。可是，埃尔泰很清楚长发(象征性地)是什么：在他的一幅图画中，从一个女人的一副熟睡的面孔上，出现和溢出一片宽宽的卷发，上面带有(正是在此是对象的**意义**)黑色的螺旋状外套， 105
就好像长发在此是在其自然环境之中、在涌动之中、在生命之中恢复的(长发在正在分解、正在消失的死尸上不是也照样可以完好无损吗?)；但是，在埃尔泰看来，出于对其系统的考虑(我们在此正尽力进行描述)，长发明显地应该让位于不太富于象征但却更富有语义的(或者，至少其象征不再是植物的、有机的)一种补充即发饰。

发饰(作为服饰的补充，而不是作为对头发的梳理)被埃尔泰以可以说是严厉的方式处理了，就像约翰-塞巴斯提安·巴赫[①]为**穷尽**一种音乐动机而进行其所有的尝试(轮唱、赋格曲、风琴演奏曲以及可能的变化)那样，埃尔泰从他那些漂亮女人的头开始进行所有的想象变化：水平的、被位于头上方的胳膊末端所拉开的头巾，粗大的布质(或者就是由头发组成的?)管状裙螺旋式地与身体相接又与地面相接，鸡冠状头顶装饰，各种羽饰，各种王冠，各种形式和大小的光环，脱离了历史模式的古怪的(却是美丽的)附属物(衣领、风帽、女帽、塞维利亚人的梳子、波兰式军帽、双冠等)——这些附属物正是对于这种历史模式的巴洛克式的和过分模糊的记忆，它们算不上是发饰(人们丝毫不去想象自己可以将其戴上，也就是说可以将其拿掉；人们也不想它们是如何“待得住”的)，而更是一些补加的胳膊，它们用来

---

① 约翰-塞巴斯提安·巴赫(Johann-Sébastien Bach，1685—1750)：德国作曲家。——译注

构成隶属于第一个身体的基本形式而又不使其失去和谐的一种新的身体。因为，空想出来的发饰的作用在于使女人的身体服务于某种新的观念（我们在后面将为其命名），并因此（在去掉这个词的贬义的情况下）**改变**这种作用——或者是发饰作为半植物、半太阳的花在身体的下面重复出现并因此使得女人形象的通常意义超现实化，或者更为通
106 常的是，发型加大身材的高度，以便增大其扩展和连接能力。这样一来，面孔则仅仅是这种过分高发饰的无表情台面，在这种发饰中，存在着形式的无限可能性，而且借助于一种古怪移动，甚至还存在着形象的表现性。如果说《天神报喜》① 中的女人具有“在头上立起的头发”的话，那是因为头发也是在画面的高处以神化的翅膀飞翔的天使的法衣。借助于发饰而提高形象使埃尔泰非常感兴趣，以至于他使发饰变成一种无限运动的形象。在《女法老》（*la Pharaonne*）高高的双冠上，以缩影的方式画出了另一个**女法老**；盛气凌人的《妓女》（*la Courtisane*）戴着一顶高高的圆形帽子，而这顶帽子本身又是一个女人。这个女人和她的发饰（我们应该可以这样说，这种发饰和她的女人）就这样不停地从这一个向着另一个变化，这一个借助于另一个来变化。对于这种上升式建构的爱好［除了那些脚手架形的发饰，应该看一看待在轿子上、头上有无限空中图案的《布杜尔·阿尔·巴杜尔公主》（*la Princesse Boudour al Badour*），或者是看一看《杜·巴里公主》（*la du Barry*），其高处的两个天使支托着项链和去掉项链］，也许值得进行精神分析学的分析，就像巴什拉尔②所做的那样；但是，我们的这位艺

① 《天神报喜》（*Annonciation*）：是天使向圣母报告她已有妊娠的礼仪，是天主教和东正教的一种节日。——译注

② 巴什拉尔（Gaston Bachelard，1884—1962）：法国哲学家，一生致力于“建立对于理性的一种精神分析学”。——译注

术家，就像有人说的那样，并不属于象征的方面。在埃尔泰看来，上升的主题首先是对于线条的一种**可能**空间的命名，在这种空间中，这种命名从身体开始可以成倍地增加这种线条的意指能力。发型作为主要的辅助物（它的替代物可以是从身体出发的一切东西，如披巾、拖裾、项链和手镯），甚至是艺术家在女人身上试验各种转换可能的东西，艺术家需要这种东西来像一位炼丹士那样去构想一种既不是身体又不是服饰但既参与身体又参与服饰的新东西。

字母

埃尔泰创立的这种新对象，这种一半女人一半发饰（或拖裾）的鬼怪，便是**字母**（Lettre，该词应该**按其本意**来理解）。埃尔泰的字母 107
表在我看来是很杰出的。我们知道，我们 26 个字母中的每一个大写的形式是由一个或两个女人构成的（除了几个特例，我们在结束时会谈到），其姿态与配饰根据她们应该形象地显示的和这个女人（或这些女人）所依从的字母来创造。凡是看过埃尔泰字母表的人，都不会忘记。这个字母表不仅以一种相当神秘的方式（这种方式促使我们不停地去记忆这些**字母—女人**）强化我们的记忆，而且以一种自然的（不可避免的）换喻最终将其意义渗透到埃尔泰的整个作品中。在埃尔泰笔下的任何一个女人（微型**时尚**形象、戏剧模型）背后，我们都会隐约地看到在形成**字母**的某种精神，就好像这个字母表是女人身体自然的、起源性的和内在性的场所，也好像女人只是临时地和在空闲时间才出面以占据戏剧舞台或时装素描那样，而在此之后，女人就应该重新归入到她原来的字母表中。请看《参孙和达里拉》（*Samson et Dalila*）：与一个字母表无任何关系；可是，两个身体难道不像两个混合在一起的开头字母那样待在同一个空间吗？除了他所设想的字母表，埃尔泰的女人仍然是字母；这样一来，她们至多是一些不被人所知的字母，即我们的本位主义阻止我们去说的一种从未听说过的语言的字母。那种铁皮镂刻画系列（人们还不大了解）难道就不具备人们想判读的一种从未见过的字母表的匀质性、变化的丰富性和形式的精神吗？就像有人说过的那样，这些绘画就是专门用于字母表的（尽管这个字母表并不为人所知），因为字母就是所有的书写抽象活动汇聚的场所。

在埃尔泰的一般化字母表中，有一种辩证的交换：**女人**似乎将其形象借给了字母；但是反过来，而且更为可靠的是，**字母**将其抽象性给予了女人。埃尔泰在**形象地显示**字母的时候，他使女人**去掉了形象性**（如果允许这种野蛮说法的话，这样说是必要的，因为埃尔泰在女人身上去掉了其形象——或者至少蒸发了其形象——而没有使其变形）。一种停不下来的渐变过程控制着埃尔泰的各种形象，字母转变成女人，但也（我们的语言本身恰恰承认它们的联系）将**大腿**转变成**字母的直划**。现在，我们明白了埃尔泰艺术中**外形**的重要性（我们说过
108 它的含混意义：象征与符号，恋物与讯息）。外形基本上是一种书写的产物。它将人的身体变成一种有力的字母，它要求**被人解读**。

埃尔泰最初是位**时装**绘图画家，他对于字母的这种合一考虑(oecuménisme)，有益地导致了对于一种通常的论点的修正：说什么时装（女性服饰的更新在风格上的形象化活动）自然求助于某种有关女人的哲学。大家（服装设计师和记者们）都认为时装服务于永恒的女人，就像一位女司祭将自己的声音赋予一种宗教那样。难道裁缝不就是一年一年地、一段一段地写作歌颂女性身体诗歌的诗人吗？女人与时装之间的**色情**关系难道不是自然而然的吗？因此，每当时装明显地改变（例如从长变短）时，人们就会看到那些专栏记者们都迫不及待地去问心理学家和社会学家，了解哪种新的女性会伴随超短裙和长筒裙而出现。说真的，这是白费工夫，没有人可以回答。一旦人们拿时

装来作为对于身体的象征之**表达**的时候，除了老生常谈之外，没有任何话语可以在时装方面得到考虑。时装顽固地拒绝任何话语，这是正常的。时装既然选定生产女性的符号（或者女性就像是符号），那么，它不可以用尽、不可以深入探讨和描述它的象征能力。与人们想让我们相信的相反（除非对其有着一种不太苛刻的想法），时装并不是色情的。它寻求明确，而不寻求色欲。封面女郎并不是很好的梦幻对象，因为她太关注构成符号了。人们不可能（想象地）与她一起生活，所以只应该去**识辨**她，或者更准确地讲（因为在她身上无任何秘密），只应该将其放在有关符号的总体系统中，因为这种系统把我们的智力世界，也就是说可生活的世界还给我们。

因此，认为**时装**顽固地依附身体，就多少有点想当然了。**时装**顽固地依附埃尔泰所发现的并带有这位艺术家最后洞察力的另一种东西，那便是**字母**，即在一个系统的符号空间里对于身体的简洁的表白。埃尔泰有可能曾经创立过一种**时装**（即 1925 年的时装），那是从该词的并非严格的意义上说的；但是，更为重要的，是他曾经改革过（在他的作品中，而且就在这一点上，就像任何真正的创新者那样，即便很少有人跟随他）**时装**的观念，他当时忽略一般舆论（例如群众文化的舆 109
论）所热衷的女性幻觉，并有倾向性地转移象征领域——从**女人**转移到了**字母**。确实，**女人**出现在了埃尔泰的整个作品中（甚至是无处不在）；但是，她仅仅是这种作品的**主题**，而不是其象征场所。向埃尔泰作品中的**女人**提出问题，不会有任何用处；那些女人不会说出任何她们自身之外的东西，她们也不会比确定一个单词的词汇（总之是同语反复性的确定）及其未来的诗性发展（象征性地）说出更多的东西。能指的属性，是成为（其他能指的）一个**出发点**；而在埃尔泰这里，能指的出发场所，并不是**女人**（除了她的发型之外，女人不会变成任何东西，她仅仅是神秘女性的数字）而是**字母**。

字母，精神，字母

在很长时间里，根据《新约全书》的一个著名格言，人们将**字母**（它杀戮）与**精神**（它复活）对立了起来。在我们的文明之中，从这种**字母**（它杀戮）开始，出现过无数戕害人命的处罚（在我们的历史上，从我们的宗教开始，有多少人死于**一种**意义?），我们似乎可以将其扩展一点而归入语言学的总称名下。作为“**真实的**”（即单义的、规范的）意义的严格守护者，这种**字母**具有超我[1]的全部功能，其第一项任务——尽管是否定性的——显然是拒绝任何的象征论。操作这种害人的**字母**的人，本身也在一种言语活动方面患有致命的疾病，即无能症（asymbolie）（没有了任何象征活动，人是会很快死去的；而如果无能者继续存活的话，那是因为人赖以成为司祭的否定性本身也是一种不敢言明的象征活动）。

因此，在他所属的那个时代，将**精神**的权利与害人的字母对立起来，是一种有生命力的措施。在此，精神并不是象征空间，而仅仅是
110 意义的空间：一种现象、一种言语的精神，仅仅是其应该**开始**有所意味的权利（而字面意义恰恰是对于进入一种意指过程的拒绝）。因此，（对立于**字母**的）**精神**，便变成自由意识形态的根本价值。当然，解释的权利服务于一种精神真实，但是这种真实却**反**其表面［反事物的**在此**（être-là）］、在其表面**之外**（au-delà）而胜出，这种表面便是应该分

---

① 超我（sur-moi）：精神分析学术语，弗洛伊德第二论域包括三个方面：“自我”（le Moi）指一部分为意识，另一部分为无意识的表现；“本我”（ça）是完全无意识的东西；“超我”属于道德意识范畴，其作用是判断自我行为的正确与否。——译注

析而不是去更多地加以考虑的服饰。

可是，借助于第二次颠倒，现代性会返回到字母——这时它已不是语言学的字母了。一方面，语言学上的一种假设在将整个言语活动按照其被说出的形式进行安排的情况下，把字母变成声音的简单的誊写，而哲学［雅克·德里达①的哲学，德里达是一部其名称恰恰是《论文字学》（*De la grammatologie*）的作者］在修正这种假设的同时，将言语与书写的一种存在形式对立起来了。于是，字母在其书写的物质性里变成不可简约的理想性，这种理想性与人类最深在的经验联系在一起了（正像我们在东方看清楚的那样，在东方，书画刻印艺术具有真正的文明能力）。另一方面，精神分析学（在其最新的研究中）清楚地表明，字母（作为书写特征，尽管它是声音的起因）是象征的重要交叉口（这是被整个巴洛克文学和整个书法艺术所预感到的真实），是无数隐喻的出发点和汇聚点。这种新的字母，即这种第二种字母（与文字的字母即杀戮人的字母相对立），它的王国仍然需要描述。自从人类开始写字，字母难道不都是任何游戏的起点吗？请您取任何一个字母，您就会看到这个字母的秘密沿着无限的结合方式（换喻）在加深（但却永远不会关闭），在这种结合方式中，您将会重新找到世界的一切：世界的历史、您的历史、世界的重要象征、您自己名称的哲学（通过其开头的字母），等等。在埃尔泰之前（但那是一个全新的时代，因为它已被人遗忘），中世纪曾经将一种经验、梦幻、意义的储库放置在其安色尔字体②的工作之中；而书写艺术，在我们可以撼动我们社会

① 雅克·德里达（Jacques Derrida，1930—2004）：法国哲学家，重要的解构主义和符号学理论家。——译注

② 安色尔字体（uncial）：公元3—8世纪用于手抄本的一种形状圆浑的大写字母字体。——译注

的经验主义桎梏（这种桎梏将言语活动简约为简单的传播工具）的条件下，则应该是主要的艺术，因为在这种艺术上，形象性与抽象性之间微不足道的对立就被超越了。因为一个字母既意味着什么又同时什么都不意味，它不模仿，可是它却象征着同时破除着现实主义的借口和唯美主义的借口。

111

R. T

索绪尔因为他的《普通语言学教程》一书而为人所知，从这本书发展起来了相当一部分的现代语言学。可是，有人借助于一些零散的出版物已经开始猜想，这位日内瓦大学者的伟大企图根本就不是建立一种新的语言学（有人说，他不大看重他的《普通语言学教程》），而是发展和强加给（很有疑虑的）其他学者一种他所进行并困扰他一生的发现（比结构语言学更为重要）。那便是，在古代诗歌（吠陀文的诗歌、希腊文的诗歌、拉丁文的诗歌）作品中，存在着某种名称（神的名字、英雄的名字），这个名称是被诗人以不大难理解然而却是规则的方式来安排的，因为这个名称通过连续地选择某些被看重的字母来铺展。索绪尔的发现，总的说来，就是诗歌是双重的：联系重叠着联系，字母重叠着字母，单词重叠着单词，能指重叠着能指。这种复变现象，索绪尔看到了，并认为到处可见。他被这种现象所包围了。他在读一行诗时，总要在第一个意义的流动之中听到一个庄严的名称，这个名称是由表面上沿着诗行分散的几个字母联合构成的。索绪尔身处作为学者的理性与确信这第二种听到的事实之间非常痛苦：他担心会变成疯子。可是，这是多么令人敬佩的象征真实啊！意义从来就不是单一的（除非在数学上），而组成一个单词的那些字母，尽管它们的每一个都是**理性地**无意指活动的（语言学已经多次告诉我们，声音构成区别性单位，而不是构成意蕴单位，这与单词的情况相反），但它们在我们身上不停地寻找它们的自由，这种自由意味着其他东西的自由。埃尔泰在其职业生涯的开始采用了他的两个名称的开头字母并使其变成了第三个（它成了他的笔名）①，也许不是偶然的。像索绪尔一样，他也只是听这种编织在一起的双重的东西，而他在对其身份的通常的、世俗的陈述之中并不知道它。借助于这种预告性的方式，他已经将其作 112
品中的固定对象定名为字母。字母，无论它在什么地方（更在我们的名字当中）总是构成符号，就像这个女人，她每天早晨都要抓着一只鸟并举起双手，构成埃尔泰字母表中的 F。女人构成符号。符号构成符号。某种书写的艺术建立了，而在这种艺术里，符号可以无限地显示出来。

字母表

埃尔泰组建了一种字母表。由于字母是从这个表里拿取的，所以它变得极为重要（字母通常是大写的）。字母由于是依据其**最初的**状态得到的，所以它加强了它作为字母的本质：字母在此是淳朴的，它躲避任何连接它和在单词中（也就是说在一种偶然的意义之中）解散它的企图。克洛代尔曾经说，汉语的文字拥有一种简略的存在物，即一种书写的人。埃尔泰将我们西方字母中的每一个都变成一种象形文字，也就是说变成一种自生自足的字体，它排除单词：有谁愿意用埃尔泰

① 埃尔泰的原名（Romain de Tirtoff）由三部分组成：Romain 是他个人的名，Tirtoff 是他的家姓，de 是其家族的贵族标志。埃尔泰用其个人的名和家姓的开头字母 R 和 T（即本节标题）的法语发音形式［ɛː r］和［te］组成了他使用的笔名：Erté。——译注

的字母来写一个单词呢？如果有人愿意，那就是一种反意义：只有一个单词，即埃尔泰用其字母组成的唯一的组合体，那就是他自己的名字，也就是说，还是两个字母。在埃尔泰的字母表中，有一种否定句式、否定话语的选择。在这里，还是克洛代尔帮助我们动摇了这种惰性，该惰性让我们认为字母只不过是一种意义的无活力的成分，这种成分只通过中性形式的结合与汇集来产生。他帮助我们懂得什么可以是一个孤立的字母（其字母表为我们保证了孤立性）："字母在分析性本质上是：字母构成的任何单词都是由眼睛和声音判读的一种连续的断言式陈述活动：字母在同一条线上将整体性补加到整体性上，而不稳定的词在一种持续的变化之中形成和改变。"埃尔泰的字母是一种断言（尽管它充满了优雅），它先于单词（该词从结合到结合而自毁）的**不稳定状态**而存在：它独自去寻求发展，不是向着它的姐妹们发展
113（沿着句子），而是向着它的个体形式的无休止的隐喻发展。这是真正诗性的途径，该途径不通往话语、不通往**逻各斯**（logos）、不通往（总是组合方向的）**系统**（la ratio），而是通往无止境的象征。字母表的能力便是，重新找到字母的某种自然状态。因为字母如果是单一的，它就是淳朴的。当有人排列字母以使之成为单词的时候，错误也就开始了（要结束他人的话语，拆散单词、使其回到最初的字母，是很好的方式，就像老百姓的谚语所说的那样：***n*，*i*，*ni*，*c'est fini***①）。

请允许我个人在此说点简短的离题话。本文的作者，一直对自己不能在用打字机抄写一个文本时避免犯同样的打字错误而感到强烈的不满。庸俗地讲，这些错误都是些遗漏或增添：**多一个**字母或**少一个**字母，都非常难看；但最为严重的错误（以最为无耻的方式改变单词

① 这个谚语的意思是：n 加 i 为 ni（"也不"），而这就等于是全完了。——译注

的方式）也是最经常的方式，就是换位（métathèse）。我有过多少次（我无疑是被我所熟悉的因而我感觉是其俘虏的一些单词所带来的某种潜意识愤怒所支配着）曾经把 structure 写成 sturcture、把 substituer 写成 susbtituer、把 transcrition 写成 trasncription 了呢？每一个这样的错误，由于经常重复，便具有了古怪的、个人的、恶意的面孔，这种错误对我意味着，我身上有某种东西于改变单词的同时也在抗拒着它并惩罚着它。有了单词，有了字母的智力连续，从某种方式上讲，那便是不幸的开始。因此，不论是先于单词还是后于单词，字母表都在完成着言语活动的某种亚当式的状态。言语活动先于错误，因为言语活动先于话语、先于组合，可是由于字母的替代性的丰富，言语活动便完全地向象征的储库开放了。所以，埃尔泰的字母，除了它们的魅力、它们的发明、它们的审美品质，或者更可以说是借助于任何意义（话语）的考虑都无法使之枯萎的这些特性本身，它们成了**快乐的**对象。就像一位善良的仙女，她慷慨地将长面包赠送给孩子而感动孩子，她在孩子说话的时候，使玫瑰从她的嘴上掉下（而不是掉下被其丑陋的对手所激怒的蟾蜍），埃尔泰也以赠礼的方式带给我们纯洁的字母，这种字母还没有被任何结合所损害，也还没有被任何可能的错误所影响：它美丽而廉洁。

114

曲线

有人说过，埃尔泰制作字母的材料，是女人和配饰的混合物；身体与服饰相互补充；服饰的附属物使女人避开了杂技姿态，并将其转变成字母，而又不使其失去任何女性特征，就好像字母“自然地”就是女性的那样。字母可衍生的成分很多，而且各种各样，如翅膀、尾巴、鸡冠顶饰、羽翎、头发、围巾、烟火、圆球、编织物、皮带、面纱。这些“突变体”（它们确保着女人到字母的变化）不仅仅具有构成的作用（借助于它们的补充部分、它们的修改部分，它们帮助根据几何原理来创造字母），而且也是驱魔性的。它们借助于提到一种（熟悉的）可爱的或文化的对象，驱除不好的字母（有这种字母）。**T** 就是一个不幸的字母：它是一个绞刑架、一个十字架、一种酷刑。埃尔泰将其变成春天披着花的林中仙女，她赤着身，头上戴着一条轻飘的纱巾。在文字的字母表说**交叉的胳膊**的地方，埃尔泰的象征字母表则说**奉献的胳膊**，这些胳膊完全地进入一种既腼腆又亲切的动作之中了。这是因为埃尔泰用字母做诗人用单词做的事情：一种游戏。填字谜是建立在非常简单的一种语义系统基础上的：同一个能指（一个单词）同时具有两种不同的所指，以至于听起来这个词被分解了。这便是所谓的**双重理解**（double entente）。埃尔泰置身于象征领域，实施着**双重见解**：您可以随意感受女人或字母，并可以出于补充的考虑去安排这一方和另一方。您看 2 这个数字：它是一个跪着的女人，它是一个组成问号的长长的羽饰，这便是 2。字母是一种完整的和直接的形式，如果我们（依据格式塔理论）去分析它的话，它便失去其特有的意义，但是它同时也是一种字谜，也就是说，是其每一个部分已经具有一定意义的一种可分析性的各部分联合体。就像那些巴洛克派诗人或那些超印象派画家们（例如阿尔桑保罗多）一样，埃尔泰的手法是迂回的。他在几个从理性
115 上讲是矛盾的（因为表面上是独立的）层面上运作意义：整体的意义和每个部分的意义；我们可以说，埃尔泰具有这种**精灵劲儿**（就像人们说的，**才气高**），他动一下就打开能指的世界、游戏的世界。

这种游戏是从几个简单的形式即几个原型—形式（arché-formes）（任何字母都以这些形式为前提）来开始的。我们还是读一下克洛代尔说过的话：“任何写作都是从特征或线条开始的，这种特征或线条在其连续性之中是个体的单纯符号。或者线条是水平

的，就像只有在与其原理相一致的情况下才能找到一种足够存在理由的任何事物那样。或者，线条是垂直的，就像树木或是人，这种线条指明行为和进行断言。或者是斜线，它标志运动和意义。”埃尔泰在考虑这种分析的时候，不大像克洛代尔（我们在后面会看到）。在他的字母表中，少有水平线（在 E 和 F 中，勉强有两种翅膀或鸟，在 7 中有头发的飘舞，在 A 中有一条小腿）。埃尔泰不大崇尚地球，不大崇尚河流，宗教的天体演化论的奥秘对他没有启迪作用，超人类的**原理**不是他的强项。至于垂线，在埃尔泰这里，它们没有这位天主教诗人赋予这种线条的乐观的、出自意愿的、人文主义的意义，在他看来，这种线条具有“不可侵犯的正直性”。请看 1：这位在短颈大口瓶中直立的少女，似乎正好有某种极为重要的东西，就好像一出现，就是先与直线的首要简洁性合为一体；但是，请您用与之最接近的 I 来补充这个 1，那么，女人在此就被削掉了脑袋，I 上原有的圆点与它的躯干分开了。有人说，对于直线的和赤体的字母来讲，它们缺少了生命的圆浑。从倾向性上来讲，这便是死亡的字母。这种意义通过两种明显的譬喻得到了证实。在埃尔泰看来，**痛苦**和**冷漠**都是过分的、极限的垂线。痛苦的东西和使人扫兴的东西，便是过分直、非常直的东西。这是很恰当的心理 116
直觉。垂直线是可以切划的线，它是铁丝、是刀口，它是进行分离性断裂的东西［希腊语中的 schizein（分裂）一词就意味着**劈开**］，而精神分裂症患者（schizophrène）正是这样被标志的（被确定的），这种人痛苦而冷漠。在埃尔泰的字母表中有斜线（无隔栅，怎么来制作字母呢?）：埃尔泰的斜线性引导他做出一些意外的发明：N 的横穿的面纱，Z 的向后仰的身体，K 的破碎的和被排除的身体；但是这种线条（克洛代尔曾经将其变成运动和意义的自然象征）并不是埃尔泰比较喜欢的线条。那么，为什么呢？除了两条冷漠的线

(水平线和斜线)和一条恶意的线(垂直线),埃尔泰的(和我们的)**幸福**线在什么地方呢?结构极为明显地做出了回答。我们知道,在语言学上,理想的聚合体包括四个项:两个极项(A对立于B),一个混合项(既是A也是B)和一个中性项或零线(既不是A也不是B)。书写的首要线条很容易被安排在这种聚合关系之下:两个极项是水平线和垂直线;混合项是斜线,它是前两项的折中;但是,第四项即中性项,难道是既拒绝水平线又拒绝垂直线的线条吗?埃尔泰所喜欢的,正是这种线,即曲线(la sinueuse)。对于埃尔泰来讲,曲线显然是生命的标志,它并不是未开化的、最初的生命——这种概念是与埃尔泰的宇宙观格格不入的,而是女性主题可以"歌颂"的精练的、文明的、社会化的生命(正像有人在论述古代诗歌时所说的那样,这就意味着**女人**可以让我们谈论这种生命,女性将这种生命开向了书写性言语)。女性作为文化价值(而不再是"自然的"价值),她是曲线形的。S的原始形式可以让我们写出Amour(爱恋)、Jalousie(嫉妒)、有生命力的情感的辩证法本身,或者写出——我们也可以用一个更为心理学的(然而总是物质性的)术语——**表里不一**(duplicité)。曲线性的这种哲学可以在面罩之中得到解释[《面罩的秘密》(*le Mystère du Masque*),据说是埃尔泰的
117 一幅作品]:除了女人在面罩上(她的身体突出了鼻子的收缩,她的翅膀是下垂的面颊,而且她也待在了眼睛的眼眶之中)这一点之外——如果可以这样说的话,整个面罩就像是一块布,在上面以汉语的方式写着对称的和颠倒的两个S,其最后的四个旋钩还注视着您(难道不能说旋钩状的**眼睛**吗?)。因为目光只有借助于一种视觉的抽象才能是直的:注视,也是在被注视,便是安排一种循环、一种**回复**,这便是眼睛的S和面罩即注视您的荧屏同时说出的东西。

出发

埃尔泰的字母都是富有“诗意的”。这意味着什么呢？“诗意”并不是我们很方便地通过排除“散文性”而参照的某种含混的印象、某种尚未确定的价值。“诗意”非常正确是一种形式的能力；这种能力，只有在当其可以让形式“出发”进入许多方向并因此强有力地表现出象征的**无限**途径的时候，才具有价值，对于这种象征，我们永远不能得到其最后的一个所指，简言之，它总是另一个能指的能指（所以，诗意的真正反义词并不是散文而是俗套）。因此，想制定出由一部作品所解放的各种象征的一个规范性单子，是枉费心机的。这种统计只具有平庸性，因为只有平庸性才是**完成的**。我们不需要重新建构埃尔泰的主题系统，只需要肯定其形式的**出发**能力就可以了——这种能力同时也是一种回复的能力，因为象征途径是循环的，而且，埃尔泰引导我们**去的地方**，也许就是字母所引发的想象力据此得以建立的地方。O是一个嘴巴，是的，但是，构成这个O的两个上下叠加的杂技演员又为其增加了付出努力之符号，也就是说增加了张嘴的符号，这种张嘴便是人——只要他想活着——借以丰富其嘴唇的封闭线的东西。至于数字上的0，即另一个O，那还是一张嘴巴，但这张嘴巴叼着一支烟卷，而且从换喻上 118
讲它可以是扣上了另一张嘴巴，一缕蓝色的烟从一种联合状态中脱离出来，又与另一联合体结合。实际上，是同一种形式有了两个出发点。K由于是塞音，它使两条笔画从其字体上以“咔嚓一击”（claque）的方式离开，这种“一击”是它的第一条线的刚性阻隔以弹回的方式强加给女性的屁股上的（这里，便是字母的被发掘出来的共时语音系统，因为“咔嚓一击”是一个拟声词。这是语言学的真实，我们现在知道，存在着一种语音象征系统，甚至对某些词来讲，还存在着一种声音语意）。L便是**联系**（lien）（或者是藤本植物），女人用绳子拴着一头卧倒的豹子，即豹子—女人，这是有关命定的奴性之神话。D，便是狄安娜（Diane），她是昼伏夜出的月神，她放出音乐，而且是狩猎的。更微妙的是，在N中——这个字母因在镜子中被看到而成为一个杰出的镜像字母——它的斜线会是颠倒的，而无须其总体形象被改变，并且无须这种总体形象不被觉察得到，两根柱子即两个对称的上半身共同改变着中间的面纱。一个上半身在脱去另一个上半身在覆盖的东西，但是这也可以是相反的。埃尔泰的字母就是这样活动的，它们既是女人又是配饰，既是发饰又是连在一起的动作：每一个字母既是其自己的本质（为了想象一个字母，就应该掌握其原型），又是一种象征探索，其读者（或其爱好者）应该听任游戏在其身上得到发展。

119

M

可是，我们知道，放弃象征，从来就不是一种自发的行为。诗意的断言，依靠由艺术家所传达的对于形式的直接文化意义的否定和反证：象征创作是对于俗套的斗争。埃尔泰在破坏某些字母的初始意义。请看他的字母E（这很重要，因为这个字母属于他写出的笔名的一部分）。这个字母在书写上被誉为是开放的，借助于它的三只胳膊，它开向单词的后续部分。就像有人说的那样，它在向前走。埃尔泰在不改变它的形式的同时，在变动它的向性。这个字母的后面变成它的前面。这个字母注视着左侧（根据我们写作的方向，这是过时的区域），它向着其前面开放，就好像拖裾和它的两个女人的翅膀处于一种反向的风中。请再看Q，它在法语上是不可避免地发音难听的字母，因此是有点忌讳的。这是埃尔泰所想象的最美的字母：两只鸟组成了圆圈，从它们闭合的嘴直到它们长长的尾端——这两条尾巴交叉在一起，形成一个将其与O相区别的字母的逗号。在这些令人惬意的突出之外，埃尔泰与有关字母的全部神话保持一定距离，这种字母神话由于极富诗意，已广为人知，即兰波[①]在他的十四行诗《元音》（Voyelles）之中留下的字母神话。在埃尔泰看来，A并不是一个“影子海湾”、一个“黑色毛茸茸的胸衣”，而是面对面的两个身体在黄色之中的对接（arqueboutement），它们成角形而立的大腿从其险技中获取一种建构性张力的观念。E虽然是天使般的和女性的，但并不是“高傲的吹玻璃者的吹管”。I，就像有人说的那样，虽然它的头脱离了它乖巧和谦逊的身体而赋予了它的直立性某种不安的疑虑，但它丝毫不是紫红色的（在埃尔泰的作品中从来没有血出现）。U，虽然其两个分叉就像两个连体的花瓶的分叉那样关闭了两个浅褐色头发的女人，但它不是借助于炼丹术而在宽大又认真的前额上印记的圆形标志。而埃尔泰的O，作为在空中画出的就像是两个杂技演员形象的线，它根本就不是“充满古怪鸣叫声的 120
最高权威的军号”，它不是作为“她的眼睛的紫罗兰色的光芒”的欧米

① 阿瑟·兰波（Arthur Rimbaud，1854—1891）：法国象征派诗人。译者尝试着将其《元音》一诗浅译如下，以供读者理解此文相关内容时参照：“黑色A、白色E、红色I、绿色U、蓝色O：元音，/我总有一天说出你们潜在的身世：/A，布满闪亮苍蝇的黑色毛茸茸的胸衣，/那些苍蝇围着可怕的臭味飞来飞去，//影子海湾；E，蒸汽和姑母的纯真，/高傲的吹玻璃者的吹管，白色国王，小阳伞在闪动，/I，紫红色，吐出的血，美丽嘴唇的微笑/在愤怒或忏悔的醉意之中；//U，圆，绿色大海的神性的颤抖，/平静的牧场点缀着牛羊，平静的皱褶/炼丹术将其印记在宽大又认真的前额上；//O，充满古怪鸣叫声的最高权威的军号，/寂静中穿行着人群和天使：/——O欧米伽，她的眼睛的紫罗兰色的光芒！”。——译注

伽①即发源地，而仅仅是嘴巴，是为了笑、为了接吻和说话而张开的嘴巴。对于埃尔泰来说，还应该强调字母表的空间，即便字母还记得它所属的共时语音系统，但它也不是发音的而是书写的。这里主要涉及一种有关线条而不是有关声音的象征论：是字母在“出发”，而不是音位在出发。或者，这种东西在其与一种明确的声音相一致之前，就是借助于阻塞、集中和松弛（这是出现在O、A、X、Y、4中的杂技演员的工作）来标志我们身上的一种肌肉活动，埃尔泰一直在线条和作为整体性的特征方面去寻找这种活动。它的象征性包含着但至少是占有着被我们的伟大文化所放弃然而却是属于印刷艺术的一种艺术。字母就扎根在这种艺术之中，它脱离了声音或至少使声音服从并融入了它的线条，它解放了以女性身体作为其中间成分的一种特定的象征主义。我们用埃尔泰的四个字母来总结一下，这四个字母模范地实现着这种交织着声音与线条的隐喻性阐述。② R，从语音上讲，是一种混浊价值（只是在特殊情况下，首先是巴黎人，随后是全体法国人才隐没这种价值）。R是一种乡下的、实际的发音，R颤动着［柏拉图的《正名篇》（*Cratyle*）认为，代言之神将其变成一种流音］。整个一条由布构成的宽大的水渠（或者是由长发构成的水渠，我们知道，我们不能也不应该去进行区分），从一个站在其高跟鞋之上的赤身裸体的女人开始，而且不顾其抬起的手的中间性动作，由此充分舒展开来，水渠的粗体弯道以女人的臀部为支点并以古代的样式形成了R的两种螺旋状态，就好像女人以其身后来丰富地指明她似乎通过其身前来保存的东西。在S中也有同样的物质性（这种物质性从来没有停止过显示其优美动人之

---

① 欧米伽（Oméga）：原为希腊字母中最后一个（Ω，ω）的名称，后来有“结尾”“根本原理”等转义。——译注

② 文中说的是四个字母，但我们在后面只看到三个：R、S、Z。——译注

处）。这是一个曲态的女人，卧在字母的扭曲之中，而这种扭曲本身也是一种幸福的激动所带来的结果。就好像年轻的身体在某种既是起气泡的又是光滑的原始物质当中游泳，也好像字母整体上就是对于曲线性即生命之线的某种出色的春天的赞歌。任何其他的，便都是邻近的字母，是同胞姐妹，然而却是S的敌人：Z。Z难道不是颠倒的和有棱角的也就是说是**反证的S**吗？在埃尔泰看来，它是一个痛苦的、衰落的、蒙着面纱的、带着蓝色光泽的字母，在这个字母身上，女人既标 121
记了她的顺从，又标记了她的哀求［同样，在巴尔扎克看来，它是一个不好的字母——正像他在其中篇小说《Z. 马尔卡》（*Z. Marcas*）中所解释的那样］。

最后，在埃尔泰的字母宇宙形态论之中，M是一个特殊的字母，我认为，它是一个与女人或其得力的替代例如天使或鸟一样无任何可谈的字母。这个无人情可谈的字母（既然它已不再是具有人形的），是由紫红色的火焰做成的。这是一个正在燃烧着的门、被火苗吞噬的门：是爱恋与死亡的字母（至少在我们的拉丁语系中是这样），是黑色忧愁的大众字母。它独自在那么多字母—女人（就像人们说的“鲜花—少女”）中间燃烧，就像由埃尔泰将其变成人们可能想象出来的最美对象的身体之致命的不在现场那样：它只是一种书写。

《埃尔泰》（*Erté*，
© 1973，F. M. Ricci éd.，Milan）

阿尔桑保罗多：修辞学家与魔术师

正式地讲，阿尔桑保罗多①是靠为马克西米里安②画肖像而出名的画家。可是，他的活动大大超出了绘画。他设计纹章、公爵武器、彩绘玻璃、彩绘地毯，他装饰风琴外壳，甚至提出了一种音乐誊写的比色测定法，根据这种方法，“一个旋律可以通过在纸上的彩色小点表现出来”；但尤其是，他很会取悦那些王公，他是一位技艺表演家。他组织和上演有趣的娱乐节目，并发明了旋转木马。他在德意志帝国的 25 年中所制作的组合式头像，总的说来具有一种沙龙游戏的功能。在我

---

① 阿尔桑保罗多（Arcimbolo，1527—1593）：意大利肖像画家。——译注

② 马克西米里安（Maximilian，1527—1576）：此处应为马克西米里安二世，德意志国王。——译注

的童年，每当玩家庭组合游戏的时候，每一个玩游戏的人手里都要拿着画有画像的纸板，他向参加游戏的人逐一地索要他应该汇总的家庭成员的画像：肉店老板、老板娘、他们的儿子、他们的女儿、他们的狗等。面对着一幅阿尔桑保罗多的组合头像，我便被人以同样的方式叫去重新组构冬天的家庭。我向这里要一段树桩，向那里要一条常青藤、一个蘑菇、一个柠檬、一个草垫，一直到我眼前摆满了冬天的所有东西即死亡季节的所有产品的"家族"为止。或者，参照阿尔桑保罗多的绘画，我们玩人们称之为"中国猜谜游戏"的东西。某个人从房间走出去，由大伙来决定必须猜出的人物，而且，当调查人回来的时候，他应该借助于耐心的隐喻和换喻游戏来找出谜底：假如是一个面颊，那会是什么呢？——是一个桃子。假如是一个打褶颈圈呢？——那会是成熟麦子的穗。假如是一只眼睛呢？——那会是一个草莓，我猜到了，那就是夏天。

*　* 123

在《秋天》(*Automne*)的图像里，(可怕的)眼睛是由一个小的李子充当的。换句话说(至少在法语上)，(植物的)"眸子"变成(眼睛的)眸子。阿尔桑保罗多就像一个诗人在开发着语言的"有趣性"，在玩弄着同义词和同音异义词。他的绘画具有一种言语活动的内涵，他的想象力纯属是诗意的：这种想象力并不创立符号，而是组合符号、调换符号、使符号发生变化——这正是这位语言的工匠所做的事情。

*　*

诗人西拉诺·德·贝热拉克①的手法之一，在于首先采用一个极为平常的隐喻然后无限地挖掘它的文字意义。如果语言上说"忧郁而死"，那么，西拉诺会想象一个死因的故事。对于这个死因，剑

① 西拉诺·德·贝热拉克(Cyrac de Bergerac，1619—1655)：法国作家。——译注

子手们就让他听一些很悲哀的乐曲，以便使他最后为自己的死亡忧郁而终。阿尔桑保罗多与西拉诺采取了相同的方式。如果通常的话语将一种发型比作（这是经常的事）一盘打翻的菜，那么，阿尔桑保罗多会将其比作字母，他为此做了同一性比较。帽子变成一盘菜，菜变成一顶帽盔（一盘“生菜”）。在做法上分为两个时间：在做比较的时刻，有着某种纯粹的同一性判断，这种判断提出了世界上最为平庸的事物，即一种类比；但是，在第二个时间里，类比就变成疯狂的了，因为它被彻底地挖掘甚至被推向了就像类比一样的自我毁灭。对比变成隐喻：帽盔不再像是一盘菜肴，它就成了一盘菜肴。不过，阿尔桑保罗多最为巧妙地维持了同一性的这两个阶段——帽盔与菜肴——的分离：一方面，我在解读一个头像，另一方面我在解读一盘菜肴的内容。两件事物的同一并不在于感受的同时性，而在于被视为是可逆的形象的旋转方面。解读在转动，但没有卡槽；唯独题目来固定解读，唯独题目将图像变成一位《厨师》（*Cuisinier*）的头像，因为人们采用换喻的方式从菜肴推论出作为操作专业器具的人。接着，意义出现了新的变化：为什么这位厨师有着一个粗暴人那样的古铜色面孔和野蛮相呢？这是因为菜盘的金属迫使人联想到盔甲、联想到帽盔，而肉的烤熟程度则让人联想到了露天作业的人们皮肤的黑红颜色。

125 此外，这位古怪的粗暴人，其帽盔的反面巧妙地装饰着一个圆圆的柠檬。以此类推，隐喻在其自身转动，但却是按照一种离心的运动在转动：意义在向着无限喷溅着碎屑。

* *

菜肴在组成帽子，帽子在组成人。有趣的是，这后一命题成了马克斯·恩斯特①（1920）的一部粘贴小说的题目，在这部小说里，人的轮廓取决于男人帽子的分节式连接的堆放。还是在此，巴洛克式的再现方式围绕着语言及其表达方式来转动。在原先的图像下面，可以模糊地感觉到写出的句子的音乐性：**风格，便是人；风格，便是裁缝**（马克斯·恩斯特）；**依据作品可以认识工匠，依据菜肴可以认识厨师**等。就这些表面上怪诞的甚至是超现实的绘画来讲，语言悄悄地充当了其很好的标记。阿尔桑保罗多的艺术并不是荒诞的，他始终在正常意识的边缘，在格言的边缘。这些取悦于人的事情都是为那些王公服务的，那些王公应该对此感到惊异，也应该予以承认。由此，一种很好的事物扎根于通常的命题之中了：**厨师准备菜肴**。一切都是在平庸的换喻之中建立的。

*　　*

这些形象与语言有着某种关系，但是也与话语有着某种关系。例如在民间故事方面，描述方式是相同的。多尔奈（d'Aulnay）夫人这样来说“瓷偶王国”［“带活动脑袋的古怪小面相”（petites figures grotesques *à* tête mobile）］的王后莱多罗奈特（Laideronnette）：“她脱掉了衣服，进入浴池，大瓷偶和小瓷偶立刻就开始唱起歌和弹奏起乐器来，它们都有用核桃壳制作的双颈诗琴，它们都有用杏壳制作的古提琴，因为要很好地按照它们的身材来安排它们的乐器。”因此，阿尔桑保罗

① 马克斯·恩斯特（Max Ernst，1891—1976）：祖籍为德国的法国画家，他是首批达达派画家之一，也是首批超现实派重要画家之一，是他首先将“擦印”（frottage）技巧引入了绘画，也是他首先发明了“粘贴小说”，如《一百个头的女人》（*la Famme* 100 *têtes*，1929）、《一周的慈善》（*une semaine de bonté*，1934）等。——译注

多绘画中的组合头像属于仙女故事。我们可以对于他的那些寓言人物给出这样的说法：这一位的嘴唇是一个香菇，它的耳坠是一个柠檬；另一位的鼻子是一根笋瓜；第三位的脖子是一只躺着的牛犊等。那在形象后面模糊地转动的东西，就像是一种记忆即对于一种模式的要求，那是一种美好的叙事。我以为听到了贝洛[1]在描述那位既善良又恶毒的
126 姑娘在另外两个姑娘见过仙女之后说出的言语的形态变化：那位最小的姑娘，每说一句话的时候，都是两枝玫瑰、两颗珍珠和两颗大钻石从她的嘴里吐出来；而大姐吐出的则是两条蝮蛇和两只蟾蜍。言语活动的各个部分都转变成事物。同样，阿尔桑保罗多所绘的东西，并不怎么像一些事物，而更像一位出色的讲故事的人有可能提供的口头描绘：它说明，深层的东西，已经是对于一种令人惊奇的故事的言语性复制。

* *

我们很愿意再次提一提人的言语活动的结构。言语活动是双重分节式连接的：话语的接续可以切割成单词，而单词又可以被切割成声音（或者是字母）。可是，在这两种分节式连接有着很大的不同：第一种分节式连接产生一些单位，其每一个单位都已经具有一定意义（这便是单词）；第二种分节式连接产生一些无意蕴的单位（它们便是音位：一个音位自身不意味任何东西）。我们知道，这种结构对于视觉艺术来讲是不适合的，完全可能将图像的“话语”分解成一些形式（线条和点），但是这些形式在被拼合起来之前不具备任何意义；绘画只有一种分节式连接方式。由此，我们可以很好地理解阿尔桑保罗多的组

---

① 夏尔·贝洛（Charles Perra，1628—1703）：法国17世纪著名童话作家。——译注

合在结构上的反常现象。

阿尔桑保罗多将绘画变成一种真正的语言，他赋予它一种双重的分节式连接。《加尔文》(*Calvin*) 的头像可以在第一次时切割成已经叫得出名字的形式，换句话说就是单词。一个鸡骨架、一根搅棒、一条鱼尾、几沓写过的纸张，这些东西本身又分解为无任何意味的形式：我们重新看到了单词与声音的双重序列。整个过程就好像阿尔桑保罗多在搞乱绘画系统，过分地将这一系统拆分，在其身上过分扩张意指活动的、类比的潜在性，以此来产生作为一种微妙的（因为是智力的）不适之起因的某种结构的魔鬼，这种不适比来自一种普通的夸张或一种普通的成分混合的恐惧更给人以强烈的感觉。这是因为，这一切都**在两个层面上**意味着，阿尔桑保罗多绘画就像对于绘画语言的有些可怕的否定那样在起作用。

* *

在西方（与在东方相反），绘画与书写关系不大。除了古典主义之 127
外，文字与图像之间仅仅在创作的那些有点疯狂的边缘里才有沟通。然而，阿尔桑保罗多在不求助于任何字母的情况下，不停地接触书写的经验。作为他的朋友和欣赏者的议事司铎科玛尼尼（Comanini）在组合头像之中看到了一种标志性的书写方式（那首先是中国的表意文字所是的情况）。在阿尔桑保罗多的言语活动的两个层次之中（即形象层和组成形象的意指特征层），存在着**摩擦**（friction）关系即擦动（grincement）关系，这与在雷奥纳尔·达·芬奇绘画中于符号秩序和图像秩序之间发现的摩擦关系一样。在《论绘画》① 中，向左倾斜的字体有时是被那些老头子的脑袋或那一对对的老太婆隔开的：书写与绘

① 《论绘画》(*Trattato della Pittura*)：这是达·芬奇的著述。——译注

画之间，这一个被另一个所吸引和咬住。同样，面对着阿尔桑保罗多的一个组合头像，人们总感觉到它是**被写出来的**。就像对于达·芬奇一样，这里边有一种图形的复制：它们经常是图像一半、符号一半。

* *

一个组合头像是由一些“东西”（水果、鱼、儿童、书等）做成的。但是，用来组合成头像的“东西”，并不转为他用（也许不包括《厨师》，在这幅画中，用倒置方式组成人的面孔的动物，是用来吃的）。这些东西，是作为东西而存在的，就好像它们并不来自一个家庭的、通常的空间，而是来自一个餐桌，在这个餐桌上，物件是由它们的形象雷同物来确定的。这是木桩，这是常春藤，这是柠檬，这是草垫等。那些“东西”都是以教学的方式来介绍的，就像儿童读物那样。头像是由词汇单位组成的，这些词汇单位来自一种词典，但这种词典是插图词典。

* *

修辞学与其修辞格，这便是两千多年来西方对于言语活动进行思考的方式。西方不停地赞赏它在语言中可以得到意义的转换（即反复），而且赞赏这些反复可以被规范，达到可以被分类和命名的程度。
128 阿尔桑保罗多以他自己的方式也成了一位修辞学家。他以他的那些**头像**在图像的话语中投去了一大堆的修辞格：画布变成一种真正的比喻。

一个贝壳可以充当一只耳朵，这是一种**隐喻**（métaphore）。一堆鱼可以充当**水**（鱼正是生活在水中），这是一种**换喻**（métonymie）。**火**可以变成一个闪闪发光的头像，这是一种**寓意**（allégorie）。

列举水果如桃子、梨、樱桃、覆盆子，以及麦穗，是让人理解这是夏天，这是一种**讽喻**（allusion）。用两条鱼使之在这儿变成一个鼻子，在那儿变成一个嘴巴，这是一种**复词**（antanaclase）（我重复使用一个词，但使之改变意义）。以另一个具有相同音响的名词来提及一个名词（“你是皮埃尔[①]，而且在这块石头上……”），这是一种**反命名**（annomination）：通过另一个具有相同形式的东西来提及一个东西（以兔子的臀部来提及一个鼻子），这便是一种图像反命名。

*　*

拉伯雷[②]曾经人为地但却是系统地使用了许多古怪的言语，那是**假造**（forgeries）。在某种程度上讲，言语活动的滑稽模仿就是假造。例如，**难以理解的语言**（baragouin）即借助于替代成分来为一种陈述编码，**莫名其妙的文体**（charabia）即借助于移转（transposition）来编码[今天，格诺[③]以此来获得喜剧效果，例如他写出 Kékcékça，以此来代替 Qu'est-ce que c'est que ça ?（这是什么?）[④]]。最后，比其他方式更为疯狂的，还有**无法辨认的语言**（lanternois），即绝对无法破译的声音的混合（magma），也是失去其解码秘诀的密码文件（cryptogramme）。然而，阿尔桑保罗多的艺术是一种假造的艺术。假设有一个需要提供的讯息，阿尔桑保罗多想表明一位厨师、一位农民、一位改革者的头像，或者他想表明夏天、水、火；那么对于这个讯息，他将其编入编码。编入编码既意味着掩藏，也意味着不掩藏。在眼睛关注细微意义而偏离整体意义的情况下，该讯息就是掩藏的。首先，我只看到了堆在我

---

① 皮埃尔（Pierre），是一个专有名词（第一个字母大写），是男性惯用的一个名字，但它来源于作为普通名词的 pierre（石头）（第一个字母小写）。——译注

② 弗朗索瓦·拉伯雷（François Rabelais，1494—1553）：法国作家，《巨人传》的作者。——译注

③ 雷蒙·格诺（Raymond Queneau，1903—1976）：法国超现实主义派作家。——译注

④ 前面的 Kékcékça 是后面“Qu'est-ce que c'est que ça”一句话中画线部分的发音组合形式。——译注

眼前的水果或者动物；然后，通过一种远距离的努力并在改变感受平面的情况下，我收到了另一个讯息即一种远视的装置，该装置以一种破译编码栅网（grille de décryptage）的方式让我突然感受总体意义，即“真实的”意义。

因此，阿尔桑保罗多是在突出一种替代系统（一个苹果替代一个面
129 颊，就像在一种被编码的讯息当中，一个字母或一个音节掩盖另一个字母或另一个音节那样）；而且，他也在突出一种移替系统（从某种程度上讲，整体是在背后被拉向了细节）。可是，这正是阿尔桑保罗多的本意，在组合的头像中出色的东西，是图画游移于进入编码（cryptage）与破译编码之间：因为，甚至当人们已经移动了替代荧屏和移替荧屏以便更好地将组合头像感受成一种效果的时候，人们还在眼睛中保留着那些曾经服务于产生这种效果最初意义的交织状态。换句话说，从言语活动的角度来看（这正是阿尔桑保罗多的角度），阿尔桑保罗多说着一种既明确又含混的双重语言。他在制作难以理解的语言和莫名其妙的语体，但是这些假造又是非常好理解的。总之，阿尔桑保罗多唯一不制作的怪事，是像“无法辨认的语言”那样的一种完全不可理解的语言：他的艺术并不是疯狂的。

* *

隐喻占据着不可抗争的主导地位：在阿尔桑保罗多的作品里，一切都是隐喻。没有任何东西是**外延的**，因为用来组合成一个头像的各种特征（线条、形式、螺旋状）都**已经**具有了一种意义，而且这种意义已经被移向了另一种意义，在某种程度上被抛出了其自身之外（这正是“隐喻”这个词从词源学上想要说明的东西）。阿尔桑保罗多的隐喻通常都是**巧妙的**。我们理解，在移转的两个术语之间，存在着一种共同的特征、一种“桥梁”、某种**类比关系**。牙齿“自觉地”或者“一起地”（因为阿尔桑保罗多之外的其他人可能会这样说）与一串花、一

个豆荚中的一排豆粒相像。这些不同的事物却有着共同的形式：它们是在同一条线上被切割的、同等的和被排列的（被定位安排的）一些物质碎块。鼻子以其狭长和鼓起的形式与麦穗相像；嘴巴，由于其肉质丰腴而像一颗半张开的无花果，其灰白的内部照亮了半月形的红色果肉。阿尔桑保罗多的隐喻尽管是类比性的，但也可以说是具有单一意义的：阿尔桑保罗多使我们相信，鼻子**自然**地与一个麦穗相像，牙齿**自然**地与一些种子相像，无花果**自然**地与嘴唇相像。但是，却没有任何人**自然**地去说相反的话：麦穗不是鼻子，种子不是牙齿，无花果不是嘴巴 130
（如果这不需要借助于另一个阴性器官的话，就像人们在许多语言中能看到的一种民间的隐喻所证实的那样）。总之，阿尔桑保罗多的隐喻虽然得到了建立，但仍依赖于强制作用。阿尔桑保罗多的艺术并不是不明确的，他的艺术趋向于一种确定的意义：这种语言是非常肯定的。

*　　*

隐喻的工作通常也是非常勇敢的（就像一位非常珍贵和非常现代的诗人的隐喻工作那样），以至于在被再现的事物与其再现之间没有任何“理所当然的”关系：孩子的屁股或大腿如何可以让人解读出一只耳朵［《埃罗德》（*Hérode*）］呢？地窖里一只普通的老鼠如何可以表现出一个男人的前额［《火》（*le Feu*）］呢？不管怎样，在方法上应该有一些非常矫揉造作的替换；类比性联系在减弱（这种联系变得很少了，因此成了珍贵的）：是蜡的黄颜色让人想到前额上拉紧了的皮肤——这是没有任何多余的血可以前来浇灌的人的肉体的一部分——或者让人想到了绳子盘旋状的堆放，这种堆放严格地让人想到人皮肤的皱褶。我们可以说，在这些极端的隐喻之中，反复变化（métabole）中的两个项并不处于一种等值的（存在）关系，而是处于一种真正的**成为**（faire）关系：小小的裸露的身体在成为（在制作、在产生）暴君的耳朵。阿尔桑保罗多就这样警告人们注意隐喻的**能产性的**、及物性的特征。不管怎样，他的那些隐喻并不属于简单的亲和关系的确认事实，它们并不记录存在于自然界的、由诗人们应该表现的一些潜在的类比关系。它们在拆散通常的事物，为的是借助于一次（还是一次）真正的强力即幻觉者的**劳动**（而不仅仅是其抓取相像关系的天分）来产生新的古怪事物。

*　*

可是，也许最大的创新，并不存在于这些未必会有的隐喻之中，而是存在于我们可以称之为**从容不迫**（désinvoltes）的隐喻之中。在此，从容不迫在于根本不需要使对象隐喻化，而仅仅在于使其改变位置。当阿尔桑保罗多取用一位乡绅的牙齿来替代形象地表现水的那个人物的牙齿的时候，他并不触及对象（还是那些牙齿），而是在丝毫不考虑对另一个有某种影响的情况下使之消失。在这里，隐喻只不过是
131 对于同一性的开发，甚至是对于一种同义反复的开发（**牙齿是牙齿**），这种同义反复仅仅出现了移动和改变了支撑点（语境）。这种失衡可以产生最为强烈的异常。玛格里特[①]很懂得这一点，她将其一幅作品称为《强奸》（*Viol*，1934），这幅作品的创作手法就属于阿尔桑保罗多的“消失”手法。这里涉及的还是一种似是而非的图像，依据眼睛的**转动**，这幅图像既是头像又是或者就是女人的上半身像。如果由读者来决定的话，就是两个乳房替代了眼睛，肚脐替代了嘴巴。还是在此，事物仅仅是在改变位置，它们离开了以裸露为主的状况，为的是获得以理智为主的状况——而这足可以创造出一个超自然的对象，就像亚里士多德所说的雄雌同体的人那样。

*　*

作为“诗人”，也就是说作为言语活动的制作者和工匠，阿尔桑保罗多的兴趣在继续；同义现象不停地被投掷于画布。阿尔桑保罗多一个劲

---

① 雷内·玛格里特（René Magritte，1898—1967）：比利时超现实派画家。——译注

儿地使用不同的形式来说明同一事物。他是想说明鼻子吗？他的同义事物储存库就为他提供一段树枝、一个梨、一根扁担、一个麦穗、一盆花、一条鱼、兔子的屁股、鸡的骨架。他是想说明耳朵吗？他就只需要在混杂的目录中提取一个树桩、一个伞形的蘑菇的反面、麦穗的花序、一枝玫瑰、一枝石竹、一个苹果、一个大贝壳、一个动物的头、一盏油灯的支架。他是不是也想给他的人物安排一把胡须呢？你看，这是一条鱼尾，那是一些虾的触须。这样汇编是否就是无限的呢？如果人们坚守我们所能见到的总之不太多的那些寓意的话，那就不是的。这里涉及的几乎总是水果、植物、食物，因为主要关系到大地母亲的季节性形象；但是唯独语境在限制讯息。一种杂技的想象力是无限的，对于这种杂技的把握就像人们觉得它已经准备好占有所有的对象。

*　　*

制作一些正反可用的形象，是那个时代的一种时髦。一经颠倒，教皇就变成一头公羊，加尔文①就变成戴着铃铛的疯子。这些类型的游戏过去用来嘲弄改革②的拥护者或反对者。有人注意到阿尔桑保罗多的一幅正反两用的作品，在一个方向看是厨师，在另一个方向上看就是一盘普通的肉菜。在修辞学上，这种修辞格叫作回文（palindrome）。真正的 132
回文在讯息上不改变任何东西，它仅仅借助于游戏在一个方向和在另一个方向上读起来都是同一的。坎蒂连③说过：**“罗马，作为你爱恋的**

① 让·加尔文（Jean Cauvin，笔名 Calvin，1509—1564）：法国神学家和作家。——译注

② 这里指 16 世纪欧洲的宗教改革。——译注

③ 马库斯·法比尤斯·坎蒂连（Marcus Fabius Quintilianus，公元大约 35—100 年）：拉丁语修辞学家。——译注

对象，将会突然地出现在你面前。”① 您可以将一个（假的）镜子放在毛毛虫的尾巴处，在您按照相反的方向扫视毛毛虫的时候，您将会看到它完好无损；同样，扑克牌游戏的人头像也是如此。（潜在的）镜子在切割、在重复，但它不根本地改变。相反，当您将阿尔桑保罗多笔下的头像倒过来的时候，您肯定能找到一些意义（而且，正是在这一点上出现回文），但是，这种意义在倒过来的动作中改变了：菜肴变成厨师。真正的回文这样说：“一切总是相同的。”不管您在哪一个方向上看事物，真实是不变的。阿尔桑保罗多的回文说：“一切都可以取用一个相反的意义。”也就是说，一切总有一个意义，以便人们可以解读，但是这种意义从来不是同一个。

* *

一切都有意味，可是一切都是令人惊奇的。阿尔桑保罗多用人们熟知的东西来制作幻想物。总体具有不同于部分之和的意义，似乎总体是部分之和的剩余意义。应该理解这些古怪的数学现象。如果我们很想提醒自己在词源上讲**类比**就意味着**比例**的话，那它们就是有关**类比**的数学：意义取决于您所处的层次。如果您非常近地观看头像，您就只能看到一些水果和蔬菜；如果您离远一些，您就只会看得到一个男人有着一只可怕的眼睛，他穿着有皱褶的紧身上衣，高高的圆形皱领（《夏天》，*l'Été*）。这是离开和靠近在创立意义。难道这不是任何有生命力的语义学的最大秘密吗？一切都来源于分节式连接的**等距离安排**（échelonnement）。意义产生于无意蕴成分（音位、线条）的一种结合；

---

① 这是坎蒂连的两行诗中的第二行，这两行诗为“Signa te，signa temere，me tangis et angis / Roma tibi subito ibit amor”。两行诗的译文为“签字，签字，你在伤害我，你在徒劳地使我窒息/（以这种举动），罗马，作为你爱恋的对象，将会突然地出现在你面前”。——译注

但是，将这些成分进行初步的结合，不足以穷尽意义的整个创造性。已经被结合的东西形成一些集合体，这些集合体可以再一次地在它们之间进行第二次、第三次的结合。我在想象，一位天才的艺术家可以将阿尔桑保罗多的所有组合头像拿来，再将其安排、将其结合，以便获得一种新的意义效果，而且依靠这种安排，可以使之出现一幅景致、一座城市、一处森林：使感觉后退一些，就会产生一种新的意义。也许，在历史地浏览形式（将塞尚①的画放大5平方公分，那便在某种程度上“走向了”尼古拉·德·斯达埃尔②的一幅作品）和浏览人文科学 133
（历史科学在将事件于**另一个层次**上进行结合的同时改变了它们的意义：传统历史所停留的层次——战役、条约和统治，在服从于降低其意义的一种倒退的情况下，只不过就是一种新的语言、一种新的理解力、一种新的历史的符号）。

* *

总之，阿尔桑保罗多的绘画是**动态的**：他的绘画借助于他的设想来指示读者必须靠近或疏远，同时确保其在这种动作中不失去任何意识，确保他与头像维持着一种很有活力的关系。为了获得一些动态的结合，卡代尔③自由地连接一些体积。而阿尔桑保罗多的绘画在依然是绘画的情况下，就可以获得一种类似的结果：他的绘画不是载体，而是他被请来可以在上面进行自我移动的人类主题。为了“有趣”（在阿尔桑保罗多的情况里），这种选择就并非不大胆，或者至少是非常“现

---

① 保罗·塞尚（Paul Cézanne，1839—1906）：接近于印象派的法国画家。——译注

② 尼古拉·德·斯达埃尔（Nicolas de Staël，1914—1955）：祖籍为俄国的法国画家。——译注

③ 亚历山大·卡代尔（Alexander Calder，1898—1976）：美国雕塑家和画家，他发明了活动景致和静止雕塑。——译注

代的”，因为它涉及意义空间的一种相对性。阿尔桑保罗多在将读者的目光包容进绘画结构的同时，潜在地从建立在被再现事物的固定性基础上的一种牛顿式绘画，过渡到一种爱森斯坦的艺术，根据这种艺术，观察者的移动属于作品本身。

134 * *

阿尔桑保罗多具有很高的移动热情，以至于当他赋予同一幅头像多种解释的时候，他仍然在那里产生一些意蕴变化：头像从解释到解释而获得了不同的意义。我们现在充满着音乐：当然有一种基本的主题（夏天、秋天、加尔文），但是每一种变化都具有不同的效果。这里，季节性的人刚刚死去，冬天依然带有刚刚过去的秋天的红褐色；他脸色苍白，但还在鼓起的眼皮刚刚合上。那里（而且，如果这第二种解释先于第一种，也并不重要），冬季之人只不过是一具变质的、正在腐烂的僵尸；面孔已经开裂，呈灰色；在已经合上的眼睛的地方，只剩下暗淡的眼眶；舌头是灰白色的。同样，有两种**春天**（一种还是羞涩的，无光彩的；另一种则更有活力而且肯定着夏天的来临）和两位加尔文。贝加莫①的加尔文傲气十足，而瑞典的加尔文则丑陋难看：就好像从贝加莫到斯德哥尔摩（虽然涉及画面构成的真实顺序，但这并不重要），那可怕的形象自身已经损毁、已经退化、已经失去了光彩；眼睛首先是恶毒的，后来变成死寂的、痴呆的；嘴巴的强笑得到突出；那些用于充当打裥颈圈的卷状物从黄色的牛皮纸变成青灰色的纸张；由于这个头像是由可食用的材料组成的，所以给人的感觉就更乏味。严格地讲，它已经变成不可食用的了：鸡和鱼在垃圾桶的垃圾上转悠，或者更为糟糕的是它们都成了不佳餐馆的废物。一切都好像是这样发生的，那就是，每一次，头像都在美好的生活与可怕的死亡

① 贝加莫（Bergame）：意大利一城市。——译注

之间颤抖着。这些组合的头像是正在腐烂的头像。

*　*

我们再一次进入意义的过程——因为首先正是在此，阿尔桑保罗多的作品使人感兴趣并诱惑人和使人觉得不安。一种语言的“单位”就存在于画布上。与分节式连接的言语活动的音位相反，这些单位已经具有了意义。这便是那些可命名的事物：水果、花、树枝、鱼、花束、书籍、儿童等。这些单位一经结合便产生一种一致意义；但实际上，那第二种意义在成倍增加。一方面，我解读出一个人的头像（这种解读是足够的，因为我可以为我感受的形式命名，使之与我自己语言的词汇相结合，而在这种词汇中就有“头像”一词）；但是另一方 135
面，我也同时解读出另一个完整的意义，这种意义来自词汇的一个不同的区域：“夏天”“冬天”“秋天”“春天”“厨师”“加尔文”“水”“火”。然而，这种纯属寓意的意义，我只能在参照第一批单位的意义时才可以构想它：是水果在构成夏天，是死的树桩在构成冬天，是鱼在构成水。因此，在同一图像中就有了三种意义。可以说，前两种意义是外延的，因为，为了出现，它们只涉及我的感觉，原因是我的感觉直接就与一种词汇连接（一个单词的外延意义是由词典提供的，而按照我的感觉层次词典足可以让我解读，这里是鱼，那里就是头像）。其他的任何东西，都是第三种意义，即寓意的意义。为了在此解读《夏天》的头像或加尔文的头像，我必须具有与词典的文化不同的另一种文化。我必须具有一种换喻的文化，这种文化能够使我将某些水果（而不是其他东西）与夏天联系起来。或者更为微妙的是，使我将一副面孔的极丑与加尔文的清教徒气质联系起来。而一旦人们离开作为大堆文化意义、大堆观念的结合体——总之是作为定见（idées reçues）的百科全书的——单词的词典，人们就进入了内涵的无限的领域。阿尔桑保罗多的内涵是简单的，那就是俗套（stéréotypes）。可是，内涵开启着意义的一种过程。从寓意的意义出发，其他的一些意义就是可能的了，但它们不再是“文化的”意义，而是在身体的运动中出现的意义（有诱惑力的或是令人厌恶的）。在感觉与意指（意指本身也是词汇性的或文化性的）之外，形成着一个**价值**的世界：面对阿尔桑保罗多的一幅头像作品，我最终不仅要说**我解读、我变成、我认为、我理解**，而且还要说**我喜欢、我不喜欢**。不适、恐惧、欲望，都一起进入了节日。

*　　*

无疑，情感本身是文化性的：多公人①的面具使我们产生惶恐，因为它们在作为西方人的我们看来带有异域色彩，也就是说带有不可知的特征；我们感受不到它们的任何象征意义，我们无法与它们联系起
136 来（我们是不信宗教的）；它们无疑对多公人本身会产生一种作用。就像阿尔桑保罗多笔下的头像那样，正是在我们自己的文化内部，那些头像才激起情感意义，从真正词源学上讲，我们应该称这种意义为感人意义；因为，我们在不通过建立身体即建立言语活动来参照一整套社会性的情况下，就不能发现这些头像中的某一些是“恶意的和愚蠢的”。愚蠢和恶意作为“表达”方式，它们属于某种历史价值系统。我们可以怀疑，面对阿尔桑保罗多的一幅头像作品，有哪一位澳大利亚土著人会感受到这幅头像作品使我产生的那种模糊的恐惧。

*　　*

阿尔桑保罗多的艺术在我们身上产生的作用，通常是令人厌恶的。请看《冬天》：双唇之间的这个蘑菇就像一种肥大的器官，它是肿瘤样的，丑陋难看的。我看到一个刚刚死去的人的面孔，看到一个梨进入口中直至造成窒息的带着抑郁的面孔。这幅由干死的皮壳组成的头像，

① 多公人（Dogon）：生活在非洲马里境内的黑人。——译注

满脸都是脓疱和鳞片，就好像患上了令人讨厌的皮肤病，比如糖疹或牛皮癣。另一幅（《秋天》）的面孔只不过是肿瘤的累加：面部肿起，散发出葡萄酒的气味。这是一个充血的器官，其棕褐色的血在堵塞处转动。阿尔桑保罗多艺术中的肉质总是**过分的**：或者是毁坏的，或者是剥落的（《埃罗德》），或者是肿胀的，或者是干瘪的、死寂的。什么？难道没有一个头像是美好的吗？至少，《春天》不是由呼唤一种快乐的画面构成的吗？的确，《春天》铺缀着花卉；但是，我们可以说，阿尔桑保罗多去掉了花的神秘性，甚至就在他（逻辑上的笑话）并非严格地采用花卉的时候。无疑，观看一枝花，或是观看一束花，或是观看一个草场，那才完全是春天的享乐。但是，当大片花卉简约为一种外观的时候，它就很容易变成该物质的一种更为混乱状态的风化。解体会产生粉状物质（硫黄"花"）和产生像是花一样的真菌；皮肤疾病常常使人想到带有纹路的花。因此，阿尔桑保罗多的春天最终进入了一种很大的带有疾病的矫揉造作的灰色形象之中。这样一来，阿尔桑保罗多笔下的头像给人不适效果的原因，恰恰是它们是"组合"而成所带来的。事物的形式越是像来自第一次投射动作，这种形式就越是惬意的［我们知道，整个东方艺术都推崇**第一举动**（alla prima）］。在 137
直接的形式也可以说是尚未组合的形式中，带来一种超自然的享乐。某些音乐理论家在恰恰带有单一来源特征的动听的浪漫旋律与母亲的世界（在这个世界里，儿童享受着与母亲融为一体的快乐）之间建立了关系。我们可以将这同一种象征作用赋予由艺术家从纸上、从画布上依据第一次即**第一举动**获得的"美好的形式"。阿尔桑保罗多的艺术对于这种快乐来讲，是一种否定：带有各种形象的头像不仅来自一种劳动，而且这种劳动的复杂性和由此带来的耗时程度也被再现了出来。因为在绘制《春天》之前，必须首先"画出"即将组合成这幅画的每一枝花。因此，甚至就是"组合"手法本身在搞乱、在瓦解、在损坏形式单位的出现过程。例如，从主题上讲，还有什么比水更为一致的呢？水一直就是一种母性主题，流动性一直就是一种快乐；但是，为了给出水的寓意，阿尔桑保罗多想出了一些相反的形式。在他看来，水便是鱼，便是水中甲壳动物，它们都是一些坚硬的、不连续的、锋利的或鼓起的形式：水真正成了魔鬼状的。

* *

阿尔桑保罗多笔下的头像就是魔鬼状的，因为它们都指向——不论寓意的主题有多美（夏天、春天、花卉、水）——一种实质的不适：**淆乱**（grouillement）。有生命的事物（植物、动物、儿童）混杂在一起，被安排在一种紧凑的无序（在进入最后的头像的可理解性之前）之中，让人想起整个的一种未成熟的生命，让人想到植物性生命、虫、胎儿、内脏——从生命的极限来讲，它们都是还没有出现然而却已经是极易腐烂的东西。

* *

在阿尔桑保罗多所处的时代，魔鬼是一种美好的东西。哈布斯堡王朝①，作为这位画家的老板，有着许多艺术和珍品收藏室，那里面存放着许多古怪的物件：自然界的奇物，如全身毛茸茸的矮人、巨人、男人和女人。总之，一切“使人惊异和让人思考的”事物。有人说过，那些收藏室曾经具有福斯特②和卡利加里③的实验室的性质。然而，不

① 哈布斯堡王朝（Habsburg）：1273—1918年统治奥地利的王朝，该王朝名称取自哈比希特斯堡（Habichtsburg）的名称。——译注

② 福斯特（浮士德）（Faust）：德意志15世纪末16世纪初的人文主义学者和奇幻师，人们对他只有一些传说，他后来成了许多文学作品中的主人公，歌德就曾经写过《浮士德》一书。——译注

③ 卡利加里（Caligari）：德国1919年拍摄的一部印象主义的影片《卡利加里医生门诊部》（*Cabinet du Dr. Galigari*）中的主人公。——译注

管是“美好的东西”，还是“魔鬼”，都基本上是违背物种分离的东西，138
是将动物与植物、动物与人类混杂在一起的东西。这便是过分，因为它改变上帝为其指定了一个名称的事物的品质。这便是**变形**（métamorphose），这种变形动摇了一种秩序在另一种秩序中的状态。简言之，这便是另一个词的**迁移**（transmigration）（有人说，在阿尔桑保罗多所处的时代，欧洲市面上有一些来自印度的微缩物件，这些物件是一些古怪的动物，其身体是由“许多混合有人和动物的形式构成的：乐师、猎手、情人、狐狸、雄狮、猴子、兔子”。每一个这样构成的动物——骆驼、大象、马——都形象地表现了在连续显形过程中同时进行的重新组合。实际上，明显的混杂性指出了印度人关于人的内在整一性的学说）。总的说来，阿尔桑保罗多笔下的头像仅仅是一种迁移的可见空间，这种迁移在我们的眼下从鱼到水、从柴火到火、从柠檬到耳坠，等等，而且到头来，还从所有的物质到人的形象（除非您宁愿采取相反的路径，而从冬季之人下降到与之相联系的植物）。总之，阿尔桑保罗多的“魔鬼”原理，**是大自然不停止下来**。您可以看一看《春天》。画家以一个头戴插花帽子（时尚中有这样的帽子）的女人来表现春天是正常的；但是，阿尔桑保罗多**继续**这样做。花卉从事物降到人的身体上，花卉侵入了皮肤，它们构成了皮肤：这是一种花卉麻风病，它蔓延到了面部、脖子和上半身。

然而，进行这样的一种想象，不仅仅属于“艺术”，而且也属于知识能力：突然发现一些变形（这是达·芬奇多次做过的事情）是一种认识行为。任何知识都与一种分类的秩序相联系。扩大或只是简单地变一变知识，便是通过大胆的操作来尝试颠覆我们已经习惯的分类的东西：这便是魔术的高贵功能，即“本性智慧的总和”（皮克·德·

拉·米朗多拉[①])。

就这样，阿尔桑保罗多从游戏到高贵的修辞学，从修辞学到魔术，又从魔术到才智。

《阿尔桑保罗多》(*Arcimboldo*，© 1978，F. M. Ricci éd.，Milan)

---

① 皮克·德·拉·米朗多拉（Gionvanni Pico de la Mirandola，1463—1494）：意大利人文学家和哲学家。——译注

绘画是一种言语活动吗？

自从语言学像人们所知道的那样得到了发展，总之，自从本文作者说出他对于符号学有兴趣以来（至今已有 12 年了），人们曾多次向他提出这样的问题：绘画是一种言语活动吗？可是，直到现在还没有任何答案：人们还不能制定绘画的词汇学，还不能制定绘画的语法，还不能找出画面的能指与它的所指，也还不能使它们的替代和结合规则系统化。符号学[①]作为符号的科学，还没有达到过问艺术的能力。这是不幸的

① 符号学：该词在法语上有两个对应的术语 sémiologie 和 sémiotique，它们的内涵是有区别的。前者亦被称为结构论符号学，侧重于符号本身的研究；后者为巴黎符号学学派使用的名称，侧重于文本的“内容之形式”的研究。罗兰·巴尔特的研究属于前者。——译注

阻碍，因为这种阻碍借助于空缺而强化了人们的旧有观念，根据这种观念，艺术创作不能被“压缩成”一种系统：我们知道，系统被说成是人和艺术的敌人。

说真的，提出绘画是一种言语活动这一问题，已经就是一种道德问题了，因为它呼唤一种不赞成的回答、一种死亡的回答，同时维护作者个人（艺术家）的权利和一种人类普遍性（社会）的权利。像任何革新者一样，让-路易·舍费尔[1]不回答有关艺术（关于其哲学或历史）的假设的问题；他以一种明显是边缘的问题来代替答案，但是这种问题的距离使他可以组成一种前所未有的领域，在这个领域中，绘画与它的关系（就像人们说的，一种旅程关系）、结构、文本、编码、系统、再现方式及形象化，这些从符号学延续下来的术语，都按照一种新的拓扑学得到了分配，因为这种拓扑学构成了“一种新的感觉方式、一种新的思维方式”。这个问题差不多就是这样的：画面与人们最
140 终用以解读它——（暗含着）书写它——的言语活动之间的关系是什么呢？**难道这种关系不就是画面本身吗？**

显然，问题不在于将对画面的书写局限于专业的绘画批评。画面，不管是谁书写它，它都只存在于我就此提供的**叙事**之中，或者存在于人们可以对其进行的解读总体与组织当中：一个画面从来都只是对自己的多元描述。通过我借以组成叙事的文本来对画面进行这种全面描述，我们会看见，这种全面描述与可以设定为言语活动的一种绘画既很接近又有距离，就像让-路易·舍费尔所说的那样：“**乍看，图像没有结构，但它具有它自己就是其系统的一些组织性结构**。”因此，已不再可以（正是在此，让-路易·舍费尔按照他自己的主张提出了绘画符

① 让-路易·舍费尔（Jean-Louis Schefer，1938— ）：法国艺术批评家。——译注

号学）将构成图画的描述设想为言语活动的一种中性的、文字的、外延的状态；但是，也不能将其设想为一种纯粹的神秘的心理加工，即无限地具有主观投入的场所。画面既不是一种正式的对象，也不是一种想象的对象。确实，“被再现”东西的属性不停地被弃之于不顾，所指总是被移来移去（因为它只是一种命名的接续过程，就像在词典中那样），分析无止无境；但是，言语活动的这种逃逸、这种无限性，恰恰是图画的系统。图像并不是对于一种编码的表达，它是一种编码工作的变化：它不是一种系统的储藏室，但它却是系统的生发。让-路易·舍费尔在阐释一个著名的书名的时候，得以为自己的书起名为《唯一与其结构》（*l'Unique et sa structure*）；而这种结构，便是结构过程本身。

我们看到了意识形态的影响。面对作品的多样性（画面、神话、叙事），传统的符号学的努力倾向于建构一种模式，参照这种模式，每一种产品都可以依据差距来得到确定。让-路易·舍费尔在这一基本点上延续了茱莉亚·克里斯特娃的研究工作，按照让-路易·舍费尔的观点，符号学更可以出自模式、标准、编码、规则的时代——或者如果我们愿意的话，出自于神学。

索绪尔语言学的这种**旁移**（déviation）或者这种急剧变化，迫使人们去改动分析话语本身，而这种极端的结果也许就是其有效性和其新颖性的最好证据。让-路易·舍费尔只能在分析一个单一的画面时，才可陈述从结构到结构化过程，从远处的、固定的和让人着迷的模式到 141
（对于系统的）研究工作。他选择了威尼斯画家巴里·波尔多纳（Paris Bordone）的《失败的比赛》（*Une partie d'échecs*）（这为我们带来了令人赞叹的“誊写、某种书写的快乐，这些最后都使得批评家成了作家”）。他的话语模范地与论述相脱离。分析不给出通常依据一大堆统计材料推导而来的结论。这种分析继续处在言语活动的行为之中，因为让-路易·舍费尔的原则是，画面的实践本身就是其理论。让-路易·舍费尔的话语阐述的，根本不是这幅《失败的比赛》的秘密和真实，而仅仅是（必然是）这种分析借以自身结构化的那种活动。解读的工作（这种工作确定画面）彻底地（直至其根部）与书写的工作实现了同一。没有了谈论绘画的批评家，也没有了谈论绘画的作家；而只**有书写家**（grammatographe），即写出画面的书写特征的人。

按照人们现在一致称作艺术审美或艺术批评的叫法，让-路易·舍费尔的这本书构成了一种**初步的**研究工作；但是，必须清醒地看到，他只是在颠覆我们现有学识框架和颠覆决定着我们"文化"对象之秩序的情况下，才做这项工作的。让-路易·舍费尔的文本不以任何方式属于著名的"跨学科"之谓，即所谓新的普遍文化的奶油蛋糕。并不是学识应该改变，而是对象应该改变：问题不在于将语言学"应用于"画面，不在于向艺术史喷洒一点符号学；问题在于取消在机制上将画面与文本分离开的距离（责难）。某种东西正在出现，它将使"文学"和"绘画"（以及它们的元语言学的相互关系即批评与审美）都变得过时，而将以一种通用的"测力学"（ergographie）来代替现有的陈旧的文化神性，那便是文本就是研究工作，研究工作就是文本。

1969，《文学半月刊》（*La Quinzaine littéraire*）

安德烈·马松的书写符号学 142

借助于一种未曾预料到的超前性，马松①的书写符号学一下子就提前“重新”采用了有关文本的一种理论的主要命题，这种理论在20年前尚未以任何方式存在着，在今天它构成了先锋派的区别性标志。这证明，是“艺术”（或者更可以说科学）的**循环**（circulation）在产生动作：“绘画”在此开启了通向“文学”的途径，因为绘画似乎在它之前就假设了一种从未听说过的对象即文本，这种文本决定性地使得“艺术”之间的分离变成陈旧。马松在开始其亚洲时代（我宁愿称之为文本时代）的时候，五十四岁；目前的文本理论

---

① 安德烈·马松（André Masson，1896—1987）：法国画家，先是参与超现实主义运动，后皈依举动派（gestuel）。——译注

家们，那时大多数刚刚出生。我们下面看到的，便是人们在马松的绘画（我使用“绘画”一词，是为了简化；最好说是“书写符号学”）中已经看到的文本的（和现时的）命题。

首先，马松坚定地制定了人们称之为**关联文本**（inter-texte）的东西。画家在（至少）两种文本之间循环：一方面是他自己的文本（我们说其是绘画的文本、绘画实践的文本、绘画动作的文本、绘画工具的文本），另一方面是中国的象形文字的文本（也就是说，某一地方化文化的文本）。由于这种文本一定要在任何真正的互文性（inter-textualité）中存在，所以，亚洲符号就不构成具有启迪作用的模式，就不是“起源”，但是，它们却构成书写能量的引导者、变形的引用之引导者，这些引用可以依据特征而不是依据文字被标识出来。此后，那种移动的东西，便是作品的责任性。这种责任性不再被一种狭隘的属性（即其直接创作者的属性）所给予，而是游弋在一种文化空间之中，这种文化空间是开放的、无极限的、无隔离的、无等级的，在这种空
143 间中，人们将重新发现仿制品、剽窃品甚至还有假冒品，一句话，各种形式的“复制品”——这便是资产阶级所从事的粗俗的实践活动。

马松的书写符号学还告诉我们，目前在有关文本的理论中什么是主要的，书写不能被简约为一种纯粹的传播（誊写）功能，就像那些言语活动的历史学家们所主张的那样。在这个时期，马松的研究工作指出，绘画特征和书写特征的同一性并不是偶然的、边缘性的、巴洛克式的（这在书法中看得很明显——尽管这种实践在我们的文明中尚不为人所知），但是在某种程度上它是顽固的、难以摆脱的、既包含着任何笔迹的起源又包含其常在的现在时的：有一种单一的、扩展到任何功能化过程的实践，那就是无区别性书写风格（graphisme indifférencié）的实践。多亏了马松的出色证实，（想象出的或实际的）书写就显得像是其自己功能的**超出的那部分**本身；这位画家在帮助我

们理解，书写的真实既不在其讯息之中，也不在它为了通常的意义而构成的传递系统之中，还不在一种尚不牢靠的、受制于专家治理兴趣（鉴定、测试）的科学即笔迹学（graphologie）赋予它的心理表达性之中，而在下笔、勾绘和自我移动的手之中，也就是说在**奋斗**（在享受）**的身体**之中。所以（马松的补充性证明），颜色丝毫不能被理解为某些特征可以“得以突出”的底色，而更应该被理解为冲动之完整的空间（我们都了解颜色的冲动性本质：证明就是，野蛮的自由会带来轰动性丑闻）：在马松的书写符号学中，颜色会导致在其斤斤计较的、可计算的底色中获得书写（这至少是人们赋予我们的叙利亚—西方书写方式的起源）。虽然在书写中（因此也模范地在马松的符号学文字中）某种东西得到了“传播”，但不是那些账目，不是一种“理由”（从词源学上讲，是同样的东西），而是一种欲望。

最后，马松在（主要地）转向中文的象形文字的时候，他不仅不承认这种书写的令人惊异之美；他还坚持认为，表意文字的特征带给人们可以称之为**西方**清醒的誊写意识的，是断裂：难道我们不是极为 144
相信我们的字母表是最好的吗？这是最理性的吗？这是最有效的吗？发明辅音字母表（以叙利亚文的方式），后来又发明元音字母表（以希腊文的方式），都是不可逆转的进步，都是理性和经济学对于象形文字系统的巴洛克式混乱的征服，难道我们最为严谨的学者们不都坚持认为这是“很自然的”吗？这是对于调节我们的科学本身不思悔改的种族中心论的很好证明。实际上，我们之所以拒绝表意文字，是因为我们不停地试图在我们的西方以言语的影响来代替动作的影响；出于属于一种真正重要的历史原因，我们有必要科学地相信、坚持和肯定，书写只不过是对于分节式发音的言语活动的“誊写”。它是一种工具的工具。它是一个链条，沿着这个链条，是身体在消失。马松的书写符号学，在纠正几千年誊写史的情况下，不让我们去参照起源（起源对于我们并不重要），而是让我们去参照身体：它强加给我们的，不是形式（所有画家的庸俗的命题），而是形象，也就是说是对于两个能指的省略性的破坏：一个是在表意文字的底部，就像是某种挥发掉的形象性痕迹的动作，另一个就是画家、书法家的动作——这种动作使画笔依据画家、书法家的身体来运作。这就是马松的研究工作告诉我们的东西：**为了使书写在其真实之中**（而不是在其工具性之中）**得到表现，书写必须是难以辨认的。**（马松）这位书写符号学家，借助于一种至高无上的精心制订的工作，故意地生产难以辨认的东西。他从（可辨认的）传播学的想象物上去掉书写的冲动。这也正是文本想要的东西。但是写出的文本还要继续不停地与一种表面上有意味的实体（单词）纠缠不清，而马松的书写符号学由于直接来源于一种无意蕴的实践（绘画），所以它一下子就完成了**文本**的幻想。

《安德烈·马松的书写符号学》
（*Sémiographie d'André Masson*），
见于在图尔（Tours）市雅克·达维德松画廊
（galerie Jacques Davidson）举办画展时的目录

赛伊·通布利[1]或数量不大但质量很高[2]

致伊冯（Yvon）、
雷诺（Renaud）和威廉（William）

赛伊·通布利（文中用TW来代替）是谁？他是做什么的呢？如何命名他所做的东西呢？一些单词自发地就会出现（“图案”“书写风格”“乱画”“笨拙的”“稚气的”）。并且，一种言语活动的障碍就会立即出现：这些单词，它们（这是很怪的）**虽不是错误的，但又不是令人满足的。**因为一方面赛伊·通布利的作品与他的外表完全吻合，因而应该大胆地说他的作品是平淡的；但另一方面——而且正是在此出现了谜团——这种外表并不完全与由那么多简洁、那么多淳朴

① 赛伊·通布利（Cy Twombly，1928—2011）：美国当代画家。——译注

② 这是一句拉丁文口号，原文为Non multa sed multum。——译注

本应在注视着这种外表的我们身上激起的言语活动相吻合。赛伊·通布利的绘画风格是“稚气的”吗？是的，为什么不可以呢？但也还不止如此：有某种多出的东西，或者有某种缺少的东西，或者有某种东西出现在旁边。人们这样说赛伊·通布利的这幅画，是**这样的**，也是**那样的**；但是，**从**这点看、**从**那点看，它更是某种非同寻常的东西。一句话，它是模棱两可的，因为从文字和从隐喻上讲，它是**移动的**。

通览赛伊·通布利的作品，不管是用眼睛还是用嘴唇，那便是不停地违背**它好像是的东西**。这种作品并不要求人们与文化的词语背道而驰（人的自发性，便是其文化），而是仅仅要求人们将这些词语移动，要求人们放弃它们，要求人们赋予它们一种新的光亮。赛伊·通布利迫使人们不是后退，而是（这一点也许更富有颠覆性）横穿审美俗套。简言之，他在我们身上引起一种**言语活动的工作**（难道不正是这种工作——**我们的**工作——在生产一部作品的价值吗?）。

146 书写

其他人恰恰这么说，赛伊·通布利的作品，属于书写；它与书法有某种关系。然而，这种关系既不是模仿关系，也不是启迪关系；赛伊·通布利的一幅画，仅仅是我们可以称为是书写之**暗示**领域的东西（暗示，作为修辞学的一种修辞格，在于说出一种东西时又带有让人理解另一种东西的意愿)。赛伊·通布利参照书写（就像他经常借助于一些单词来参照文化那样，如**维吉尔**①、**塞索斯特里斯**②)，然后，他就

---

① 维吉尔（Virgil，拉丁文为 Publius Vergilius，公元前 70—前 19 年)：拉丁语诗人。——译注

② 塞索斯特里斯（Sésostris 或 Sénousret)：是公元前 1970 至前 1850 年间三代古埃及法老使用的姓。——译注

又到别处去了。去什么地方？准确地讲，远离书写，也就是说远离形成的、画好的、压好的、模仿好的书写，远离人们在18世纪称为美手之作的东西。

赛伊·通布利以他的方式这样说，书写的本质，既不是一种形式，也不是一种习惯，而仅仅是一种举动，是产生书写并**听任其拖曳**的举动：一种粗制滥造的东西，几乎就是一种污垢、一种漫不经心的东西。我们借助比较来思考一下。一条裤子的本质（如果它有本质的话）是什么呢？当然不会是人们在大商店的衣架上看到的那种僵硬的和直线形的东西；而更应该是当一个精疲力竭的、懒散的和漫不经心的青少年脱掉衣服时不小心从手里落在地上的一团布。一个对象的本质与其废物有着某种关系：不一定非得是在人们过分使用之后剩下的部分，而是**被扔到**使用之外的部分。赛伊·通布利的书写就是这样的。他的书写是某种怠惰因此也是某种极端优雅的碎屑，就好像在作为强烈的色情行为的书写当中，存留着爱恋的倦怠那样，比如这件落在纸张某个角落上的衣服。

*　　*

在赛伊·通布利那里，字母（lettre）——甚至是与索引字母（lettrine）相反——是在无用途的情况下采用的。不过，这种字母并不是稚气的，因为儿童使用语言、强化语言、润色语言、模仿语言；儿童需要艰苦学习才能掌握成年人的编码。赛伊·通布利远离这种编码，他放松、他拖沓，他的手似乎处于漂浮状态，就好像单词是被手指的末端写出的，这不是由于扫兴或是厌烦，而是由于开向一种已逝文化 147
的某种奇幻造成的，因为这种文化仅仅留下了几个单词作为痕迹，夏多布里昂[①]说过："有人从挪威的岛上挖出了几个刻有难辨文字的骨灰

① 弗朗苏瓦-勒内·德·夏多布里昂（François-Renéde Chateaubriand，1768—1848）：法国作家和政治家。——译注

罐。这些骨灰都属于谁的呢？连风都不知道。”赛伊·通布利的书写更是空洞无意义的：他的书写是可辨认的，却是不可解释的；笔画本身可以是很明晰的、断续的；笔画仍然具有复原含混的功能，这种含混曾经妨碍赛伊·通布利在军队时成为出色的军用密码识辨人（**“我在这方面曾经是可怜和糊涂的”**）。然而，含混却反常地排除任何难解想法，含混并不与死亡同行，含混是有生命力的。

就书写而言，赛伊·通布利保留的是举动，而不是结果。即便是在从审美上讲有可能消费其工作结果（人们称之为作品即绘画）的时候，即便是在赛伊·通布利的创作属于（这种创作不可能躲避）一种
148 有关**艺术**的**历史**和**理论**的时候，被指出的东西，也是举动。何谓一个举动呢？它是类似于一种行为之额外的东西。行为是及物的，它仅仅想激发一种对象、一种结果；举动，它是以某种**气氛**（以该词的天文学意义）围绕着理智、冲动和怠惰的难以确定和永不枯竭的总和。因此，我们要区分**讯息**（message）——它要产生一种信息（information）、**符号**（signe）——它要产生一种智力活动（intellection）、**举动**（geste）——它产生其余的全部（“额外”），而无须一定要产生什么东西。艺术家（我们暂且保留这个有点拙劣的词）从其身份上讲就是举动的操作者：他想产生一种效果，而同时又不想要这种效果；他产生的效果，他并不必然地想得到。这是一些回转的效果、颠倒的效果、逃逸的效果，它们返回到他身上，并从此引起痕迹的改动、变化和减弱。艺术家的举动——或者艺术家就像举动——并不打断行为的因果链条，即佛教徒称之的**因果报应**（karma，他不是一位圣人，也不是一个禁欲者），但是举动使因果链模糊，它重新开启因果链直至失去其意义。在（日本的）禅宗（zen）之中，人们以我们的因果逻辑称呼这种突然的（有时是很微弱的）断裂为（我给予了简化）**悟性**（satori）：借助于一种很小的甚至是可笑的、荒诞的、古怪的场合，主体在一种彻

底的否定性（它不再是一种否定）中**醒来**。我把赛伊·通布利的“书写风格”看作许多小的悟性：从书写出发（真正的因果领域，比如，有人为了交流而写），某些无用的闪光点尽管它们甚至不是得到解释的字母，但它们前来中止了书写的行为存在，即书写的甚至是审美的动机的组织状况：**书写**已不再居无定所，它绝对是**多出的**。难道“艺术”、“文本”、人的整个“微不足道的东西”、人的异常、人的耗费，不正是在这种极限上才真正地开始吗？

*　*

有人将赛伊·通布利与马拉美①联系起来。但是，曾经服务于这种接近的东西，即某种将俩人连在一起的高级唯美论，既不存在于这一个人身上，也不存在于那一个人身上。像马拉美已经做的那样，探究 149
言语活动要求有一种比审美考虑更为严肃的也是更为危险的考虑。马拉美曾经想破坏作为意识形态长期载体（在法国是这样的）的句子。我们可以说，他在进行、在拖曳的过程中，破坏了书写。破坏，根本不意味着使其变得不被认出。在马拉美的文本中，法兰西语言是认得出的，但说真的，这种语言借助于碎屑来起作用。在赛伊·通布利的笔法风格之中，书写也是认得出的；它就像书写那样出现。可是，组成的字母不再属于任何书写编码，就像马拉美那些长长的组合单位不再属于任何修辞学编码一样甚至不属于破坏之编码。

*　*

在赛伊·通布利的这种表面上，**没有任何**写出的东西，可是这种表面就像是任何写出的东西的汇集地。就像有人说的那样，中国的书写出自被烘烤的龟壳的裂纹，同样，赛伊·通布利的作品也出自表面

---

① 斯特凡·马拉美（Stéphane Mallarmé，1842—1898）：法国象征派诗人，被称为“诗人王子”。——译注

本身。不管取自多么远的地方，任何表面都不会是完好无损的。整体一直就是或者已经是苦涩的、断续的、不等的、由于某种意外而成为有节奏的：上面有纸的纹理，还有污点、格子、线条交会点、曲线、单词。在这种链条上，书写失去了其暴力；突出的，并不是这样或那样的书写，也不是书写的存在状态，而是一种书写组织的观念。赛伊·通布利的作品告诉我们“**该写了**”，就像有人在别处说“**该拿了**”“**该吃了**”那样。

文化

在赛伊·通布利的整个作品中，书写的萌芽从最稀少到疯狂地增多，就像一种写写画画方面的瘙痒症。这样一来，书写便倾向于成为文化。当书写向着边缘加速、分裂和拥挤的时候，它就与书籍的观念一致起来了。潜在地出现在赛伊·通布利的作品中的书籍，是古旧的书籍，是加注释的书籍：一个附加的言语侵入边缘、侵入字里行间，
150 这便是附注。当赛伊·通布利写出和重复这唯一的单词 Virgil（维吉尔）时，这已经是对于维吉尔的一种评论了，因为这个由手写出的姓名不仅呼唤古代文化的整个一种（尽管是空洞的）观念，而且也像一种引用那样在起作用，即对于一种过时的、沉静的、宽松的、不声不响的衰落的研究时代的引用：英格兰人的公学、拉丁文的诗歌、斜面课桌、油灯、铅笔写出的精细字体。这就是赛伊·通布利的文化：一种从容、一种记忆、一种滑稽、一种假设、一种纨绔弟子的动作。

歪斜

有人说，TW，就像是用左手画出的、勾画的。法兰西语言是用右

手写的。对于摆晃着走动的东西、产生回转的东西、笨拙和碍手碍脚的东西，法兰西语言都称之为**歪斜的**①，而且法兰西语言将这种作为道德概念、作为判断和判决的**歪斜**变成具有纯粹外延特征的一个物理学术语，这个术语不妥当地替代了陈旧的单词“左侧的”（sénestre），并定名处于身体左边的东西。正是在此，主观**在语言的层面上**奠基客观[同样，在我们语言的另一个角落，人们看到一种情感的隐喻将其名称给予了一个完全有形的实体：一位激情燃烧的恋人（amado）相反变成任何导火材料的名称（amadou）]。这种词源学的历史告诉我们，赛伊·通布利在产生一种似乎是歪斜的（或者是用左手写的）书写的时候，他在打乱身体的道德秩序：那是最为古老的道德，因为它将“异常”视同为缺陷，又把缺陷视同为错误。他的笔法风格、他的构图是“歪斜的”，这就将他安排到了被排斥人的圈内、边缘人的圈内——在这种圈内，他当然会重新与孩子们在一起、与残疾人在一起。“歪斜”（或“左撇子”）是某种形式的盲目：他看不清方向，看不清他的动作可以达到的地方；只有他的手在引导他，是他的手的欲望在引导他，而不是他对于工具的适应程度；眼睛，便是理智、明显、经验、相似，便是一切用于控制、协调和模仿的东西，而且作为视觉独有的艺术，我们的任何过去的绘画都被看作服从于一种受到压抑的理性。赛伊·通布利以某种方式解放了视 151
觉绘画；因为“歪斜”（或者“左撇子”）破坏手与眼睛的联系：他在无光亮的情况下绘画（赛伊·通布利在军队时就这样）。

*　　*

与许多现在的画家的主张相反，赛伊·通布利展示的是举动。举

① 法语中 gauche 一词既指“左向的”“左边的”，又指“歪斜的”“笨拙的”；在法语中，通常说的“左撇子”即意味着“笨手笨脚”。这便是作者在此说的“主观在语言的层面上奠基客观”之意。——译注

动不要求看、不要求想、不要求品味产品，而是要求再看、要求鉴别和——如果可以这样说的话——要求“享用”**到此**的运动。然而，除去印刷品，手的轨迹（而不是对于其作品的视觉感受）与人类用手书写的历史一样长，它曾经是文字得以确定、得以研究和得以分类的基本行为：这种有规律的行为，便是人们在古文字学上称为**描绘**（ductus）的东西。手在引导笔画（从高向低，从左向右，同时转动、摁下、中断，等等）。当然，正是在表意性的书写中，**描绘**才具有最大的重要性：**描绘**是严格地被编码的，它允许可以按照画笔点画的数目和方向来为特征分类，它甚至奠定了词典的可能性，以便于在无字母表的情况下进行书写。赛伊·通布利的作品中充满了**描绘**：不是它的规则，而是它的游戏、它的奇幻、它的探索、它的怠惰。总之，这是一种只保留了倾斜和草书特征的书写。在古代的笔法风格中，草书产生于书写快速的（经济的）需要，但动笔写字是花费很高的。在这里，完全相反，动笔写字费用大大下降，它像小雨那样轻轻落下，它像茅草那样倒伏，它像闲来无事那样涂抹，就好像在让人看见时间和时间的颤动。

* *

有人说，有许多的创作让人想到儿童们的**潦草书写**（scrawls）。儿童，如果是婴儿（infans），那就是还不会说话的孩子；但是，引导赛伊·通布利的手的儿童，已经可以写了，他就是一位小学生：方格纸、彩色铅笔、成排的彩笔、重复的字母、小小的影线笔，就像从儿童绘画中的火车头冒出的烟。可是，俗套（“它像什么”）又一次灵巧地返回来了。

152 儿童的（笔法的）创作从来都不是理念上的创作。这种创作将器具（比如一支作为商业对象的铅笔）的客观标志直接地与小主体在纸上压、摁和坚持不懈的**本我**（ça）劲头儿结合在了一起。赛伊·通布利在工具和奇幻之间加进了观念：彩色铅笔变成彩色—铅笔。（小学生的）模糊记忆变成完整的符号：是时间的符号、是文化的符号、是社会的符号（这种符号更是普鲁斯特①式的符号，而不是马拉美式的符号）。

*　*

呆笨做事很少是轻轻的；通常情况下，**歪斜**（gauchir）就是下摁；真正的笨拙在坚持、顽强，它想被人喜爱（一切都好像儿童想**让人看**他做的东西那样，他神气地将他做的东西展示给他的母亲）。赛伊·通布利需要经常将我谈论的这种非常的变形的笨拙颠倒过来。相反，这种笨拙并不需要下摁，而是一点一点地消失、变模糊，同时保留橡皮擦拭的微妙痕迹。手勾画出了像花一样的某种东西，随后又开始在这种痕迹上拖曳；花被写了出来，接着又不被写了。但是，这两种运动是模糊地叠合在一起的。这是一种反常的隐迹纸：上面有三个文本（要是加上签字、图例或引文的话：塞索斯特里斯），一个文本趋向于消除另一个，但是其唯一的目的就是让人解读这种消除，这是真正的时间哲学。像往常一样，生命（艺术、举动、工作）应该满怀信心地证实不可避免的消失：形式（至少可以肯定，赛伊·通布利的形式）在形成（例如依据同一只手的拳头形状重复地、复制地连在一起的 a）的时候、在让人解读它的形成过程（这便是过去的**草图**的意义）的时候，它并不更多地歌颂生成之美妙，而是歌颂重复之死寂。形式似乎负责将正在出现的东西与正在消失的东西在一种状态下联系起来。将对于生命的歌颂与对于死亡的惧怕分离开，这是平庸的。幻想（utopie）（艺术是其言语活动，但人的整个神经症都抵制它），便是产生唯一的情

① 马塞尔·普鲁斯特（Marcel Proust，1871—1922）：法国意识流小说家，代表作为《追忆似水年华》。——译注

感：既不是性爱（Éros），也不是死亡冲动（Thanatos），而是单一思想、单一举动的生与死（Vie-Mort）。粗暴的艺术、冷酷的艺术都不接近这种幻想，但是，根据我的兴趣，无法归类的赛伊·通布利的艺术却更接近这种幻想，因为它借助于一种不可模仿的痕迹将登录与去除、童年与文化、变化与发明结合在了一起。

153

载体?

似乎赛伊·通布利是一位“反着色论者”。但是，何谓颜色呢？是享乐。这种享乐存在于赛伊·通布利的作品中，要理解这一点，就必须想到，颜色**也**是一种观念（一种色情的观念）：为了获得颜色（在该词的享乐性意义上讲），颜色不必服从于夸张式的存在方式。颜色不必一定是浓重的、强烈的、丰富的，或者是巧妙的、细致的、稀有的，或者是平淡的、黏稠的、流动的等。简言之，不必一定要有对于颜色的肯定即**落定**（installation）。它只需要出现、只需要在那里、只需要像一个大头针的轮廓那样登录在眼睛的某个角落（这是《一千零一夜》中出现的一个隐喻，它突出了一个叙事文的杰出性），只需要它撕裂某种东西。但愿它像一种出现或消失那样在眼前通过，因为颜色就像合上眼皮那样是一种轻微的昏厥。赛伊·通布利并不画出颜色，似乎最多地可以说他是着色；但是，这种着色是很少的、间断的，而且总是很猛，就像人们在试用铅笔。这很少的颜色并不让人解读一种效果（也不解读一种相像性），而是解读一种举动、一种举动的快乐：看着在他的手指、在他的眼睛的末端出现了某种东西，这种东西既是被期待的（我拿着的这支铅笔，我知道它是蓝色的），又是意外的（我不仅不知道将写出什么样的蓝色，而且要是我知道的话，我还总会被其所惊讶，因为颜色，就像**事件**那样，它每一次都是新的：这恰恰是产生颜色的**那一次**，就像它产生享乐那样）。

* *

还有，我们很清楚，颜色**已经**在赛伊·通布利的纸张之中了，因为纸张**已经**弄脏了、变质了，其亮度是难以放到哪一类别中去的。只有作家的纸张是白色的，它是“干净的”，而且这并不是他的最小的问题（空白纸页的困难：这种空白通常会引起一种惶恐，即如何将其弄脏呢?)。作家的不幸、他的区别（与画家相对而言，而尤其是与赛 154
伊·通布利这样的书写画家相对而言），就是图画（graffiti）对于他是禁止的。总的说来，赛伊·通布利是一位完全有权利和经大家审核进入图画的作家。我们都很清楚，构成图画的东西，说真的，既不是铭文，也不是其讯息，而是墙、是背景、是桌子。这是因为背景完全存在，就像已经生存过的事物一样，也因为书写总是充当一种神秘的补充——**多出的**东西，即超出的量、其位置之外的部分，便是搞乱秩序的东西。或者正是在背景**不清晰的时候**，它对于思想就是不清晰的（这与哲学家的空白纸页相反）。而因此，它对于其他所剩东西（艺术、怠惰、冲动、色欲、讽刺、爱好、所有感知力可以感觉为审美灾难的东西）就是非常清晰的。

* *

像在一次非常细致的外科手术中那样，就在铅笔的蜡接近纸张微粒的那一细微时刻，一切都开始起作用（在赛伊·通布利的作品中）。蜡，作为柔软的物质，进入到笔法领域的细小的粗糙表面，正是这种蜜蜂的轻飞在构成赛伊·通布利的线条。这是一种特殊的进入，因为它与进入观念本身相抵触。这正像对于其唯一的记忆最终构成价值的一种接触一样；但是，线条的这种过去，也可以被确定为其未来。不粗不细的铅笔（我们不知道它如何转动）去接触纸张，从技巧上讲，赛伊·通布利作品似乎与过去时或与将来时但却从来不与现在时一起结合。好像从来就只有对于线条的记忆或预告：在纸上——也因为纸——时间处于永久的不确定状态。

*　*

我们以建筑师或工程师的一张图画为例，比如一个仪器的样图或某些不动产部分的样图。这样一来，我们看到的根本不是图画的物质性而是其意义。这种意义完全独立于设计师的能力。总之，我们什么
156 都看不出，而只看到某种可理解性。

现在，我们退一步，降到书写材料方面。面对一种用手勾画的书写，我们所消费的仍然是符号的可理解性，但是，一些模糊的、无意蕴的成分或是另一种意指活动的成分，引起了我们目光（和已经是我们的欲望）的注意。字母的刚劲的旋转、墨水的点画、直划的延伸，所有对于书写编码不是必要因而已经是补充之物的偶然出现的东西。我们还是离意义远一些：一幅传统的图画不会让我们解读出任何构成的符号，也不会出现任何功能性讯息。我将我的欲望投入类比的能力之中，投入能力的成功之中、风格的诱惑力之中，一句话，投入产品的最终状态之中：真正是一种对象在供我凝视沉思。这种链条，从图示到图画，而且意义就沿着这种链条逐步地挥发以便让位于越来越无用的“利益”，赛伊·通布利就以这种链条来占有极端的术语：符号，但有时苍白和笨拙（上面说过），就像他根本不关心人们能否识辨这些符号一样，而尤其是——如果可以这样说的话——他就以这种链条来占有绘画的最后状态，即其基底：纸（“赛伊·通布利承认是在纸上更可获得意义，而不是在绘画上”）。不过，一种很古怪的回返出现了：因为意义已经被减弱，因为纸已经变成完全可以称为**欲望之对象**的东西，图画可以重新出现，而不带有任何技巧的、表达的或审美的功能；在赛伊·通布利的某些作品中，建筑师、高级细木工或测量员的图画重新返了回来，就好像人们重新自由地获得了链条的源头一样，而这

种源头从此也就脱离和摆脱了几个世纪以来似乎一直在证明的对于一种可辨认对象进行笔法复制具有合理性的理由。

身体

线条——任何登录在纸上的线条，都否定重要的身体、肉体的身体、有体液的身体。线条不提供进入皮肤和黏膜的入口。线条说明的，就是身体，因为它瘙痒、它轻擦（人们甚至可以说它刺激）。借助于线条，艺术发生移动。它的发源地不再是欲望的对象（固定在大理石中 157
的美丽身体），而是这种欲望的主体。线条，尽管非常柔软、非常轻盈或不确定，但它总是指向一种力量、一种方向。它是一种**活动**（energon）即一种工作，这种工作供人解读其冲动和其付出的痕迹。线条是一种可见的动作。

*　*

赛伊·通布利的线条是无法模仿的（您可尝试着去模仿：您能模仿出的东西，既不是他的，也不是您的，那将**什么都不是**）。然而，最终不可模仿的，是身体。没有任何话语——不论是词语的还是造型的（如果不是那种总之是非常粗俗的解剖性的科学话语的话）——可以将一个身体简约为另一个身体。赛伊·通布利的作品可以让我们解读这种目的性：我的身体永远不是你的身体。从这种目的性出发，可以概括出人的某种不幸，只有一种方式可以相互作用，那就是诱惑：但愿我的身体（或者其色欲的替代物比如艺术、书写）能够诱惑、支配、打乱另一个身体。

*　*

在我们的社会，哪怕是最不起眼的线条，只要是出自这种无法模仿的身体即这种不确定的身体的，就都价值连城。被消费的东西（既然这里涉及的是一个消费社会），就是身体，就是一种“个体性”（也就是说，不能进一步被分割的东西）。换句话说，在这位艺术家的作品里，是他的身体被收买了：这是一种交换，在这种交换中，我们只能认出卖淫合同。这种合同是资本主义文明所特有的吗？我们可以说是它特定地确立了我们艺术领域的商业习惯（在许多情况下，这种商业习惯通常是让人吃惊的）吗？在中国，我看到过农村的绘画作品，其劳动在原则上都摆脱了任何交换。然而，在此却出现了一种有趣的错位：最受人们称颂的一位画家，却创作了一幅准确的和平淡的绘画（一位党支部书记正在观看）。在线条特征上，没有身体、没有激情、没有怠惰，而只有一种类比性操作（相像性操作、表达性操作）。相反，画展中却充满了风格上可谓“天真的”作品，通过那些作品，作为爱好者的艺术家的身体则不顾作品的现实主义主题，在催促、在闪亮、在快乐（借助于线条的淫荡圆形、过分的颜色、令人陶醉的图案
158 重复）。换句话说，身体总是超越它被困囿其中的交换：世界上没有任何商业、任何政治的效力可以减弱身体。然而总有一个极点，在这个极点上，身体变得**一文不值**。

* *

今天早晨，内容丰富——总之是愉快的：我在慢慢地看一个满是赛伊·通布利作品复制品的精装画册，我常常停下来，很快地尝试着在一些卡片上胡涂乱抹一阵。我不是直接模仿赛伊·通布利（这有什么好处呢?），我在模仿我从我的解读中潜意识地至少是梦幻般的得出的痕迹。我不抄袭产品，但抄袭生产过程。如果可以说的话，我将自**己置于手的步伐之中**。

* *

因为，这正是（至少对于我的身体来讲）赛伊·通布利的作品：一种生产过程，这种过程巧妙地封闭在和愉快地待在我们称为绘画和图画的这种审美产品中，而对于这种产品的汇集（画册、展览）从来都只是

一种**痕迹**汇编。这种作品要求赛伊·通布利的读者（我说：**读者**，尽管没有什么需要识辨）具有某种有关时间的哲学：他应该以追溯以往的方式来看待一种动作、来看待手的先前的变化；但是此后，就有了一种拯救性的革命，产品（是任何产品吗?）就会像是诱饵那样出现。整个艺术，由于它被收集、被存放、被发表，它便被揭示为像是**想象物**（imaginaire）的真实——赛伊·通布利的笔迹不停地在这方面提醒您的，便是生产过程。每一次，赛伊·通布利都使博物馆光芒四射。

*　　*

如果可以说的话，那就存在笔迹的一种精巧形式，因为这种形式不具备任何搔痕、任何损伤。用于勾画的工具（画笔或铅笔）落向纸页，它落在上面就完了。甚至没有咬痕的影子，而仅仅是一种**置放**（posé）。与有点脏的几乎是东方式的小表面（它正是**对象**）相对应的，是运动的减弱。运动没有抓到任何东西，它只是放置，这就都得到了说明。

*　　*

如果在**产品**与**生产过程**之间所做的区分——我认为（人们已经看到了）赛伊·通布利的全部作品就是建立在这种区分基础上的——显得有些复杂的话，那么，人们想到的还是由某些术语的对立所带给乍看起来含混的心理活动的断然解释。英国精神分析学家 D. W. 温尼科特[①]已经很清楚地指出，将儿童的游戏简约为一种纯粹的娱乐活动是错误的。对于这一点，他重新提到了（有严格规则的）**游戏**（game）与（自由发展的）**玩耍**（play）的区别。当然，赛伊·通布利是在**玩耍**一侧，而不是在**游戏**一侧。但是，这还不是全部。在 D. W. 温尼科特做法的第二步，他就从依然过分生硬的**玩耍**过渡到**正在玩耍**（playing）： 159

① D. W. 温尼科特（Donald Woods Winnicot，1896—1971）：英国儿科专家和心理分析学家，他尤其研究了儿童自出生之后在成长时期与母亲之间的心理关系。——译注

儿童的真实和艺术家的真实，便是操作过程，而不是生产对象［D. W. 温尼科特最终要系统地采用与之对应的词语形式来代替这些概念，**幻想**（fantasying）、**梦想**（dreaming）、**活跃的**（living）、**享有**（holding）等］。这一切对于赛伊·通布利都是很适合的：他的作品并不属于某种观念（痕迹），但是属于一种活动。或者更可以说，属于一种领域（纸页），因为一种活动在这里展开了。

在 D. W. 温尼科特看来，游戏在儿童身上消失了，而让位于他的地盘；在赛伊·通布利看来，“图画”消失了，而让位于他居住的、动员的、工作的、开拓的或者他减少的地盘。

道德意识

艺术家没有道德规范（morale），但他有**道德意识**（moralité）。在他的作品中，有这样的一些问题：**在我看来，其他的东西是什么呢？我如何才能得到它们呢？我如何才能适应对于这些东西的欲望呢？如何做才能在这些东西中间立足呢？**这位艺术家每一次都要陈述一种“对于世界的微妙看法”（这是道教的话），他将为他的文化所引用（或拒绝）的东西与为他个人的身体所强调的东西**组合**（compose）在一起：被避免的东西、**被提及的东西**、被重复的东西，或者还有被禁止/被希望得到的东西。这就构成了一种聚合关系，这种聚合关系就像两条腿促使艺术家向前走，**因为他在生产**。

160 * *

如何使一个线条不成为愚蠢的呢？使其卷曲波动不足以为之带来活力。我们知道，必须使其**变形**。在智慧当中，有着一定的**呆笨**。请看赛伊·通布利画出的两条平行线，它们最后汇拢到了一起，就好像作者没有将从数学上确定两条线固有的差距**坚持**到底一样。**就好像**进入到赛伊·通布利的线条中并引导线条达到构成其整个艺术的最为神秘的书写困难，就是某种怠惰（它是身体的最为纯洁的符号之一）。怠惰，恰恰是“图画”所允许而不是“绘画”（任何漫不经心的和随意的颜色都是强烈的）和书写（任何单词都是完整地出现，它是自愿的，并带有文化）所允许的东西。可是，赛伊·通布利的“怠惰”（我在此说的是效果，而不是说一种安排）是手法性的：他的怠惰让他避开了笔法编码的平淡，而无须依随破坏之习惯。怠惰，在该词的所有意义之中，它都是一种**感觉**（tact）。

*　　*

赛伊·通布利的工作，作为非常少见的情况，在其自身不带有任何的刺激性（有人说，这是将他与保罗·克雷[1]相区别的特征）。我认为找到了这种效果产生的理由，这种理由与身体进入其中的任何艺术都是极其相反的。赛伊·通布利似乎采用了某些中国画家的方式，中国画家都必须在第一笔时就将线条、形式、形象画好，而不能重新再来，因为纸或绢都很脆弱。那是**首次性**绘画。赛伊·通布利也似乎采用了**首次性**来勾画他的笔法作品；但是，中国画的下笔包含着很大的危险，即“搞坏”形象（画得不像）的危险，而赛伊·通布利的勾画没有任何危险。他的勾画没有目的、没有模式、没有要求；他的勾画没有**末尾**（telos），因此也就没有危险。既然无师可从，那为什么要“重新进行”呢？结论便是，任何刺激性都在某种程度上是无用的。

*　　*

赛伊·通布利在其作品中注入的**价值**，可以归纳在萨德[2]所说的**细**

---

① 保罗·克雷（Paul Klée，1879—1940）：瑞士画家，善于利用线条和颜色的象征作用，其作品（图案）极富幽默感。——译注

② 多纳西安·阿方斯·弗朗苏瓦·德·萨德（Donatien Alphonse François de Sade，1740—1814）：法国色情文学作家。——译注

腻原则之中（“我尊重爱好、尊重幻觉……我认为它们是可尊重的……因为最古怪的、最得到分析的，总是上溯到一种细腻原则”）。“细腻”作为原则，既不是道德的，也不是文化的。它是一种冲动（为什么冲动就理所当然是粗暴的、粗俗的呢?），**是身体自身的某种需要。**

* *

《24 个短作品》（24 *short pieces*）既具有韦伯恩[1]的风格，又具有日本俳句的风格。在三种情况里，都涉及一种反常的甚至是挑衅的艺术（如果它不是细腻的话），因为简明在此破坏深刻。一般来讲，短的东西显得更为集中。少又产生密度，而密度又产生神秘，在赛伊·通布利的作品中，出现了另一种变化。确实有一种寂静，或者更准确地讲，有一种纸张的非常稳定的轻微刮擦声，但是这种内容本身就是一种积极的力量。在将传统手法的习惯关系颠倒过来的情况下，人们可以说，线条、影线、形式——总之是笔法事件，就是允许纸张存在、允许纸张有意味、允许它享乐的东西（道教上说：“存在提供一些可能性，人是通过不存在来使用这些不可能性的”）。从此，被处理的空间便不再是可数的了，因此，它将不停地成为多元的。根据这种勉强可以站得住的对立——因为它既排除数字与统一又排除分担与中心，难道不应该对韦伯恩明确地写给阿尔班·贝格[2]的赠词“**数量不大但质量很高**”加以解释吗?

162 * *

存在着一些鼓噪的绘画、富有占有欲的绘画、教训式的绘画。它们强加给人作品，赋予作品某种概念的专横或某种贪欲的粗暴。赛伊·通

① 安东·冯·韦伯恩（Anton von Webern，1883—1945）：奥地利作曲家。——译注

② 阿尔班·贝格（Alban Berg，1885—1935）：奥地利作曲家。——译注

布利的艺术（这便是他的道德意识）和他极端的历史特殊性在于，**不想抓住任何东西**。它自立、它漂浮、它在欲望（欲望巧妙地喜欢手）和礼貌（礼貌要求他离开）之间变化。如果必须为这种艺术找出某种参照的话，那么，我们只能去很远的地方即在绘画之外、在西方之外、在历史的世纪之外直至意义的极限中去寻找，而且借用《道德经》的话来说：

> 他生产而不占为己有，
> 他做而不期待，
> 作品完成，他便与之无关，
> 而且既然他与之无关，
> 他的作品就将永远存在。①

节选自伊冯·朗贝尔（Yvon Lambert）所辑

《赛伊·通布利：纸上作品系统目录》

（*Cy Twombly*：*catalogue raisonné desœuvres sur papier*，

© 1979，Multhipla edizioni，Milan）

① 经译者查对《道德经》原文，这里的引文想必是该书第二章最后一部分内容，现抄录如下，供读者参考："万物作而弗始，生而弗有，为而弗恃，功成而弗居。夫唯弗居，是以不去。"——译注

163

艺术的智慧

不论绘画怎么变化，不论其载体和范围是什么，问题总是一样的：**在那里发生了什么**？画布、纸张或墙壁，都是突然出现某种东西的地方（在某些形式中，虽然艺术家决心希望什么都不发生，但那仍然是一种经历）。因此，应该将绘画作品（我们还是用这个方便的词，即便它是很陈旧的）当作某种意大利式的戏剧：帷幕开启了，我们观看，我们等待，我们接受，我们看懂；场面过去，画面消失，我们回想，我们不再是此前的我们，就像在古代的戏剧中一样，我们被接纳进去了。我很想以与**事件**的关系来探讨赛伊·通布利。

发生在赛伊·通布利提供的场面（画布或纸张）上的，是参与多种事件的某种东西，古希腊人很会用词汇来区别那些事件，比如出现的事实（pragma）、偶然（tyché）、末尾（telos）、惊讶（apodeston）和动作（drama）。

1

在其他任何东西之前，先是出现了铅笔、油彩、纸张、画布。绘画的工具并不是一种工具。它是一种事实。赛伊·通布利使用器材（matériau），并不是像要服务于做某种事情那样，而是将其当作在其光泽之中得到表现的（神学词汇说，上帝的光泽，便是上帝存在的表现） 164
一种绝好的基本材料（matière）。像在炼丹师那里一样，器材就是**原材料**（materia prima）。**原材料**是先于意义的分解而存在的东西。这是很大的悖论，因为在人类领域中，没有任何东西可以达到直接就具有一种意义的人的程度，那是其他人给予他的意义，以此类推，直至追溯到无限。画家的造物能力就是，他使器材像基本材料那样存在。即便一部分意义突出于画布，但铅笔和颜色依然是"东西"，是顽固的物质，没有任何东西（没有任何后来的意义）可以破坏这种物质"待在那里"的决心。

赛伊·通布利的艺术在于让人看到事物，不是他再现的事物（这是另一个问题），而是他所操作的事物，如一小段铅笔、方格纸、这一点玫瑰色、这个棕红色的污点。这种艺术具有它的秘密，这种秘密一般不在于去铺展物质（碳素物质、墨水、油彩），而是在于**任凭拖曳**。我们可以想象，为了说明铅笔，就必须摁住它，强化其外表，使其黑色浓重、痕迹变粗。赛伊·通布利的想法却是反向的。正是在保持对于基本材料的压力、让其漫不经心地落定以便使其颗粒出现一些分散的情况下，基本材料才表现出它的本质，才赋予我们其名称的可靠性：它是铅笔。如果有人想认真研究的话，事物的存在状态似乎就不存在于它们的沉重之中，而存在于它们的轻盈之中。这一点也许在尼采的一个命题中可以找到："好的东西，是轻盈的东西。"实际上，没有比赛伊·通布利更不瓦格纳①式的了。

因此，问题在于在任何情况下（在任何作品中）都使基本材料总像是一种事实那样出现。对于这一点，赛伊·通布利除了一些方法之外（而且在艺术上仍然有这种情况，方法是高贵的），他至少还有一些习惯。我们不要提出这样的问题，即其他画家是否也有这些习惯：不管怎样，是这些习惯的组合、分配和它们的配量在构成赛伊·通布利的奇特艺术。单词，它们属于大家；但是，句子就属于作家。赛伊·通布利的"句子"是无法模仿的。

请看，赛伊·通布利通过什么举动来陈述（能不能说是一个字一
165 字地说出呢?）痕迹的材料：（1）**搔划**（griffure）。赛伊·通布利以线条的胡涂乱抹搔划画布［《弗里·惠勒，批评，奥林匹亚》（*Free Wheeler*，*Criticism*，*Olympia*）］。举动是手的一种来回移动，有时甚至是频繁的移动，就好像这位艺术家在"摆弄"痕迹一样，俨然某个在工会开会时感到厌烦、以表面上毫无意蕴的笔画来涂黑面前纸上的一个地方的人。（2）污点（tache）［《克莫狄斯二世》（*Commodus II*）］。这里不是点彩画法。赛伊·通布利引导着污点，他拖曳着污点，就好像他是用手指在介入。因此，身体在此与画布临近和靠近，不是通过投影，而是——如果可以说的话——通过点触，不过是轻轻的点触：这里不是压坏［例如《那不勒斯湾》（*Bay of Naples*）］。也许，最好说是**斑点**（macula），而不说是"污点"。因为**斑点**并不是任何形式的污点，它是（词源学告诉我们）皮肤上的污点，而且也是渔网的网孔，

① 威廉·理查德·瓦格纳（Wilhelm Richard Wagner，1813—1883）：德国作曲家。他广泛使用半音性（chromatisme），在当时受到批评和不为人所接受。——译注

因为它使人想到了某些动物身上的斑纹。赛伊·通布利的**斑点**实际上属于网系范围。(3)**污迹**(salissure)。我这样来称谓有颜色的或者是铅笔的拖曳笔画，甚至这种笔画经常是用难以确定的基本材料写成的，赛伊·通布利则以这种笔画来覆盖其他的线条，就好像他想擦掉其他的线条，而又不真正地擦掉，因为这些线条在包裹着它们的那一层之下依然是可见的。这是一种巧妙的辩证法：这位艺术家装出在画布的某个地方已经“失败”并想将其擦掉的样子；但是这种涂擦，他又没有成功做到。而这两次重叠的失败便产生了某种隐迹纸：它赋予了画布一种天空的深邃，在天空中，轻飘的云前后移动，却又不消失［《风景，雅典的学校》(*View*, *School of Athens*)］。

我们可以注意到，这些举动——它们的目的在于将基本材料安排成一种事实——都与污迹有着某种关系。相反，事实则纯粹地被更好地确定为不是干净的。您可以举日常对象为例。并不是其全新的、完整无损的状态可以更好地说明其本质；而是其变形的、有些损坏的、有些被放弃的状态可以更好地说明其本质。垃圾，便是可以解读事物真实的地方。正是在线条的拖曳之中看出红色的真实；正是在线条的松弛姿态中看出铅笔的真实。意念（柏拉图的意义）并不像是被禁锢在概念中的金属般的、闪亮的形象，而更像是轻微地点缀在含混底色之上的有点颤抖的斑点。

这便是绘画事实的情况。但是，赛伊·通布利的作品中也有其他 166
的重大内容：写出的内容，即姓名。这些姓名也是事实：它们站立在画面上，无装饰、无附属配物，如维吉尔、俄耳甫斯(Orpheus)。但是，它们的命名所带来的光荣（因为只有姓名）本身也不是纯粹的：笔法有些稚气、不规范，笨拙，与概念性艺术的活性排版无任何关系，进行勾画的手赋予这些姓名一位试图书写的人的所有笨拙表现；而且此后，也许依然如此，姓名的真实就显示得更好些。小学生在学习桌子的本质时难道不是在不停地用手来写桌子的名称吗？赛伊·通布利在画布上书写维吉尔（Virgil）时，就像他在手中浓缩维吉尔的浩瀚世界本身，也像浓缩以这个姓名作为其归宿的所有参照。因此，在赛伊·通布利的作品名称中，不应该寻找任何类比推论。虽然作品叫作《意大利人》（*The Italians*），但不要去某个地方寻找意大利人，除非恰恰到他们的姓名之中才可以寻找。赛伊·通布利知道，姓名具有一种绝对的（并且是足够的）提醒能力：写出《意大利人》，便是看到了所有意大利人。姓名就像是《一千零一夜》里我说不准名称的一篇故事中的坛子：一些天才被困在了其中；打开或砸碎坛子，天才就会出来、站起来、化作一股烟，然后充斥整个空间。砸碎名称，整个作品便从中脱离出来。

在赠词中也可以观察到一种纯粹的机制。在赛伊·通布利的作品中，有几次赠词：**致瓦莱里**①、**致塔特林**②。在此，还是只有赠词的书写行为。因为，“写赠词”（dédier）是动词，它是语言学家们继奥斯汀③之后称为“运用性的”动词中的一个，原因是，它们的意义与陈述其意义的行为相混淆。“我写赠词”没有别的意义，而只有实际的举动，我通过这种举动将我已经做的东西（即我的作品）递给我所热爱和赞赏的某个人。这正是赛伊·通布利做的事情。作品在只带有赠词的同时，某种程度上便离开而去。所提供的只是给予的行为和一点为了说明这种行为的书写文字。它们是极限绘画，不是因为它们没有包

① 保尔·瓦莱里（Paul Valéry，1871—1945）：法国象征派诗人。——译注

② 弗拉基米尔·塔特林（Vladimir Tatlin，1885—1953）：苏联艺术家。——译注

③ 约翰·兰肖·奥斯汀（John Langshaw Austin，1911—1960）：英国哲学家和逻辑学家、传播学理论家。他尤其提出了能力陈述的类型学。——译注

含着任何的绘画（其他的画家们曾经尝试过这种极限），而是因为关于作品的观念本身（不是画家与他所喜欢的人的关系）被取消了。

2 167

希腊语中的**偶然**（Tyché），就是事件，因为它偶然地突然出现。似乎赛伊·通布利的作品总是包含着某种偶然性的力量，即一种好运。即便作品实际上是一种细心计算的结果，那也没有什么关系。重要的，是偶然性的效果，或者更为巧妙地说（因为赛伊·通布利的艺术并不是侥幸的）是**启迪性**（inspiration）的效果，这种创造力就像是偶然出现的幸福。有两种活动和一种状态说明了这种效果。

两种活动。首先，是“投注”的感觉。物质似乎透过画布被投注出去，而**投注**（jeter）是既带有初始的决定又带有结束时的犹豫不决的一种行为。在投注的同时，我知道我在做什么，但是我又不知道我在生产什么。赛伊·通布利的“投注”是漂亮的、柔软的、“长长的”，就像有人说的那样，是在投出一个圆球。其次，由于这一个是另一个的结果，就出现了表面的分散。在赛伊·通布利的一幅画布（或纸张）作品中，其成分是被一部分空间即很大的空间分开的。在这一点上，这些成分具有与东方绘画的某种亲和性，赛伊·通布利的作品在通常混合书写与绘画方面很接近东方绘画。即便偶发事情即事件非常突出（《那不勒斯湾》），赛伊·通布利的作品依然是绝对开阔的空间。它们的开阔并不仅仅是一种造型的价值，就像一种可以使人更好地呼吸的微妙能量。作品在我身上产生着巴什拉尔称为一种“升腾的”想象力的东西：我在天空中飘悠，我在空中呼吸［《枫丹白露的学校》（*School of Fontainebleau*）］。与这两种活动（“投注”与分散）相联系的这种状态，也是赛伊·通布利所有作品的状态，它是**少见的**。**少见的**（拉丁语：Rarus）在拉丁语中意味着，表现有间隔或空隙、稀疏、孔隙、散见，而这正是赛伊·通布利的空间［尤其看其《无称号的人》（*Untitled*，1959）］。

这两种观念，即开阔空间观念和偶然观念，它们之间具有怎样的
168 关系呢？瓦莱里（赛伊·通布利曾经将一幅绘画题赠给了他）可以让我们理解这一点。瓦莱里在法兰西公学（Collège de France）（1944 年 5 月 5 日）的一次讲课中，曾研究过创作一幅作品的人在作品中可能存在的两种情况。在第一种情况里，作品回答一种确定的计划；在第二种情况里，艺术家在装配一个想象的长方形。赛伊·通布利按照少见之原则即空间性原则来装配他的长方形。这一概念在日本人的审美中是关键的，日本人的审美并不了解康德的时空范畴，但却了解更为精巧的间隔范畴（日语：空灵）。日本语的间隔范畴，实际上就是拉丁语中的**少见的**，而这便是赛伊·通布利的艺术。少见的长方形以这种方式指向两种文明：一方面是东方画面的“空虚”，通常见于书法中的这里和那里；另一方面是地中海的空间。这便是赛伊·通布利的空间。有意思的是，实际上，瓦莱里（还是他）曾经很清楚地阐述过这种稀疏的空间，不是关于天空或是大海的空间（人们首先想到的就是这些），而是有关古老的南方的房屋。“南方的这些宽大的房间，非常适合思考——家具很大，所用不多。封闭的空荡，时间在此不予计算。人想使其装满一切。”实际上，赛伊·通布利的作品都像是地中海的房间，炎热和光亮耀眼，带有人想装满的所有成分。

3

《火星与艺术家》（*Mars and the Artist*），表面上是一幅象征派作品：上面，是火星，也就是说线条与红色的交战；下面，是艺术家，

也就是说一枝花和它的姓名。画布就像一种图画文字那样运作，在这种图画文字中，组合着形象性成分与书写性成分。这种系统是非常明晰的，尽管它在赛伊·通布利的作品中是特殊的，其明晰特征甚至要我们参照形象化和意指所共有的问题。

长时间以来（比如自塞尚以来），尽管抽象（我们知道，这样定名 169
是不太恰当的）在绘画史中富有生命力，但每一位新的艺术家都在这方面存有疑虑。在艺术上，言语活动问题从来都没有得到真正解决：言语活动总是返回到自身。因此，面对着一幅绘画，问**它表现的是什么**，从来就不是幼稚的问题（尽管有来自文化尤其是来自特定文化的恐吓）。意义附着于人：即使人想创造非意义（non-sens）或越意义（hors-sens），但他最终还是生产非意义或越意义的意义本身。由于恰恰是意义问题构成绘画的普遍性障碍，因此，不断地返回到这个问题上来也就更具有合法性。面对着一幅作品，如果有许多人（因为文化的区别）感觉到"根本不理解"，那么，那是因为他们都想得出意义，也因为作品（他们认为）不给予他们意义。

赛伊·通布利直接触及问题，其实，问题只是在于这一点上：他的大部分作品是有名称的。由于他的作品都有一个名称，那么这些作品就递送给渴求作品的人们一种意指的诱饵。因为，在古典绘画中，一幅画的说明文字（这种在作品的下部出现的细细的文字之线，博物馆的参观者们会抢先去看）明确地告诉人们作品所介绍的内容。绘画的类比性又被名称的类比性所加强。意指变得完美，形象化得以穷尽。然而，在观看一幅赛伊·通布利的作品的时候，人们不可能没有这种初步的反应：人们在寻找类比性。**意大利人？撒哈拉人？**意大利人在哪里？撒哈拉人在哪里？我们就找吧。显然，我们找不到任何东西。或者至少——赛伊·通布利的艺术正是从这里开始——人们找到的（即作品本身，即在其辉煌和其神秘之中的事件）是含混的：没有任何东西可以“代表”意大利人、撒哈拉人，这些指称对象没有任何类比的形象，不过，人们模糊地猜想着这些，在那些作品中，也没有任何东西是与撒哈拉人、意大利人的某种自然观念相矛盾的。换句话说，观众预感到另一种逻辑（观众的目光开始工作了）：尽管很是模糊，但作品有一种解释；已经发生过的事情，是与一种**末尾**即某种目的性相符合的。

170 这种结果并不是立即可以找到的。首先，题目以某种形式挡住通向作品的路口，因为它借助于它的明确性、它的可理解性和它的古典主义特征（没有任何古怪的东西，没有任何超现实的东西）在一种类似的道路上拖沓，而这条道路又立即被封堵住了。赛伊·通布利的作品名称都有一种迷宫的功能：在浏览过那些名称，了解了所提供的思想之后，人们不得不向后倒退，以便重新向别处进发。可是，有某种东西以其幽灵状态依然存在着，并浸透着画布。那些名称构成着对于任何启迪的否定时刻。这种形式稀少的艺术，既是非常智力的又是非常敏感的，在不停地以人们称之为“消极的”（否定的）神秘性的方式显示出否定性，因为那些神秘性强迫人们浏览任何不存在的东西，以便在这空缺之中感受到一种颤动着的但也熠熠闪耀着的光亮——**因为这种光亮不撒谎**。

赛伊·通布利的作品所产生的东西（即它们的**末尾**）是非常简单的，那便是一种“效果”。这个词在此应该以非常技术性的意义被理解，该意义是该词在 19 世纪末期从**帕尔那斯派**①**到象征主义**的文学流派中出现的。“效果”是由诗歌所启发的一种一般性感觉，这种感觉是非常色情的，而且通常是视觉性的。这一点不足为奇。但是，效果的

---

① 帕尔那斯派（Le Parnasse）：1866 年出现的法国诗歌创作流派。该流派反对浪漫主义，推崇“为艺术而艺术”。——译注

本质，是它的一般性不可以被真正地分解：我们不能将效果简约为局部细节的总和。泰奥菲勒·戈蒂埃①写过一首诗——《白色为主的交响乐》(*Symphonie en blanc majeur*)，其所有的诗句都以执拗和分散的方式服务于一种颜色即白色的落定，因为白色独立于承载它的所有客体而印在了我们身上。同样，瓦莱里在其主张象征主义的阶段，写过两首十四行诗，其题目都是《仙境》（Féerie)，它们的效果是某种颜色。但是，由于从**帕尔那斯派到象征主义**的过程中，感觉能力得到了提炼(加之画家们的影响)，所以这种颜色就不能以一个名称来冠之（就像泰奥菲勒·戈蒂埃的白色的情况)。无疑，是**银白色**为主色，但是这种色彩被一种使其多样化和强化它的感觉所掌握：发光、透明、轻盈、突发的强烈感觉、冷峻：月光一样的苍白、羽毛织就的绸缎、钻石的光亮、珍珠质的彩虹。因此，效果并不是一种修辞学的“东西”。它是一种真正的感觉范畴，是由这样的反常情况所确定的：感觉（“讯息”）的不可分解的整体性和各种原因即因素的复杂性。一般性并不是神秘的（它完全地交付给了艺术家的能力)，但是，它是**不可简约的**。它有 171
点像是另外一种逻辑，是诗人（和画家）对于亚里士多德有关结构规则的某种挑战。

尽管有许多因素将赛伊·通布利与法国**象征主义**分开（艺术、历史、国籍)，但还是有某种东西使它们接近：某种文化形式。这种文化是古典的：赛伊·通布利不仅直接参照由古希腊文学或拉丁文学传递的神话事实，而且他在绘画中引入的那些“作者”（拉丁文 auctores 意味着承担人）或者是人文主义的诗人（瓦莱里、济慈②)，或者是接受

---

① 泰奥菲勒·戈蒂埃（Théophile Gautier，1811—1872)：法国作家。——译注

② 约翰·济慈（Jhon Keats，1795—1821)：英国浪漫派诗人。——译注

过古代熏陶的画家（普桑[①]、拉斐尔[②]）。一种连贯的、未停止过被形象化的链条将希腊诸神引导给了这位艺术家，这个链条的两个环节便是奥维德[③]和普桑。某种形式的金三角将古人、诗人和这位画家联系在了一起。赛伊·通布利将一幅作品题赠给瓦莱里，也许还有——因为这种偶遇无疑是在赛伊·通布利不知道的情况下进行的——这位画家的一幅作品与这位诗人的一首诗的题目都是《维纳斯的诞生》（*Naissance de Vénus*），这是很说明问题的；而且，这两个作品具有相同的“效果”——在海上的突然出现。这种汇集在这里是典范性的，它也许给出了赛伊·通布利的“效果”的关键。在我看来，这种效果，由于固定地存在于赛伊·通布利的全部作品甚至包括他定居意大利之前的作品（因为，还是像瓦莱里说的那样，有时会出现未来是过去之原因的情况）之中，所以总的说来它便是“地中海”这个词在其各种可能的范围内提供的效果。地中海是一种庞大的记忆和感觉的混合体：多种语言——例如希腊语和拉丁语——出现在赛伊·通布利的作品题目之中，一种历史的、神话的、诗歌的文化，整个这种发生在陆地和海洋边界上的沉浸在形式、颜色和光亮之中的生活。赛伊·通布利的不可模仿的艺术，在于借助于与地中海的阳光无任何可比关系的一种材料（搔擦、涂脏、拖曳、颜色很少、无任何学究式的形式），突出了地中海的效果。

我去过赛伊·通布利曾经居住过的位于那不勒斯对面的普罗西达

---

① 尼古拉·普桑（Nicolas Poussin，1594—1665）：法国画家。——译注

② 拉斐尔·圣齐奥（Raffaello Sanzio，1483—1520）：意大利画家与建筑师。——译注

③ 奥维德（Ovid，公元前43—18）：拉丁诗人。——译注

岛（Procida）。我曾经在拉马丁①的女主人公格拉兹爱拉（Graziella）住过的老房子里小住几天。在那里，阳光、天空、大地、几处礁石、 172
一个拱形的门，平静地汇聚在一起。那是维吉尔的世界，是赛伊·通布利的一幅作品。实际上，不只是在一幅作品中有这种天空和水的空旷，有这几处非常轻微的陆地标志（一只小船、一处岬角）在其中飘荡着（**“少有飘荡”**②），即天空的蔚蓝、大海的灰蒙、曙光的玫瑰色。

4

赛伊·通布利的一幅作品上出现了什么呢？出现了一种地中海效果。可是，这种效果并未“冻结”在人文主义作品（甚至与瓦莱里同样富有智慧的一位诗人的诗歌，仍然受制于某种高级的**稳重**）的豪华、严肃和褶皱之中。在事件中，赛伊·通布利通常引入一种**惊喜**（apodeston）。这种惊喜在表面上却是一种不适、一种嘲弄、一种收缩，就像人文主义的自负一下子就消失了。在《灵魂之歌》（*Ode to Psyche*）中，一种不引人注意的调整活动于某个地方“破坏”了题目的庄严性，尽管这个题目是那样的高贵。在《奥林匹亚山》（*Olympia*）中，在某几个地方有一种“笨手笨脚地”用铅笔画出的图案，就像儿童们在想画蝴蝶时画出的样子。从“风格”——作为激励所有古典派敬重的高尚价值——角度来看，还有什么比这几行土地测量徒工的幼稚文字更远

---

① 阿尔方斯·德·拉马丁（Alphonse de Lamartine，1790—1869）：法国浪漫派诗人和政治家。——译注

② 这里引用的是维吉尔《埃涅阿斯纪》（另译《伊尼特》）（*Enéide*）第一部第五部分（第118页）的一行诗前半部分文字“apparent raris nante”，全句为“apparent raris nantes in gurgie vaste”，译文为“很少有人可以在广阔的深渊中飘荡”。——译注

离《俄耳甫斯的面纱》（*Voile d'Orphée*）的呢？在《无称号的人》（*Untitled*，1969）中，多么漂亮的灰色呀！多么美呀！两条细细的白色线条歪斜地悬挂着（还是**少见的**，还是日本的空灵）。这可能太属于禅宗了；但是，有两个勉强可以看得出来的数字在两个线条上跳舞，并使这种高贵的灰色去承受来自一张计算纸的非常轻微的嘲弄。

除非恰恰是借助于这些惊喜，赛伊·通布利的作品才重新获得了最为纯洁的禅宗精神。实际上，在禅宗的态度中存在着一种经验，它被毫无理性地寻找着，它非常重要：那便是悟性（satori）。人们极不完善地用“精神之光”（illumination）翻译了这个词（这是因为我们的天主教传统造成的）；有时，也翻译成“醒来”（éveil），这还算好一点。
173 由于像我们这样的教外人士可以对此具有某种想法，这里无疑便涉及某种精神动撼，这种动撼可以让我们在所有已知智力途径之外去接近佛教的“真实”：与形式和因果关系相脱节的空虚的真实。在我们看来，重要的是，禅宗的悟性是借助于令人惊异的技巧来寻找的。那些技巧不仅仅是非理性的，而且也是不恰当的，因为它们蔑视我们赋予宗教经验的严肃性：有时是对于一种高贵玄学问题的“无头无尾的”答案，有时就是来砸碎一种习俗之庄严性的令人惊奇的举动（就像一位禅宗的布道人在布道过程中突然停了下来，脱掉鞋子，将其破旧的鞋放在脑袋上，然后离开禅房）。这样的不适，基本上是不受尊敬的，但它们却可以动摇通常掩盖我们心理习惯的正常意识的严肃精神。在任何宗教的观点之外（显然应该这样），赛伊·通布利的某些作品包含着这样的不恰当、这样的动撼、这样细微的悟性。

应该在由赛伊·通布利激起的惊喜之列加进去所有在绘画领域进行的书写：每当赛伊·通布利生产一幅书写作品的时候，他都动摇着、撼动着绘画的本质。这些介入表现在三个方面（我们这样说是为了简化起见）。首先，有色彩调整标志、数字、简单的计算、一切在绘画的绝对的无用性与计算的使用符号之间产生一种矛盾的东西。其次，是那些作品，在它们当中，唯一的事件就是用手写出的一个单词。最后，有手的固有的“笨拙”，这种笨拙一直扩展到以上两种类型的介入之中。在赛伊·通布利的作品中，字母甚至是起首字母或排版字母的反面，似乎它的出现并无任何用途。然而，它却并不是真正幼稚的，因为儿童使用它、摁压它、润饰它、渴望它；儿童刻苦学习，以便掌握成年人的编码。赛伊·通布利脱离字母、放松字母、拖曳字母；他的手似乎漂浮着；好像单词是用手指的末端写出的——不是由于嫌弃或厌烦，而是由于某种幻觉。这种幻觉辜负我们从一位画家的“妙手”那里期待得到的东西。因此，在17世纪，人们把写得一手好字的人都叫作抄袭者。而谁又比画家写得还要好呢？

书写的这种“笨拙”（却是不可模仿的，您可尝试模仿一次），可 174
以肯定，在赛伊·通布利的作品中具有一种造型的功能。但是在此，我们并不根据艺术批评的言语活动来谈论赛伊·通布利，而是强调他的批评功能。赛伊·通布利借助于他的书写，几乎总是将一种矛盾引入他的作品当中：“可怜”“笨拙”“拙劣”与“少见”汇合在一起，它们就像一些力量那样起作用，这些力量在砸碎传统文化意欲将古代变成一个装饰形式储库的倾向。古希腊参照中的阿波罗的纯洁性（在作品的光亮之中是敏感的）、其空间曙光色的平静，都被书写的背信弃义所“撼动”（因为这便是日语中的**悟性**一词）。画布似乎进行着一种反文化的动作，这种动作放弃夸张的话语，而只让美渗透进去。有人说过，与保罗·克雷的艺术相反，赛伊·通布利的艺术不带有任何挑衅性。如果我们将挑衅性按照一种西方的意义来考虑的话，确实，它就像是被一个受到约束而又炸开的身体所激化的一种表达方式。赛伊·通布利的艺术是一种撼动的艺术，而不是暴力的艺术：这恰恰是接受了某些东方的行为和思维方式的训导。

5

希腊语的Drama，在词源学上是与“做”（faire）的意义相联系的。Drama，既是在画布上被做，也是在画布上演示：一出“戏剧”（drame），是的，为什么不可以呢？在我看来，我在赛伊·通布利的作品中看到了两种动作，或带有两种程度的一种动作。

第一种类型的动作在于将文化搬上画面。这样出现的东西，便是来源于知识，就像有人说的那样，来源于传统知识的一些“故事”：五天的酒神节、维纳斯的诞生、3月15日①、柏拉图的三次谈话、一场战役等。这些历史动作并没有被再现；它们都是被响亮的名称所提到的。
175 总之，被再现的东西，是文化本身，或者就像有人现在说的那样，是关联文本，它是先前的（或当代的）文本在艺术家大脑（或者手）中的循环。这种再现，在赛伊·通布利将过去的（和高度文化的）作品“缩影式”地放进他某些作品的时候，完全是明晰的：首先是在一些题目当中（拉斐尔的《雅典的学校》），然后是在一些小雕像中——尽管它们因摆放在一个角落里而不大好认出，就像一些其参照重要而其内容却不重要的图像（达·芬奇、普桑）。在古典绘画中，“发生过的事情”是绘画的“主题”，这种主题通常是故事性的（朱蒂特杀死贺罗菲尔纳②）；但是，在赛伊·通布利的作品里，“主题”是一种概念，是古

---

① 3月15日（Les Ides de Mars）：公元前44年恺撒被杀的日子。——译注

② 朱蒂特（Judith）、贺罗菲尔纳（Holopherne）都是《圣经》中的人物，前者是一位犹太女人，后者是巴比伦的一位将军。当后者率军包围了前者所在的村庄贝图里（Béthulie）后，前者骗取了后者的信任，并在把后者灌醉之后将他的头割了下来。——译注

典文本“自身”——这确实是古怪的概念，因为它是人所希望得到的，它是爱物，或许是相思物。

在法语里，我们有一种词汇上的可贵含混性：一幅作品的“主体”①有时是其“对象”（即作品所谈论的东西、它所提供思考的东西，这是古代修辞学研究的问题）；有时就是进入画面、在画面上作为被说明（被绘画）东西的隐形作者。在赛伊·通布利的作品中，“主体”，当然是画面所谈论的东西；但是，由于这个作为对象的主体仅仅是一种（写出的）影射，drama 的整个责任便过渡到产生这种影射的东西即主体，便是赛伊·通布利自身。可是，“主体”的旅行并不停留至此，因为赛伊·通布利的艺术似乎含有不多的技巧知识（当然，这仅仅是一种表面），作品的主体也是观看作品的人即您和我。赛伊·通布利作品的“单纯性”（即我以“少见”或“笨拙”为名所分析的东西）呼唤、吸引观众：观众想与作品融合在一起，不是为了从审美上去消费它，而是从他的方面去生产它（即“再生产”），是为了尝试一种手法，该手法的朴实无华和笨拙使他获得了一种难以相信的（当然是虚假的）简便幻觉。

也许应该明确，观看作品的主体是各种各样的，而且，他们在被观看的对象面前所（内在地）持有的话语，取决于主体的类型（这正是现代性告诉我们的东西：一个“主体”从来都只是由其言语活动所构成的）。当然，所有这些主体——如果可以这样说的话——都可以在赛伊·通布利的一幅作品面前同时说话（顺便说一下，美学作为学科， 176
可以是这样的一种科学，它不是去研究作品本身，而是去研究观众或读者使其对自身说话的作品：某种程度上说，这是一种话语类型学）。因此，有多种主体在观看赛伊·通布利的作品（并低声叨念着他的作

① 法语 sujet 一词既指“主体”又指“主题”，还可以是被分析的“对象”，译者只能根据上下文进行不同的翻译。——译注

品，每一个人都是在其大脑之中进行的)。

有属于文化方面的主体，即知道维纳斯是如何产生的人，他们是普桑或瓦莱里；这种主体是有口才的，他可以口若悬河地谈论。有属于专业方面的主体，他非常了解绘画的历史和站在赛伊·通布利的位置来发表演说。有属于快乐方面的主体，即面对作品欣喜享乐、在看到作品时重新感受到狂喜而又说不出这种狂喜的人；这种主体，是哑巴主体。他只能喊叫："多么美呀!"然后就是重复去说：那只是言语活动的一些小小的变化。人们从来无法解释为什么认为某种东西是美的；快乐产生某种言语怠惰，而如果想谈论一幅作品，那就必须用一些变化的话语——尽管是更为理性的——来代替对于享乐的表达，同时希望读者也能感受到由人们谈论的作品所带来的幸福。还有第四种主体，是记忆方面的主体。在赛伊·通布利的一幅作品上，某个污点在我看来首先是很快点就的、考虑不成熟的、冒失的，我无法理解它；但是，这个污点在我身上工作着，我却不知道。作品虽然被遗弃了，但它返回来了，让人回忆着，而且回忆是很顽固的：一切都变化了，作品使我一想起来就高兴。实际上，我所快乐地消费的，是一种不出现。如果我们想到马拉美曾经将其变成诗歌原理的话，这样的立场就根本不是反常的："我说：一枝花！可是……一种不带有任何花束的最好的和美妙的意念，音乐般的升起来了。"①

---

① 这是马拉美论述诗歌艺术的一段著名文字的节选部分，全段为"Je dis：une fleur！et，hors de l'oubli où ma voix relègue aucun contour，en tant que quelque chose d' autre que les calices sus，musicalement se lève，idée même et suave，l'absente de tous bouquets"。译文为"我说：一枝花！可是，在我的话音不涉及其任何轮廓的这种疏忽之外，作为并不是已知花萼的某种东西，一种不带有任何花束的最好的和美妙的意念，音乐般的升起来了"。参见《马拉美全集》中《胡言乱语篇》(*Divagation*，Gallimard，1945，p. 858)。——译注

第五种主体是生产的主体，即想再生产作品的主体。因此，1978年12月的这个早晨，天还没有亮，下着雨，在我开始伏案工作的时候，一切都是寂静的。我在注目《艾罗蒂娅德》（*Hérodiade*，1960），我确实没有什么可说的，或者如果说的话，也是同样平淡无奇的：这使我非常高兴。但是突然，某种东西再次出现了，那是一种欲望，意欲**画出同样的东西**：到另外一张桌子那里去（不是用于写作的桌子），使用色彩绘画、勾画。实际上，绘画的问题，便是“您是否想成为赛 177
伊·通布利呢”？

于是，作为生产的主体，作品的观众便去挖掘他自己的无能——当然同时，也去挖掘艺术家的能力。甚至在试图勾画任何东西之前，我注意到，这个内容（或者是赋予我作为一项内容的幻觉的东西），我将永远得不到：我甚至不知道它是怎样形成的。请看《亚历山大的时代》（*Age of Alexander*）：哦，这唯一的拖曳的线……我永远不能画得一样轻盈，永远不能在这拖曳之处的周围减少空间；而且就从这里，甚至就从我的错误这里，我在理解艺术家的行为里所具有的全部智慧。他控制自己**想望过多的东西**；他的成功与道教的色情观不是没有联系的即一种强烈的快乐来自控制。在《风景》（*View*，1959）中也是这样的问题：我永远不会**摆弄**铅笔，也就是说有时按压、有时轻触，而且我甚至学不会，因为这种艺术不是借助于哪种类比原则就可以调整好的，并且**描绘**本身（中世纪的模仿者借助于这种运动按照总是同样的方向来引导字母的每一条线）在此绝对是自由的。不能接近线条层次的东西，更不能接近表面的层次。在《全景》（*Panorama*，1955）中，整个的空间都发出噼啪声，就像电视的荧屏在出现图像之前的那种情况；然而，我无法获得书写分配的不规则性，因为虽然我在尽力打乱秩序，但我只能产生一种**愚蠢的**混乱。于是，我由此理解，赛伊·通布利的艺术是对于线条愚蠢性的一种不停止的胜利：使线条变得富有智慧，这便是这位画家最后的区别。在其他许多作品中，我所顽固地忽略的东西，是标志的分散、“投注”、偏移：没有任何一条线似乎具有一种意愿的方向，可是，整体上又是神秘地被引导的。

我重新回来结束这个**“少见的”**（即“分散的”）概念，我将其看
178 作解读赛伊·通布利作品的钥匙。他的艺术是反常的，甚至是挑衅性的（如果它不是精心安排的话），因为简明在此并不是用来表现庄重的。一般来讲，短的东西显得更为集中：稀少产生密度，而密度又产生神秘。在赛伊·通布利的作品中，出现了另一种变化：确实有一种寂静，或者更准确地讲，有一种纸张的非常稳定的轻微刮擦声。但是这种内容本身就是一种积极的力量。在将传统手法的通常关系颠倒过来的情况下，人们可以说，线条、影线、形式——总之是笔法事件，就是允许纸张存在、允许纸张有意味、允许它享乐的东西（道教上说：“存在是通过人们使用的不存在来给予可能性的”）。从此，被处理的空间便不再是可数的了，因此，它将不停地成为多元的：根据这种勉强可以成立的对立——因为它既排除数字与统一又排除分担与中心，难道不应该对韦伯恩明确地写给阿尔班·贝格的赠词**“数量不大但质量很高”**加以解释吗？

存在着一些鼓噪的绘画、富有占有欲的绘画、教训式的绘画；它们强加给人产品，赋予产品某种恋物的专横。赛伊·通布利的艺术——这便是他的道德意识，也是他极大的历史特殊性——**不想抓住任何东西**；它自立、它漂浮、它在欲望（欲望巧妙地喜欢手）和礼貌（礼貌是对于任何捕捉愿望的默默离开）之间变化。如果必须为这种道德意识定位的话，那么，我们只能去很远的地方即在绘画之外、在西方之外、在历史的世纪之外直至意义的极限去寻找，而且借用《道德经》的话来说：

他生产而不占为己有，
他做而不期待，
作品完成，他便与之无关，
而且既然他与之无关，
他的作品就将永远存在。①

节选自《赛伊·通布利：绘画与书写》
（*Cy Twombly. Paintings and Drawings*，*54－77*，
© 1979，Whitney Museum of American Art，New York）

① 参阅前面《赛伊·通布利或数量不大但质量很高》结尾处的注释①。——译注

威廉·冯·格勒登

这位冯·格勒登[1]男爵，他是不是有点“愚蠢”(camp)呢？在沃霍尔[2]看来，也许是的；但在其自身，他尤其是“笨拙的”。笨拙，实际上涉及对于一种高贵审美价值的辨认；但需要补充的是，这种审美也许是不好的，而且一种诱惑人的妖魔就出自这种矛盾。这正是冯·格勒登的情况：他使人兴奋、引人注意、使人消遣、使人惊讶，而人们则感觉，整个的快乐都来自相反事物的集合，就像在任何属于狂欢节的日子

① 威廉·冯·格勒登（Wilhelm von Gloeden，1856—1931）：德国摄影家，欧洲历史上最重要的摄影家之一。——译注

② 安迪·沃霍尔（Andy Warhol，1928—1987）：美国画家和电影人。——译注

里出现的那样。

这些矛盾，便是不同的、对立的言语活动的“相异性”和摩擦。例如，冯·格勒登采用**古代**的编码，为其加载新的东西，大肆炫耀（青年男子、牧人、常青藤、棕榈树、橄榄树、葡萄藤、石柱），但是（第一步的失调），他从**古代性**出发，将所有的符号混合，将古希腊的植物、古罗马的雕塑艺术和来自各美术学派的“古代裸体”组织在一起。绝无任何讽刺意味地说，他似乎在采用最为陈旧的传说来获取现金。但是，这还不是全部：**古代性**被这样张扬之后（从推测上讲，可以设想这是小伙子们的所爱），他又使其在非洲人身体上得到体现。也许，他是有道理的：画家德拉克鲁瓦①就说过，古代的褶皱恰好仅仅存在于阿拉伯人那里。这并不妨碍，在对于希腊版的一种**古代性**的这种文学配饰与那些黑色小个子农民混混的身体（如果还有这样的一个人活着，那就请他原谅我，这并不是一种辱骂）之间的矛盾是令人惬意的，那些黑色的小个子农民目光凝重、阴沉，直至变成被烧焦昆虫前胸的蓝色闪光。

冯·格勒登这位男爵所借用的方式即摄影，他在强化着矛盾的狂欢，直至疯狂。这是相当不可思议的，因为首先，摄影被认为是一种准确的、经验的艺术，这种艺术完全服务于很强的实证和理性价值，那便是真实性、现实性和客观性。在我们的刑侦破案领域，照片难道 180
不是身份、事实、犯罪的不可辩驳的**证据**吗？其次，冯·格勒登的摄影在画面方面（曝光与装饰）是“艺术性的”，而根本不是技巧性的：只有很少精心安排的模糊和亮度。身体只是简单地待在那里；在身体上，混合着裸露与真实、现象与本质：冯·格勒登这位男爵拍摄的照片是**冷酷的**。照片题名的全部巧妙的模糊特征，都与摄影的现实主义

---

① 德拉克鲁瓦（Eugène Delacroix，1798—1863）：法国画家。——译注

相混合（必须用这个词来阐述我们极大的惊喜，也许还要阐述我们的狂热快乐）；因为，这样构想的一幅照片，即便不是**可以看到一切**的一幅图像，也是无等级、无“秩序”（秩序是古典主义的重要原则）的一种细节收集。这些小个子的古希腊诸神（已经被他们的黑色所反衬）有类似农村人的有点脏和不修指甲的手，他们的脚也不太干净，他们的阴茎包皮清晰可见，鼓鼓的，没有进行风格处理，也就是说没有被变细、变小，他们没有割包皮，人们只能看到这些。冯·格勒登这位男爵拍摄的照片既是精巧的，又是可解剖的。

所以，冯·格勒登的艺术就是一种意义的冒险：因为他在产生一个既真实又不相像，既是现实的又是虚假的（值得哀诉）的世界（应该说是一种“以人为主的世界”，因为还有动物在其中），即比最为疯狂的梦还要疯狂的一种反梦幻谵妄，我想让人们想一想，尽管有着文化上的“鸿沟”，但一种这样的尝试是多么靠近当代艺术的某些经验。但是，由于艺术是一种回收的领域（不需要做什么：艺术甚至回收对于它的争议，又将其变成一种新的艺术），最好还是在冯·格勒登这位男爵拍摄的照片里承认有一种力量，而不是有一种艺术：这种力量是微薄的和坚定的，冯·格勒登借助于这种力量抗拒着各种因循守旧，包括艺术上的因循守旧、道德和政治上的因循守旧（我们不要忘记那些法西斯主义的没收行为），而且我们可以把这种力量称为他的**天真性**。将最具“文化性的”文化与最为光耀的色情极为简单地混合在一起——这正是他所做的，在今天比在以往任何时候都更需要勇气。萨德、克鲁索夫斯基①都是这样做的。冯·格勒登这位男爵曾经不知疲倦地致力于这种混合，但却**没有想到是这样**。由此产生了他的观点的力

① 皮埃尔·克鲁索夫斯基（Pierre Klossowski，1905—2001）：法国画家，他的作品多为神秘与放纵相结合而成。——译注

量，这种力量至今使我们感到惊讶：他的**天真性**就像壮举那样了不起。

节选自《威廉·冯·格勒登》

（*Wilhelm von Gloeden*，© 1978，Amelio editore，Naples）

艺术，这老东西……

人们都知道这样的事情——因为所有的百科全书都这么提到，在50年代，伦敦当代艺术研究院（Institute of Contemporary Arts）的艺术家们都成了当时大众文化的辩护律师：连环画、电影、广告、科学幻想作品、大众音乐。这些不同形式的表现，并不属于人们通常称为审美的东西。它们仅仅是大众文化的产品，而且它们根本不属于艺术。艺术家、建筑师、作家只是对它们有一定兴趣。这些产品一经跨越大西洋，它们就用力推开艺术的栏杆；它们由于被艺术家所操纵，便成了艺术作品，这些艺术作品的文化不再构成存在，而是构成参照：其起源被抹掉，而服务于援引。就像我们所了解的那样，流行艺术是这种张力的固定戏剧：一方面，在这个时代中，一个时代的大众文化就像是对于艺术提出异议的一种革命的力量；另一方面，这个时代中的艺术，就像是不可抗拒地返回到社会的经济学之中的一种非常古老的力量。在一赋格曲中，有两种声音：一种声音在说“这不属于**艺术**”，另一种声音则在说“我是**艺术**”。

*　　*

艺术是某种应该被毁掉的东西——这是**现代性**的许多经验共有的建议。

流行艺术在颠覆价值。“流行，首先是它将被蔑视的东西变为一种用途”（利希滕施泰恩①）。大众的形象，过去被视为是庸俗的、不配审美认可的，现在也仅以素材的身份进入艺术家的活动之中，勉强得到处理。我愿意将这种颠覆称作“克洛维斯②情结”，就像圣·雷米对法 182
兰克人的国王说的那样，流行艺术之神也对艺术家这样说：“烧掉你赞赏过的东西，赞赏你所烧掉的东西。”例如，摄影曾在很长时间里被绘画吸引，因此，它今天仍然是绘画的可怜亲戚。流行艺术动摇着成见，摄影通常变成它所介绍的形象的起因：既没有艺术绘画，也没有艺术摄影，但有一种无名称的混合物。另一个相反的例子是，没有什么比成为被再现事物的简单反映之观念更与艺术对立的了。甚至摄影也不能承受这种命运。流行艺术则相反，它同意成为一种图像制作过程，同意成为一种**图像集**，即由美国环境的平淡无奇的反光所构成的映像集：复制由于被重大艺术所羞辱，所以重新返了回来。这种颠覆不是

① 利希滕施泰恩（Roy Lichtenstein，1923—1997）：美国流行艺术派画家。——译注

② 克洛维斯（Clovis，465—511）：即克洛维斯一世，是作为法国人祖先之一的法兰克人的国王（481—511）。他于496年在汉斯市（Reims）经圣·雷米（Saint Remi）主教的洗礼而皈依基督，成为第一个野蛮的罗马天主教国王。——译注

反复无常的，它并不来自一种简单的价值否定，并不来自对过去的一种简单拒绝。它听从于一种规则的历史推动力，就像保罗·瓦莱里指出的那样［《论艺术》(*Pièces sur l'art*)］，新方法的出现（在此，指摄影、丝漆印）不仅改变艺术的形式，而且改变艺术的概念本身。

* *

重复是一种文化特征。我想说的是，人们可以利用重复来提出诸多文化的某种类型学。大众文化或欧洲之外文化（属于某种人种志）接受重复，并从重复中获得意义和快乐（今天，只需想到重复音乐和迪斯科就可以了）；西方的学者文化，则不是这样的（尽管在巴洛克时代学者文化曾经比人们认为的更多地求助过重复）。流行艺术出奇地重复；沃霍尔提出过系列性的相同图像［《白色的燃烧着的双层车》(*White burning Car Twice*)］，或者是只借助于一些微小的颜色变化来区别的图像［弗勒尔（Fleurs）的《马里林》(*Marylin*)］。这些重复的赌注（或者重复作为过程的赌注）不仅仅是对艺术的破坏，而且也是（它们是在一起的）另一种有关人类主体的概念。实际上，重复打开了通向不同时间性的入口。就在西方的主体重新感觉到一个世界（新颖——最终是**冒险**——被这个世界所排除）的令人不快的地方，沃霍尔的主体（因为沃霍尔是这些重复的裁缝）在其自身取消时间的感人
183 性，因为这种感人性总是与这样的感觉相联系，那就是某种东西一经出现，就会即刻死亡，而且人们只能在将这种东西转换成与之不相像的第二种东西时才能抗拒其死亡。对于流行，事物是“完善的”（即被围住的，无逐渐散失出现）、是重要的，但使事物完善、赋予作品（是一种作品吗？）一种命运（诞生、活着、死亡）的内在组织形式是不重要的。因此，应该忘记对于“无结尾”［沃霍尔的首批影片之一的《四位明星》(*Four Stars*）就延续了24小时；《切尔西的女孩》(*Chelsea Girls*）延续了3个半小时］的烦恼。重复会以另外的方式使人（这个

传统的实体）错乱：流行在反复使一种图像出现的同时，重新找回了复本的主题。这是一种神话的主题（**影子、男人、无影子的女人**）。可是，在流行艺术的生产过程中，**复本**是无害的。它失去了全部有害的或道德的能力：它既不威胁，也不监视。它是**复制**，而不是**影子**。它就**在旁边**，而不是**在背后**。这是一种平淡无奇的、无意蕴的因此是非宗教的复本。

*　*

肖像的重复导致人称（这个概念既是世俗的，又是道德的、心理的，当然还是历史的）的变化。还有人说过，流行艺术代替了一种机器；它精确地使用着机械再生产的手段。例如，它将明星［马里林（Marylin）、利兹（Liz）、埃勒维斯（Elvis）］固定在其明星的形象里。没有了灵魂，只有一个纯粹想象的地位，因为明星的存在便是圣像（icône）。在日常的文明之中，我们不停地通过使其与我们个人的世界融为一体来赋予对象以人称，按照流行艺术的说法，这种对象仅仅是一种减少过程的剩余部分，即从心理上讲，当我们从一盒罐头上去掉了其所有可能的主题和用途之后这盒罐头所剩下的一切。流行艺术非常清楚地知道，个人的根本性表达，便是风格。布封①说过（话非常出色，但不大被法国小学生们所知）："风格，即人。"去掉了风格，便不再存在个别的人。因此，在所有的艺术里，风格观念是历史地与个人的一种人道主义相联系的。请您看一个意想不到的例子，即书写笔法的例子。用手写字，虽然在很长时间里（在古代和中世纪）是无人称的，但已经在文艺复兴时期即近代之初就开始个人化了；但是今天， 184
在个人是一种正在死亡或至少是受到威胁的观念的今天，在活跃群众

① 乔治斯-路易·勒克莱尔·布封（Georges-Louis Leclèrc Buffon，1707—1788）：法国自然科学家和作家。——译注

文化的群居力量的压力之下，书写的个性正在消失。在我看来，在流行艺术与人们称之为“书写体”的东西之间，有着某种关系；这种书写体是无特色的，人们有时将其教给书写困难的儿童，因为它借鉴于活版印刷中性的和基本的特征。再就是还要理解，流行艺术在去掉个人，但它并不是无特色的：没有比从流行艺术中所看到的马里林、流光溢彩、一个轮胎或一条长裙更容易辨认的了。它们甚至就只是这样：它们是直接和非常好辨认的，并以此告诉我们它们的身份并不是个人。未来的世界几乎只是身份的世界（借助于警察局卡片的机械化普及），但不是个人的世界。

*　　*

最后一个特征，是它将流行艺术与现代性的经验联系在一起了：再现与被再现事物之间平庸的一致性。劳申贝格①说过：“我不想让一幅作品像它不是的东西。”在艺术的出现总是为了一种不可避免的迂回，而人们又应该借助于这种迂回来阐述事物真实的情况下，这种说法是挑衅性的。流行艺术想要做的，是使对象失去其象征性，是赋予对象一种事实之晦钝的灰浊性和顽固性（约翰·凯奇②：“对象是事实，而不是象征”）。说对象不是象征的，那就是否认它具有一种深度和广度的空间，因为借助于这种空间对象的出现可以扩大意义的振动。流行艺术的对象（这一点是言语活动的一次真正革命）既不是隐喻的，也不是换喻的；它从其背后和从其周围被斩断了。特别是艺术家并不感觉到是在其作品背后，而且他自己也没有背后。他仅仅是其作品的

① 罗伯特·劳申贝格（Robert Rauschenberg，1925—2008）：美国画家。他的作品采用多种材料直接作用于画布上面，属于“半动作式”绘画，从而开启了流行艺术之先河。——译注

② 约翰·凯奇（John Cage，1912—1992）：美国作曲家。——译注

表面，没有任何所指，也没有任何意愿，也不在任何地方。然而，在群众文化中，事实不再是自然世界的一种成分，像事实一样出现的是俗套，即每个人看到的和消费的东西。流行艺术，在两种都被推向了 185
极端形式的彻底结合之中，找到了其所有再现方式的一致性，这两种形式是俗套与形象。在持久一致的舆论将塔西提岛（Tahiti）说成是具有棕榈树、耳朵上夹着花卉、长长的披发、泳衣、深远且不乏迷人和娇态的目光［利希滕施泰恩的《小阿罗哈》（*Little Aloha*）］之汇集地的情况下，那么，这个地点就是一种事实。于是，流行艺术产生一些**彻底的形象**：由于是形象，那么事物就被排除了任何象征。这便是精神（或社会）的一种勇敢的动作：已经不再是事实转变成形象（确切地说，这是隐喻的动作，人类曾经在几个世纪中将这种动作变成诗歌），而是形象变成事实。流行艺术就这样将事物的一种被称作**虚假性**（facticité）的哲学品质搬上了舞台：虚假，这便是作为事实存在但似乎并不具任何可验证性的东西的特征。被流行艺术所再现的对象不仅是人造的，而且它们体现了虚假性概念本身——尽管是这样，它们在这一点上重新开始意味着，也就是说它们意味着它们不意味着任何东西。

*　　*

因为，意义是恶作剧的：将其赶走，它又会跑回来。流行艺术想破坏艺术（或者至少放弃艺术），但是艺术又与流行艺术混合在了一起：这便是我们的赋格曲的反主体。

有人曾经想取消所指，并由此取消符号；但是，能指继续存在着，持久存在着，尽管它似乎不指向任何东西。能指是什么呢？为了快些理解，我们就说是被感知的、带有某种程度思想的事物。然而，在流行艺术中，这种补加成分存在着，一如它存在于世界上所有艺术之中那样。

首先，流行艺术通常改变感知的层面。它使对象按照一个广告牌的大小来变小、变大、远离、靠近、伸展，或者使对象成倍放大，就像在放大镜下被感知一样。然而，一旦比例被改变了，艺术就出现了（只需想一想建筑学就可以了，建筑学是有关事物**身材**的艺术）。利希滕施泰恩复制了一种放大镜，并复制了这个放大镜放大的东西，并不是偶然的：《放大镜》（*Magnifying glass*）就像是流行艺术的标志。

其次，在许多流行艺术作品中，对象得以突出甚至得以产生的底色
186 具有很强的存在性（有点像传统的绘画中云彩具有的存在性那样）。网状结构具有一定的重要性。这可能来自沃霍尔早期的经验，丝漆印与织物一块起作用（织物和网状结构，是同样的东西）。好像最新的现代性喜欢网状结构的表现性，因为这种表现性既是对于平庸材料的认可（通布利作品中纸张上的点），又是复制的机械化（用电脑制作的肖像上的线和方格）。网状结构就像是一种顽念（一种主题，批评界从前就这么说）。网状结构在各种游戏中都有：人们倒转他的感知作用（在利希滕施泰恩的水族馆中，水是由大豆做成的）；人们以自愿是幼稚的方式将网状结构进行放大（利希滕施泰恩的多孔海绵，就像一块多孔的奶酪）；人们出色地模仿线条的交叉［《宽大的线板》（*Large spool*），还是利希滕施泰恩的作品］。艺术在这里就像处于想必是无意指活动的东西的夸张之中。

另一种夸张（因此，也是艺术的新的返回）是颜色。确实，任何来自自然界而尤其是来自社会世界的东西，都是有颜色的；但是，如果它应该保持是虚假对象的话，就像对艺术的一种真正破坏所希望的那样，那么，它的颜色本身就必须保持是**任意的**。然而，情况却不是这样：流行艺术的颜色是**想出来的**，而且我们甚至可以说（真正的否认），服从于一种**风格**。颜色是被想出来的，首先是因为颜色总是那么一些，而且它们因此具有了一种主题价值。其次是因为这种主题具有意义价值。流行颜色公开是化学性的；这种颜色挑衅地指向化学的人造特征，而与自然相对立。而如果我们假设颜色在造型领域是冲动的场所的

话，那么，这些丙烯、这些均匀的色调、这些生漆，总之这些从来都不是色彩的颜色（因为它们的微弱区别被排除了），便都想中断欲望、中断情绪。最终我们可以说，它们具有一种道德意义，或至少它们在系统地操纵着某种剥夺。颜色甚至材料（生漆、生石膏）赋予流行艺术一种意义，因此它们将流行艺术变成一种艺术。人们注意到，流行艺术家们很容易借助于被再现对象的颜色来确定他们的作品，如《黑姑娘，蓝色墙壁，红色大门》（*Black girl*，*blue wall*，*red door*）（西格尔①）、《两条黑色的长裙》（*Two blackisch robes*）（迪纳②）。

*　　* 187

流行是一种艺术，因为即便在似乎拒绝任何意义而只接受于事物的平淡无奇之中复制事物的时刻，它也按照其专有的并形成一种风格的方法来表现一个既不是事物又不是其意义的对象，但这种对象却是：它的能指，或者就说能指。艺术，不论什么艺术，从诗歌到连环画，或者到色情作品，它自一个目光以能指为对象的时刻起就存在了。当然，在艺术的生产过程中，通常有部分所指存在（在这里，是大众文化），但是这种所指最终处于**间接的**位置。可以说，它是倾斜着被采用的；因为说真的，意义、意义的游戏、意义的废除、意义的返回，从来都只是一个**位置问题**。此外，不仅仅是因为流行派艺术家表现能指，所以他的作品才属于艺术；也因为这个作品是**被观看了**（而不只是被看到了）。流行徒劳地将世界非人称化、使对象平庸、使形象非人性、以机器来代替作品的传统手工艺，但她仍然属于“主体”方面。是什么样的主体？是在观看的人，因为没有制作的人。我们当然可以制作

---

① 乔治·西格尔（George Segal，1924—2000）：美国雕塑家，流行艺术创始人之一。——译注

② 吉姆·迪纳（Jim Dine，1935—　）：美国流行派艺术家。——译注

一台机器，但观察它的人，却不是一台机器：他希望、他恐惧、他享受、他厌烦，等等。这便是与流行艺术俱来的东西。

*　*

我要补充说，流行是事物本质的一种艺术，它是一种“本体论的”艺术。请看沃霍尔是怎样引导他的重复活动的——重复活动首先被设想为破坏艺术的一种方式。他重复形象，为的是给人这样的观念，即对象在镜头或目光面前发抖；而如果它发抖，那就好像因为它在寻找自己。它在寻找自己的本质，它在寻求将这种本质放在您的面前。换句话说，事物的发抖（它的效果—意义正是在此）就像是一种姿态安排。从前，在画家的画架或摄影师的照相机前面进行姿态安排，难道不就是在肯定一种个人本质吗？确切地讲，马里林、利兹、埃勒维斯、特罗伊·多纳修（Troy Donahue）并不是按照他们的偶然性提供给人们的，而是按照他们永恒的同一性本质提供给人们的：他们具有一种
188 “外表”（eidos），流行把再现这种外表作为自己的任务。现在，请看利希滕施泰恩是怎样做的。他并不重复，但是，任务是相同的。他缩小和纯净形象，为的是捕捉（或提供）什么呢？是捕捉其修辞学的本质。艺术的整个工作在此不像从前那样去擦掉话语的风格手法，而是相反，要洗掉一切都不是修辞学的东西的形象。作为关键的核心，应该去掉的东西，是编码的本质。这项工作的哲学意义是，现代事物的本质仅仅就是表现它们的社会编码，以至于这些事物实际上永远不再被（大自然）所“产生”，但是它们却立刻就被“重新产生”：复制是现代性的存在方式。

*　*

这个圆在合拢：流行不仅是一种艺术，这种艺术不仅是本体论的，而且它的参照最终还是自然，就像在古典艺术最辉煌的时期那样。当然，它也不再是植物的自然、风景的自然，或人文的自然、心理的自

然。在今天，自然，就是绝对的社会，或者说得更好一些（因为这里不直接涉及政治）就是群居性（Grégaire)。流行将这种新的自然负担起来了，更为甚者，不论它是否愿意——或者不论它是这样说还是不这样说——它都在批评自然。怎么做呢？那就是强加给它的目光（因此也是我们的目光）一种**距离**。尽管流行艺术的艺术家们与布莱希特不曾有过特殊的关系（这便是沃霍尔在60年代的情况），但他们面对作为社会关系占有者的对象，都进行着具有关键价值的某种“距离操作”。可是流行艺术不像布莱希特那样天真和乐观，它既不提出也不撤销它的批评：“平展地”放置对象，就是将对象有距离地放置，但这也是拒绝去说这种距离如何得到纠正。一种平静的混乱被带给了群居世界（即大众世界）的稳定性方面；目光的震惊像被再现的事物一样“模糊”，而且也许更为可怕。借助于流行艺术的所有生产（再生产）活动，一个问题在威胁着、在呼喊着：**“你打算做什么?”**（这也是艾伦·琼斯①一幅招贴画的题目)。这便是这种老东西——艺术——千年以来面临的问题。

节选自参加威尼斯格拉斯饭店展览会
《流行艺术》目录
(Catalogue *Pop Art* pour une exposition
au Palazzo Grassi de Venise,
Electa ed. , 1980)

① 艾伦·琼斯（Allen Jones，1937—　）：美国流行派艺术家。——译注

雷吉肖[1]和他的身体

我不知道我发生了什么事情。

身体

体内

许多画家画过人的身体，但那总是另一个人的身体。雷吉肖只画他自己的身体。不是画家**侧身自我观看时**画出的身体，而是他的体内的身体；从他的内部来到外部，但这是另一个身体，其外质由于对比强烈而在两种颜色的交接之下突然地显示出来，即画布的

① 贝奈尔·雷吉肖（Bernard Réquichot，1929—1961）：法国抽象派画家。——译注

白色和闭合的眼睛的黑色。一种全身的反感就这样抓住了画家。这种反感既不显示内脏也不显示肌肉，而只是显示令人作呕或令人快乐的动作的一种机制。那是材料在缓慢地或剧烈地震动之中被吸收、被抽象的时刻：绘画（我们继续使用这个词来指所有种类的处理方式）变成一种**声音**（“声音的尖端是一种形式的暴虐”）。雷吉肖将这种物质性的过分情况称之为**元心理状态**（méta-mental）。元心理状态是否认身体和心灵之间的神学对立的东西：那是无对立的身体，因此可以说它不具备意义；那是像在内部挨了一记耳光一样受到猛烈一击的**体内**。

此后，再现活动便被搞乱了，语法关系也是如此。动词“绘画”（peindre）重新找到了一种有趣的含混性。它的对象（即所画的东西）有时是被观看的东西（样品），有时就是被覆盖的东西（画布）。雷吉肖不接受对象这种说法，他向自己发问，同时自己也在变化。他采用伦勃朗[①]的方式绘制自己，他采用红色印第安人的方式绘制自己。这位 190
画家既是（再现某种东西的）艺术家，又是（在自己身上胡涂乱抹和牺牲自己身体的）野蛮人。

圣骨盒

可是，作为**在里面有某种东西可看的**盒子，圣骨盒与一些内窥镜机器很相像。在我们目光的端处，像是有一处深邃的领域，身体内部的混合物难道不就是位于那里吗？一种阴郁的巴洛克式的想法，难道不能调整先前的身体即**照镜子之前**身体的展示吗？圣骨盒难道不是打开的肚皮、被破坏的坟墓（“与我们关系最近的东西，在不被破坏的情况下，是不能变成公开的”）吗？

---

① 伦勃朗（Rembrandt Harmenszoon Van Rijn，笔名 Rembrandt，1606—1669）：荷兰画家和雕塑家。——译注

不是的。如果我们知道雷吉肖不屑展示他的绘画，而尤其是知道他要花费多年才能制作一个圣骨盒的话，那么，视觉的这种审美和秘密的这种玄学立刻就会乱成一团。这就意味着，在他看来，盒子不是一种展示的（得到加强的）框架，而是某种时间性空间，是他的身体在其中进行加工和自我加工的场所：自我切割、自我补加、自我卷曲、自我伸展、自我减负。享受：盒子不是圣人或鸡骨头的圣骨盒，而是雷吉肖的享乐之圣骨盒。于是，在太平洋的岸边，人们找到了古代秘鲁人的坟墓，在墓中人们看到了围着烧陶小塑像的尸骨。这些小塑像并不代表死者的父母，也不代表神，而仅仅代表死者所喜欢的做爱方式。死者带走的，并不是他的财富——就像在其他许多宗教中的那样——而是他的享乐之痕迹。

舌头

在某些粘贴画中，动物的鼻尖、嘴巴、舌头非常之多。一位批评家说过，这是一种呼吸忧郁。不是的，舌头，便是言语活动。它不是文明化的言语，因为舌头通过牙齿探出来（一种齿间的发音是一种区
192 别性符号：牙齿监视着言语），但是，言语活动是发自内心的、是勃起性的。舌头，那像是男性生殖器在说话。在爱伦·坡①的一篇小说中，是被磁化的死人舌头而不是他的牙齿说出了难以说出的言语：“我是死人。”牙齿切断言语，使言语明晰、细微、富有智力、真实可信，但这是在舌头上，因为舌头就像弹跳板那样伸展、鼓起，这一切过去之后，言语活动就可以爆发出来，重新活跃起来，无法再控制。正是在被催眠的尸体的舌头上，“死人！死人！”的喊声才爆发出来，而不需要磁

① 埃德加·爱伦·坡（Edgar Allan Poe，1809—1849）：美国作家和文艺批评家。——译注

气治疗师去压制喊声和强行停止说话的死人的噩梦。也正是在身体之中舌头的层面，雷吉肖表现整体的言语活动：在其字母派诗歌之中和在其嘴脸的粘贴画之中。

老鼠王

雷吉肖的探索涉及身体的一种运动，这种运动过去也曾经吸引过萨德（但不是性虐狂的萨德），那便是**厌恶**（répugnance）：身体开始存在的时刻，就是它开始厌恶、鄙弃不过却想吞噬使它扫兴和利用对于扫兴的这种爱好的那种东西的时刻，而那种东西则开向一种晕眩（晕眩，便是无法结束的东西：它使意义脱离，在以后的时间又将其放上）。

厌恶的基本形式是结合体。雷吉肖最终从事粘贴画，并不是因为从技术探索来讲是无费用的。他的粘贴画并不是装饰性的，那些画并不并列，它们堆积、铺展到宽阔的表面，在体积上变厚变高。一句话，它们的真实是词源学的，它们严格地采用作为其名称之起因的**黏胶**（colle）。它们所产生的，是黏性物质、是可食用的、丰富的、勾起恶心的树脂，就是在这种物质上，**切划过程**（découpage）即它们的命名过程会消失殆尽。

作为夸张的情况，雷吉肖的粘贴画所汇集的，是一些动物，然而，似乎把动物放在一起，很容易引起厌恶的发作：虫子的蠕动、蛇的盘卷、毒蜂的巢。有一个令人难以相信的现象（是否得到过科学的证明了呢？我一无所知）概括了动物的会聚所带来的恐惧：**老鼠王**（roi-de-rats）。一部旧的动物词典这样说："老鼠们一经得到自由，它们 193
便有时会患上最为有趣的一种疾病。一大群老鼠用尾巴结合在一起，组成通常所说的**老鼠王**……这种有趣现象的原因，我们还不了解。有人认为，是尾巴的特殊渗出物质将这些尾巴粘在一起了。在阿尔滕堡（Altenburg），人们保留着由27只老鼠组成的**老鼠王**。在波恩、在施内普芬塔尔（Schnepfenthal）、在法兰克福、在埃尔富特（Erfurt）、在莱比锡附近的林德诺（Lindenau），人们发现过类似的老鼠群。”对于这种老鼠王，雷吉肖从未停止过采用隐喻的方式去绘制它，从未停止过去粘贴这种甚至没有名称的粘贴画；因为在雷吉肖看来，存在着的，并不是对象，甚至也不是其效果，而是其痕迹。我们来听一下这句颇有运转力的话：蠕虫从颜色管中喷出，它就是它自己的痕迹，尽管这比它的身体更叫人厌恶。

勃起

扫兴是一种慌乱的勃起：是整个身体—生殖器在鼓胀、变硬和萎缩。而这正是绘画所做的事情：绘画在绷紧。也许，我们在此坚持在绘画和话语之间进行一种不可简约的区别：绘画是饱满的；相反，话音则在身体内安排一种距离、一种空缺。任何话音都是**白色的**，只能通过有怜悯心的艺术家才能着色。因此，应该严格地不将雷吉肖描述其工作的话语看作一种色情行为（如果那样，那就庸俗化了），而应该看作一种勃起动作。于是随之而来的便是：“我在谈论普通的节奏，在我看来，这种节奏使绘画缓慢地开始，然后逐渐地变得引人注意，而且借助于一种渐强过程变得激动人心，它引导我达到享乐之沸腾程度。在这种高度，绘画就将我抛弃在（除非不是我自己）我的能力的边缘，因为我的能力松弛了。这样，如果我知道我完成了绘画，那么，我的需要绘画之举便不存在了，而且这种发作后面就是一种失望。”雷吉肖的作品便是身体的这种**溃散**（débandade）（他有时甚至用某些人用以定名冲动的一个词——**偏移**——来称呼这种溃散）。

绘画的两种起源 194

书写与烹饪

大约在 18 世纪末，新古典派画家就是这样来再现绘画的诞生的：科林斯地区一位陶瓷工人的女儿正在恋爱之中，她画出了她的情人的外形，同时用碳笔在墙上将自己影子的轮廓留下。我们用另一个更为抽象、更为粗俗的神话来代替这种浪漫的图像，这种图像并不是虚假的，因为它引证了欲望；让我们在任何历史之外来设想一下绘画的两种起源。

第一种起源是书写，即后来符号的痕迹、尖头物件的练习（毛笔、铅笔、冲孔器、挖空和划条痕的东西——即便以使用颜色画线的方式来进行）。第二种起源是烹饪，也就是说，任何旨在转换材料的实践活动。这种转换是按照材料密实程度的全部等级借助于诸如变软、加厚、稀释、成块、上光等多种操作方式来进行的，以便产生在美食上叫作浇汁（le nappé）、串味（le lié）、软嫩（le velouté）、奶油状（le crémeux）、酥脆（le croquant）等的效果。于是，弗洛伊德将雕塑与绘画对立起来；但是，正是在绘画之中，对立才表现出来，即（“线条”的）切割与（“台面”的）涂抹之间的对立。

这两种起源是与手的举动联系在一起的，手有时刮皮、有时摁平、有时挖空、有时拉直。一句话，用美女维纳斯的手指、手心、指甲和手掌。这种双重作用的手将为自己平分绘画的整个王国，因为手是绘画的真实，而非眼睛（“再现”，或形象化，或复制，总的说来，只不过是一种派生的和成为一体的偶发事件，是一种借口、一种置于痕迹与台面网络之上的透明物、一种投影、一种非本质的幻影）。绘画的另一种历史是可能的，这种历史不是作品与艺术家的历史，而是工具和材料的历史。在很长的时间里，在我们国家，艺术家在使用的工具方面不具备任何个体性。当时，都一致地使用
195 画笔。当绘画进入了其历史危机的时候，工具复杂了起来，材料也是一样：能够勾画的东西和承载物无穷无尽；绘画工具的极限不停地后退（在雷吉肖的作品里甚至还有剃刀、煤铲、聚苯乙烯的环）。（需要开发的）结果便是，由于工具没有再被编码，它部分地躲避商业。它充盈着手工劳动用品商店，这种商店只向精明的爱好者们销售商品，雷吉肖只能去春天百货商场或家庭杂志亭去购买材料：商业被**抢劫**（**抢劫**意味着不问用途而进行掠夺）。这样一来，绘画便失去了其审美的特殊性，或者更可以说，这种百年的特殊性被揭示为是虚伪的：在绘画之后，在其杰出的历史个体性（精致的着色形象化艺术）之后，还有**别的东西**，即手、声门、内脏的运动、身体的投射，而不是仅仅有眼睛的控制。

雷吉肖在手中握有绘画的野蛮缰绳。就像原始画家那样（我们在此一直说的是一种神秘的起源：不是神学的，不是心理的，不是历史的，而是纯粹虚构的），他不停地回到书写和食物方面。

烹饪

食物

您看过做瑞士烤奶酪的吗？一大块半圆形的奶酪垂直地挂在烤具上方。它被烤得起泡、鼓胀，它黏稠状地发出嗞嗞的响声。刀子慢慢地刮着这种液态的肿块、刮着这种流涎状的补加形式。它掉了下来，就像一种白色的牛粪；它凝固下来，在盘子里变成黄色。人们用刀摁平切口处，然后又重新开始。

严格地讲，这是一种绘画操作过程。因为，在绘画里，就像在烹饪里一样，**应该让某种东西掉在某个地方**。正是在这种落下的过程中，材料在转换（在变形）。落下摊开之后，食物柔软喜人。这里面产生着一种 196
新的材料（运动在创造材料）。在雷吉肖的作品中，（吞下的、消化的、排出的）食品物质的所有状况都出现了：晶体化、碎纹化、粗纤维状、颗粒粥状、干的和土样的排泄物状、油光波纹织物状、下疳状、喷溅状、内脏状。而为了圆满建立助消化食团的食谱，在那些重要的粘贴作品中，在雷吉肖的后期作品中，最初物质便都直接是食物的、从家庭杂志中提取的。这里是法国式—俄国式甜食，那里是面食、排骨、草莓、（混杂有发丝螺旋状流苏、狗的嘴脸的）香肠。但是，**割下后在田里沤肥的草**是可烹饪的（可用作绘画的）：铺晒、交织、混杂（以某种对称的方式进行，日本**鸡素烧火锅**就是一种在时间里形成的绘画）。

雷吉肖在此将我们重新放置在绘画的一种神秘起源之中了：这种起源的一半属于营养（内脏）范畴。为了消灭画出的事物的食物感觉，他让人无法想到绘画本身：您既不能吃也不能呕吐出约瑟夫·科苏瑟①的《东西》（*Thing*）。但是，也不再有任何绘画了（没有了任何的台面、任何的抓搔）：画家的手和女厨师的手同时被割掉了。雷吉肖**仍然还是**一位画家：他吃（或不吃），他消化、他呕吐；他的（绘画）欲望极大地表现出一种需要。

没有隐喻

我们总可以说，食物是雷吉肖的神经症的中心（他不喜欢带血肉，他宁肯饿死），但是，这个中心是靠不住的。因为，一旦事物在它从食

---

① 约瑟夫·科苏瑟（Joseph Kosuth，1945—　）：美国概念派艺术家。——译注

品到排泄物、从嘴巴（吃东西的地方，但同时也是被吃的地方，例如动物的嘴脸）到肛门的轨迹被想象出来，隐喻就出现移动，而另一个中心就出现了：空洞、内部的通道，肠内的爬虫是一种很大的男性生殖器。因此，最后，主题探索变得徒劳无益。人们理解，雷吉肖只在说一种东西，那就是对于任何隐喻的否定：整个身体存在于它的内部。
197 因此，这种**内部**既是色情的，也是助消化的。一种不人道的解剖可以调整享乐与作品：这种解剖重新出现在雷吉肖最后创作阶段的抽象对象之中。那便是（任何抽象都与某种东西相像）一些贝壳，这些贝壳身上连接着螺旋形的字体（书写主题）和助消化的动物性，因为软体动物（帽贝、蚌、抽丝的环节动物）都是腹足纲动物。如果它们行动，那就是用胃口来行动，是内部（而非内心）在使其移动。

废弃物

大约在1949年，雷吉肖在其工作初期，曾用木炭画了一只鞋。鞋面上的孔是空的；唯一剩下的，是一段鞋带。这只鞋，在不考虑其柔软形式的情况下，是一种**弯曲的**对象。就这样，雷吉肖开始了一个很长的**废弃物**（déchet）时期（正好，这个时期就是从鞋开始的：傅立叶在想颠倒文明之顺序的时候，就曾使作为与抹布和垃圾一样的主要废物的旧拖鞋变成一种光彩对象）。废弃物是什么？那便是曾经有过一个名称的东西的名称，是去掉了名称的名称。在此，我们可以阐述一下我们后面要说的东西，即废除—命名的工作，雷吉肖的作品就是废除—命名工作的舞台。现在，最好是将废弃物与食物联系起来。废弃物改变食物的形象，因为它超越事物的功能：它是不被吞进的东西；它是饥饿之外的食物。大自然，即农场边缘之外的地方，满是废弃物、满是甚至诱惑雷吉肖的废弃物和他将其放进某些作品中的废弃物（鸡骨、兔骨、家禽羽毛、所有来自“农村约会”的东西）。进入雷吉肖作品的东西（那些东西本身，而不是其仿造物），一直是废弃物、间接的附带物、被丢弃的部分，即**失去**其功能的东西。比如，一离开色管就像被送进垃圾箱那样直接被投到画布上的油彩细丝，剪裁下来的、变形的、不知从何而来的画报上的照片（从新闻到废弃物的使命），（面包的、油彩的）碎屑。废弃物是厌食者可以接受的唯一排泄物。

油脂 198

油脂是增加食物而又不使其破碎的一种物质。它使食物变稠而又不让其硬化。用一点点油脂，就可以魔术般的使蛋黄变得很多很多，而且**没完没了**；机制正是以同样的方式借助于内填来扩大。然而，油脂是这种既用于食品又用于绘画的东西。放弃油脂，对于一位画家来讲，便是牺牲绘画本身，便是牺牲神秘地奠定绘画和维持绘画的烹饪举动，雷吉肖经历过绘画的历史垂危时期（他可以有这样的经历，因为他是画家）。这意味着，一方面，他距离油脂很远（在粘贴画中、在环饰物的雕塑中、在钢笔—圆珠笔的素描中），但是，另一方面，他一直试图重新回到绘画之中，就像回到一种至关重要的物质之中那样：祖传下来的食物领域。他的无油而为的粘贴画本身服从于相关的扩散原理（即无止境的蛋黄酱的原理）；在某些年中，雷吉肖增加他的圣骨盒，就像人们借助于对一种液体的缓慢摄入来形成一种身体一样。

写字

螺旋状

文字是从哪里来的呢？对于表意文字，是简单的：文字来自“自然”（来自男人、来自女人、来自山）；但是，准确地讲，它们立即就是单词、就是语义素（sémantèmes），而不是字母。字母（腓尼基人的字母，即我们的字母）是一种没有意义的形式：这便是它的第一个定义。第二个定义便是，字母不是绘画出的（沉淀出的），而是搔划出的、挖空的、由冲孔器制作出的；它的参照艺术（和起源艺术）不是绘画，而是宝石雕刻术。

在雷吉肖的作品中，书写符号学（sémiographie）大约在 1956 年出现，那时，他开始用羽毛（工具概念）来写绘卷形线条串：符号、字
199 体，螺旋状地出现，从此，螺旋状便不再离开他的作品。螺旋状的象征作用对立于圆的象征作用。圆是宗教性的、神学性的。螺旋状，就像被放逐到无限的那种圆，是辩证的。在螺旋状上，事物重新返回，但却是**在另一个层面上**返回：是在区别中的返回，而不是在同一性中的重复（大胆的思想家维科[①]认为，世界的历史依随着一种螺旋形发展）。螺旋形调整着旧与新的辩证法。多亏了螺旋形，我们不必须去考虑：**一切都说了**，或者**什么都不曾说**，但更可以说，任何东西都不是第一个，可是一切都是新的。这便是雷吉肖的螺旋形以自己的方式所做的事情：在重复的同时，他的螺旋形产生一种位移。在诗歌的（我想说韵律的和/或格律的）语言中，有着同样的情况：由于这种语言的符号数量非常有限，其无限自由的组合即新颖性相比在其他地方更是由非常密集的重复带来的。同样，雷吉肖的螺旋式构图［我们可以举《神经之战》（*la Guerre des nerfs*）为例］从一个重复和位移的成分开始，到处都显示出卷圈（卷圈在此是与线条、茎秆、水洼连在一起的），它们具有与诗歌句子同样的扩大生发方式。在雷吉肖看来，螺旋形明显是一种新的符号，这种符号一经发现，他就可以依据它来制定一种新的句法、一种新的语言。可是，这种语言（在这一点上，它就

① 詹巴蒂斯塔·维科（Giambattista Vico，1668—1744）：意大利历史学家、哲学家、语文学家。——译注

是一种字体）总是**在形成过程之中**。的确，螺旋形是在其自身的一种符号，但是，这种符号为了存在而需要一种运动，即手的运动。在书写之中，句法作为任何意义的基础，基本上是对于肌肉——元肌肉——的称重。似乎雷吉肖这样说过：正是在（尽管是非常轻的）**称重**的时刻，画家才变得有才智；没有**这种前进中的重量**（人们称之为**“划痕”**），绘画的（或写绘的）线条就仍然是愚笨的（愚笨的线条，是人们**为相像**而写的线条，或是**为不相像**而写的线条。例如，有人搞的波纹状线条，就是为了使其不与普通的直线相像）。最终构成书写的东西，并不是符号（即可分析的抽象），而是——极为反常的是——**非连续性的草写状态**（被重复的东西，必然是非连续的）。请您画一个圆，您就产生一个符号；但是，请您复制这个圆，您的手就直接放在接收的表面上了。您就产生一种书写：书写，就是**总在同一个方向里**压重、移动或拖曳的手，总之是在耕耘的手（正是因为如此，农村有一种隐喻，用牛在田间的往返走动来指从左至右又从右至左的古希腊式书写方式）。重复的螺旋形的体态方向，是手从不离开纸张，直到某种享乐减弱才停下来（方向被带向总体的形象：雷吉肖的每一幅绘画都是新的）。

难以辨认

1930 年，考古学家佩尔松（Persson）在迈锡尼①的一座坟墓里发现了一块玉石，边缘上刻有图案。佩尔松沉着地翻译着上面刻画的东西，他在这种刻画中认出了像是希腊文的单词。但是后来，另一位考古学家文特里斯（Ventris）认为那根本不是一种文字，而是普通的胡 201
涂乱画；再就是，在这个图案的一头，它是以纯粹的装饰性曲线结束

---

① 迈锡尼（Mycénne）：位于希腊。——译注

的。雷吉肖走的是相反的途径（但却是同样的）。1956年9月（在这个月里，他建立了他后来的形式储库）的一幅螺旋式构图，由一条书写线来结束。一种特殊的书写符号学就这样诞生了（这种符号学已经被克莱①、欧内斯特②、米肖③和毕加索实践过）：难以辨认的书写。雷吉肖在去世前15天，曾经一连两夜写了6篇难以识辨的以后也将永远是这种情况的文本。可是，毫不怀疑的是，由于被后来的某种灾难所淹没，这几篇文本没有找到一位佩尔松能够解释它们；因为只有历史在建立一种书写的可辨认性；至于它的存在，书写并不是依赖它的意义（即其传播功能），而是依赖它的腿状物和其曲线借以被勾画时的激情、柔情或严格程度。作为难以辨认的遗嘱，雷吉肖最后的文字说的是多种东西：首先，意义一直是偶然的、历史的、发明的（被某位非常确信的考古学家所发明）。没有任何东西将书写（人们认为它在沟通）与绘画（人们认为它在表达）分开；两种东西是由同一种机制构成的。就像在非常现代的宇宙演化论中所说的那样，这种机制也许可以非常简单地说是速度（雷吉肖的难以辨认的书写，就像他的某些绘画作品一样，是暴躁的）。还有难以辨认的东西，只不过是**已经失去的东西**：写，失去，再写，建立上面与下面之间的无限游戏，靠近能指，将其变成一个出现的巨人、魔鬼，简约所指直至不可感知，打乱讯息，用记忆保留其形式而不是其内容，完成**最后的**难以理解性。一句话，将整个的书写、整个的艺术放置在隐迹纸之中，而且这种隐迹纸是不

---

① 保罗·克莱（Paul Klee，1879—1940）：瑞士画家。——译注

② 马克斯·欧内斯特（Max Ernst，1891—1976）：祖籍为德国的法国画家。——译注

③ 亨利·米肖（Henri Michaux，1899—1984）：祖籍为比利时的法国诗人和画家。——译注

可穷尽的，被写出的东西不停地返回到正在被写的东西之中，以便使其变得超明晰即难以辨认。总之，雷吉肖是通过一种相同的动作写出了他的难以辨认的文字，并在这里和那里实践着一种绘画的隐迹纸，同时将一幅作品放在另一幅作品上进行剪裁和缝纫，他取下他的点缀风格的绘画进行重新点缀，借助于他的衬页将**书籍**引入其用特选纸制作的大幅构图之中。作为毫无价值的搔划，整个这种超书写开向忘记：这是不可能记忆的东西。夏多布里昂说：“有人从挪威的岛上挖出了几 202
个刻有难辨文字的骨灰罐。这些骨灰都是属于谁的呢？连风都不知道。”

再现

材料

在雷吉肖的工作台（与厨房里的一个案板别无二致）上，散放着从春天百货商场买来的帷幕环，它们后来构成了《造型雕塑》（*Sculpture en plastique*）、《粘连的环》（*Anneaux collés*）。

通常（我想说的是如果参照艺术史的话），作品来自一种纯粹的材料。它还没有用于任何东西（粉、黏土、石块）；因此，从传统来讲，这还是原料的第一步转换。这样，艺术家可以神秘地将自己看成是造物主，因为他从零获得了某种东西。这便是亚里士多德对于艺术的定义［技巧（*techné*）］，而且这也是伟大的创作家的经典形象。米开朗基罗创作其作品，就像**上帝**创造人一样。整个这种艺术都说明起源。

雷吉肖的环，当他使用它们的时候，就已经是常用的（被加工的）东西了，它们只是脱离了它们的功能：这样，作品从先前的过去出发，**起源**之神话就被动摇了，绘画的神学危机也开始了（在第一批粘贴画即“现成品”之后）。这一点使绘画作品（或雕塑作品：材料的转移将很快迫使采用另一个名称）和（所谓文学的）**文本**靠近了；因为，文本也是采用了常用的、陈旧的和像是加工过的词语，以便进行日常的沟通，为的是产生一种脱离习惯因而脱离交换的新的对象。

这种变化的（也许还是不能预见的）最后的结果，增强了艺术的唯物性本质。并不是材料本身是唯物性的（一块镶嵌起来的石头仅仅是一种纯粹的被崇拜的偶像），而是——如果可以这么说的话——其各
203 种转换的无限性是唯物性的；一点点象征色彩可以引导到神性，但是，调整艺术家工作的疯狂的象征做法却使其远离。他知道，材料必然是象征性的：是处于无休止的移动之中的。它的（社会）功能是要说给大家、要提醒他们、叫大家理解**材料从来就不在其自己的位置上**（既不在其最初的位置上，也不在其习惯的位置上）。这也许是一种启发的方式（基本上是唯物论的断言）：不存在材料。

（被艺术家处理过的材料，只有当艺术家框定它、展示它、出售它的时候，才找到一个位置。这便是被异化所确定的位置：正是在此，象征的无限移动停止了。）

放大镜

像书写借助于隐迹纸就存在于书写之中一样，在一幅“图画”（在此，用词是否准确并不重要）中，也存在着多幅图画。这不仅仅（在雷吉肖的作品中）因为画布以部分对象的名义被重新书写和被重新放置在新的整体当中，而且因为有多少幅作品就有多少个感知层面。在您隔离、观看、放大和处理一个细节的时候，您就在创立一幅新的作品，您就穿越了几个世纪、几种流派、几种风格，您就可以用最古老的来创造最新颖的。雷吉肖曾经在自己身上实践过这种技巧：“在非常近的距离观看一幅图画，有时会看到多幅未来的图画：我有时将大蛋糕切成许多小块，试图以此隔离那些使我感兴趣的部分。”绘画的潜在

工具（这一部分，它也许很小，它关系到眼睛，而不关系到手），便是放大镜，或者严格地说，是小转台，这种器具可以使人在转动对象的时候来改变对象（雷吉肖就曾这样使用过未经处理的狗的嘴脸，他不做任何增添，但却**使之转动**）。这一切，不是为了更好地观看或者看得更完整，而是为了看到另一种东西。身材在其自身是一种对象：身材不足以建立一种主要的艺术。建筑学呢？放大镜和转台就可以产生动摇意义即动摇认可的这种补加成分（理解、解读、接受一种语言，便是认可；符号是被认可的东西；雷吉肖属于**不认可的**那类艺术家）。

改变感知层面。这主要涉及一种冲击，这种冲击动摇了已被分类 204
的世界、已被命名的世界（即被认可的世界）因此也解放了一种真正的幻觉能量。实际上，如果艺术（我们继续使用这个词，来指所有非功能性的活动）的目的仅仅是让人看得更好；那么，它只剩下一种分析技巧、一种科学代用品了（现实主义的艺术就曾经这么主张）。但是，在努力于一种东西之中产生一种新的东西而这种新的东西就存在于这种东西之中的情况下，这便是在颠覆整个一种认识论。这种**无限的**工作，使我们摆脱一种日常的等级观念。首先，是（真实的）感知，其次是命名，最后是结合（艺术家的“高贵的”“创造性的”部分）。相反，在雷吉肖看来，首先的感知并不具有优越的地位：感知**直接**是多元的，这就再一次排除了唯心主义的分类方式。心理只不过是**被带到另一个感知层面上的身体**，即雷吉肖称为“元心理”的东西。

名称

我们举有关对象的两种现代处理方式为例。在现成品的情况里，对象是**真实的**（艺术只是从其周围、其范围、其博物馆管理技术方面开始），为此，有人曾就该主题谈论过小资产阶级的现实主义。在所谓概念艺术里，对象是**被命名的**，是存在于词典之中的——为此，最好说“外延艺术”（art dénotatif），而不要说“概念艺术”。在现成品的情况里，对象非常真实，以至于艺术家可以使其对于对象的称呼有所偏离和不确定。在概念艺术里，对象得到非常准确的命名，以至于它不再需要是真实的：这种艺术可以解释成为词典的一个条目（约瑟夫·科苏瑟的《东西》）。这两种处理方式，尽管表面上是对立的，但它们属于同一种活动：分类。

在印度哲学里，分类有一个显赫的名称即摩耶（Maya）：丝毫不是“表面”的世界，即掩盖某种内在真实的面纱，而是使所有的事物被人而不是被自然给予分类和测量的原理。一旦出现一种对立，就有摩耶出现：形式（即对象）的网系就是摩耶，名称的聚合体（言语活动）
205 是摩耶（贤者并不否定摩耶，他并不使**一个**与**多个**对立起来，他也根本不是一元论的——因为，聚集也是摩耶。摩耶所寻找的，是对立的结束，是度量的消失。它的计划并不是脱离任何的类别，而是脱离分类本身）。

雷吉肖的工作并不是摩耶：他既不想要对象，也不想要言语活动。他所针对的，是破坏名称。从一幅作品到另一幅作品，他对于对象进行着一种总体的前命名活动（ex-nomination）。这是一种特殊的计划，该计划将雷吉肖从他所处时代的邪教中摆脱了出来。这种计划并不简单：对象的前命名必然要通过一个繁多的超命名（sur-nomination）阶段：必须抬高摩耶，然后再减弱它。这便是主题时刻，这种时刻在今天不属时髦之列。对于雷吉肖进行一种主题批评不仅是可能的，而且也是不可避免的。他的那些形式与某种东西“相像”，在按照隐喻的方式呼唤着一系列名称。他自己也知道这一点：“我的绘画作品：人们可以在上面看到剪刀、树枝、山洞、海藻、海绵……”在此，类比性是不可压制的（就像一种不成熟的快乐那样），但是从言语活动角度来看，它已经是模棱两可的。这是因为被勾画的（被绘画的或组成的）

形式没有名称，人们在为其寻找名称，并加给它多个名称。隐喻是赋予无法命名事物以名称的唯一方式（这样一来，隐喻就恰恰变成一种词汇误用）：名称之间的密切联系适用于所缺的名称。在类比中（至少在雷吉肖实践的类比中）出现的，并不是其字眼，也不是其被假设的所指（“这个污点意味着一种海绵”），而是名称的意图——不论其是什么。疯狂的多义性是某种禁欲苦行的第一个（入教）插曲，这种多义性导致脱离词汇、脱离意义。

雷吉肖建议的主题是骗人的，因为它实际上是不可控制的：**隐喻并不停止**，命名的工作在无法逃避地继续着，因此它必须总是前进，必须永远不固定下来，同时不停地破坏找到的名称而又不达到任何目标，或者不达到一种永久的前命名：因为它不与一切相像，而是逐渐地与某种东西相像，但到头来，它不与任何东西相像。或者更可以说是的，它像，但它像什么呢？它像“某种还没有名称的东西”。于是，类比在进行着它自己的否认，而名称的开放性便无限地保持着：**这是什么**？

这个问题（它是斯芬克司①向俄狄浦斯②提出的问题）总是一种呼 206
叫，是对一种欲望的要求：赶快有个名称吧，以便我安下心来！但愿靡耶不再被撕裂，但愿它在重新找到的言语活动中得以形成和恢复：但愿图画能给我其名称！但是——这一点准确地确定了雷吉肖，名称从来得不到给予：我们仅仅在享受着我们的欲望，而不是享受着我们的快乐。

也许，这正是抽象：不是指某些画家依据**线条**观念所产生的绘画（通常的舆论都希望线条是抽象的、是阿波罗式的；一种抽象的混合物

① 斯芬克司（Sphinx）：古希腊神话中的带翼狮身女怪。——译注

② 俄狄浦斯（Œdipus）：古希腊神话中杀父娶母的人物。——译注

的形象——像在雷吉肖的作品中一样——就显得是不适宜的)，而是指对象与言语活动（雷吉肖以此确保了叙事）之间的危险论争。他创立了一些抽象的**对象**：说其是对象，因为它们在寻找一个名称；说其是抽象的，因为它们是不可命名的。一旦对象（而不是线条）出现，它就想有一个名称，它就想产生一种前后联系，即言语活动的联系。难道言语活动不就是先前的秩序留传给我们的东西吗？雷吉肖在其工作中，进行着剥夺对象的继承权的活动，他切断了名称的传承。甚至在能指方面，他去掉任何起源：这些“偶发事件”（他的某些粘贴画就是以此拼接的）是什么呢？它们是一些很早以前绘制的随后便被卷起来和被搁放起来的图画：它们是被剥夺了继承权的图画。

雷吉肖的计划是得到双重确定的（因而也是双重的不可判定的）：一方面，在先锋派的棋盘上，他加深了言语活动的危机，他动摇以至中断了外延、中断了表达；另一方面，他**个人**继续进行对于自己身体的确定，并发现，这种确定开始于名称停止的地方，也就是说，是**在里面**（唯独医生可以远离任何事实来命名身体的里面，而这个身体只不过是自己的里面）。雷吉肖的全部绘画作品都可以带有这样的由画家自己写出的题名：“我不知道我发生了什么事情。”

再现

那么，这位画家是如何知道作品完成了呢？难道他必须停下来、
207 放弃对象、过渡到另一幅作品吗？在绘画被认真地进行形象化的整个时间中，完成（le fini）是可以设想的（这甚至是一种审美价值），因为问题在于达到一种相像（或者严格地讲，达到一种效果）。这一方面一经达到（幻觉），我便可以放弃那一方面（画布）；但是，在后来的绘画中，完美（**完美**即意味着**完成**）不再是一种价值。作品是未完成的

（这便是巴尔扎克不为人所知的代表作的情况），可是在某一时刻，人们却停了下来（为了拿给人看或者为了毁掉）。对于作品的衡量不再存在于其完成状态（这种状态所构成的完成的产品）之中，而存在于它展示的工作之中（即作品想借以拖住其读者的生产过程）。随着作品的形成（和被解读），它的结尾在变化。然而，这多少有点像是在分析性疗法中发生的情况：是最初非常简单的“痊愈”观念本身一点一点地复杂起来，一点一点地变化，并变成有距离的。作品是没有结束的，就像疗养那样。在两种情况里，问题不在于获得一种结果，而在于改动一个问题，也就是说改动一种主题，即将主题从包含着其出发点的目的性中解脱出来。

就像人们看到的那样，完成之困难（雷吉肖经常表现出这种困难）对于再现本身提出了异议，除非是废除形象——这种形象是由历史决定的整个游戏所带来的，它迫使人们不去实现艺术的**终结**（目的和终点）。整个的争论也许存在于有关“再现”的两种意义上。在通常的意义即古典作品所属的那种意义上，再现指的是一种复制、一种幻觉、一种类似的形象、一种相像的产品；但是在词源学意义上，再现只不过是已经出现的东西的返回。在再现上，现在时揭示着它的逆命题，因为该命题属于**已经**发生过的（既然这种命题不回避规则）。于是，在艺术家身上（比如雷吉肖）最不能压缩的东西，即享乐的迸发，只有借助于存在于言语活动之内而且就是言语活动的这种**已经**的帮助才能形成。正是在此，在不顾古人和新人之间表面上是不可调和的争论的情况下，这两种意义联系起来了：从其历史的这一头到那一头，艺术只不过是形象与名称的多样化的争论。有时（在形象化一极），准确的名称占主导地位，符号便将其规则强加给能指；有时（在“抽象”的一极——这一点是很不便去说的），名称逃逸，能指在不停地大规模出现的情况下，尽力在破坏一心想返回来组成一个符号 208

的顽固的所指［雷吉肖的新颖性在于，在超越抽象的解决办法的同时，他理解到，为了破坏名称，即摩耶，就必须同意穷尽名称。无义性（asémie）是借助于丰富的、疯狂的多义性（polysémie）来出现的。**名称是待不稳的**］。

总之，在一段时间，在（文本的、艺术的）理论的某个层次上，这两种意义是混合不清的。可以断言，绘画中最为形象化的，从来都不再现（或者复制）任何东西，而是仅仅寻找一个名称（场面的名称、对象的名称）。但是，同样可以说（尽管在今天更为过分），最不具形象性的“绘画”总是再现着某种东西：或者是言语活动本身（可以说，这是典型的先锋派的立场），或者是身体的内部，身体就像是内部，更可以说享乐——雷吉肖做的，就是这一点（作为享乐的画家，雷吉肖在今天是特殊的：他过时了，因为先锋派通常不是享乐主义的）。

艺术家

超越什么

是否应该在绘画史中为雷吉肖重新安排位置呢？雷吉肖自己也看出了这个问题的空虚性：“认为凡·高或康定斯基被超越了，这不是什么大事，也不要去希望超越他们：这只是对于其他人的历史性超越……”人们称之的“绘画史”，只不过是一种文化延续，而任何延续都参与一种想象的历史：**延续**甚至就是构成我们历史的想象物的东西。实际上，将画家、作家、艺术家都放在同类属的串接之中，难道不是相当特殊的自动主义做法吗？子系的形象从起源上讲再一次坚定地与先前相像：艺术家必须找到父辈和子辈，以便于他承认这一些，而摒弃另一些，将两种漂亮角色建立起来即感激和独立。这便是我们称之为“超越”的东西。

可是，在同一位画家身上，通常具有绘画的整个一段历史（只需改变一下感知的层次就可以了：尼古拉·德·斯塔埃勒占据着塞尚3平方公分的面积）。雷吉肖在其作品的连续之中，曾经进行过这种贪婪的做法：他不曾跳过任何形象，同时借助于多次突然放弃心理投入而很快就成为历史性的。他跨越了许多在他之前、在他周围甚至在他之后的画家。但是，这种学习过程并不是手工艺式的，它不追求任何最后的理解。它是无限的，不是在神秘的不满足方面，而是在欲望的顽固返回方面。 209

因此，也许应该这样来解读绘画（至少是雷吉肖的绘画）：在任何文化的连续之外。于是，我们有某种机会去完成这种难以解决的问题：一方面，使绘画从认为今天任何作品都属于**倒数第二的**意识形态疑虑中解脱出来；另一方面，为作品留下它的历史责任感（即其参与历史危机）的印记，对于雷吉肖来说，这种印记就是参与绘画的垂危。通过这两种矛盾运动的结合，实际上产生一种**剩余**。剩下的东西，**便是我们享有作品带来的快乐的权利。**

爱好者

改变一下说法，我们最好说雷吉肖是一位**爱好者**（amateur）。爱好者，并不一定被确定为知识不足者、技术不佳者（在这一点上，雷吉肖可不属于这种情况），而更要被确定为**不抛头露面者**、不事张扬者。这种遮掩的意义是这样的：爱好者只寻求产生他自己的享乐（但是，没有任何东西可以禁止这种享乐在爱好者不知道的情况下**额外地**变成我们大家的），而且这种享乐并不向任何歇斯底里发展。在爱好者之外，纯粹的享乐便结束（即从任何神经症中摆脱出来），想象便开始，也就是说，成了艺术家：艺术家享乐是无疑问的，但自从他抛头露面和张扬，自从他有了公众，他的享乐就应该与一种**意象**①一起组成，这种意象便是他者②对于他所做事情的话语。雷吉肖并不炫耀其作品（这些作品还相当多地不为人所知）：“对于我的创作的任何注意，都是窃
210 取我的思想和我的心……我所做的，并不是为了让人看才做……我认为，您的评价和您的夸奖就像是一些潜入的东西，它们打乱和破坏了心理的生发、不安、细致的感受，因为在这种心理之中，有某种东西在萌发和增长……”雷吉肖的特殊性，是将其作品既引向了最高，又引向了最低：就像享乐之秘诀，也像人们并不显露的一种不被人看重的爱好。

福斯特

艺术家（在此，我们不将其对立于爱好者）：多么过时的词啊！如果将其用于雷吉肖，他就会失去其浪漫和资产阶级的臭味，这种说法是从何处而来的呢？首先来自这一点，雷吉肖从他的身体出发。身体的内部在自我加工，而不受任何约束；结果就出现了这种反常情况。这种作品是**表达性**的，它表现了雷吉肖（在字面意义上，雷吉肖在此自我表达，他将内在体感的强烈的精华挤压在画布上），因此，在第一种运动之中，它似乎属于主体的一种理想主义的审美观（这是在今天受到激烈争议的审美观）；但是，在第二种运动中，由于这个主体恰恰

---

① 意象（imago）：精神分析学术语，是荣格用来指父母留在幼儿潜意识之中且后来引导其行为和支配其理解别人方式的一种表现。——译注

② 他者（Autre）：精神分析学术语，在拉康的“镜像理论”中，以第一个字母小写的“autre”出现的，是主体（小孩子）在镜子中的相像物，一般翻译成“另一个”；而以第一个字母大写出现的“Autre”来指待在主体身边的父母亲，以此来概括荣格有关父母（尤其是父亲）留在幼儿潜意识之中且后来引导儿童行为和支配其理解别人的一种意象。——译注

在致力于废除“灵魂”与“肉体”之间长期的反差，由于他竭力表现一种新的实质，即一种从未听说过的、极度痛苦的、**受到破坏的**身体（没有了器官、没有了肌肉、没有了神经，只有痛苦和享乐的震颤），所以，是主体本身（即传统的意识形态的主体）**不再在这里**。身体撵走了主体，而雷吉肖的绘画则重新回到了极端的先锋派，**即无法纳入分类的先锋派**，而社会又在揭露这种流派的心理特征，因为社会至少可以用这种方式来命名它。

还有另一种理由，不可在雷吉肖身上将“艺术家”之名取消，因为他把他的作品、他的工作——全部的工作——当作一种经验、一种风险来看待。（“进行绘画，不应该是为了制作一幅作品，而应该是为了了解一幅作品可以到达什么地方。”）这种经验没有任何人文的色彩，不涉及以人类的名义来检验人的极限。它是自给自足的，其结尾总是痛苦的享乐。不过还有，它还不是一种个体的经验，因为它带 211
有——尽管是额外地带有——某种整体性的观念：首先是制作的整体性。雷吉肖在完成和修正现代性的所有技巧，他并不厌恶吸纳绘画的某种数学方式，并且根本不忽视他的前辈可能教给他的东西。其次是艺术的竞争。如同文艺复兴时期的画家通常**也**是工程师、建筑师、水利师一样，雷吉肖也使用了另一种能指，即写作：他写过诗歌、书信、个人日记和一个恰恰名为《福斯特》（*Faustus*）的文本。因为福斯特仍然是这种艺术家类型的命名英雄。那些艺术家的知识是启示性的：他们从正面对做的行为进行挖掘和对产品进行毁灭性破坏。

牺牲

要成为现代的，就是知道**这已不再是可能的了**。雷吉肖知道，“绘画”不可能返回（或者也许有一天返回到另一个位置，也就是说**螺旋**

式地返回)，因而他便参与了对于自己的破坏（借助于他的粘贴画、雕刻作品）。可是，雷吉肖还是画家（他乐于涂抹油彩、铺展墨迹、勾画手迹，同意穿越前辈画家和进入立体主义、抽象派和点彩派的关联文本关系之中）。由于历史的需要和可谓一种负责任的享乐的压力，他注定要消灭甚至是他喜欢的或者至少是他了解和**懂得去做**的东西，所以，他是在做出牺牲的状态下来工作的。不过，这种牺牲丝毫不是献身性的；雷吉肖不向任何人、任何观念、任何法律、任何历史、任何进步、任何信仰提供有关他的知识、他的做法、他的“文化”的启示。他以付出纯粹的损失来工作。他知道，他不能像曾经使他深受感动的东西那样来打动他的观众。因此，他进行着一种纯粹是自杀性的安排，并决定，对于他的作品的任何宣传（可笑的宣传），都不是为了回收他为此投入的东西。虽然我们借助于他的一位朋友的关照现在只能看到雷吉肖的部分作品，但我们至少要清楚地知道，这种在能量和享乐方面
212 的重大损失，并不是因为我们而造成的。雷吉肖想白白地去损失：他质疑交换。从历史上讲，这是一种浮华的作品，它完全地服从于巴塔耶所说的那种无条件的损失。

拍卖

整个审美（正是在此，在破坏审美观念本身）最后都归结为这样的问题：**作品、文本，在什么条件下可以找到它们的接受者**？（今天）建立在对于交换的一种颠覆的基础上的作品，它（还是今天）并不躲避交换，而且正是在此，尽管作品热衷于清除任何所指，但它具有一种**意义**。在艺术品拍卖时，有谁会买雷吉肖的作品呢？他的价值，既不受传统的保护，也不受时髦的保护，还不受先锋派的保护。从某种观点上看，他的作品“毫无价值”（他在艺术博物馆里有两幅作品，但只有一幅被展出）。正是在这一点上，他的作品是**最后的颠覆**得以完成

的场所之一：历史从这种作品上无法回收到任何东西，或者只能回收它自己的危机。

谈论绘画吗?

我们偶尔可以将雷吉肖比作在其之后出现的多个邪教中的一个。在所谓的概念艺术（自反艺术）里，原则上不会为快乐安排任何位置；由于没有其他的东西，这些艺术家都知道，为了最终洗掉意识形态的坏疽，整个的欲望应该被割舍，因为欲望总是陈旧的。作品（如果还可以这样说的话）不再是形式的。而仅仅是可视的，它只是直接地将一种感知和一种命名连接在一起（形式，是事物和名称之间的东西，是延误名称的东西）；所以，最好说，这种艺术是外延性的，而不要说是概念性的。然而，这便是这种净化的结果：艺术不再是幻觉的。当然有预测（因为有展出），但这种预测是无主体的：操作者和读者相比于语言的使用者因无法进入一种词典而更无法进入一种概念构图之中。突然，是整个的批评垮了下来，因为它不再有任何东西可归纳主题、可赋予诗意、可进行解释；文学也在绘画不存在的时刻被取消了。艺术最终亲自掌握了它自己的理论；它只能自言自语，被简约成它**可以**在自身使用的言语——如果它还愿意存在的话。由于欲望被 213
驱除了，所以话语便变得强而有力：在艺术不再是色情的时刻，艺术就变得**多言多语**了。当然，意识形态及其错误便被疏远了；但是，人们需要付出的代价，便是消失（aphanisis），即欲望的失去，一句话，便是阉割。

雷吉肖的道路是相反的：他不是借助于简约形式，而是借助于他的愤怒来减弱艺术的理想主义；他并不清除幻觉，而是为其加载，直至断裂；他并不使艺术家的工作集体化（他甚至对于展示无动于衷），他在使艺术家的工作过分个体化，他在寻找一种端点，在这种端点上，驱除之暴力将在社会于精神病一侧标记的**另外一种东西**之中使主体的神经官能症内容发生动摇。概念艺术（采用该词，仅仅是作为与雷吉肖的艺术相对立的一种艺术的举例）想建立属于形式（词典）**一侧**的某种东西。雷吉肖想达到语言**之外**。对于这一点，他不去清除象征，而是激化象征：他**移动**，而且正是在移动中他来到了象征一侧。（“我的绘画作品的那些所谓的斑点，我并不试图使其落在好的位置上；我更期待其落在不好的地方。”）在此之后，还是可以谈论雷吉肖的。他的艺术可以说成是：色情的（因为他移动的是他的身体），或恶意的，或粗暴的，或肮脏的，或漂亮的，或含糊的，或生硬的，或顽固的，或有力的。简言之，他可以接受幻觉之言语活动的标志，就像他被**他者即形容**词所选中那样。因为，是我的欲望在允许他者谈论我的同时，正在以相同的动作建立形容词和批评。

签字

雷吉肖

现在，我写了这么长的时间了，写的不是关于**雷吉肖**的，而是围绕着他而写的。“雷吉肖”这个名字，已经变成我日常写作的标志。在
214 这个名字上，我所听到的只是我自己工作的熟悉声音。我说雷吉肖，就像我说**米舍莱**①、**傅立叶**或**布莱希特**那样。可是，这个名字（而不是所有的名字）一旦从其使用中醒过来，便成了古怪的了：由于这个名字是非常法语化的，而且是在法国农村使用的，所以，借助于它的儿化发音和它的昵称结尾，它上面有某种贪嘴人的东西（火腿蛋糕）、农场主的

① 朱尔斯·米舍莱（Jules Michelet，1798—1874）：法国历史学家和作家。——译注

东西（木底皮鞋）和友好的东西（小孩）[①]：这有点像是好伙伴的名字。主要能指（专有名词）的这种不稳定性，我们可以将其用到签字上。为了动摇签字的规则，也许不需要将其取消，而想象一种匿名的艺术，只需移动其对象便可以了：**谁为什么东西而签字**？我的签字在什么地方停止？在什么载体上签字？在画布上（一如在传统的绘画里那样）吗？在事件上［一如机遇剧（happening）］吗？雷吉肖当然了解这种签字的无限性，签字可以结束据为己有的联系，因为载体越是扩大，签字就越是摆脱主体。签字，仅仅是割舍，是割舍自己，是割舍别人。雷吉肖曾经想过，除了我的画布，为什么我不可以在使我感动的带泥的树叶上签字呢？或者甚至为什么我不可以为我看到的铺满树叶的小路签字呢？为什么不可以将我的名字写在山上、奶牛身上、水龙头上、工厂烟囱上（《福斯特》）呢？签字只不过是欲望的闪光和记入：这是一种无艺术家社会（因为艺术家将总是**被侮辱的**）的乌托邦式的和抚慰人心的想象力，因为在这种社会里，每一个人都为其享乐对象签字。雷吉肖在一段时间里，曾经独特地借助于形象预示过这种由**爱好者**组成的卓越的社会。认出雷吉肖的签字，并不是接受他进入画家的先贤祠，而是在由不停地、无起因地和无终止地写出的巨大文本组成的乱团之中占有一种补充的符号。

节选自罗兰·巴尔特、马塞尔·比约（Marcel Billot）、
阿尔弗莱德·帕克芒（Alfred Pacquement）
合著的《贝奈尔·雷吉肖》(*Bernard Réquichot*，
© 1973，La Connaissance，Bruxelles)

---

① 这里提到的“火腿蛋糕”（quiche）、“木底皮鞋”（galoche）、“小孩”（petiot），都是从雷吉肖（Réquichot）这个名字的部分字母组合的儿化发音所引起的三种语义联想。——译注

第二部分

216

音乐之躯

显义与晦义

◎ 听
◎ 音乐实践
◎ 嗓音的微粒
◎ 音乐、嗓音、语言
◎ 浪漫歌曲
◎ 喜爱舒曼
◎ 快速

听 217

听到（entendre）是一种生理现象；**听**（écouter）是一种心理行为。借助于听觉的声学和生理学来描述听力（audition）的物理条件（其机制），是可能的；但是，听只能通过其对象——或者如果我们愿意的话——其目标（visée）才可以得到确定。然而，在生物的整个发展阶段（过去的博物学家进行的**生物发展阶段划分**）中和在人类的整个历史进程中，听的对象，在对其最为一般类型的考虑中，一直在变化或者已经变化了。由此，为了极大地简化，我们下面提出有关听的三种类型。

根据第一种听，有生命的存在体将其听力引向

（生理方面听到之能力的练习）一些**标示**[①]。在这个层次上，没有任何东西可以将动物与人分开：狼在听一种野物的（可能的）声音，兔子在听一种（可能的）侵犯者的声音，儿童、恋人在听向近处走来的也许是母亲或是心上人的脚步声。我们可以说，这第一种听是一种**警示**（alerte）。第二种听是一种**识辨**（déchiffrement）。我们通过耳朵尽力接收的东西，都是些符号。无疑，人就是在此开始的：我听，就如同我阅读，也就是说按照某些规则行事。最后，第三种听——对于它的探讨还是最近的事情（但这并不意味着它依附于前两种）——并不针对（或者并不期待）一些确定的、分出类别的符号。不是被说出的东西，或者被发送的东西，而是正在说、正在发送的东西。它被认为形成于一种跨主观的空间，而在这种空间里，“我听”也意味着“请听我”；它所占有的以便进行转换和无限地在转移游戏中重新启动的东西，是一种总体的“意指活动”，这种意指活动在潜意识得不到确定的情况下是不可构想的。

218

1

人与动物平分秋色，没有什么意义。不过，非常明显的是，种系的形成和技术在人类历史之内的发展，已经改变了（而且还继续改变着）五种感官的等级。人类学家们指出，人的饮食行为是与触觉、嗅觉和视觉相联系的，而情感行为似乎基本上是与对于时—空情况（人为之加进视觉，而动物为之加进嗅觉）的评价相联系的。听是依据听力建立起来的，从人类学观点看，它借助于截取有声刺激的远近程度和规则性回返也是对于时间和空间的感觉。对于哺乳动物来说，它们

---

① 标示（indice）：是指只有能指而其所指尚不明确的符号。——译注

的领地范围是靠气味和声响划定的；对于人来讲——这一方面通常被忽视——对于空间的占有也是带声响的。家庭空间、住宅空间、套房空间（大体相当于动物的领地），是一种熟悉的、**被认可的**声音的空间，其整体构成某种室内交响乐：各种门的不同碰响、各种嗓音爆发、厨房的声响、管道的声响、外面的喧闹。卡夫卡曾经在其日记的一页上准确地描述过（文学难道不是无法比拟的知识储库吗?）：“我坐在我的病房里，也就是说坐在整个套房声音的总部之中；我听到所有门的磕碰声，等等。”我们看出，这位住院的孩子因听不到母亲熟悉的声音而产生忧虑。听，就是在这种听力效果上升腾而起的，一如一种**智力活动**功能也就是说一种选择功能的练习那样。如果听力效果侵占了整个声响空间（即如果周围声响非常之大）的话，那么，对于这个空间的选择即智力活动就不再是可能的，听也就被损害了。今天，人们称之为污染和正在变成我们技术文明之黑色神话的生态现象，只不过是 219
人文空间不可忍受的变坏，因为人本身要求**在其中能辨认自己**。污染破坏从动物到人的生命存在体赖以认出其领地和住所的感官：视觉、嗅觉、听觉。就我们在此所关心的而言，有一种声响的污染，从嬉皮士到退休人员，大家都非常清楚地感觉到（借助于博物学家们的神话），污染侵害生命存在物的智力活动本身，**严格地讲**，这种智力活动只不过是与其**环境**（Umwelt）的沟通能力：污染阻碍听。

人们大概正是依据这种领地概念（或者占有空间概念、熟悉空间概念、家庭空间概念）来更好地理解听的功能的，条件是领地基本上可以确定为安全的空间（并因此而注定得到保护）。听便是预先的注意，这种注意可以让人截取任何前来搅乱领地系统的东西。听是对付任何意外的一种保护方式。其对象（听正是对准着对象）是威胁，或者反过来说是需要。听的协助材料，是标示，它或者揭示危险，或者预示需要得到了满足。这两种功能即保护功能和捕捉功能，会在文明化的听之中留下某些痕迹。有许多恐怖影片，其动因就是听取古怪之声，即疯狂地等待着前来打乱舒适的声响和住宅安全的不规则声音。在这一阶段，听的主要伙伴是异常事物，也就是说是危险或意外事物；而相反，在听被引向幻觉之平静的时候，它就立即变成恍惚的。我真实地相信听到了让我高兴听到的东西，一如听到了对于快乐的承诺。

在形态学上，也就是说从最贴近事物方面讲，耳朵似乎是为了截取正在出现的标示而配置的。耳朵是不动的、固定的、直立的，就像是一只正在警觉窥视的动物。就像一只从外向内的漏斗，耳朵收取尽可能多的感觉，并将其引向一个监视、选择和决策中心。耳郭里的褶皱和迂回似乎想增多。对于个人和世界的接触，可是却似乎又通过一种筛选过程在减弱这种增多。
220 因为，必须是——这正是第一种听的角色——含混和无关紧要的东西变成明确和相关的东西，必须是整个的自然采取一种危险或一种诱饵的特殊形式：听，是这种变化的过程本身。

2

远在书写发明之前，甚至远在石窟壁画出现之前，有某种东西就已经出现，这种东西也许从根本上就将人与动物区分开来了。那就是，对于一种节奏的有意的再生产：有人在莫斯特时期[①]的某些岩壁上看到一些节奏性切口，而这一切让人想到，这些最早的节奏表象恰好与最早的人类茅居的出现相偶合。当然，人们当时对于声响节奏的出现一无所知，只知道它是神秘的；但是，想象（我们不能拒绝对于起源的妄想）赋予住房以节奏（切割声或碰击声）和建造住房是那时人的活动，这是合乎逻辑的。就像碎石断续震动器和经锤击而成的多面球体所证

[①] 莫斯特时期（époque moustérienne），即欧洲旧石器时代的中期。——译注

实的那样，人类的操作性特征恰恰就是长时间重复的节奏性敲打：借助于节奏，类人猿进化到了直立人的社会。

也是借助于节奏，听便不再是纯粹的监视，而变成创造。没有节奏，任何言语活动都是不可能的：符号是建立在一种人们称之为聚合关系的去和来即**被标记**和**不被标记**的基础上的。阐述言语活动之诞生的最好故事，是弗洛伊德讲的关于一个儿童的故事，这个儿童以游戏的形式模仿他母亲的不出现和出现，在这个游戏中，儿童扔出一个与一条线连在一起的线轴，然后又将其拉了回来。于是，他创立了第一个象征性游戏，但他也创立了节奏。我们可以想象这个警觉监视着的儿童，听着有可能向他预告母亲返回来的声音，于是，他处于第一种听即对于标示的听之中；但是，当他停止直接地监视标示的出现并开始模仿其规律性返回的时候，他便使被期待的标示变成一种 221
符号，他过渡到第二种听，即对于意义的听。被听到的东西，并不是**可能的**（诱饵、威胁或无任何预告而出现的欲望的对象），那便是**秘密**。这种秘密由于深藏在现实之中，便只能通过一种编码来到人的意识之中，这种编码既服务于隐藏这种现实，又服务于识辨这种现实。

从此之后，听便（以多种不同的和直接的方式）与一种阐释学相联系了：听，便处于解除昏暗、模糊或缄默的东西之编码的姿态，以便使意义的“底细”（即被体验、被假设、被当作隐藏的东西）显示出来。由这第二种听所导致的沟通是宗教性的：这种沟通将听的主体与神的隐藏世界**联系**起来，因为正像每个人都知道的那样，这些神说的语言，只有其某些神秘的闪光点最终能够到达人，而最为残酷的是，理解这种语言对于人来讲又是至关重要的。**听**，是非常好的福音动词：正是对于神的言语的听聚拢着信仰，因为人正是借助于这种听而与上帝联系起来了。（卢特尔①的）宗教改革在很大程度上是以听为名进行的：新教的教堂仅仅是一种听的场所，并且反对改革派也不甘落后，而将演讲台安排在了教堂的中央（在耶稣会建筑物里），同时使那些忠实的信徒成了一种话语的“听者”（这种话语本身将旧修辞学复活成“强迫”去听的艺术）。

这第二种听，仅以一种动作就成了宗教性的和识辨性的：它同时使神圣和秘密富有意愿性（为科学地识辨而听：历史 、社会、身体，在世俗借口下，仍然都是一种宗教态度）。那么，听寻求识辨什么东西呢？基本上是两种东西：未来（因为未来属于神）或错误（因为错误产生于上帝的目光）。

大自然借助于其声音而富有意义：按照黑格尔的说法，古希腊人听自然时至少是这样的。多多纳地方（Dodone）的橡树借助于其树叶的沙沙作响传送各种预言，在其他（更直接地与人种志有关的）文明
222 中也是如此，声响曾经是一种占卜即根据所听来推测（clédonomancie）的直接辅助材料：听，便是以一种制度的方式来寻求知道即将发生的事情（没有必要记录这种陈旧的目的性在我们的世俗生活中留下的所有痕迹）。

但是同样，听便是进行探测。一旦宗教内心化，那被探测的东西，便是内心性，即心的秘密：错误。有关内心性的一种历史和一种现象学（我们也许正缺少这一点）应该在此与有关听的一种历史和一种现象学融为一体。因为，在错误之文明（即我们的犹太基督教教义的文明，它有别于羞耻之文明）的内部本身，内心性得到持续的发展。首批基督教徒所听的东西，仍然还是外部的声音，即魔鬼或天使的声音；

---

① 马丁·卢特尔（Martin Luther，1483—1546）：德意志神学家和新教改革家。——译注

听的对象是逐渐内在化的，直至变成纯粹的意识。在几个世纪里，犯罪人赎罪要有承认错误这个过程，对于他，只要求进行公开忏悔就可以了：私自听取一位普通神甫的教诲当时被看作一种过分，这种过分是受主教们严厉指责的。在告解座（confessionnal）的单人室里进行嘴巴对耳朵的交耳忏悔，在研究圣师著述的年代还不存在；这种忏悔源于（大约在 7 世纪）过分的公开忏悔和个体意识的进步。“没有公开忏悔，就进行公开忏悔；没有私自忏悔，就进行私自忏悔”。因此，有限的、墙内的和像是秘密的（一个对一个的）听，就构成了一种“进步”（按照现代的意义），因为这种听保护了个体（保护了他作为个体的权利）去抵御团体的占有。于是，私自听取错误便在教会机制的空白处得到了发展（至少与其起源相比）：在作为可以说是超越教会的殉教教士继承者的修道士们那里，或者在像是纯洁派一样的异教徒那里，或者更在一些不大制度化的宗教例如佛教里（在佛教里，“兄弟到兄弟”的私自听取，很有规律地进行着）都得到了发展。

于是，听便被基督教历史本身所培育，它在两种主体之间建立起关系；甚至于当一大群人（例如一个政治集会）需要处于听（“你们听!”）的境遇的时候，也是为了接收一个人的讯息，因为这个人想让人们听到这个讯息的特殊性（表达力）。命令去听，是一个主体向另一 223
个主体发出的督促：这种命令，将这两个主体之间几乎是身体的接触（通过嗓音与耳朵）置于一切之上。它在创立转移，**“听我说”**意味着**接触我，要知道我存在着**。在雅各布森的术语中，**“听我说”**是一种维系连接成分（phatique），即个体沟通的操作者。现代之听的原型工具即电话，将两个伙伴汇聚在一种理想的相互主观性（必要时，是一种难以容忍的相互主观性，因为它是纯粹的）之中，因为这种工具废除听觉以外的所有意义：开启整个电话沟通的听之秩序，邀请另一个将其整个身体收拢在他的嗓音之中，并宣告，我为自己将全部的一切收拢在我的耳朵里。像第一次听将声音转换成标示一样，这第二次听将人变成二元主体。督促导致一种对话，在对话中，听者的沉寂像说话者的言语一样是主动的即**听在说话**，我们似乎可以说正是在这个阶段(历史的或结构的阶段)，精神分析学的听介入了进来。

3

潜意识，是像言语活动那样结构的，它是一种既特殊又典范的听即精神分析学家的听。

弗洛伊德写道："精神分析学家的潜意识，面对患者显露出的潜意识，应该表现得就像是电话接收器面对呼叫一样。如同接收器将源自声波的电话振动重新转换成声波一样，医生的潜意识借助于到达他这里的患者的潜意识的衍生表现，最终重新建构各种联想得以成立的潜
224 意识。"① 实际上，精神分析学的听是从潜意识到潜意识，是从一个说话的潜意识到另一个假设听到的潜意识。这样被说的东西，源自一种潜意识知识，这种潜意识知识被转移到另一个主体上，而这个主体的知识又是被假设的。弗洛伊德在试图建立他认为是"与强加给被分析者的基本精神分析规则相对称"的某种东西的时候，他所针对的正是这另一个主体："……我们不应特殊地重视我们所听到的任何东西，我们应该按照我所采用的表达方式给予一切东西以同样的'浮动的'注意。人们就是这样在安排一种注意力的努力……而且也是这样来躲避与任何任意的注意无法脱离的危险，即在所提供的材料中进行选择的危险。实际上，这就是在人们有意固定其注意力的时候所发生的事情；分析者在

① 给予医生们的建议，见于《精神分析学技巧》(*la Technique psychanalytique*, Paris, PUF, 1970, p. 66)。

他的记忆中刻记下打动他的这一点，去掉另一点，而这种选择就是被一些指望和倾向所支配的。这恰恰是应该避免的东西；人们在使自己的选择适应于其指望的时候，冒着只能找到此前已经知道的东西的风险。实践者在服从于他的爱好的同时，篡改提供给他的一切东西。我们永远不要忘记，所听到的事物的含义，通常只是到了后来才被揭示出来的。”

“在精神分析过程中，不应对任何东西特殊地进行区别，我们看到，这种责任在强加给分析者的规则之中找到了对称物，这种规则便是不应忽视进入其精神中的任何东西，同时拒绝任何批评和任何选择。在做出不同表现的同时，医生会将患者服从于‘基本规则’所带来好处的最大部分化为乌有。这就是强加给医生的规则应该被陈述的方式：避免听任某种影响对他的观察能力产生作用，使其完全信任自己的‘潜意识记忆’，或者按照简单的技术语言来说就是听，而不注重知道是否将留住什么东西。”①

这种规则是理想的，但得到坚持却是困难的甚至是不可能的。弗洛伊德自己就违反了它。有时，是出于对他借以尽力支撑他的发现的部分理论进行试验的考虑，比如在多拉②的情况里就是这样（弗洛伊德由于
想证实她与父亲的乱伦关系的重要性，而忽视了多拉与 K 夫人之间同性 225
恋关系所起的作用……）。这也是一种理论考虑，这种考虑曾经影响过对**梦狼人**③的注意力的展开，在这种注意中，弗洛伊德的期待是非常急切的（这涉及为一次将他与荣格对立起来的讨论会提供补充的证据），以至

---

① 给予医生们的建议，见于《精神分析学技巧》（*la Technique psychanalytique*，Paris，PUF，1970，p. 62）。

② 多拉（Dora）：弗洛伊德采用压抑理论治疗过的一位名叫多拉的 18 岁的女孩。——译注

③ 弗洛伊德在 1910 年和 1914 年两度治疗过的一位俄国青年，该青年小的时候因梦见群狼而患有动物恐怖症。——译注

于与最初场面有关的全部器材都在他自己确定的限定期限压力之下得到了。有时，他自己的潜意识表象干扰了注意行为（在梦狼人的情况里，弗洛伊德将一只蝴蝶翅膀的颜色与一个女孩穿着的一件女人衣服的颜色联系了起来……而他自己则在他十七岁时热恋过这个女孩）。

精神分析学方面之听的特殊性，在于这一点。它是一种往返运动，这种运动将中立性与倾向性、方向中止与理论结合在一起："潜意识欲望的严格性、欲望的逻辑性，只揭示给同时遵守表面上相矛盾的秩序与特殊性这两种要求的人"［勒克莱尔（Leclaire）］。从这种移动出发（这种移动无不使人想到了产生声音的运动），在精神分析者看来，产生了某种类似于可以使他向着关键问题"竖起耳朵"的一种共鸣的东西：关键问题就在于不能错过（而是使患者错过）"进入其潜意识主要成分的特殊的和非常敏感的主张之中"。这样被确定为是交付给精神分析者的听的主要成分的东西，是一个术语、一个单词、一个指向一种身体运动的字母整体即一个能指。

在主体可以被听到的这种能指的旅店中，身体的运动首先是嗓音发出的运动。与沉寂相比，嗓音就像是在白色纸上进行书写（在写画的意义上）。对于嗓音的听开启与另一个人的关系：我们可以借嗓音来辨认其他人（一如写在信封上的字迹），嗓音可以向我们指出其他人的存在方式、他们的快乐或痛苦、他们的状态；它承载着他们身体的一种形象，除此之外，还承载着整个一种心理（人们以激烈的声音说话，以苍白的嗓音说话，等等）。有时候，一位对话者的嗓音比他的话语更打动我们，而且，我们常常听不懂这种嗓音对我们说什么，但我们却
226 惊讶于它的抑扬顿挫和谐音。这种分离，大概可以部分地说，是引起每一个人在听自己的嗓音时所体验到的那种古怪感觉（有时是对立感觉）的原因：我们的嗓音在透过我们的解剖学意义上的空隙和体块之后到达我们，它提供给我们一种我们自己的变形形象，就像人们借助

于镜子的游戏看到的自己的侧面一样。

“……根据听的行为所针对的是词语链的连贯性，而尤其是针对词语链在每一个阶段上通过其形成语序之后的多因决定作用，以及针对它的价值每当在一种时刻准备回应的意义到来之际就中断的情况，或者根据它在言语之中与声音的变化相适应从而实现声学分析的（调性的或语音性的，甚至是肌肉能力的）目的，听的行为是不同的。”① 唱歌的嗓音，是一种非常明确的类型，在这种类型中，一个舌头与一种嗓音相遇，并让懂得为此而听的人听到可以称之为它的“微粒”的东西：嗓音不是杂音，而正是从作为语音定型和切割之场所的喉咙里突然出现的这种身体的物质性。

作为说话的有形性，嗓音位于身体与话语的结合处，听的往返运动正是在这两者之间进行的。“听某人说话、听到他的嗓音，要求听者方面公开地注意身体与话语的这两者之间，而且这种注意既不在对于嗓音的影响上也不在话语的表达上收缩。在此之后，向听者提供可听到的东西，便纯粹是说话的主体所不说出的东西。这便是潜意识的结构，这种结构将其作为场所的身体与其话语联系了起来。这种主动的结构在主体的言语之中再一次实现了其历史的整体性”［德尼斯·瓦斯(Denis Vasse)］。这里，正是分析者的话：在主体的言语中重新建构主体的历史。根据这种观点，分析者的听便是指向起源的一种姿态，因为这些起源不被看作是历史的。精神分析者由于不必去抓住能指，所以他要学习去“说”他的患者的潜意识的语言，这一切就像是在儿童的情况里——儿童进入语言的洗浴之中，他记下声音、记下音节、记下音的组合、记下单词，接着，他学习说话。听，就是捕捉能指的游 227
戏，借助于这种游戏，婴儿变成能说话的存在物。

---

① J. Lacan, *Écrits*, Paris, Seuil, 1966, p. 532.

领会作为另一个人的潜意识的言语活动，帮助另一个人重新建立他的历史，揭示他的潜意识欲望。精神分析者的听最终达到一种辨认，即对于另一个人的欲望的辨认。这样一来，听就包含着一种危险：听不能在一种理论系统掩护之下进行，被分析者不是分析者待在扶手椅的高处就可以预先使其具有客观性的一种科学对象，精神分析的关系建立在两个主体之间。因此，对于另一个人的欲望的辨认，丝毫不能建立在中立性、善意和自由主义之中：辨认这种欲望，要求人们进入欲望之中、在其中摇摆、最终陷入其中。只有接受风险，听才存在，而且如果应该避开风险以便于分析，那么，根本就不是借助于一种理论盾牌。精神分析者不能像被捆在桅杆上的尤利西斯①那样，“毫无风险、毫不接受后果地享受着美女们的诱惑……有某种神奇的东西，出现在这种真实的歌声、共同的秘密的歌声、她们应该突然地认出的普通的和日常的歌声……深渊的歌声之中，这种深渊的歌声一旦被听到，便在每一种言语中打开一个深渊，并强烈地劝诱人们消失在这里”②。尤利西斯和他的美女们的神话，并不去说一种成功的听可能是什么样子。人们可以将这种成功的听像使用底片那样绘制在航海家——精神分析者——不惜一切代价要避开的暗礁之间：像船员们那样堵住耳朵，过分地使用一种诡计，像尤利西斯那样表现出无耻性，或者回答美女们的劝诱，然后消失掉。这样被揭示的东西，不再是一种直接的听，而是一种移动的听，被带到另一次航行空间中的听，这另一种航行“是快乐的、不幸的，那便是叙事的航行，是不再是直接的但却是被讲述的歌声”。叙事，是一种间接的、推迟的建构：弗洛伊德在写作其各种“病理”时，

---

① 尤利西斯（Ulysses）：古希腊神话中的英雄。——译注

② M. Blanchot，*Le livre à venir*.

并不做别的事情。施赖伯院长①和多拉、小汉斯②和梦狼人，他们同样是叙事（甚至有人说“作为小说家的弗洛伊德”）；弗洛伊德在这样描述他们的时候（纯粹医学上的观察并没有以叙事的形式得到书写），并不是偶尔为之的，而是依据新的听的理论：这种听与形象有关。

在梦中，从来不出现听觉的问题。梦是一种严格地视觉性的现象， 228
而且，正是借助于视力，针对耳朵的东西才被感觉到：可以说，这里说的是声学形象。因此，在梦狼人的梦中，（狼的）“耳朵竖立了起来，就像狗在对某种东西注意时的那种样子”。狼的耳郭竖立起来所朝向的“某种东西”，显然是一种声音、一种声响、一种叫声。但是，在由梦于听和目光之间进行的这种“翻译”之外，建立起一些互补性联系。小汉斯害怕马，但这不仅仅是因为他担心被咬，他说：“我怕，因为它用蹄子搞得乱响。”这种“搞得乱响”（在德文中是 Krawall），不仅仅是马躺在地上用蹄子制造的各种动作的混乱，而且也是这些动作所偶然带来的全部声响。（德文词 Krawall 可以翻译成“喧闹、骚乱、喧哗”，有相当多的词语可以将视觉形象与声学形象联系起来。）

4

有必要从精神分析学角度做这种简短的概述，因为不这样做，我们就无法理解现代的听在什么地方完全不再像人们曾经在此称之的对

---

① 施赖伯院长（président Schreber）：弗洛伊德曾经对于这位不曾谋面的德国德累斯顿（Dresden）的上诉法院院长的《回忆录》（Mémoires）做了精神分析学分析，指出其具有“自恋”情结。——译注

② 小汉斯（oetit Hans）：是弗洛伊德分析过的一位患有恐惧症的五岁小男孩。——译注

于标示的听和对于符号的听（即便这些听都同时存在）。因为，精神分析学，至少在其最近的发展之中（这种发展使其既远离了一种通常的阐释学，又远离了对于作为错误之简便替代的一种最初创伤的标记），它改变了我们可能有的对于听的观念。

首先，在几个世纪里，听曾经得以被确定为一种带有意愿的听力行为（听，即非常认真地**想要**听到）。今天，人们承认在其身上具有清除未知空间的能力（几乎就是功能）。听不仅将作为场所意义的潜意识
229 包容在自己的领域，而且可以说将它的各种世俗形式也包容了进来：暗含状态、非直接状态、补加状态、迟延状态。听开向所有的多义形式、多因决定形式、叠加形式，有着很细微的规律规定着直线的和唯一的听。从定义上讲，听是**专心的**。今天，人们通常要求于听的，是**任其突然出现**；人们最终以这样的方式返回，但却是返回到历史螺旋的另一个层面，返回到一种**惊慌的**听的概念，就像古希腊人——至少是信奉酒神狄俄尼索斯的人们——曾经有过的那种观念。

其次，听的行为所包含的作用，已经不再具有从前那样的固定性了。一方面，不再有将自己交付给别人、供认不讳的说话人了；另一方面，也不再有只顾听、一言不发、只顾判断和赞同的人了。这并不意味着，分析者像他的患者一样说那么多的话。这是因为，就像有人说过的那样，他的听是主动的，这种听确保它在欲望的游戏中占有位置，而这种游戏的全部言语活动则是戏剧：必须重复这种言语活动，因此，听在说话。由此，一种动作隐约地显露出来：言语的位置越来越得不到机制的保护。传统的社会知道两种听的位置，但两种位置都是异化的：上级的不乏傲气的听，下级的不无奴相的听（或者是他们的替代人）。这种聚合体，在今天以某种确实还是粗俗的也许是不适合的方式受到了质疑。有人认为，为了解放听，只需亲自说话就可以了——而一种自由的听，基本上是一种在循环的、在对换着位置的、

在借助于活动性来破坏言语作用之固定网系的听。如果我们提前同意在一个社会上保留从前的听的场所，即信徒的场所、弟子的场所和患者的场所，那么将这个社会想象为是自由的，就是不可能的。

第三种情况，在这里和在那里（主要是在艺术领域，因为艺术的功能通常是乌托邦式的）被听的东西，并不是作为承认或识辨之对象的一种所指的到来，而是能指的分散本身即闪烁，那些能指不停地被放置到一种听的奔跑之中，而这种听又不停地产生新的能指，从来不使意义停止下来。这种闪烁现象被称作**意指活动**（它与意指有区别）：听者在听一段古典音乐的时候，他便被叫来“识辨”这一段，也就是说被叫来辨认（借助于他的文化、他的使用习惯、他的感觉）这一段的构成情况，这种 230
构成也是像某个时代的一座宫殿的构成一样被编码的（既被预先确定的）；但是，在“听”凯奇的一部曲子（应该在这个词的词源意义上去理解）的时候，我所听的，是一个连着一个的声音，我不是在其句法组合之中去听的，而是在其突然的像是垂直的意指活动中去听的。听在被分解的时候，它便外向发展，它便迫使主体放弃他的“内心性”。**在进行必要改动的情况下**，这一情况对于从“绘画”到“文本”的当代艺术的许多其他形式是有价值的。当然，这一点在不经受识辨的情况下是不能发展的。因为，没有任何规则可以迫使主体在他不想去的地方获得快乐（不论他抵制的理由是什么），没有任何规则能够限制我们的听：听之自由像言语之自由一样是必需的。因此，这种表面上现代的概念（听，不出现在过去的百科全书中，它不属于任何被人承认的学科）最终就像是一种小小的戏剧。在这种戏剧中，对立着两种现代的神性，一种是坏的，一种是好的：它们便是能力和欲望。

见于《埃诺迪百科全书》（*Encyclopédie Einaudi*），
与罗兰·哈瓦斯（Roland Havas）合作，1976

音乐实践

有两种音乐（至少我总是这样想）：人们听的音乐和人们演奏的音乐。这两种音乐是两种完全不同的艺术，而每一种都有着自己的历史、自己的社会学、自己的审美、自己的色情：同一个人，在他听的时候可以是次要的，而在他演奏的时候（即便演奏很糟糕）可以是主要的，舒曼[1]就是这样。

人们演奏的音乐，是一种不大属于耳朵却尤其是属于手工的活动（在更为可感的意义上）。这便是您或我可以单独地或在朋友们之间演奏的除了参与者而没有其他听众的音乐（也就是说，带有远离任何做戏的

① 罗伯特·舒曼（Robert Schumann，1810—1856）：德国作曲家。——译注

风险和远离任何歇斯底里的意图）。这是一种肌肉的音乐，耳朵的感觉只占有一种确认的部分。这就好像是身体在听到，而不是“灵魂”在听到。这种音乐并不以“心”来演奏。身体坐在键盘或乐谱架前面，它在支配、引导、协调，它必须自己来编排他所读到的东西。它在制作声音和感觉。它是编排者，而不是接收者、截取者。这种音乐已经消失了。首先，这种音乐由于与空闲阶级（即贵族阶级）相联系，所以它在资产阶级民主（钢琴、年轻的姑娘、演奏厅、夜曲）到来之际已经蜕变成上流社会的礼仪；尔后，它便被人忘却了（今天有谁弹钢琴呢?）。为了在西方找到仍在实践的音乐，就必须到另一种公众、另一类保留节目、另一种乐器方面去寻找（年轻人、歌曲、吉他）。与此同时，被动音乐，即被接收的音乐、发声音乐，则变成音乐（即演奏会的音乐、狂欢节的音乐、唱片的音乐、收音机里的音乐）：演奏不复存在了；音乐活动从此不再是手工的、肌肉活动的、具有塑造能力的，而仅仅是流动的、吐露的、用巴尔扎克的一个词就是“滑动的”。实践 232
音乐的人本身也变了。爱好者，更被作为一种风格而不是一种欠佳的技巧来确定的角色，已无处可以找到了；职业演奏人员，即其接受的培训对于听众（有谁还知道音乐教学的问题呢?）来讲完全是秘密传授的专业人员，不再表现出完美的爱好者的风格，而这种风格的高贵价值，我们在利帕蒂①、潘泽拉②那里还可以辨认出，因为这种风格在我们身上并不动摇满足心，而是动摇欲望，即**制作**那种音乐的欲望。总之，首先有音乐的演奏者，然后有演唱者（洪亮的浪漫嗓音），最后是技术人员——他使听众摆脱任何活动，哪怕是委托性的活动，并在音乐的秩序中废除**制作**的思想本身。

---

① 利帕蒂（Dinu Lipatti，1917—1950）：罗马尼亚歌唱家。——译注

② 夏乐·潘泽拉（Charles Panzera，1896—1976）：瑞士歌唱家。——译注

在我看来，贝多芬[1]的作品，就是与这一历史问题相联系的——该历史问题不是像对于一个时刻的简单表达（从爱好者过渡到演唱者），而是像一种文明之苦恼的强有力的类型，对于这种类型，贝多芬已同时汇集了其所有组成部分和描绘了解决方法。这种含混性，便是贝多芬的两种历史角色：整个19世纪使他扮演的神秘角色和我们的世纪开始在他身上看出的现代角色［在此，我参照了布库雷什列夫（Boucourechliev）的研究工作］。

对于19世纪，如果我们排除某些愚笨的形象，例如那位差不多将贝多芬变成某种反动和反犹太人的伪君子万桑·德·安迪[2]的形象，贝多芬是音乐方面的第一个**自由**人。人们第一次称赞一位艺术家具有多种的连续**方式**；人们承认他具有变化的权利。他可以表示不满足于自己，或者更为深刻地讲，不满足于他的语言，他可以在他的生命过程中改变其规则（这正是伦茨[3]为贝多芬的三种方式提供的天真和激励人心的形象所说明的东西）；而且，自作品变成一种运动、一种路线的痕迹起，它便求助于一种命运观念；艺术家寻找他的“真实”，而这种寻找变成一种自身的秩序、一种总体上可以解读的讯息，但全然不顾其内容的变化，或至少，这种内容的可解读性是靠艺术家的一种整体性来得到的：他的职业、他的爱好、他的观念、他的性格、他的言辞，都变成一些意义特征。贝多芬的一种生平（我们似乎应该说，一种生
233 物—神话学）诞生了；艺术家像一位完整的英雄出现了，他带着一种话语（对于一位音乐家来说，这种现象是稀少的）、一种传说（足有十

---

① 路德维希·范·贝多芬（Ludwig van Beethoven，1770—1827）：德国作曲家。——译注

② 万桑·德·安迪（Vincent d'Indy，1851—1931）：法国作曲家。——译注

③ 西格弗里德·伦茨（Siegfried Lenz，1926— ）：德国作家。——译注

几个趣闻)、一种肖像、一种世系(即艺术的泰坦①世系:米开朗基罗、巴尔扎克)和一种注定的厄运(为我们耳朵的快乐而进行创造的人的重听)。一些真正结构性的特征前来进入这种意义系统,即浪漫的贝多芬系统(含混的特征,既是音乐性的,又是心理的):强度对比得到了极度的发展(**钢琴与强奏的乐段**之间的意指活动性的对立,这种对立之历史重要性也许不大为人所知,因为总之,它只是标志普遍性音乐的一个微不足道的部分,而且,它与一种乐器的发明相适应,这种乐器的名称是很有意味的,它叫**强奏乐段钢琴**),旋律分裂了——这种分裂被人接受为像是创作者的不安与激奋的象征,弹奏与结句被有力地重复(这是使人激动的命运之天真形象),极限经验(废除或颠倒话语的传统部分),音乐幻想产生了(噪音突然从交响乐曲中出现)。这一切都可以在隐喻上被轻易地转换成假哲学价值,不过这一情况在音乐上却是可以被接受的,因为在西方的基本编码允许之下一直展开的是调性。

然而,这种浪漫形象(其某种程度的不一致,总的说来就是意义)会产生一种演奏上的不适:爱好者不能控制贝多芬的音乐,这不是因为技术上的困难,而是因为前面的**音乐实践**的编码的衰退。按照编码,引导演奏者幻觉的(也就是说,是身体的)形象,就是(人们在内心"织就"的)歌曲的形象。演奏贝多芬的乐曲,模仿冲动(音乐幻觉,难道不就在于本身就像主体那样位于演奏之中吗?)会变成乐队性的。因此,这种幻觉躲避对于单一成分(噪音或节奏)的偶像崇拜:身体想成为完整的。由此,一种有关表达内心情感的或家庭式**演奏**的想法,便被破坏了:**想**演奏贝多芬的作品,便是将自己设想为乐队指挥(这是多少儿童的梦想啊?这是多少忍受着慌乱的中魔符号的领队人的一

① 泰坦(Titan):希腊神话中的巨神族。——译注

再的梦想啊?)。贝多芬的作品放弃爱好者，而似乎在第一时刻呼唤着
234 新的浪漫神性，即演唱者。不过在此，也是新的失望：有谁（哪位独奏者？哪位钢琴家?）能够很好地演奏贝多芬的作品呢？就好像这种音乐只在“角色”和它的不出现之间、幻觉的创立和以整理为名而升华的适度平淡之间才让人选择。

这是因为，在贝多芬的音乐中，也许有某种**难以听见的**东西（对它用耳去听不是**正确的**场所）。在此，我们又与第二个贝多芬会合在一起了。一位音乐家由于偶然或悲伤的命运（这是一回事）而重听，是不可能的。贝多芬的重听指明了那种任何意指都居于其中的缺失(manque)：他的重听求助于一种并非是抽象的或内在的音乐，而是——如果可以这样说的话——求助于具有可感觉到的一种心智世界的音乐，即心智世界就像是可感事物的音乐。这种类型是真正革命性的，人们不能按照古代审美的术语来想象它；被演奏的作品不能按照作为总是文化的纯粹的感觉来接受，也不能按照可以是（修辞的、主题的）发展秩序的一种心智秩序来接受；没有这种类型，现代的文本、当代的音乐，都不能被接受。自从布库雷什列夫的分析问世以来，我们知道，这位贝多芬是标准的《魔幻变化》(*Variations Diabelli*）的贝多芬。掌握这位贝多芬（以及他所开启的类型）的过程，既不是演奏过程，也不是听觉过程，而是解读过程。这并不意味着，一定要面对贝多芬的一个总谱，并从中获得一种内心的听力（这种听力还总是依赖过去的泛灵性幻觉）；这意味着，不论是抽象地掌握或是从官能上掌握，都不重要，而是应该面对这种音乐将自己放在一种**运用者**（performateur）的状态或最好说在活动之中，这种运用者懂得移动、重组、组合、安排，总之一句话（如果不是过分使用的话），赋予结构（这一点与传统意义上的建构或重新建构区别很大）。就像对于一个文本的解读（至少像我们可以假设、可以要求的那种解读）不在于接受、认识或重

新感受这个文本，而在于重新写作这个文本，在于以一种新的记入方式来横穿它的书写，同样，解读贝多芬，也就是**运用**他的音乐、吸引它（它已准备好）到一种不为人所知的**实践**中去。

于是，我们可以重新发现某种**音乐实践**，那是按照历史辩证法的运动而被改变了的音乐实践。如果作曲就是为了将产品幽闭在音乐会的内 235
部或无线电的收听活动的孤寂之中的话，那么作曲有什么用呢？作曲，至少在倾向上，是**使人去进行**，不是使人去听，而是使人去写。音乐的现代场所，不是大厅，而是音乐家在一种通常是令人眼花缭乱的游戏之中，从一种声响起源转生到另一种声响起源的场景。是我们在演奏，当然还是通过委托形式来演奏；但是，我们可以想象（是要等到以后吗?），音乐会必须是一种工作室，任何梦幻、任何想象物，总之任何“灵魂”，都不能溢出这种工作室，而且，在这个工作室内，整个音乐行为都可以在一种**毫无保留的**实践中被吸收。某一位尚未被演奏的贝多芬在教我们去完成的，正是这种乌托邦——正是在这一点上，可以在他身上预感到他是一位未来的音乐家。

1970，《艺术》（*l'Arc*）

嗓音的微粒

按照本维尼斯特[1]的说法，语言是可以**解释**另一符号学系统（不过，也许有一些极限作品，在这些作品之中，有一种系统假装可以自我解释，即**赋格曲的艺术**）的唯一符号学系统。那么，当语言必须解释音乐的时候，它如何来完成呢？不幸的是，似乎非常地不妙。如果我们考察一下音乐批评（或有关音乐的会话：这通常是一回事）的日常实践的话，我们会很清楚地看到，作品（或其演奏）从来都只是以最为贫乏的语言学类型的形式——形容词——来得到表现的。音乐，从其自然的倾向来说，便是立即接收一个形容词的东

① 埃米尔·本维尼斯特（Emile Benveniste，1902—1976）：法国著名语言学家。——译注

西。形容词是不可避免的：这种音乐是**这一方面的**，这种游戏是**那一方面的**。无疑，一旦我们将一种艺术变成一种主体（文章的主体、会话的主体），我们就只剩下为之配上谓语了；但是，在音乐的情况里，这种配加谓语注定要采用最容易的、最普通的形式，即形容语（épithète）。当然，这种形容语，人们要么是由于无能为力，要么是由于被诱惑（有法则的智力游戏：谈论一种音乐，却从来不使用一个形容语），而一再求助于它，这种形容语具有一种经济学的功能。谓语总是主体的想象物借以避免出现已经威胁到他的那种损失的堡垒。为自己配备一个形容词或接受别人为自己配备一个形容词的人，有时是受过伤害的，有时是得到满足的，但他总是**被构成的**。有一种音乐的想象物，其功能是确保和构成听到音乐的主体（难道音乐是危险的吗？这是古老的柏拉图式的观念。难道音乐是开向享乐、开向损失的吗？许多人种志的和民众的例证倾向于证实这一点），而这种想象物立即就 237
借助于形容词回到言语活动方面来。一种历史档案应该在此得到汇总，因为在几个世纪里，形容词批评（或谓语性的解释）采用了某些机制方面的特征：每当人们假设音乐的一种习性风格，也就是说，每当人们赋予音乐一种常规的（自然的或神奇的）意指方式的时候，音乐的形容词实际上就变成合法的。在古希腊人那里，在他们看来，音乐**语言**（而非偶然的作品）在其外延性的结构中，直接地就是形容词性的，因为每一种方式都联系着一种编码的（生硬的、威严的、自豪的、雄浑的、厚重的、壮丽的、尚武的、有教育意义的、高傲的、阔绰的、悲伤的、得体的、放纵的、淫荡的）表达方式。而在浪漫派那里，从舒曼到德彪西①，他们替代或在对于各种速度（快速、急速、行板）的简单指示之上增加了由民族语言提供的情绪的、诗意的、越来越精巧

① 阿希尔-克洛德·德彪西（Achille-Claude Debussy，1862—1918）：法国作曲家。——译注

的谓语，为的是减弱编码的印记和形成加配谓语的“自由的”（**心灵的和不引人注意的**）特征。

我们是否必须采用形容词呢？我们是否陷入了可论断或不可言明这种进退两难的境地了呢？为了知道是否有谈论无形容词音乐的（词语）手段，必须认真地看一看整个音乐批评的情况，我认为，这一点从未进行过，而且尽管如此，人们既不想也无能力在此去做。我们可以说的东西，是这样的一点：并不是在反对形容词的斗争过程（使来到我们的话头并向着某种名词的或动词的迂回说法发展的这个形容词发生变化）之中，我们获得某种可以驱除音乐评述和使之摆脱谓语目的性的机会；不要试图直接地改变有关音乐的言语活动，而最好是改变音乐对象本身，就像这种对象自愿承受言语那样，变动它的感受或理解层面，移动音乐与言语活动的接触边缘。

我想概述的，就是这种移动，不是在整个音乐方面，而是仅仅涉及唱出的音乐（浪漫曲或乐曲）的一部分：非常明确的空间（体裁），在这种空间中，**一种语言与一种嗓音相遇**。我将立即赋予这种能指一个名称，在这个能指上，我认为，民族习性的意图可以被清除——因
238 此，形容词也就没有了。那将是**微粒**（grain）：当嗓音处于语言和音乐两种姿态、两种生产状态的时候，就是嗓音的微粒。

我试图对于“微粒”说出的东西，当然只能是我在听唱歌的时候连续感受到的属于个人享乐方面的那种表面上抽象的内容，即不可阐述的内容。为了从发声音乐的被人承认的价值中找出这种“微粒”，我将使用一种双重对立：从理论上讲，就是现象—文本和生成—文本①

---

① 现象—文本（phéno-texte）和生成—文本（géno-texte），是茱莉亚·克里斯特娃提出的符号学概念。按照她的理论，文本是一种生发过程，前者指文本的表面呈现，后者指文本深层的所指产生状态。——译注

（茱莉亚·克里斯特娃）的对立和从聚合关系上讲两位歌唱家的对立——我非常喜欢其中一个（尽管人们已不再听到他唱歌了）而不大喜欢另一个（尽管人们现在听到的只是他）——潘泽拉和菲舍尔-迪斯寇①（当然，他们将只是一些数字：我并不奉前者为神，我也丝毫不埋怨后者）。

*　　*

听一段俄国的低音演唱（比如教会的低音演唱，因为对于歌剧来说，这是整个嗓音都属于戏剧表达性方面的体裁：带有不大有意味的“微粒”的嗓音）：有某种东西在那里，明显而固执（人们只听得到**这一点**），它位于言语的意义、它们的形式（冗长单调的叙述）、装饰音甚至演奏风格之外（或之内）。某种东西**直接地**就是歌者的身体，在您听来，它来自同一速度，来自肺部空洞、肌肉、黏膜、软骨的深处，来自斯拉夫语言的深处，就好像同一种皮肤铺盖着演唱者内在的肉体和他唱出的音乐。这种嗓音不是个人的：它并不表达歌者和他灵魂的任何东西；它并不是新颖的（所有的俄罗斯歌者总的来说有着相同的嗓音）。同时，它却是个体的：它使我们听到了一个身体，当然这个身体不具备公民身份，不具备“人格”，但却仍然是一种分离的身体；而尤其是，这种嗓音越过可理解性即表达性而直接地驱赶象征体系。请看，这种象征体系被扔到我们面前，比如一包东西、圣父、他的男性生殖器等。“微粒”，便是这样的东西，即说着其母语的身体的物质性：也许就是字母；几乎肯定是意指活动。

因此，在歌曲（先不将这种区分延伸到整个音乐方面）之中，出现了茱莉亚·克里斯特娃说过的两种文本。**现象—歌曲**（phéno-chant） 239

① 菲舍尔-迪斯寇（Fischer-Dieskau，1925—2012）：德国男中音歌唱家。——译注

（如果我们确实想接受这种移用的话）涵盖着所有的现象，即关系到被唱出的语言的结构、体裁的规律、装饰音的编码形式、作曲家的个人习惯用语、演唱风格的所有特征。总之，是在演唱过程中服务于沟通、再现、表达的全部东西。如同人们平常所说的，就是构成文化价值（被承认的爱好、方式、批评话语）之结构的东西，就是直接地与一个时代的意识形态的借口（一位艺术家的“主观性”“表达性”“戏剧性”“个性”）相连接的东西。**生成—歌曲**（géno-chant），便是歌唱着的、有距离的嗓音的音量，即所有的意指“在语言的内部和在其物质性本身”得以萌生的空间。这是与沟通、（情感的）再现、表达无关的一种意指游戏。它就是这种生产过程的峰值（或实质），在这种生产过程中，乐曲确实在加工语言——不是加工语言说出的东西，而是加工它的声音—能指、它的字母的快感。乐曲在探索语言如何工作，并如何与这一工作相同一。用一个非常简单但必须认真对待的单词来说，那就是语言的**语调**（diction）。

从现象—歌曲观点来看，菲舍尔-迪斯寇无疑是一位无可指责的艺术家。从（语义的和抒情的）结构上来讲，一切都得到了遵守。但是，却没有任何东西诱人，没有任何东西将人带到享乐方面。这是一种过分地表达性的艺术（语调是戏剧性的，呼气的顿挫、压抑和解放就像是激情的大震荡一样介入了进来），而且就在此，它从来不超越文化。在此，是灵魂陪伴着歌曲，而不是身体陪伴着歌曲。身体陪伴着音乐的语调，不是借助于一种情绪速度，而是借助于一种“见解性姿态”①

① “因此，解读我的最好方式，是陪伴着对于某些适当的身体运动的解读。反对非说之写，反对非写之说。赞成‘见解性姿态’。”（Philippe Sollers, *Lois*, p. 108） (geste-avis)，这就是困难之处。因为整个的音乐教学根本不讲授嗓音的“微粒”之文化，而是讲授其发送的情绪方式：这便是呼吸的神秘之处。我们何曾听说过，有哪些声乐教授预言，有关歌曲的整个艺术都处于呼吸的控制和良好的行为之中吗？

呼气，便是**普纽玛**①，便是膨胀或破碎的心灵，而任何只关系到呼 240
气的艺术，都具有成为一种暗含着神秘性的艺术的机会（具有与大众密纹唱片相适应的变得平淡的神秘性）。肺，作为愚笨的器官（猫的肺!），它膨胀，但它不绷紧：是在喉咙里——这是发音材料变硬和被切割的地方，是在掩盖之中，意指活动爆发出享乐、使之突然出现，而不是爆发出灵魂和使灵魂突然出现。在菲舍尔-迪斯寇那里，我认为只听到了肺，而从来就没有听到过舌头、声门、牙齿、腔壁、鼻子。相反，潘泽拉的全部艺术都在文字之中，而不在肺中［普通的技巧特征是：听不到**呼吸**（respirer），而只听得到**切割**（découper）句子］。一种极端的思想调整着陈述过程的韵律和法语的发音安排；一些偏见（一般来自演说和教会说教的语调）被推翻了。对于辅音，人们很容易地认为它们组成了我们的语言（不过，它不是一种闪米特语言）的骨架，而且人们总是要求它们“连接”、突出、夸张，**为了满足意义的明确性**，相反，潘泽拉在许多情况下建议为其涂上古旧色彩，使其带有很长时间以来活着的、发挥作用的和还在工作着的一种语言的衰落特征，使其变成令人赞赏的元音的简单的跳板。在此，便是语言的“真实性”，而不是它的功能性（明确性、表达性、沟通）。而元音的游戏接收整个的意指活动（这种意指活动便是在可以追求享乐的地方上的意义）：é 和 è（如果必要的话，在动

① 普纽玛（pneuma）：希腊语译音，原指呼气，斯多亚派哲学用来指作为万物之本原的、火焰般的气。——译注

词变位之中）的对立①，元音中最为法语式的ü的纯洁性——我几乎要说是**电子的**纯洁性，其发音是那样紧张、那样高、那样暴露，以至于我们的语言不像是拉丁语；同样，潘泽拉将其对于r的发音引向歌唱家的标准之外但却并不否认有这些标准。当然，他发出的r是卷动的，就像在任何古典歌曲演唱艺术中那样，但是，这种卷动与农民或加拿大人发出的卷动无任何关系。那是一种人为的卷动，那是既完全抽象（借助于颤动的金属性短促特点）又完全物质性（借助于明显地扎根于运动的喉咙中）的一种字母—发音的反常状态。这种语音（难道我是唯一感受到这一情况的人吗？难道我是在噪音中听出噪音吗？但是，成为带有幻觉的，这难道不就是噪音的真实吗？噪音的整体空间，难道不是一种无限的空间吗？这大概就是索绪尔有关复变词的研究工作
241 的意义），它并不穷尽意指活动（意指活动是无法穷尽的）；至少，它对整个一种文化在诗歌和它的乐曲上进行的**表达性简约**的尝试起着强制性制止作用。

对于这种文化，不需要更多地考虑在历史上为其确定年代、为其进行特殊的说明。今天，菲舍尔-迪斯寇差不多独自影响着全部的密纹歌曲唱片领域，他录制了一切。如果您喜欢舒伯特②，可是您不喜欢菲舍尔-迪斯寇，那么，舒伯特对于您来讲，在今天就是**被禁止的**。这是（实实在在）可靠的审核例证，这种审核是大众文化的特点，而从来无法对其进行指责。他的这种表达性的、戏剧性的、**从情感上讲是明确**

---

① 这里的é是法语名词中一些阴性名词的结尾形式，其词义常常是抽象的，例如“明确性”（clarté）、“表达性”（exprssivité）、“纯洁性”（pureté）等；而è则出现在词中，包括这里所说的在动词变位之中，无确定的意义指向。——译注

② 弗朗茨·舒伯特（Franz Schubert，1797—1828）：奥地利作曲家。——译注

的艺术，是由他无“微粒”的、无意蕴分量的嗓音表现出来的，也许，这种艺术恰恰与对于一种**中等**文化的要求相吻合。这种文化，由于是被听的扩展和实践的消失（已经没有爱好者了）所确定，所以它很需要艺术、很需要音乐，只要这种艺术、这种音乐是明确的，只要它们可以“表达”一种情绪和再现一种所指（即诗歌的“意义”）：艺术（通过将享乐简约为一种为人所知的、被编码了的情绪）避免了享乐的影响，并调和了主体与音乐中**可以被说出的**东西的关系，即学派、批评、舆论断然地对此说出的东西。潘泽拉不属于这种文化（由于在密纹唱片出现之前他已经唱歌，所以，他未能具有这种文化；此外，如果他今天唱歌，我怀疑他的艺术会为人所知甚至哪怕会简单地**被人感受**）；他的影响在两次世界大战期间是非常大的，这种影响曾经是一种纯粹资产阶级的（也就是说，根本不是小资产阶级的）艺术的影响，它最终借助于为人共知的一种失调而完成了与历史相脱离的内心化过程；而且，也许恰恰是比它在此显示的情况更为合理的是，因为这种艺术已经是边缘化的即属于特权知识阶层的了，所以，它才得以带有意指活动的痕迹，才得以躲避意指的专制。

*　　*

嗓音的“微粒”并不是——或者不仅仅是——它的音色；它所开启的意指活动，恰恰只能借助于音乐与其他东西即语言（而绝不是讯息）的摩擦本身来得到更好确定。歌曲必须说话，或者更应该说，它必须**写**，因为在现象—歌曲层面上产生的东西，最终是书写。这种唱出的对于语言的书写，按照我的理解，便是法语乐曲有时试图完成的东西。我很清楚，德国的**浪漫曲**也曾经借助于浪漫派诗歌的中介而无限地与德国人的语言相联系。我知道，舒曼的诗歌文化是广阔的，并且，这同一位舒曼曾经这样说过舒伯特，说他如果当初生活条件更好一些的话，他就会将整个德国文学都变成音乐。但是，我还认为，**浪漫曲**的历史意义应该在音乐一侧进行寻找（难道不就是因为它起源于 242

民间吗?)。相反，法国乐曲的历史意义，是法语的某种文化。人们都知道，我们国家的浪漫派诗歌是演说性的，而不是结构性的；但是，我们的诗歌未能独自做的事情，乐曲则有时与它一起做了，乐曲借助于诗歌而加工了语言。这种加工（在我们于此承认的其特殊性方面），在日常的乐曲生产的整体中并不是可见的，因为这种生产过分讨好次要的诗歌、小资产阶级的八音节诗和沙龙里的实践；但是，在某些作品中，它是无可争议的。部分地（可以说是偶然地）出现在福雷[①]和迪帕克[②]的某些乐曲中，大量地出现在福雷的后期（韵律法的）创作中和德彪西的声乐作品中（即便《佩雷阿斯》[③] 常常不大能很好地被演唱：可以说是悲惨地被演唱的）。进入这些作品中的东西，远不是一种音乐风格，而是对于语言的一种实践思考（如果可以这样说的话）；有着一种从语言到诗歌、从诗歌到乐曲和从乐曲到其演唱技巧的逐渐上升。这就意味着，（法国）乐曲不太属于音乐的历史，而更多地属于文本的理论。在此，能指还是应该被重新分配的。

我们来比较一下两位被歌颂过的人之死，两人都非常出名，他们是鲍里斯[④]和梅里桑德[⑤]。不管穆索尔格斯基[⑥]的意愿如何，鲍里斯的

---

① 加布里埃尔·福雷（Gabriel Fauré，1845—1924）：法国作曲家。——译注

② 迪帕克（Henri Fouques-Duparc，艺名 Henri Duparc，1848—1933）：法国作曲家。——译注

③ 《佩雷阿斯》（*Pelléas*）：全名为《佩雷阿斯与梅里桑德》（*Pelléas et Mélisande*），为德彪西 1902 年在巴黎创作的一部五幕歌剧，歌词是梅特林克（M. Maeterlinck）写的。——译注

④ 鲍里斯：全名为鲍里斯·高杜诺夫（Boris Godunov），原为欧洲 16 世纪末的一则传说中的人物，后为穆索尔格斯基的四幕歌剧中的主人公。——译注

⑤ 梅里桑德：《佩雷阿斯与梅里桑德》中的主人公之一。——译注

⑥ 穆捷斯特·彼得洛维奇·穆索尔格斯基（Modest Petrovich Mussorgsky，1839—1881）：俄罗斯作曲家。——译注

死都是**表达性的**，或者如果我们愿意的话，是歇斯底里的。他的死带有情感内容、历史内容。这便是现象—文本的胜利，是在心灵所指的作用下对于意指活动的窒息。相反，梅里桑德只是**在韵律上**死亡。两个极端是联系着的，是编织在一起的：外延的完美的可理解性和陈述活动的纯粹的韵律切割。在两者之间，有一种有益的空缺，该空缺正 243
好构成了鲍里斯的充实即**夸张**（pathos）。按照亚里士多德的主张（为什么不可以呢?），也就是说，**是人们所说、所想象的激情**，是从死亡接收的观念，是进入**臆断的**死亡。梅里桑德是**无声无息地**死去的，我们按照控制论的意义来理解这个表达方式：没有任何东西来打乱这个能指，因此，没有任何东西迫使接受重复；有一种音乐—语言的生产过程，这种音乐的功能在于阻止歌唱家成为表达性的。就像对于俄罗斯的低音那样，象征（死亡）是直接（没有中间环节）地被投在了我们面前的（这是为了预示接受的观念，根据这种观念，不是表达性的东西，只能是冰冷的、智力的；梅里桑德的死“在动”，这意味着，它在能指的链条中移动着某种东西）。

法国的乐曲已经消失（我们甚至可以说，它在沉没），原因很多，或者至少，这种消失有多种方面的表现。它大概在其沙龙起源的形象压力之下死亡了，这种形象就是其阶级起源的可笑的形式。“好的”大众音乐（迪斯科、收音机音乐）并没有负担起这种乐曲，它宁愿或者要更为感人的乐队（这是马勒①的财富），或者要不像钢琴那样更具资产阶级气派的乐器（羽管键琴、小号）。但是，尤其是这种死伴随着一种更为广阔的历史现象，而这种现象却与音乐的历史或音乐欣赏的历史少有关系：法国人丢弃了他们的语言，当然不像丢弃规范的全部

① 古斯塔夫·马勒（Gustav Mahler，1860—1911）：奥地利作曲家和乐队指挥。——译注

高贵价值（明确性、美妙、正确性）那样——或者至少我们不用担心这一点，因为它们是一些机制价值，但是，却丢弃了快乐的空间、享乐的空间，那是言语活动**不为任何东西**即在倒错之中进行自我加工的场所（我们在此重提菲力普·索莱尔斯最近一个文本即《规则》的古怪性——孤独性，这个文本对语言的韵律和格律的工作重新做了介绍）。

*　*

“微粒”，是在歌唱的嗓音之中、在写字的手之中、在做事的胳膊之中的身体。如果我感受到一种音乐的“微粒”，如果我赋予这种“微粒”一种理论价值（即文本在作品中的上升），那么，我只能将我自己
244 重新变成一种新的无疑是个人的估价表，因为我已决心听我与正在歌唱或正在演奏的他或她的关系，而且这种关系是色情的但却丝毫不是“主观的”（正在听的心理主体并不在我身上；他所希望得到的享乐并不去加强他、表达他——相反却失去他）。这种估价将在无规则的情况下进行：它将躲避文化的规则，也躲避反文化的规则；它将在主体之外形成隐藏在“**我喜欢**”或“**我不喜欢**”之后的全部价值。歌唱家，特别是女歌唱家，将排列在我们可以说是卖淫性的两种类别之中，因为问题在于选择那种不选择我的东西：因此，我将自由地赞扬一位不大为人所知的、次要的、被人忘怀的、也许是死去的艺术家，我却离开某一位神圣的明星（我们不去举例，无疑，他们只可能具有生平的价值），而我将我的选择带进所有发声音乐的体裁当中，包括带到大众体裁当中，因为在这些体裁中，我会毫无困难地重新找出现象—歌曲与生成—歌曲（某些艺术家在这里具有其他艺术家——不管他们多么有知名度——所不具备的“微粒”）的区别。还有，在嗓音之外，在乐器音乐中，“微粒”或其缺失持续存在；因为，在那里，已不再有语言在极限的广度上来开启意指活动，而至少有艺术家的身体在重新强加

给我一种估价。我将不依据解释的规则和风格的（当然是很幻觉性的）要求来判断一种演唱，因为它几乎属于现象—歌曲（我将不醉心于被写东西的“严格性”、“辉煌性”、“热情”、遵守规则等）；但是，却依据提供给我的身体（外形）的形象来判断一种演唱。我确信（对于身体、对于享乐的确信）我听到了，旺达·兰多芙斯卡[1]的羽管键琴来自他的内在身体，而不来自许多羽管键琴演奏家们的手指的小小移动（以至于像是另一种乐器）。而对于钢琴音乐，我立刻就知道，是身体的哪一部分在演奏。如果是胳膊，遗憾的是，这种情况非常之多，它就像爪子（尽管是攥着拳头）和舞蹈演员的腿肚子一样有力。或者如果相反是钢琴家身体的唯一的色情部分即手指肚，我们可以非常少地听到其“微粒”（必须提醒一下，今天，在大众密纹唱片的压力之下，似乎出现了技巧的平淡化。这种平淡化是反常的即所有的游戏**都在完美之中** 245
被平淡：只剩下了现象—文本）。

以上所说的一切，都是关于（广义上是）“传统的”音乐的；但是，自然，对于音乐“微粒”的一般考虑可以引起与我们所了解的音乐史（纯粹是现象—文本的历史）不同的另一种音乐史：虽然我们能成功地提炼有关音乐享乐的某种“美学”，但是，我们无疑将不大会看重由于现代性所完成的令人可怕的调性的断裂。

1972，《关于音乐》（*Musique en jeu*）

---

① 旺达·兰多芙斯卡（Wanda Landowska，1879—1959）：波兰羽管键琴演奏家。——译注

音乐、嗓音、语言

我马上向您介绍的思考，将带有有点反常的东西：实际上，这些思考的对象，是一种仅有的和特殊的演出活动，即我非常喜爱的一位法国乐曲的歌唱家夏尔·潘泽拉的演唱。我是如何得以在一个其主题极为一般的研讨会上与听众们谈论也许是一种非常个人的爱好的事情的呢？我的爱好就是，我喜欢一位离开音乐舞台已经25年之久并于去年故去因此不为我们中大多数人所知的歌唱家。

为了验证或至少谅解一种同样也是私心很重、也许与研讨会的习惯不相适合的决心，我想重新提起这一点：在我看来，任何解释、任何解释的话语，都建立在一种价值立场、一种估价上。不过，在大多数时间里，我们掩盖这种基础：或者借助于理想主义，或者借助于科学论，我们都在装扮这种根本性估价。我们游弋在“**自身有价值或对所有人有价值的东西的无区别的方面**”（尼采、德勒兹）。

音乐，就是以这种价值的**无区别性**在唤醒我们。在音乐上，只有区别之话语即估价之话语才可以得到考虑。一旦有人向我们谈论音乐或谈论哪一种音乐，就像谈论一种**自身**价值那样的时候或者相反，但这是一回事，一旦有人向我们谈论音乐就像谈论**对于所有人**的一种价值也就是说一旦有人向我们说应该喜欢所有音乐的时候，我们就感觉到有某种属于意识形态的遮盖物落在了估价的最为珍贵的材料即音乐上，那便是“评论”。因为评论是难以忍受的，所以我们看到，音乐 247
在迫使我们进行估价、在强加给我们区别——除非落败于空洞无物的话语之中，即有关为自身服务的音乐或为所有人服务的音乐的话语之中。

因此，谈论音乐，是极为困难的。许多作家谈论过绘画；我认为，还没有任何作家谈论过音乐，包括普鲁斯特。原因便是，与言语活动结合在一起，是非常难的，因为言语活动是属于总体性的秩序，而音乐则属于区别性的秩序。

因此，如果人们有时谈论音乐，就像我今天所做的一样，那就不应该是为了从科学上或从意识形态上去“评论”，也就是说依照总体性范畴去**面面俱到**地“评论”，而是为了公开地、主动地去肯定一种价值和产生一种估价。然而，我对于音乐的估价是通过嗓音，非常准确地讲是通过一位歌唱家的嗓音来进行的，我了解这位歌唱家，他的嗓音在我的生命中一直是一种长久之爱的对象和一种反复思考的对象，这种思考通常使我超越音乐而趋向文本和语言——法兰西语言。

实际上，人的嗓音是最可显示区别性的场所（本相）。这是一种躲避任何科学的场所，因为还没有哪一种科学（生理学、历史学、美学、精神分析学）可以穷尽对于嗓音的研究：从历史学、社会学、美学、技术上去划分和评论音乐，最终还是有一种空余、一种额外、一种口误、一种所谓自我明示的未说内容，那就是嗓音。这种总是**有区别的**对象。在精神分析学上与欲望之对象放在一起，原因是它缺少对象（a）：世上没有哪一种人的嗓音不是欲望之对象或排斥之对象。没有中性的嗓音，而如果嗓音的这种中性、这种空白有时突然出现了，那对于我们就会是一种极大的恐怖，就好像我们恐慌地发现一个僵化的世界，因为在这种世界里欲望已经死亡。与一种嗓音的任何关系，必定是爱恋性的，而且因为如此，正是在嗓音之中，音乐的区别性即它的估价限制、显示限制凸显了出来。

我本人对于潘泽拉的嗓音有着一种钟爱之情：不是在其天然嗓音方面，而是在其像欲望一样在我们的语言即我们的法兰西语言上通过的嗓音方面。没有任何嗓音是天然的；任何嗓音都吸入它所说的东西。
248 我喜欢这种嗓音，我一生都喜欢它。我在二十二三岁的时候，曾希望学习唱歌，但由于我不认识任何教授，我便大胆地求教于两次世界大战期间最有名的乐曲歌手潘泽拉。这个人慷慨地教我学，直至我的疾病不允许我继续学习唱歌为止。从那以后，我不曾停止过借助于当时少见的、技术加工上欠佳的唱片来听他的嗓音。潘泽拉的历史不幸，是他曾经影响了两次世界大战期间的法兰西乐曲，但是这种影响却没有任何证据得以直接地传给我们。潘泽拉甚至就在密纹唱片出现之际停止了歌唱；我们现在只有他的一些 78 转唱片或质量不佳的复制品。不过，这一情况保留了其模糊性：因为，如果在今天听他的唱片几乎是令我们失望的话，那既是因为那些唱片是质量不佳的，也在更广的意义上可能是因为历史本身已经改变了我们的爱好，并使这种歌唱方式落入了以往事物无人问津的地步，更在场所论上是因为这种嗓音属于我的肯定内容、我的估价内容，以及因为我可能是唯一喜欢他的人。

*　　*

我认为，我们缺少一种有关法兰西乐曲、有关总的来讲是形成于古诺①到普朗克②但其代表人物是福雷、迪帕克和德彪西的一种特定音乐形式的历史社会学。这种乐曲（这个词不是非常合适）并不能准确地说是德国浪漫曲的法国演变形式：浪漫曲借助于浪漫主义，尽管其形式得到了很好的培育，但它属于既是民众的又是民族的德国人。我们可以说，有关法兰西乐曲的生态学是不同的：它的诞生、形成、消费之地，不是民众的，而它只有在其他文化不关心的时候才是（法兰西）民族的；这种地方，便是资产阶级沙龙。

根据这种起源，今天，很容易放弃法兰西乐曲，或者至少对其失去兴趣。但是，历史是复杂的、辩证的，尤其是在进入价值平面的时候：马克思在强调古希腊社会古风中的“古希腊奇迹”或巴尔扎克的 249
神学政治信念中的巴尔扎克式现实主义时，曾经很清楚地看到这一点。对于法兰西乐曲，我们采用同样的做法：寻找在什么地方它可以使我们感兴趣，而不顾及其起源是什么。请看，我是如何定义法兰西乐曲的：法兰西乐曲是有文明化的法兰西语言的庆贺领域（或庆贺歌曲）。在潘泽拉演唱这些乐曲的时代，这种庆贺接近其尾声了：法兰西语言不再有一种**价值**了；它处于变化之中（其特性还没有得到研究，也甚至没有被人有意识地感受到）；今天，一种新的法兰西语言在诞生，不是正好在民众阶级的作用推动下诞生的，而是在一个年龄段的阶级（边缘阶级在今天变成一些政治现实）即年轻人的作用推动下诞生的；有一种与我们的语言相脱离的年轻人说话方式，其音乐性的表达便是**流行歌曲**（Pop）。

---

① 夏尔·古诺（Charles Gounod，1818—1893）：法国作曲家。——译注

② 弗朗西斯·普朗克(Francis Poulenc，1899—1963)：法国作曲家。——译注

在潘泽拉的时代，音乐与古代法语的关系存在于其极端的提炼之中，即它最后的提炼之中。一定成分的法兰西语言将会死亡，这便是我们在潘泽拉的歌曲中听得到的：正是要消亡的成分以可悲的方式闪耀在这种歌曲之中；因为，整个诵读这种语言的艺术都躲避于此。在歌唱家那里，而不是在喜剧演员那里，**语调**服务于法兰西喜剧院的小资产阶级的审美，因为这种审美是一种**分节式发音的**审美，而不**是一般发音**（prononciation）的审美，就像潘泽拉的发音那样（我们后面再谈到）。

* *

在我看来，潘泽拉的音乐语音似乎包含着下列特征：（1）元音的纯洁性，这是在法语中出色地可感觉到的。ü，是前元音，我们似乎也可以说它是外元音（好像它在呼唤另一个元音进入我的嗓音之中），**闭口发出的** é，它在语义上服务于把将来时对立于条件式、把未完成过去时对立于简单过去时。（2）各种 α 的坦率和脆弱的美，在必须唱出它来的时候，它是元音中最难唱好的。（3）鼻音的微粒有点刺激，就像加了香料那样。（4）r，当然是卷动的①，但它丝毫不像农民说话时有点粗重的那种卷动，因为它非常纯洁、非常短促，就好像它只是从**意念**上
250 做出了卷动，而且其象征性角色在于使温柔男性化，而又不失去温柔。（5）最后，某些辅音在某些时刻表现出的古旧特点。这时，这些辅音，可以说不是落下而更是"着陆"，不是被标志而更是被"引导"。

这后面的特征不仅仅是自愿的，而且是被潘泽拉自己给理论化了的。这一点属于他的教学内容，而且这一点（某些辅音的这种必要的古旧特点）根据一种**估价**（又一次在这里提到）计划服务于将**分节发音与一般发音**对立起来。他说，分节发音是一般发音的外表和敌人，

① 法语中的 [r]，按照标准的发音，是一个小舌颤动音，但在法国南部农村和在歌曲的演唱中，它一般被发成舌头的卷动音。——译注

必须**一般地发音**，而根本不是**分节地发音**（与许多歌唱艺术的荒唐口号相反）。因为，分节发音是对于**连奏**（legato）的否定，它想给予每一个辅音同样的声响密度，而在音乐文本中，一个辅音从来都不是相同的。每一个音节由于不是出自音位的一种严肃的编码——这种编码为自身提供而且一劳永逸，所以镶嵌在句子的总体的意义之中。

正是在这技术性的一点上，突然地显现了潘泽拉的审美选择（我还要加上意识形态选择）的广度。实际上，分节发音就像**意义的诱饵**那样在有害地运作着：它认为服务于意义，但却完全不了解意义；在破坏意义的两种相反的过分情况即含混与夸张之中，最严重的、最有后果性的，是后一种**分节发音**，即以一种多余的、无益的明确性来充塞意义，它不需要这种明确性为此而是奢华的。这种明确性并不是简单的，它将歌唱家带进一种完全是意识形态的、具有表达性或者更为准确地讲是**戏剧化**的艺术之中：乐曲的线条断裂成意义、断裂成语义的四分休止符、断裂成歇斯底里的效果。相反，**一般发音**却保持着意义线条（句子）和音乐线条（分句法）的完美的结合。在分节发音的艺术里，语言，虽然被错误地理解为像是一种戏剧，像是对于有点拙劣的意义的表现，但它涌入音乐之中，并不合时宜地打乱音乐：语言在前，它是音乐的令人讨厌的东西。相反，在一般发音的艺术里（在潘泽拉的艺术里），是音乐进入语言之中，并在语言上重新找到属于音乐、属于钟爱的东西。

*　　* 251

为了使这种少有的现象出现，为了使音乐涌入语言之中，当然需要嗓音的某种**物理学**（我将**物理学**一词理解为嗓音待在身体里的方式，或者是身体待在嗓音里的方式）。潘泽拉的嗓音里一直打动我的东西，借助于这种嗓音可以完美地把握在很好地解读音乐文本之后而突出的所有细微差别［那些差别要求会产生非常精巧的**极轻的演唱乐段**（pianissimi）和失声］，它总是被一种几乎是金属的欲望力量所**拉紧**、所活跃。这是一种被直立的嗓音——**激动的嗓音**（舒曼的用词），或者更恰当地讲，是一种被紧绷的嗓音——一种正在全神贯注的嗓音。除了那些非常成功的极轻的演唱乐段之外，潘泽拉都以其全身**放开喉咙**歌唱，就像走进田野的一个中学生，他为自己**声嘶力竭地**唱着，为的是消除大脑中一切坏的东西、消沉的东西、忧郁的东西。潘泽拉一直以某种**自然嗓音**的方式唱歌。正是在此，我们可以理解，潘泽拉在为法兰西乐曲的小资产阶级艺术进行最后的增光添彩的同时，是怎样颠覆这种艺术的；因为，**以自然嗓音**歌唱，甚至是传统的大众歌曲（今天，这种歌曲通常被不恰当的伴奏所冲淡）的方式，潘泽拉偷偷地演唱有点大众歌曲化的乐曲（他提供的练习歌曲，总是从古代法国歌曲中选的）。也是在此，我们重新找到了我在潘泽拉那里所喜欢的那种感觉带来的审美。因为，大众歌曲之所以传统上采用**自然嗓音**歌唱，是因为在那时**很好地听到故事**是重要的：因为有某种东西被讲述了，所以我必须自然地接受。只有嗓音和所说的内容，这便是大众歌曲想要的，这便是潘泽拉想要的东西，而不管文化所强加的困难是什么。

那么，音乐是什么呢？潘泽拉的艺术回答了我们，那便是一种**言语活动的品质**。但是，这种言语活动品质在任何一方面都不属于言语活动的科学（诗学、修辞学、符号学），因为在成为言语活动的品质的同时，在言语活动中被提高的东西，是言语活动所不说出、所不发音的东西。享乐、温柔、精巧、充盈、最为巧妙的想象事物的所有价值，
252 都到此落定。音乐同时是文本的说出之物和暗含之物：被一般发音的东西（服从于音调变化），但不是被分节发音的东西。这种东西在今天有关文本的理论正试图设定和定位的整个**意指活动**之中，既在意义之外，又在非意义之外。音乐，一如意指活动，不属于任何元语言，而仅仅属于有关价值、有关颂扬的一种话语：是一种钟爱话语即任何

"成功"的关系——其成功在于这种关系最终说出了暗含的东西而又不使之分节地说出，最终在分节之外说出而又未落入欲望的检查和无法表述之升华之中。这样的一种关系恰恰可以以**音乐的**名义被说出。也许，一件东西只有通过其隐喻的力量才能显示价值；也许，正是这一点是音乐的价值，即成为一种很好的隐喻。

《罗马》(*Rome*)，1977 年 5 月 20 日

浪漫歌曲

今晚，我再次听舒伯特《首部三重曲》（*Premier Trio*）行板的开头短句，那是完美的短句，既一致又有阶度，那是名副其实的爱恋的短句。我又一次注意到，谈论我们所爱的东西是多么困难。对于我们所爱的东西，能说什么呢？那还不是只能去说，**我爱它**，然后就没完没了地重复吗？在今天浪漫歌曲不是任何重大争论之对象的情况下，这种困难就更为突出：浪漫歌曲不是先锋艺术，不需要为其抗争。它也不是一种遥远的或外来的艺术、一种不为人所知的艺术——为了它的复活，我们还需要去奋斗。它既不属于时髦，又未过时：我们只能简单地说它是**不适时的**（inactuel）。但是，也许正是这一点是它巧妙的挑战；我正是想从这种不适时性出发，来阐述另一种适时性。

任何有关音乐的话语似乎都只能以明确开始。对于我谈论过的舒伯特的短句，我只能这样说：“**这种短句在唱**，它在尽可能简单地、极力地唱。”但是，歌曲向着其本质的这种提升，即歌曲似乎在陶醉之中得到表现的这种音乐行为，恰恰在产生歌曲的器官即嗓子的帮助下突然地出现，这难道不是令人惊奇的吗？人的嗓音在与其他乐器例如弦乐器相配合的情况下，好像就更会得到显示：替代物变得比原物更真实，小提琴和大提琴“唱得”更好，或者更为准确地说比女高音或男中音唱得**更多**，因为虽然有一种来自可感现象的意指，但是这种意指一直是在移动之中，在替代之中，总之是在**不出现**之中得到最为明显表现的。

浪漫歌曲并不取消特定的嗓音：舒伯特写过 650 首**抒情曲**（lieder）①，舒曼写过 250 首；但是，这种抒情曲取消**所有的**嗓音，也许这正是它的革命性。在此，必须提醒，人的嗓音的划分——就像由一个社会所制定的任何划分那样——从来都不是无可指责的。在古代农村社会的农民合唱团里，男人们的嗓音对应于女人们的嗓音：通过这种简单的性别区分，合唱团模仿最初的夫妻交流与关系。在我们的西方社会中，纵观歌剧的四种发音格调，还是**俄狄浦斯**胜利了：整个家庭都在这里了，父亲、母亲、女儿和儿子，他们都是被象征地设想的，而不论在男低音、女低音、女高音和男高音中故事怎么变化和角色怎么替换。浪漫抒情曲在某种程度上**忘记**的，恰恰就是家庭的这四种嗓音：并不考虑嗓音的性别标志，因为同一首歌曲可以无区别地由男人来唱或由女人来唱；没有发音的“音族”，而只有人的主体，可以说，在人的主体处于爱恋的情况下，它便是**不分男女的**。因为， 254

① 德文 lieder 兼有“歌曲”和“浪漫曲”之义，为了与法文“浪漫歌曲”（chant romaneque）的译名有所区别，也为了译文行文的方便，此处采用“抒情曲”的译名。其实，德国的“抒情曲”也属于“浪漫歌曲”。——译注

爱恋即激情性爱恋或浪漫爱恋既不接受性别，也不接受社会角色。有一种历史事实，也许不是无意蕴的。恰恰是当被阉割的歌手从欧洲乐坛消失的时候，歌曲才出现并立即显示了其辉煌。在公开地被去势的人之后，与之相续的是一种复合的人的主体，其想象的阉割将被内心化。

可是，浪漫歌曲也许经历了对于嗓音进行划分的尝试。但是，这种有时纠缠着浪漫歌曲不放的划分，不再是性别或社会角色的划分。那是另一种划分：这种划分将超自然的或魔鬼附身的忧郁嗓音与心灵的纯粹嗓音对立起来，这不是因为这种对立是宗教性的，而仅仅是因为它只是富有人情味的、非常人情味的。魔鬼的浮现和小女孩的祈祷，在此属于圣事范畴，而不属于宗教范畴：被概述的东西、通过发音所显示的东西，是对于某件东西的忧虑，这种忧虑预示着要分裂、分离、分解、肢解身体。忧郁的嗓音，即痛苦之嗓音或死亡之嗓音，是一种无场所的嗓音、一种无起源的嗓音：它到处产生鸣响［在《魔弹射手》（*Freischütz*）的狼嚎声中］，或者变得一动不动、中止下来［在舒伯特的《少女与死》（*la Jeune Fille et la Mort*）之中］。不管怎样，它不再指向身体，身体在一种非场所的状态下离开了。

255 当然，这种忧郁的嗓音是例外。在总体上，歌曲产生于一个完善的、汇集的、集中的、内在的、熟悉的场所的中心，这个场所便是歌手因此也是听众的身体。在歌剧当中，嗓音的性别音色（男低音/男高音，女高音/女低音）是重要的。相反，在抒情曲中，是适宜音域的（即最适合一已知嗓音的声音的整体）：这里，丝毫没有多余的音符，丝毫没有比正常音区的高音 do 高出八度的 do，丝毫没有高音或低音的涌出情况，丝毫没有生理上的惊人之举。适宜音域是我们每一个人都可以产生的声音的不大的空间，而且在这个空间的极限之内，每一个人都可以幻想其身体的令人放心的统一性。全部的浪漫音乐，不论是发声的还是器乐的，都在显示对于自然身体的歌颂。这种音乐，只有当我总是可以在我自身并以我的身体来唱的时候，才是有意义的。这一至关重要的条件，经常受到许多低水平的、非常快的或非常个人的演唱所歪曲，而演唱者的身体通过这些演唱以**散板**（rubato）名义过分地替代我的身体，并从我的身体那里**掠走**呼吸、激情。因为，按照浪漫的意义，**歌唱**，就是这种情况：幻觉性地占有我的统一的身体。

*　　*

那么，演唱抒情曲的身体是什么呢？在我的身体里，是什么在为正在听着的我演唱抒情曲呢？

那便是影响着我、让我惧怕或使我产生欲望的一切。伤痕或快乐来自何处，并不重要：对于所喜爱的人，就像对于儿童一样，浪漫歌曲歌唱的总是对于失去的、被遗弃的主体的情感。舒伯特十五岁时失去了母亲；两年之后，他的第一首重要的抒情曲《纺车上的纺织物》（*Marguerite au rouet*），说的是不出现之烦躁，是对于复生的幻觉。虽然我们在浪漫的“心”这种表达方式中只能轻蔑地感受到一种淡淡的隐喻，但这种心是内在身体的一种有力的、丝毫不是末端的器官，因为在内在身体中，同时而又矛盾地有着欲望与温柔、爱恋要求与呼唤享乐，它们剧烈地混合在一起：有某种东西在抬起我的身体、膨胀我的身体、拉紧我的身体、将我的身体带到爆裂的边缘，但又立刻神秘地使其沮丧、使其疲惫。这种运动，应该**在**乐曲谱系的**下面**去理解。 256
这种谱系是纯洁的，而且在痛苦之极，它说明的总是统一的身体的快乐；但是，这种谱系紧系着通常为其制造麻烦、与之相拗的一种音量，一种被呼吸、被声调或方式的变化、被有节奏的间歇、被音乐物质的整个一种活动的膨胀窒息、标志的冲动，来自与儿童、爱恋之人、失去的主体相分离的身体。有时，这种暗中的运动以纯粹的状态存在着：

我个人认为我在肖邦[1]的一首很短的《前奏曲》(*Prélude*)中无遮盖地听到了这种运动。某种东西在膨胀，它还没有歌唱，它在寻求自言自语，尔后它便消失掉。

* *

我很清楚，浪漫的抒情曲在历史上占据了整个19世纪，而且它从贝多芬的《致远方的情人》(*A la Bien-Aimée lointaine*)到舍恩贝格[2]的《鸽子浪漫曲》(*Gurrelieder*)，中间经过舒伯特、舒曼、布拉姆[3]、沃尔夫[4]、马勒、瓦格纳和施特劳斯[5][还不要忘记柏辽兹[6]的几首《夏之夜》(*Nuits d'été*)]。但是，在此说的这些话却不是音乐学方面的：我所谈论的抒情曲，是舒伯特和舒曼的抒情曲，因为在我看来，他们的抒情曲是浪漫歌曲达到热烈的核心。

谁来听这种抒情曲呢？不是作为社会场所的资产阶级沙龙来听，在这种场所中，作为爱恋编码之表达方式的、与德国的抒情曲(lied)有极大区别的法国式“浪漫曲”(romance)，逐渐地得到完善，并产生

---

① 弗里德里克·肖邦(Frédéric Chopin，1810—1849)：波兰钢琴演奏家和作曲家。——译注

② 阿诺德·舍恩贝格(Arnold Schönberg，1874—1951)：奥地利作曲家。——译注

③ 约翰内斯·布拉姆(Johannes Brahms，1833—1897)：德国乐队指挥和作曲家。——译注

④ 胡戈·沃尔夫(Hugo Wolf，1860—1903)：奥地利作曲家。——译注

⑤ 理查德·施特劳斯(Richard Strauss，1864—1949)：译者认为，此处不是奥地利的施特劳斯父子，而应为德国作曲家理查德·施特劳斯，因为他很受舒曼和布拉姆的影响，这与书中内容是一致的。——译注

⑥ 埃克托尔·柏辽兹(Hector Berlioz，1803—1869)：法国浪漫派作曲家。——译注

了法国的乐曲。德国抒情曲的空间是情感性的，它勉强有点社会性：有时候，也许有几个朋友，比如演唱会的几个朋友；但是，它真正的听的空间，可以说是脑袋即我的脑袋的内部，在听抒情曲的时候，我会自唱并为了我自己而唱抒情曲。我在自身求教于一种形象，这是被爱的存在物的形象，我就在这个形象上自我消失，而且我个人的、被遗弃的形象又重新从这种形象上得到了恢复。抒情曲要求一种严格的对话，而这种对话是想象的，并被封闭在我的更为深在的内心之中。可以说，歌剧将外在的、历史的、社会的、家庭的纷争变成不同的嗓音。在抒情曲中，唯一的反作用力，是被爱之存在物的无可挽回的不出现。我在与一种形象做斗争，这种形象既是另一个人的被期待、被失去的形象，又是我自身正期待着的、被遗弃的形象。任何抒情曲都暗含着一种赠献对象：我在赠献我所歌唱的、我所听的。在舒曼的某 257
些《克莱斯勒曲集》(*Kreisleriana*) 中，我们很清楚地听到浪漫歌曲的一种**语调**、一种分节发出的致辞、某种沉闷的声明，因为在此，没有任何诗歌投入之中、填补之中。总之，抒情曲的对话者，是双重的，即我的双重性，这便是那喀索斯①：在开裂的镜子的难看的场面中交替出现的双重性，就像舒伯特的无法叫人忘记的《酷像别人的人》(*Sosie*) 所说的那种场面。

* *

浪漫歌曲的世界，是爱恋的世界，是爱恋主体在其头脑中的世界：只有一个被爱的人，但却有一大堆的外在形象。这些外在形象并不是一些人，而是一些小型的图画，其每一幅都轮流地由一种记忆、一种

---

① 那喀索斯 (Narcissus)：古希腊神话中的一位美少年，他爱恋自己倒映在水中的影子，最后忧郁而死，变成水仙花，后来被用作“自恋”的代名词。——译注

风景、一种步履、一种心情，由不论是一种伤害、一种眷恋还是一种幸福的初期状况所构成。请看《冬天之旅》(*Voyage d'hiver*)、《晚安》(*Bonne Nuit*)说的是情人将自己的出发变成赠品，这种赠品非常诡秘，以至于被爱的人甚至不会对其感到不便，于是，我也与他的步履一致起来了。《冰冷的眼泪》(*Larmes glacées*)说的是哭的权利；《冰冻》(*Gel*)，这是一种非常特殊的放纵之寒冷；《椴树》(*Tilleul*)，是一种美丽的浪漫树，它是香料之树、催眠之树，说的是失去的平静；《在河上》(*Sur le fleuve*)，说的是记入——写作——完美爱情的冲动；最后，《手摇弦琴演奏者》(*Joueur de vielle*)提醒人们注意恋人所持话语的一再重复的修辞形式。自由地用一些很短的片段（其中每一个片段都同时是强烈的和活动的、是位置不确定的）来建立一种全新的言语的这种能力——这种决心，在浪漫音乐中，便是人们称之为**幻想曲**(*Fantaisie*)的东西。不论是舒伯特的幻想曲还是舒曼的幻想曲，德文中的 Fantasieren 一词，既是指想象，又是指即席创作，简言之，就是法文中的 fantasmer，也就是说，产生部分传奇色彩，而又不构成小说。即便是抒情曲的循环也不讲述一个爱情故事，而仅仅讲述一种旅行。这种旅行的每一时刻都像是重新返回到了其自身，它是盲目的，它不接受任何一般意义、任何命运想法、任何精神的超越性。总之，它是一种纯粹的游荡、一种无目的性的变化。在可能的时候，它是一个整体，但它突然又无限地重新开始。

258 在音乐史中为浪漫歌曲的艺术安排一个位置是可能的：说一说它是怎样产生的，是怎样结束的，它经过了什么样的调性范围。但是，将其当作文明时代来评价，是比较困难的。为什么称之为抒情曲？为什么和根据什么历史和社会决定因素，在上个世纪形成了一种既典型又丰富的诗意的和音乐的形式呢？回答的困难也许来自这样的悖论：历史在抒情曲中产生了一种**总是**不符合时代的对象。这种不适宜性，抒情曲将其保留在了它是其纯粹的表达方式的爱恋情感之中了。爱恋——激情性爱恋——在历史上是难以把握的，因为可以这么说，它总有一半是历史的：在一些时代出现，而在另一些时代就消失。有时屈服于历史的决心，有时则进行抗拒，就好像它一直在延续和应该永远地延续那样。爱恋的激情，作为中间的现象（柏拉图就是这么说的），也许从它在时间长河中只出现于一些边缘主体和边缘群体方面这一点上保持着其历史的模糊性，因为那些边缘的主体和群体都被剥夺了历史，都外在于围绕着他们、困扰着他们和排斥他们的群居社会，从而使他们失去了任何权力。比如阿拉伯世界的于德里特人（Udrites）、歌颂谈情说爱的行吟诗人、伟大经典世纪①的男雅士们，以及德国浪漫时期的音乐诗人。由此，也出现了爱恋情感的社会普遍存在性，这种情感可以被所有的阶层歌颂，从老百姓到贵族社会：我们在舒伯特的抒情曲的风格本身发现了这种跨社会的特征，因为他的风格曾经既同时又轮流是精英性的和大众性的。浪漫歌曲的地位从本质上讲是不确定的：虽不适时但却没有被制止，它是边缘的但却不是离心的。因此，我们可以在不顾这种音乐的表达内心情感的和精巧的外表的情况下，毫不专横地将其置于极端艺术之列：在这种艺术中自我表达的人，是一位特殊的、不合时宜的、异常的人，而且用最后的优雅之辞来说，如果他不拒绝疯狂之荣耀面具的话，可以说他是个疯狂的人。

法兰西—文化（France-Culture），1976 年 3 月 12 日

1977 年，见于《格拉玛》（*Gramma*）杂志

---

① 法国 17 世纪，即路易十四时代。——译注

喜爱舒曼

马塞尔·博菲斯①说过，法国人对于舒曼有一种偏见：人们很容易在他身上看出某种“浓重的福雷表现”。我不认为应该将这种温和的表达方式归于“法兰西的明确性”与“德意志的情感性”之间出现的某种对立。如果人们通过唱片目录分类和电台节目来判断的话，那么，法国人今天则迷恋表现出沉闷的浪漫主义病态的那些音乐家，如马勒和布吕克内②。不是这样的，这种不感兴趣（或这种很小的兴趣）的道理是历史形成的（而不是心理方面的）。

① 马塞尔·博菲斯（Marcel Beaufils，1899—1985）：法国美学家、哲学家、音乐批评家。——译注

② 安东·布吕克内（Anton Bruckner，1824—1986）：奥地利作曲家。——译注

从非常广泛的意义上讲，舒曼是一位钢琴音乐家。然而，钢琴作为一种社会器具（而且，无论任何音乐器具，从诗琴到羽管键琴，再到萨克斯管，都包含着一种意识形态），一个世纪以来，一直承受着一种历史演变，而舒曼则是这种演变的受害者。人的主体变化了：内向性、内心性、孤独性，都失去了它们的价值，而个体越来越变成群体的，他想要集体的、群众的、通常是发作性的音乐——这是一种对于**我们**的表达方式，而不是对于**我**的表达方式。然而，舒曼确实是表现孤独的内心性即封闭的爱恋灵魂的音乐家——这种爱恋灵魂在对自己**自言自语**［由此他的作品中产生了大量的**口语形式**（parlando），例如令人赞叹的《克莱斯勒曲集》的第六部分］。简言之，他是只与母亲有联系的儿童似的音乐家。

对于钢琴的听，也改变了。这不仅仅是因为人们从私自的听、最多是家庭范围内的听过渡到了公开的听（每一张唱片，即便是在自家听的，也表现为像是音乐会那样的一件大事，并且钢琴也变成一种技巧领域），而且因为技艺娴熟本身（这种技艺娴熟确实存在于舒曼时 260
代，因为他想成为帕格尼尼①那样的行家里手）曾经承受过一种破坏。它不再需要与音乐会和沙龙的上流社会的歇斯底里相一致，它不再是李斯特②式的了。由于有了唱片，现在便是一种有点冷漠的技艺娴熟即一种完美的技巧性（无失败、无偶然性）。对于这种技巧性，没有什么可说的，但是它不激发、不引导：在某种程度上，它远离身体。于是，对于今天的钢琴演奏家，他们都非常看重，但却无任何迷恋，而在我

---

①　尼可罗·帕格尼尼（Niccolo Paganini，1782—1840）：意大利作曲家和小提琴演奏家。——译注

②　弗朗茨·李斯特（Franz Liszt，1811—1886）：匈牙利作曲家和钢琴演奏家。——译注

参照这个词的词源的情况下来说，他们是无任何热情的。然而，舒曼的钢琴演奏（当然是困难的）不激发技艺娴熟的形象（实际上，技艺娴熟就是一种形象，而不是一种技巧）。人们既不能依据古代的狂热也不能依据新的风格（我经常将今天的风格比作不太熟练的“新的烹饪”）来演奏。这是一种内心的钢琴（并不意味着**温馨**），或者更可以说这是一种私人的甚至是个人的钢琴，它不适合专业演奏，因为演奏舒曼，要求一种技巧上的**淳朴**。对于这一点，很少有艺术家能够做到。

最后，根本地发生变化的东西，是对于钢琴的使用。在整个 19 世纪，演奏钢琴当然是一种特定阶级的活动，但这种活动相当普遍，总的来说，是为了与听音乐结合在一起的。我自己开始听贝多芬交响乐的时候，就是从与一位像我一样喜爱音乐的亲密伙伴一起用四只手弹奏钢琴起步的。但是现在，听音乐已经与对于它的实践脱节了：技艺高手，很多；听众，难以计数；但是，实践者、爱好者，不多。然而（在此，又是这样），舒曼只让演奏（哪怕是演奏不好）他的音乐的人完全地听到他的音乐。我过去一直被这样的反常现象所震动：对于舒曼的某一段音乐，在我演奏（近似地演奏）它的时候，它就激起我的热情；而当我用唱片听的时候，它就使我失望。这时候，它就神秘地显得乏味、不完整。我认为，这并不是因为我的自负造成的。这是因为舒曼的音乐走得比耳朵还远。它借助于节奏进入身体、进入肌肉，而借助于它的情节剧的快感进入内脏，就好像每一次那一段都只是为一个人即演奏它的人所写的：舒曼式的真正钢琴演奏家，就是我。

261 那么，这是不是一种利己主义的音乐呢？内心性总是带有一点利己主义的。如果我们想拒绝普遍性之桀骜自负的话，这就是必须付出的代价。但是，舒曼的音乐包含着某种彻底的东西，这种东西实际上更是一种生存的经验，而不是一种社会的或道德的经验。这种彻底性与疯狂并不是没有关系的，即便舒曼的音乐一直是“乖巧的”，条件是它顺从地服从于调性的编码和装饰音的形式规则。在此，疯狂很早就在主体舒曼和他与之维系着一定关系的对于世界的看法和世界经济之中萌生了——这种关系在一点一点地破坏着他，可是音乐却试图为自己建构这种关系。马塞尔·博菲斯对此说得很好：他突出并命名这样的观点，生命与音乐在相互交换，一种在自我破坏，另一种在自我建构。

第一种观点是，在舒曼看来，世界并不是非现实的，现实性并不是虚无的。从题目来看，有时是从审慎的初步描述来看，他的音乐不停地指向最为具体的事物：季节、白天的一些时刻、风景、节日、纺车。但是，这种现实性受着脱节、分解和一点都不忽上忽下（即无任何吱嘎作响）——却可以总括地说是——不停地"突变"的运动的威胁：没有任何东西可以长时间地维持中断另一种运动的一种运动。这便是**间奏曲**（intermezzo）的影响领域，当这一概念扩展到整个音乐和在成型过程仅仅被体验为使人疲惫的（即便是很美的）间隔续接的时候，它是一种很让人眩晕的概念。马塞尔·博菲斯将狂欢节的文学主题确定为舒曼的钢琴曲起源，是有道理的；因为狂欢节确实是舒曼以他的方式借助于其短促形式的旋转表现所说明的主题之偏移（非常现代的尝试）的戏剧［根据这种观点，如果像一种循环那样连续演奏《青年时代的相册》（*Album pour la jeunesse*）的话，那么，它便并不像它看上去的那样文静］。

在这个破碎的、从旋转的表面（世界在整体上就是一种狂欢节）得到的世界里，有时，一种纯粹的和令人可怕的不活动成分打开了它的缺口：痛苦。"如果您问我痛苦之名称，我无法告诉您。我认为这是痛苦本身，而且我不知道如何正确地定名它。"这种无对象的纯粹痛苦即这种痛苦之本质，大概就是疯子的痛苦；我们从来不认为，疯子（在我们可以这样来命名疯狂并摆脱这种命名的范围内）只是简单地**忍** 262
受痛苦。疯子的绝对痛苦，舒曼在1833年10月17日那一天的夜里曾经有预感地体验过，他当时经历了最大的恐惧，准确地讲就是失去理智的恐惧。一种这样的恐惧无法在音乐上得到表现，音乐只能表现痛苦之悲怆（即它的社会形象），而不能表现它的存在状态；但是，除了痛苦，它可以短时间地至少使人听到纯粹的东西、前所未闻的纯粹的东西。让人听到一种纯粹的声音，这是一种整体音乐的行为，现代音乐通常从这种音乐行为中获得益处（从瓦格纳到凯奇）。当然，舒曼不曾有过这样的经验；可是马塞尔·博菲斯非常正确地指出了由抒情曲《月夜》（*Mondnacht*）所揭示和在我们身上以超现实的方式振动着的**非常自然的**谜团。在我看来，似乎正是本着这种观点来听舒曼音乐中的调性的位置。舒曼的调性是简单的、轻装的；他的调性没有肖邦用以装饰自己的调性［尤其是在《玛祖卡舞曲》（*Mazurkas*）中］的那种美妙的矫揉造作。但是，准确地讲，他的朴实是一种要求。对于舒曼的许多片段，调性的铺展具有无限地振动直至使我们疯狂的唯一声音的价值；在这里，主音不具有一种“宇宙的开口”［就像《莱茵河的金色》（*Or du Rhin*）的第一个**降 E** 的开口一样］，而更具有一种密实的整体，该整体在加重、在要求、在强化它的孤独，直至成为摆脱不掉的烦恼。

第三点（在这一点中，舒曼的音乐与其疯狂汇合在了一起），便是节奏。马塞尔·博菲斯对此做了很好的分析。他指出了这一点的重要性、新颖性，最后也指出了不规则性（例如，借助于切分音的普遍出现）。在舒曼看来，节奏是一种暴力（马塞尔·博菲斯说过他怎样曲解主题、使主题变得“野蛮”，而肖邦并不喜欢这样）；但是（就像对于痛苦一样），这种暴力是纯洁的，它不是“策略性的”。舒曼的节奏（请好好地听男低音）突出地表现为像是一种敲打结构，而不是一种间歇结构；这种结构可以是细腻的（博菲斯很清楚地指出过，作为非常之美但却不为人所知的间奏曲，它们是对于纯粹节奏的区别性的和精练的练习曲），它也具有某种非典型的东西（证明便是，人们从来不把舒曼看作一位节奏音乐家，人们将其关闭在乐曲之中）。我们可以换句话说，在舒曼身上，节奏作为非常特殊的东西，不是服务于世界的一 263
种对立组织形式的。

我认为，我们在此接触到了舒曼的特殊性方面，即他的命运（疯狂性）、他的思想和他的音乐汇聚在一起的这种会合点。博菲斯很清楚地看到了这一点，他说："他的世界是无斗争的。"乍看起来，这便是对于一位音乐家的非常不合情理的断言，这位音乐家是那样经常地、那样残酷地忍受着自己各项计划（结婚、天赋）的对立，而且他的音乐总是闪现着欲望的跳动（意志消沉、希望、忧伤、醉意）。可是，舒曼的"疯狂"（我们可以猜想，这一点并不是有可能使我在多方面感到可怕的一种精神病诊断）依赖于（至少我们可以这样说）他曾经"错过了的"世界的对立结构（用我的话来说就是，**聚合关系的**结构）。他的音乐不建立在任何简单的——我说是"自然的"（即被匿名文化所移植的）——对立基础上。他丝毫没有贝多芬的恶善二元论的思想或舒曼的脆弱性（一个在其眼前看到死亡的主体的温和的悲痛）。这是一种既分散又一元化的、继续躲避在母亲闪光的阴影中的音乐（舒曼作品中的很多抒情曲，在我看来，是对于这种母亲一致性的表达）。总之，舒曼即使在他反常地增加"情绪"（舒曼美学的另一个重要概念："幽默性的"或"**带幽默的**"）的情况下，也错过了纷争（假设这种纷争对于"正常的"主体是需要的）。就像他在一种纯粹的方式上体验痛苦的同时也在毁掉这种痛苦的冲动（pulsion）（我们来玩个文字游戏吧，我们也说pulsation）那样，他在使切分普遍存在的同时也在减弱节奏。在他看来，只有外在世界是可以区分的，但却是依据狂欢节的暂时突然停顿来区分的。舒曼在不停地"进攻"，但却总是在真空中进行。

对于这一点，我们的时代能够给予他无疑是"体面的"地位（当然，他是一位“伟大的音乐家”）但丝毫不是被敬重的地位（有许多瓦格纳式的人物、马勒式的人物，但是对于舒曼式的人物，我只知道有吉尔·德勒兹、马塞尔·博菲斯和我）吗？我们的时代，尤其是从大众音乐借助于唱片出现以来，所希望的是重大纷争的壮丽形象（贝多芬、马勒、
264 柴可夫斯基）。就像马塞尔·博菲斯和他的出版商那样，喜欢舒曼，就是以某种方式来确保一种怀旧的哲学，或者用尼采的话来说，就是确保一种不适时性的哲学，或者冒险用最为舒曼的话来说，就是确保关于夜的哲学。舒曼之所爱，由于在今天以某种方式反对时代（我已经大体勾画了这种孤独的原因），所以仅仅是一种负责任的爱：他最终使感受这种爱和表现这种爱的主体根据其欲望的指令而不是其社会性的指令在其时代中找到了自己的位置。但是，这是另外一种故事，对于这种故事的叙述将会超出音乐的界限。

为马塞尔·博菲斯所作《舒曼的钢琴音乐艺术》

（*Musique pour piano de Schumann*，© 1979，Phébus，Paris）所作的序

快速 265

没有比我在某个地方读到的下面的文字更为明显的了：重音是乐曲的苗圃。

——狄德罗

在舒曼的《克莱斯勒曲集》（Kreisleriana）① 中，说真的，我听不到任何的音符、任何的主题、任何的构思、任何的语法、任何的意义，没有任何可以让人对作品重新建立心智结构的东西。没有，我所听到的，是一些冲撞：我听到了在身体中冲撞的东西、冲撞身体的东西，或者更可以说我听到了身体在冲撞。

请看我是怎样听到舒曼的身体的（舒曼确实有一种身体，那是多么惊人的身体！他的身体，便是他所

① 参见其第 16 部作品（1838）。

额外具有的东西）：

在《克莱斯勒曲集》的第一首中，他的身体构成圆球，接着，他的身体在编织；

在第二首中，他的身体在拉长；随后，身体醒了过来，它刺激、它碰撞、它阴沉地发出红色的光；

在第三首中，身体在拉紧，身体在铺展，**激动不已**；

在第四首中，身体在说话，身体在演说，是某个人在演说；

在第五首中，身体在淋浴，身体在离开，身体在颤抖，身体在跑着、唱着、边敲打边爬高；

在第六首中，身体在解说，身体在费力地解说，解说发展成歌唱；

在第七首中，身体在拍打，身体在敲打；

在第八首中，身体在舞蹈，但身体也重新隆隆发声、重新出现打击声响。

266 我听到有人在说，舒曼写过一些短剧，**因为他不懂得将其进一步发展**。这是压抑性批评，即您所**拒绝**做的东西，便是您不**懂得**如何去做的东西。

真实情况，更可以说是这样的：舒曼的身体立不稳（极大的修辞错误）。这不是一种好思索的身体。对于思索，他有时采用动作，而不采用仪表、无止境的坚持、轻微的积累。这是一种冲动的身体，它在推动自己、重新推动自己，从而过渡到另一种东西，即去想另一种东西；这是一种冒失的身体（飘忽的、漫不经心的同时也是极富热情的身体）。由此产生了**间奏曲**的**强烈愿望**（我们在这个词上保留其生理学的意义）。

间奏曲在舒曼的全部作品中都有，即便当插曲而不带有间奏曲名称的时候，它也不具备使人消遣的功能，而只具有移动的功能：就像一位调味师那样，它不允许话语出现、形成、铺展，不允许它巧妙地进入发展之文化当中；它是一种被更新的行为（就像任何陈述活动那样），借助于这种行为，身体激动起来，并扰乱了艺术言语的单调。最后，便只有了间停（intermezzi）：中断其他对象的东西自己也被中断了，然后重新开始。

我们可以说，间奏曲是惊心动魄的（按照布莱希特赋予该词的意义）：借助于身体突然闯入其大脑的活动，它开始**批评**（质疑）人们以艺术为名试图在它身上和在无它的情况下进行的话语。

第二首，开始于一种延伸场面（a）；接着，某种东西（间奏曲 1）突然从调式的阶梯上下来了（b）。这是一种对比吗？对其说一说，是很应该的：这样一来，人们就可以揭开聚合关系的结构，发现音乐符号学，就是突然地显示单位间对立之动向的符号学。但是，身体了解相反的事物吗？对比是一种简单的修辞学状态。舒曼的身体由于是多元的、迷茫的、疯狂的，它便只认识（至少在这里是这样）那些岔口。它不自我建构，它持续地随着插曲的累加分散。作为动向，它只有人们称之为意指活动的模糊的概念（模糊可以是一种结构事实）。间停的接续不具备使对比可以说话的功能，而具备完成一种光辉的书写的功能，而这种写作更 267
接近于绘画的空间，不接近于说话的语链。总之，音乐在这一层次上，是一种形象，而不是一种语言，因为任何形象都闪烁光芒，从史前时期的有节奏的切分到卡通连环画都是如此。音乐文本并**不跟随**（借助于对比或夸张），但它爆炸，这是一种连续的**宇宙初期爆炸的情况**。

问题不在于按照假设的命运方式来用拳头砸击大门。应该做的，就是要在身体的里面、紧贴着太阳穴、在性器之内、在腹内、紧贴着内皮来**搏动**，直接触及人们同时以换喻和反用法称之为“心”的整个感官情绪。“搏动”，是心的本身行为（只有心在“搏动”），它产生于身体的这种反常的场所：既是中心的又是偏移的，既是液体的又是能收缩的，既是冲动的又是道德的。但是，这也是两种言语活动的标志性用词：语言学家的言语活动（例如在“**皮埃尔打保罗**”这种语法里）

(a)

(b)

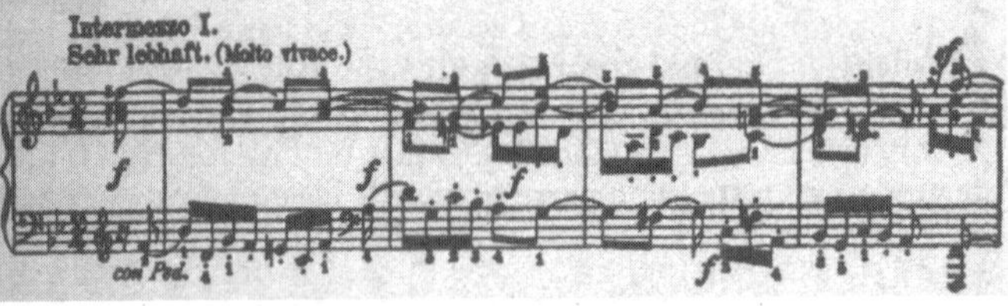

和精神分析学家的言语活动（**“一个孩子被打了”**）。①

268 舒曼的搏动是疯狂的，但是它也是被编码了的（借助于节奏和调性）。这是因为冲击的疯狂性表面上位于一种文静的语言的范畴之内，因为这种疯狂性出现的时候通常不被人注意（通过舒曼的解释来判断）。或者更可以说，没有任何东西可以确定这些冲击是否被不想听到它们的许多人所指责或者是否被只想听到它们的唯一的人所幻想。在此，人们辨认出了复变的本身结构：一个次级文本被听到了，但是最多就像索绪尔在听那些因改变字母位置而构成的新的诗句那样，**我是唯一听到它的人**。因此，似乎只有伊夫·纳特②和我（我竟敢如此说）

---

① 需要说明的是，这一段中所用译文“搏动”和“打”，在法语中都是同一个动词“battre”（打击、拍打），但为了照顾汉语的习惯用法，只好结合其出现的上下文做不同的翻译。——译注

② 伊夫·纳特（Yves Nat，1890—1956）：法国钢琴演奏家和作曲家。——译注

听到了第七首的令人可怕的撞击（c）。这种（阅读的、听的）不确定性，就是舒曼文本的格式，这种格式被矛盾地集中在一种过分（即过分明显的幻觉）和一种简单（同一个文本可以被平淡地演奏）之中。从方法论上讲，我们要说（我们要再说），没有文本方面的模式：不是因为文本是“自由的”，而是因为文本是“不同的”。

冲击——身体的和音乐的冲击——永远都不应该是**一个符号的符号**：重音不是表达性的。

这样一来，演奏只不过是解读舒曼文本的变化现象，使重音网络以调性修辞学、节奏修辞学和曲调修辞学形式突出显示出来的能力。重音是音乐的真实，依靠这种真实，任何演唱都是在自我声明。在舒曼作品中（依照我的兴趣），冲击被演奏得带有太多的羞涩；占有冲击的身体几乎总是一种平庸的身体，它被待在音乐学院的时间或从业的时间，或者更简单地说被演奏者的无意蕴活动的表现和漠不关心所建立，也被它们所涂抹掉：他 269
演奏重音（冲击），就像演奏一种普通的修辞标志；这样一来，演奏高手所铺陈的，便是自己不能“搏动”的身体（就像鲁宾施泰恩①的身体）的平淡性。这不是一个力量的问题，而是激情的问题：身体应该碰撞——但不是钢琴演奏家去碰撞（这一点，被纳特和霍罗威茨②所看到）。

(c)

① 阿瑟·鲁宾施泰恩（Arthur Rubinstein，1887—1982）：祖籍为波兰的美国钢琴演奏家。——译注

② 弗拉基米尔·霍罗威茨（Vladimir Horowitz，1903—1989）：祖籍为俄国的美国钢琴演奏家。——译注

在冲击层面上（即在复变网系的层面上），任何听众都执行他所听到的东西。因此，有一种音乐文本的场所，在这个场所中，作曲家、演奏家和听众之间的任何区别都没有了。

冲击的享乐性返回，就像是经常演唱的歌曲的起因。

冲击可以采用这样或那样的外形，它不必是暴烈的、愤怒的重音的形式。可是，不管采用什么外形——因为它属于享乐的范围，没有任何一种外形可以浪漫地被提前得到介绍（即便是当这种外形由一位浪漫派音乐家提出的时候）；人们只能说这种外形是活泼的或悲痛的、忧郁的或欢快的等。外形的准确性即它的区别性，不与心灵的各种状态有关，而与身体的细致运动相联系、与整个这种有区别的一般机体的感觉相联系、与被体验的身体赖以构成的这种历史波纹相联系。例如，《克莱斯勒曲集》第三首并不是“被活跃的”。它是“被唆使的”（**激动不已的**）、被拉起的、被拉紧的、被树立的，或者我们也可以说——但这是同一回事——它通过一系列细小的反感逐渐地前进，就
270 好像在每一次出现咬动动作的时候都有某种东西被重新吞掉、被重新返回、被切割那样，就好像整个的音乐都放置在正在吞咽的喉咙的短促的声波之中了（d）。

(d)

因此，应该将**冲击**称为只要是能使身体的某一个地方短促地出现变形的行为，即便这种变形似乎采用了一种平静状态的浪漫形式。至少在《克莱斯勒曲集》所有的情况里，平静状态也总是一种**延伸**：身体在延伸、在放松、在向着其外在形式铺展（延伸，即达到一种尺度

的极限，即不可否认的身体的动作本身，因为身体还可恢复原状）。难道还有比《克莱斯勒曲集》第二首（e）的延伸更为梦寐以求的延伸 271
（我们已经看到了）吗？在这里，一切都在竞争：曲调形式、和谐——和谐在此是暂停的（借助于第七个属音的停止），而在稍远处是借助于那些线与那些不和谐的延伸（f）。有时候，身体缩成一团，以便更好地延伸：在第二首中（g），或者在第三首的间奏曲中——这种间奏曲的长时间延伸前来改变（展开或平息）开始时（h）被刺激、被吞咽、被反感的身体。

(e)

(f)

(g)

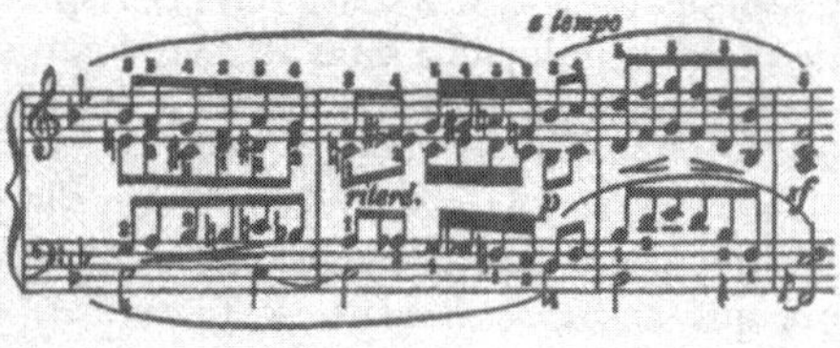

(h)

当身体在（音乐般的）陈述的时候，它在**做**什么呢？舒曼是这样回

答的：我的身体在拍击、我的身体在收缩，它在爆炸、它在被切分、它在刺激，或者相反而且是在无预告的情况下（这便是间奏曲的意义，因为它总是**像个小偷**一样来到），它在延伸、它在轻轻地编织（就像第一首的轻薄的插曲一样）（i）。可是甚至有时候（为什么不可以呢?）它说话、它声明、它分解它的嗓音。**它说话，但它说不出任何东西**：因为嗓音一
272 旦是音乐的，那么，言语（或其乐器的替代物）就不再是语言学的了，但是它却是肉体的。它从来都只说明这一点，而不说明任何其他的东西：**我的身体处于言语状态，几乎就是口语形式的**（j 和 k）。

(i)

(j)

(k)

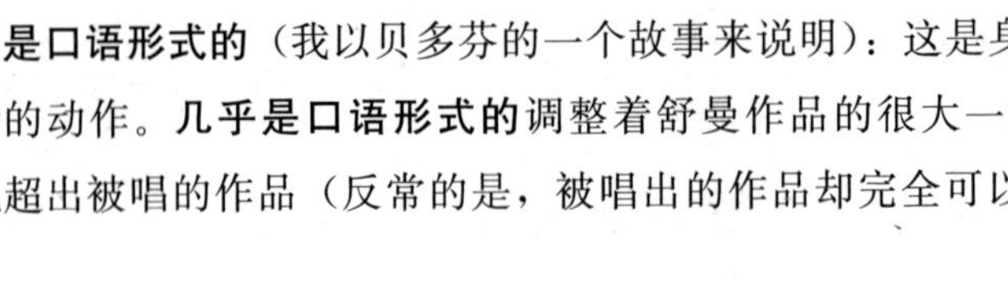

几乎是口语形式的（我以贝多芬的一个故事来说明）：这是身体**马上要说话**的动作。**几乎是口语形式的**调整着舒曼作品的很大一部分；它大大地超出被唱的作品（反常的是，被唱出的作品却完全可以不参

与任何东西)：乐器（钢琴）说话，却什么也说不出，就像一个哑巴，他让人在他的脸上看出言语的全部非发音的能力。所有这些**几乎是口语形式的**在许多钢琴曲作品中都有，它们来自诗歌文化；因此，诗人们已经给予舒曼的东西（也许比他们的诗歌更多），便是一种嗓音的动作。这个嗓音在说话，为的是什么都说不出，而只说出使其像能指一样存在和离开的节拍（音部）。

这些便是**身体的外形**［“体态素”（somatèmes)］，其组织状况构成音乐的意指活动（而从此之后，便没有了语法，音乐符号学也结束了：音乐符号学产生于专业的分析，即标记和安排“主题”“基本单位”“句子”，它几乎过渡到身体的一侧；有关构成的论述都是意识形态对象，其动向便是废除身体）。

身体的这些外形，都是音乐的外形，我一直无法命名它们。因为对于这种过程，需要一种隐喻的能力（为什么不用想象来说明我的身体呢?)，而这种能力可以在这里和那里躲避我：它在我身上骚动，但我找不到合适的隐喻来说明。例如第五首，其某一个插部（更应该说事件）缠绕着我，但是我无法看透其身体的秘密：它存在于我的身上，但我不知道在什么地方。哪一侧？身体和言语活动的哪一个部位（1)？作为身体（作为我的身体），音乐文本布满了缺漏：我为与一种言语活动、一种命名衔接而斗争。**我的理想之处，便是获得一个词语！啊，如果我会写字多好啊**！音乐，便是与书写进行斗争的东西。

当书写胜利时，它便代替科学，因为科学不能重新组构身体。唯 273
独隐喻是正确的；只需要我们是作家，我们便可以以一种完全**科学的**方式来说明这些音乐的存在物、这些身体的幻想。

“灵魂”“情感”“心”，都是身体的浪漫名称。在浪漫文本中，如果我们用一个身体的词、冲动的词来解释情感流露的和道德的术语的话，一切就更为清楚明确了——对于这一点，没有任何遗憾。因为一旦身体重新回到浪漫音乐方面，一旦身体恰恰借助于浪漫音乐而回到音乐方面，浪漫音乐也就得救了。我们在将身体重新置于浪漫文本之中的同时，重新制定对于这个文本的意识形态方面的解读，因为这种解读即对于我们日常舆论的解读从来都只是**推翻**（这是任何意识形态的动作）处在心灵运动中的身体的变化。

(1)

传统的符号学不大对指称对象（référent）感兴趣；这是有可能的（而且也无疑是必要的），因为在发音的文本中，总是有所指的荧屏。但是，在音乐中，它作为意指活动的领域和不是符号的系统，指称对象是不可忘记的，因为在这里，指称对象，便是身体。身体进入音乐，只有能指作为其中转事物。这种过渡即这种侵入将音乐变成疯狂：不仅仅是舒曼的音乐，而且是整个音乐。和作家相比，音乐家总是疯子（作家①永远不会是疯子，因为他注定要表现意义）。

那么，在音乐的身体的这种语义学之中，在实际上就是音乐的这种“身体艺术”之中，调式系统变成什么了呢？在调性方面，我们可
274 以想象两种矛盾的（可却是相伴相随的）地位。一方面，整个的调式机制是一种腼腆的荧屏、一种幻觉、一种**摩耶**面纱。简言之，它是一**种语言**，这种语言不依据其自己的冲击（它自己的切分）而依据在主体上去掉任何发狂之可能性的一种已知组织方式来说明身体。另一方

① 在法语中，作家（écrivain）是指写作散文体作品（包括小说）的创作者，该词不包括诗人（poète）。——译注

面，调性矛盾地或辩证地变成它想在另一个平面上使用的熟悉冲击的女服务人员。

下面是这种调性可以向身体提供的“服务内容”：借助于不协和音程，它使身体在这里和在那里“阵阵作响”“发出松扣声”；借助于转调（和调性的回转），它可以完善冲击的外形，赋予冲击其特定的形式。第一首中说，**这一点形成圆球**；但是，在人们离开起点而又返回起点（m）的情况下，这一点就滚动得更好。最后（我们继续待在舒曼的文本上），调性为身体提供了最有力的、最稳定的梦幻外形：阶梯的上升（或下降）。我们知道，存在着一种音阶，而身体则在（依据非常多样的情绪）经历这种音阶的情况下生存在喘息、急促、欲望、忧郁、光亮、兴奋之高潮等之中（n）。

总之，调性可以具有**重音的**功能（它参与音乐文本的口语句法障碍的结构）。当调性系统消失时（今天），这种功能便过渡到另一种系统，即音色的系统。“音色性”（音色的网系）为身体确保了其冲击的全部丰富性（阵阵作响、滑动、撞击、闪耀、空洞、分散等）。因此，是各种“冲击”（它们是音乐文本的唯一结构成分）在构成音乐的跨历史的连续性，而不论搏动的身体用以自我陈述的系统如何（这种系统是非常具有历史性的）。

对于速度、气氛的说明，一般说来，都被意大利式的代码（presto，animato）① 所冲淡了，这种代码在这里是一种纯粹结束性的代码。在用另一种（古怪的、不为人所知的）语言来表述的时候，音乐的词语就会打开身体的场面。我不知舒曼是否是第一位将其文本包含在一种庸俗语言之中的音乐家（这种类型的信息通常不会被音乐史所接受）；但是，我认为，母语突然闯入音乐文本是一种重要的事实。我们

---

① 这两个意大利词分别是“急板”和“活泼地”之意。——译注

275 继续谈舒曼［他是有两个女人的男人——是两位母亲吗？第一个在歌唱，第二个即克拉拉（Clara）明显地给予他丰富的言语，在他结婚的那一年即1840年，他创作了100首浪漫曲］，《母语》（*Muttersprache*）突然进入音乐的书写之中，实实在在是对于身体的公开还原，就好像在进入曲调的时候身体在冲击和言语活动的双重深处得到了发现、得到了承载，就好像对于音乐来讲，母语占据着**合唱团**（chora）的位置（茱莉亚·克里斯特娃从柏拉图那里重新借用了这个概念）。这个指示性的词是意指活动的汇聚之处。

(m)

(n)

请阅读和听几个舒曼的词语，看一看他对于身体所说的一切（与某一节拍速度无任何关系）：

活跃的（*Bewegt*）：某种东西开始运动（一点都不快），某种东西无方向地运动，就像树枝在晃动，就像身体的一种带有声音的不安。

激动不已（*Aufgeregt*）：某种东西在苏醒、在立起（就像一根桅杆、一只胳膊、一个头），某种东西在激起、在刺激（当然，某种东西在拉紧）。

深在的（*Innig*）：您处在内部的深处，您收拢在这深处的极限之地，

您的身体在内向化，它在内里（dedans）消失而奔向它自己的领地。 276

非常深在的（*Ausserst innig*）：您将自己想象为极限状态；在内向化的推动下，内里向回反转，就好像在极端处有一种内里的**外在**（dehors），可是，这种外在却不是外部。

非常活跃的（*Ausserst bewegt*）：它在动、它剧烈地在动，以至于它有可能断裂——但却不断裂。

快速（*Rasch*）：方向确定的快速、准确、正确的节奏（与极快相反）、快速的步调、惊喜、走向叶丛之中的蛇的运动。

快速：听众们说，这个词只意味着**激烈、疾快**（急板）。但是，作为不是德国人和面对这种外语只能去惊呆地听的我，我为其补充了能指的真实，就好像我的一只胳膊被风和鞭子带走了，带到一个明确的但不为人所知的分散场所去了。

在一个著名的文本里①，本维尼斯特将两种意指制度对立了起来：**符号学**（sémiotique）——作为其每一个都具有一个意义（比如自然语言）的相连符号的秩序；**语义学**（sémantique）——作为尽管其总体具有意指活动但其每一个单位却不是意指活动性的一种话语的秩序。本维尼斯特说，音乐属于语义学（而不属于符号学），因为声音不是符号（任何声音本身都不具有意义）；他还说，由此可见，音乐是具有一种句法而不具有符号学可谈的一种语言。

本维尼斯特没有说但他不会反对的东西，是音乐的意指活动以比语言学的意指更为明确的一种方式充满着欲望。因此，我们改变了逻辑。比如在舒曼的情况里，冲击的秩序是狂想式的（因为有间停的组织、补缀）。《克莱斯勒曲集》的句法，便是**补缀品**（patchwork）的句法。身

---

① E. Benveniste, *Problèmes de linguistiaue générale*, Gallimard, 1974, p. 43－66.

体，可以说在积聚它的支出，意指活动采取了一种正在受到破坏的经济学的兴奋与绝对性。因此，意指活动属于一种符义分析（sémanalyse），
277 或者如果愿意的话，它属于一种二级符号学（sémiologie），即作为音乐状态的身体的符号学。但愿一级符号学能够应对音符系统、音阶系统、音调系统、和音系统和节奏系统。我们所希望感受和注意的，是身体的挤动。

借助于音乐，我们能更好地将**文本**理解为意指活动。

节选自《语言、话语、社会——赞同本维尼斯特》

（*Langue*，*discours*，*société*. *Pour Emile Benveniste*，Seuil，1975）

第一部分的补遗[①]

直盯盯地看着

一个符号，便是被重复的东西。没有重复，就没有符号，因为人们不能**辨认**它，而辨认，则是奠基符号的东西。然而，司汤达[②]指出，目光可以说出一切，但是它却不能像文本那样地重复。因此，目光不是一个符号，可是，它却有意味。秘密是什么呢？这是因为目光属于其整体性不是（断续的）符号而是由本维尼斯特大体拟定了其理论的意指活动的那种意指领域。与作为符号秩序的语言相对立，艺术一般地属于意指活动。因此，在目光与音乐之间有着某种亲和关系，

① 我们将这篇可能还不是最终文字的文本放在补遗之中。我们感谢乔治-蓬皮杜中心（Centre Georges-Pompidou）允许我们发表它。——出版者注

② 司汤达（Henri Beyle，笔名 Stendhal，1783—1842）：法国作家。——译注

或者，古典绘画钟情地再现了那么多含泪的、急切的、愤怒的、思考的目光，也就不足为怪了。在意指活动之中，无疑有着某种可靠的语义核心，没有这种核心，目光就不可能想说明什么。严格地讲，一种目光不能是**中性的**，它甚至不能意味着中性特征（neutralité），而如果目光是含混的，那么，含混则明显是充满了二重性的；但是，这个核心被一种光晕包围着，这种光晕便是意义外溢、扩散而不损失其**印记**（印记的动作）的无限扩张的领域。这正是当我们听一种音乐或注目一幅绘画时的情况。目光的“神秘性”即它借以构成自己的那种纷乱，显然位于这种外溢的区域。因此，这便是人赖以与**过分**有联系的一种对象（或一种实体）。我们要记住这些外溢现象。

*　*

科学用三种（结合在一起的）方式来解释目光，即以信息论术语（目光在告诉）、以关系术语（目光在交换）、以占有术语（借助于目光，我触及、我达到、我理解、我被理解），有三种功能：光学功能、语言学功能、触觉功能。但是，目光总是在**寻找**某样东西、某个人。这是一种**不安于现状的**符号，对于一种符号有着特殊的动力：它的力量超出它。

*　*

280 在我家所在街道的另一侧，正与我家相对并与我的窗户处在同一个高度的位置上，有一套看上去无人居住的单元房。可是，时不时地，就像阅读有趣的连载侦探小说甚至是奇幻小说那样，夜间很晚的时候，有人进去，亮起了一盏灯，一只胳膊推开然后又关上一扇窗户。由于我没有看到任何人，而且我自己也在观看（我在窥视），所以我推论我没有被人注视——于是，我便放下了我房间原先拉起的窗帘。但是，也许是相反的情况：我可能不停地、一个劲儿地被**隐匿着的**某个人看着。这个故事要说明的是，你在尽力看的时候，你可能忘记你自己也许正被别人看。或者在“观看”（regarder）这个动词中，主动态与被动态的界限是不确定的。

*　*

神经心理学已经很好地探索过目光是怎样产生的。在婴儿生命之初的几日内，眼睛就对于柔和的光亮有反应。到一个星期的时候，婴儿就试图看到什么，他开始转动眼睛，但却还是以模糊和犹豫的方式在转动。两个星期之后，他便可以盯住一个近处的东西。到了六周的时候，视觉便是坚定的和有选择的了：目光形成了。难道我们不可以说，这六个星期当中就是人的“心灵”诞生的时间吗？

*　*

作为意指活动的游戏，目光会引起各种（生理）感官的一种联觉、一种共有现象，这些感官将它们的感觉放在一起，以至于我们可以将发生在另一种观感上的东西诗意般的赋予这一种感官（“那里，芳香清新，就像幼儿的皮肉”）。因此，所有的感官都可以“观看”，反过来，目光可以感觉、可以听、可以触摸，等等。歌德说过：“两只手想看，两只眼睛想抚摩。”

*　*

有人蔑视地说：“他的目光在逃逸……”就好像目光理所当然地应该是直接的、威严的。可是，精神分析学却另有说法：“在我们与事物的关系中，一如这种关系是由视觉的路线所构成并被排列在表象的各种外形之中那样，有某种东西在滑动、在一层一层地移动，以便在某种不被注意的程度上总是待在那里——这便是被称作目光的东西。”又说：“一般说来，目光与人们想要看到的东西之间的关系是一种诱饵的关系。主体就像另一个不在场的主体那样出现，人们想给予人看到的东西并不是他想要看到的东西。正是在此，眼睛可以像对象（*a*）那样

运作，也就是说在空缺的层面上运作。”［拉康《讲习班》第十一卷（*Séminaire* Ⅺ，p. 70 et 96)］

281 不过，我们还是回到直接的、威严的目光方面：目光并不逃逸，它停下、它固定、它碰撞。分析也预料到这种情况：这种目光可以是**魅力**、魔法、恶眼，它的作用是“让动作停止和杀死生命”［拉康《讲习班》第十一卷（*Séminaire* Ⅺ，p. 107)］。

*　　*

根据一种过去的经验，当第一次让非洲丛林中的土著人看一部影片的时候，他们根本不去看银幕上再现的场面（村中心的小广场），而只是看在银幕的某个地方横穿广场的一只母鸡。我们可以说，是母鸡在看他们。

*　　*

柬埔寨的大屠杀：几个死者躺在一半被毁的房屋的楼梯上；在上面，一个小男孩坐在台阶上看摄影师。死者为活者留下了自我观看的责任；而我正是在小男孩的目光中看到了死者。

*　　*

在阿姆斯特丹的里吉克博物馆（Rijksmuseum）内，有由一位号称“阿尔克马尔大师”（Maître d'Alkmaar）的匿名画家绘制的系列图画。那是一些日常生活的画面，人们因为这样或那样的理由而聚集在一起，理由从一幅画到一幅画地改变着。在每一组人群中。有一个人物，而且总是同一个人物：当这一群人和另一群人在不知道的情况下出现的时候，他总是消失在人群中。每一次，只有他用眼睛直盯盯地看着画家（因此也看着我）。这个人物便是基督。

*　　*

摄影师理查德·艾夫登（Richard Avedon）的无法比拟的艺术，在于（不考虑其他）这一点：他摄影的所有主体，都在我面前站着，都对着我直盯盯地看着。这是否会产生一种“坦率”的效果呢？不会的，姿态是人为的（因为显得像是一种姿态），情境不是心理学的。所产生的效果是“真实”：人物是“真的”，这通常是一种无法忍受的真实。为什么有这种真实呢？实际上，肖像并不看任何人，这一点，我是知道的；他只看镜头，也就是说看另一只神秘的眼睛即真实之眼睛（就好像在威尼斯为了进行匿名的揭露而设立了“真言口”那样）。被摄影师以夸张的方式在这里安排的目光（从前，可以是被画家安排的目光），就像真实之器官那样活动。它的动作空间位于**表面之外**：它至少包含着，这个之外存在着，“被穿透的”（被观看的）东西比只是简单地呈现给视觉的东西更真切。

* *

有一段时间，精神分析学［拉康《讲习班》第一卷（*Séminaire I*，p. 243)］把想象的相互主观性定义为带有三个界的结构：（1）我看到 282
另一个；（2）我看到另一个看我；（3）他知道我在看他。然而，在爱恋关系中，目光可以说不是这样弯曲的，它缺少一个路径。在这种关系中，无疑，我一方面紧紧地看到了另一个；我只看到了他，我在窥视他，我想看透我想得到的这个身体的秘密。另一方面，我看见他看我。我被他非常有力的目光所畏惧、所惊愕、所被动地构成；这种恐慌非常之大，以至于我不能（或者我不想）承认他知道我在看他——这使我摆脱了异化。在他面前，我盲目地看到了自己。

* *

“我在看您，就像有人看不可能的事物。”

* *

壁虱可以一动不动地几个月待在树上，等候着一只热血动物（绵羊、狗）经过树下。这时，它便落下，贴在动物的皮上，吸吮动物的血。它的感觉是有选择的：它只知道世上有热血。从前，奴隶以同样的方式只以其作为工具而不作为人来被感受。就这样，有多少目光都仅仅是一种目的性的唯一工具：我看我所寻找的东西，最后，如果可以提出这种悖论的话，我只看到我看的东西。可是，在这些特殊的和多么有趣的情况里，目光需要意外地从一种目的性过渡到另一种目的性。两种编码在目光的封闭的领域内前后照应而无须预告，于是便产生了一种解读的混乱。这样，我在一个摩洛哥市场散步并看一个艺术品商人的时候，我很清楚地看到，这个商人在我的眼睛里只看到了一位可能的买主的目光，因为就像壁虱那样，他只将散步人感受成唯一的类型，即商业伙伴的类型。但是，如果我的目光盯住他（还需要多少秒钟呢？那将是一个十足的语义学问题），他的解读就立刻动摇了：我所感兴趣的，是他而不是他的商品吗？我是不是离开第一个编码（交易编码）而进入第二个编码（共谋编码）了呢？然而，两种编码的这种摩擦，轮到我在他的目光中来解读了。所有这些，都是连续感觉的一种短暂的光亮效果。而在一位语义学家看来，虽然这是在市场上的一次散步，但没有比在一种目光中看到一种意义的不出声的孵化更激励人心的了。

*　*

就像我们在艾维登的情况里所看到的那样，不排除一个被摄影的主体在看着您，也就是说在看着镜头：目光的方向（可以说它的机智）在摄影方面不是相关的。它在电影上是相关的，拍电影的时候，演员被禁止看摄像机，也就是观众。我已接近将这种禁止看成电影的区别性特征。这种艺术将目光切分成两个方面。我们当中的
283 一个在看另一个，他只做这样的事情，他有权也有义务观看；另一个从来都不看，他看一切，就是不看我。哪怕有一丝目光来自银幕和落在我身上，整个影片就失败了。但是，这只不过是表面现象。因为，极可能的是，在另一个不可见层面上，就像非洲的那只母鸡

一样，银幕在不停地看着我。

此文不曾发表。1977 年为一部集体
正在撰写的著述《目光》（*Regard*）而写，

附　论

罗兰·巴尔特：当代西方文学思想的一面镜子

李幼蒸

对于告别了神学和形而上学的“后尼采主义”西方思想界而言，如果用“虚无主义”表示其人生观倾向，则可用“怀疑主义”表示其认识论倾向。传统上，怀疑主义是西方哲学史上的一个主要流派，现代以来成为文学理论的主要思想倾向之一。罗兰·巴尔特则可称为20世纪文学理论世界中最主要的怀疑主义代表，足以反映二战后西方文学思想的主要趋向。以下从几个不同层面对此加以阐释。

1. 伦理和选择

罗兰·巴尔特和保罗·萨特两人可以代表二战后法国两大“文学理论思潮”形态：文学哲学和文学符号学。这两种相反的“文学认识论”，均相关于近现代以至当代的两大西方文学和美学潮流：存在主义的道德文学观和结构主义的唯美文学观。一方面，巴尔特缩小了文学的范围，将通俗文学排除于文学“主体”之外；另一方面，他又扩大了“文学”外延，把批评和理论一同归入文学范畴，以强调“文学性”并不只体现于“故事文本”和“抒情文本”之中。巴尔特曾将近代西方文学视为无所不包的思想活动，申言“从中可获取一切知识”。1975年的一次访谈中，在被问及“30年来，文学是否似乎已从世界上消失了”时，他回答说，因为“文学不再能掌握历史现实，文学从再现系统转变为象征游戏系统。历史上第一次我们看到：文学已为世界所淹没”。他在此所指的“文学”，主要是以19世纪现实主义小说为代表的文学传统，其内容和形式相互贴合而可成为人类思想的重要表达形态。但是19世纪小说形态，自20世纪以来，一方面已为表达范围迅速缩小的主观主义小说所取代，另一方面则蜕化为不再属于“文学”主体而归入了作为大众文化消费商品的通俗小说（包括其现代媒体变形：电影电视）。然而在二战结束后被解放的法国，和英美“高级文学”的校园生存形态不同，其文学，特别是小说文学，一度重新成为社会文化活动的主流，并提出了有关“文学是什么”这类社会性大主题。主要由萨特和加缪发起的这场有关文学使命的争论，无疑是由二战期间法国知识分子所遭受的特殊刺激所引发，因此容易赢得受屈辱一代法国知识分子的共鸣。在疗养院读书6年后返回巴黎社会的巴尔特，也开始卷入“抵抗运动”文学家之间的理论论战中去。文学或小说文学，应该“干预”社会和政治问题吗？这个问题的提出也有一般性和特殊性两个方面：客观上，20世纪小说和小说家已经没有知识条件来面对社会政治问题的解决了；主观上，已经受现代派文艺一百年洗礼的文学家个人又有什么伦理学的理由来“参与”社会政治问题的解决呢？另外一个超越二战历史情境的现代文艺思想的“内部张力”则是，东西欧洲现代派文艺一直具有一种双重混合性：社会政治方向和反社会的个人主观方向的共在。于是，二战的外在历史遭遇和现代文学思想史的内在张力，共同成为萨特和巴尔特文学思想分歧的共同背景。简言之，关于文学和道德之间关系的争论，一方面涉及作家选择道德实践的理由，另一方面也牵扯到作家道德实践能力的问题。

在结构主义论述中，尽管同样充斥着意识形态因素，但其主要实践方式——文本意义分析——内在地相关于人类一切文本遗产解读中的共同认识论和方法论问题，也相关于人文社会科学的整体情境，从而蕴含着较普遍的学术思想意义。此处所说的过去和未来，不是指其现实社会文化影响力，而是指其内在的精神性和知识性激发力。作为结构主义文学理论主要代表的巴尔特，一方面揭示文学家“社会参与”决定的内在逻辑矛盾，另一方面提出了一种脱离社会实践的文学伦理观：所谓“对语言形式之责任”。后者也是与 20 世纪西方文艺形式主义的一般倾向一致的。

我们可以说，二战政治经历和存在主义思想，二者共同形成了战后法国左翼知识分子的充满矛盾的道德观：放弃（神学的和逻辑的）超越性“绝对命令”之后，人们企图在“存在论的虚无主义”和“介入论的道德承诺”之间探索一种“合理的”个人信仰基础。萨特和加缪于是成为战后法国文化政治运动的领袖。在疗养院读书期间受到两人思想影响的巴尔特一开始也把此张力关系作为个人思考社会和文学实践方向的框架。加缪的荒谬人生观比萨特的存在主义更能符合巴尔特的认识论虚无主义。所不同的是，巴尔特不是把虚无和荒谬作为思考的对象，而是将其作为思考的边界。结果，巴尔特虽然同情和接受萨特和加缪有关“生存荒谬情境”的观点，却本能地拒绝任何相关的具体实践选择（政治）。这种二元分离的伦理学选择态度和策略，贯穿着巴尔特一生，其中亦充满着另一种矛盾生活态度：自言厕身于左派自由主义阵营（其特点是批评社会现状），却从不介入后者的具体政治实践（所批评的对象日益趋于抽象）。晚年（1977）在一次访谈中，巴尔特说，他与一些左翼文人的立场“非常接近”，但“我必须与他们保持审慎的距离。我想这是由于风格的缘故。不是指写作的风格，而是指一般风格”。用风格作为区分个人实践方向的理由，与其说是一种解释，不如说是一种回避，但却可反映巴尔特内心深处的一种当代信奉尼采者所共同具有的伦理学虚无主义。不过由于此虚无主义是以理性语言表现的，其理论话语遂对读者提供了一种较高的“可理解性”价值。

2. 意义和批评

巴尔特被公认为一名杰出的文学理论家，他也自视为一名“理论性批评家”，但其文学理论思维的特点是“非哲学基础性的”，也就是“符号学式的”。他曾说，如果“理论的”应当即是哲学的，他的理论实践不妨也称作是“准（para-）理论性的”。这是他愿意自称为符号学家的理由之一。在他看来，符号学是不同于哲学的一种新型理论思维形态。在 1978 年的一次访谈中，他说，自己从未受过哲学训练，但其思维仍然具有某种“哲学化”的特点，即属于理论化一类；他进一步阐明，他的思想方式，“与其说是形而上学的不如说是伦理学的”。我们可以看到，巴尔特将历史理论和伦理学，与历史哲学和道德哲学作出的区隔，具有重要的认识论意义（巴尔特少谈各种哲学名词，其深意在此）。

巴尔特在 20 世纪 50 年代从事媒体文化评论的前符号学时期，以其对消费社会和大众文化中的象征和记号现象进行“去神秘化”的文本意义解析而引人注目，其目的在于揭示出“资产阶级”和“小资产阶级”文化意识形态现象的深层意义或二级意义。文化意识形态作品

（电影、戏剧、时装、广告、运动、娱乐等等）被其形容为“神话”，即视为消费社会中具有“欺骗性”“误导性”的文化操纵之产物和效果。早期巴尔特的符号学实践大量针对文化意识形态意义层次的揭露，岂非也显示了另一种社会“介入观”实践？此时谁能够说巴尔特不关心社会公义和理想呢？但是巴尔特的意识形态符号学实践止于此“神话揭示”活动，并只将其视为一般文化意义分析工作的实验场（巴尔特往往喜欢用“历险”一词，以强调“思想实验”的不可预测性），而绝不进而转入其他社会性行动领域。无论对其伦理学立场的考察，还是对其文化批判立场的考察来说，我们正可从此似是而非之自白，体察其思想内部之矛盾和张力。

巴尔特的“文学思想实践”主要停留在“文本”意义构成的分析层次上（兼及具体文本解读和一般文本分析原则）。其最初的动机是批评和揭示所批评的论说之内在矛盾，结果在此层次上的纯属理智性活动，却强调着一种“中性”性质（巴尔特用“中性”代表他的非社会介入观，我们则不妨也用其指其推理方式本身的“不介入”性质）。虽然巴尔特自己绝非可以免除意识形态偏见，但他的不少分析、批评、主张都在相当程度上“体现着”一种准科学性的分析方法，从而使其最终成为一名符号学家。这也是巴尔特思想对我们的最大价值所在：他以其天才创造力为我们提供了大量分析和解读典籍文本的分析经验，这对于我们有关传统典籍现代化研究目标来说，比任何西方哲学方法都更直接、更有效。因此，在我们说巴尔特是当代西方思想的一面镜子时，首先即指他的分析方法“反映着”一种战后新理论分析方向，这是一种跨学科思想方式，它来自语言学、社会学、历史学、哲学、精神分析学等众多领域。而另一方面，不可讳言，他往往只是从不同学术思想来源凭直观和记忆随意摘取相关理论工具，而此思考方式的创造性价值在于：他可恰到好处地针对特定课题对象，自行配置一套相应理论手段，以完成具体课题的意义分析工作。

3. 小说和思想

巴尔特作为“文学思想家”，其含义有广狭两方面。首先，他是专门意义上的文学家，即文学研究者和散文作家；其次，由于他从事有关文学的一般形式和条件的理论探索，所以其工作涉及人类普遍文学实践的结构和功能问题。巴尔特对小说形式，特别是19世纪小说形式有着特殊兴趣，其中含有一种超越文学而涉及一般思想方式的方面。19世纪“小说”是现代综合思想形态的原型，其中涉及在常识的水平上对诸现代学科知识的综合运用（跨学科）和模仿生活的叙事话语的编织。当20世纪以来小说不再能履行此职能之后，如何在文学中继续进行综合性知识运用，就成为现代文学理论的课题之一。巴尔特于是把此“跨学科”知识吸取方式也贯彻到文学理论分析（包括小说分析）实践之中。就思想综合性推进的必要来说，古典小说和现代文学理论遂有着一脉相承的关联，巴尔特正是因此之故才同时维持着两种精神活动：古典小说赏析和现代理论分析。巴尔特对当代法国实验派的“反故事”小说的推崇，实乃对传统小说形式之未来价值的否定。在他看来，文学必须“干预”社会生活的理由欠缺伦理学上的正当性，而且文学干预社会的方法多可证明其无效，结果今日现实主义小说往往事与愿违，达不到有效解说的目的（至于小说作品作为文学外的鼓动工具现象，则与文学本身无关）。巴尔特往往从后者入手批评“介入文学”，以显示社会派小说的理路似是而非。小说的抱负和其社会声名往往外在于小说家的主观意图。另一方面，在现代社会和学术发展的条件下，严肃小说的确难以再成为社会性道德实践的有效工具；文学的观察分析能力和时代知识的要求全不相称。这一历史客观事实却成为巴尔特构想另一类文学秉性的借口或渠道。巴尔特表现其文学怀疑主义和唯美主义的新文学实践形式，仍然是文本批评分析。巴尔特屡次谈到文学的“死亡”，即传统小说的死亡。因为现代以来很少有严肃知识分子会再重视小说故事情节了。他自己就承认极难亲自构拟人物和情节。巴尔特说：“我知道小说已经死亡，但我喜爱小说性话语。”“小说性”被看作一种话语形式。他关心的是小说式话语、小说式经验本身，也就是人类叙事话语本身，而非用小说所表达的思想内容本身。巴尔特的“小说哲学”（有关现实主义小说的消亡和新小说的未来等）暗示着文学世界本身的消亡。他在各种先锋派作品表面之间游荡却难以实际投入；他的文学理论批评实践，也间接地反映着文学世界本身的萎缩状态。最后，小说这种对他来说既重要又可疑的文学形式，竟然成为他进入法兰西学院后的主要“解析”对象。实际上，巴尔特在法兰西学院的小说讲题系列，成为他的文学乌托邦和社会逃避主义的最后实验场。

4. 权势和压制

巴尔特和萨特的文学实践立场虽然表面上相反，但两人都是资本拜金主义和等级权势制度的强烈批判者。萨特所批判的是社会制度本身并提出某种政治改良方案，巴尔特的批判针对着西方文化、文学和学术性权势制度及由其决定的文学表达方式。如前所述，萨特的社会政治介入观不免导致后来易于察觉的判断失误，巴尔特的文化语言性批判反因其对象的抽象性和稳定性而获得了学术上的普遍性价值。巴尔特的文学“伦理学”在社会实践方面的逃避主义（不是指其实践学的怯懦，而是指其人生观和社会观的游移不定），使其权势批判只停留在抽象层次上。这种一个世纪以来对“资产阶级文化意识形态”普遍存在的批判态度，实际上反映着西方现代主义和先锋派文艺对唯物质主义工商社会及其唯娱乐文化方向的普遍反感。不过西方左翼知识分子的共同秉性均表现为观念的理想主义和实践的浪漫主义之混合存在，人生理想的高远和社会改进的无方，遂成为其通病。西方左翼知识分子亦为当代西方各种社会文化理论的主要创造者之一，而其共同倾向是反对不当权势之压制并憧憬正义理想。但是由于其“理论知识”普遍忽略了“现实构造”的多元化、多层化特点，以至于往往在权势的“当”与“不当”之间没有适当的判断标准，反而因此导致他们社会性理论论述易于发生某种“现实失焦症”：在理论和实践两方面脱离客观现实。而其正面效果则是：为理论性思考标志出难点和有效边界。结果，巴尔特在抽象层次上的反权势、反教条、反制度的意义分析活动，却可为世人提供一种具有普遍性的认知对象：有关权势压制制度和其对文化思想操纵方式之间的意义关系分析。

巴尔特的大量符号学的、去神秘化的文本分析实践，都在于揭示此种被操纵的意识形态文本的意义构造和功能。实际上，巴尔特对资本拜金主义的批判态度，根本上源于一种反权势立场，这是他对马克思主义产生同情的根源之一。但他从未有兴趣从社会学和政治学角度对此进一步探索。虽然和其他结构主义者一样，他也是有关各种学术机构化、制度化的权势现象批评者，包括所谓学院派的文学批评（拉辛论战）的批评者。作为符号学家，其根本的反思对象则是制约思想方式的文学和学术语言结构本身。巴尔特从事有关语言学、语义学、修辞学、风格学等各种类型的结构主义实践，其中都包含着对制约思想方式的文本内在意义机制的批评。这一态度是和心理、意识、思想等内容面的传统型解释说明方式相对立的。而由于其怀疑主义实践论，巴尔特对“权威”的批评也就日益从社会性层面转移到语言学层面和学术性层面。其批评之目的，实为摆脱传统权威对作家和学者思维形式创新所加予的拘束和限制。从政治性权威向学术性权威的转移，是和他从社会性意识形态关切向理论性意识形态关切之转变一致的。结果，唯美主义也成为反权威的一种方式，如其晚年着重宣扬的“文本欢娱”观等。这个和写作常常并称的难免空洞的概念，最后成为巴尔特现实逃避主义的最后媒介。文学为了写作本身，写作为了欢娱本身！所谓享乐主义不过是巴尔特用此身体感官性传统名词象征地表示的一种口实，用以避免对思想之实质进行更为透彻的分析。这样他就企图将文学实践还原为文学的物质性过程（写作）及其感官性效果（快乐）了，用传统上作为贬义词的感官主义暗示着对正统思维的一种“反抗”，以至于进而从感官享受过渡到更极端的“身体性目标”：如晚年提出了所谓“慵懒观”的正当性。身体的放纵和身体的慵懒，都是避免积极生存方向选择的借口。这只不过是巴尔特表面上回归享乐主义的灰暗心理之反映。

5. 理论和科学

巴尔特将他人的理论和方法视作自己分析的工具之零件，其独创性表现在如何拆解和搭配这些现成理论工具，以使其创造性地应用于各种不同研究课题。巴尔特被称作理论家，是指他的注重理论分析的态度和进行理论分析的实践，而非指其重视独立的理论体系建设。巴尔特在不同时期对采纳不同理论资源时表现的某种随意性，有时不免遭受专家诟病，但批评者有时忽略了他在一次分析工作中维持理论运作统一性的创造性表现。至于在不同课题和不同阶段内理论主题偏好的变动性，并未妨碍他在具体课题中完成文本意义分析的目的。一方面，文本意义分析成为人文科学话语现代化重整的必要步骤，另一方面，意义分析工作要求着人文科学各学科朝向跨学科乃至跨文化方向的继续发展。巴尔特的理论实践经验进一步反映着人类知识特别是伦理学知识的根本性变革的必要。在此意义上，无论是尼采的怀疑主义还是结构主义的怀疑主义都应该看作朝向人类理性主义思考方向的重要精神推动力量。因为真理的动因之一即怀疑主义。

在巴尔特的“理论工具库”中，符号学当然是最主要的部分。巴尔特是所谓法国“最早一位”符号学家、最早一部《符号学原理》的作者以及高级学术机构内一位“文学符号学”讲座教授。作为现代意义学的基本学科，符号学当然是他文学理论研究中最直接相关的一种。他对任何现成符号学活动中的体制化、教条化（符号学作为元科学）的反对，反映了他绝非有兴趣在学术界追求某种所谓新兴学科符号学的创建。巴尔特企图超越学院派的“科学批评”而朝向自己的所谓“解释性批评”，不过，后者的批评“可靠性”却是以其文学分析论域的缩小为代价的。

6. 古典和前卫

巴尔特是文学唯美实验主义的倡导者，兼及创作和理论两个层面，其实践方式本身则成为西方先锋派、现代主义、后现代主义诸不同现代美学倾向的汇聚场，从而反映着西方文艺从古典时代向现代、向未来变迁过程中的面面观。巴尔特是将西方理性怀疑主义和反理性唯美主义并存于心并使之交互作用的文学思想家。由于其唯美主义是通过文本分析方式表达的，所涉及的唯美主义一般情境，表现出更深刻、更内在的理论认知价值。因此，巴尔特的理智性文学文本分析，是我们体察和了解现代西方非理性主义文艺作品特色的一面镜子。无论是其理论性分析还是其美学性品鉴，都表现出一种作品“内在主义”的思考倾向，这种思想方式的内在一致性，使其学术价值超出许多当代西方理论修养更为深厚的哲学美学家。受过古典语言和古典文学正规训练的巴尔特，首先是一位希腊罗马古典文学的专家，其次也是法国近代古典文学的研究者，最后更是法国民族文学思想的特殊爱好者（正是这一点使他不至于成为德国形而上学的俘虏：萨特和德里达的黑格尔主义和海德格尔主义、利科的康德主义和胡塞尔主义。但巴尔特也因此并不很熟悉英美现代派文学作品)。

我们应该注意另一种矛盾现象：巴尔特理智上对先锋派作品和东方哲理诗的推崇与他在感情上对法国古典文学的真正“喜爱”(米什莱和福楼拜)之间的对比。先锋派或现代派都是相对于传统和历史的“革命性”或“革新性”尝试，其“新颖性”主要体现于形式方面的变革。先锋派批评家在其中支持的主要是其摆脱传统的力度和方向；新的形式成为求新者(不满现状者)的一种精神“寄托”。先锋派作品的无内容性、“空的能指”，即巴尔特所说的不朝向所指的“能指的运作艺术”。巴尔特毕生在现代派文艺和古典文学之间的同时性交叉体验和实验，“客观上”反映了先锋派文艺的“否定性价值”，实际上超过了其“肯定性价值”，也就是说，“先锋派”之所以是一种实验艺术，主要代表着文艺家对“现状”的不满、逃避和解脱的努力。作家和理论家遂生存于已完成的传统历史之稳定性和待完成的未来历史之尝试性的张力之中。20世纪各种现代派文艺作品所包含的否定性方面远超过其肯定性方面，这就是何以其形式如此变动不居的原因之一。

7. 欲望和写作

巴尔特说，今日“不再有诗人，也不再有小说家，留下的只是写作”(《批评与真实》)。“写作”后来成为巴尔特最喜爱的一个文学理论“范畴”，不过它也是一个最空洞的范畴(以至于激怒许多批评其偏爱“术语”的学人)。按其写作论，写作者不能按其思想的社会性价值或作用来规定，而只应按其对写作“话语”的意识来规定。他说，传统的小资产阶级将话语作为“工具”，新批评则将其视为“记号或真理本身”。这一论证方式从空到空，难怪使大学教授(皮卡尔)不快。巴尔特执意强调的是文学话语不通向所象征的外在世界，而是通过符号学方式朝向语言本身。作为理论分析的对象，“写作”范畴也许是明确的，而作为文学实践的目标，“写作”却绝非明确的。巴尔特不强调写作内容的“正当性”，而强调其“形式”的正当性。那么这种作为新文学观念的“文学形式之伦理学”究竟是什么意思呢？中性、零度、白色、不介入等脱离社会内容的写作方式，固然与各种现代派文艺理念相合，但为什么这就是正当的呢？巴尔特人生观的这一自我主义特点，导致他自始至终采取“中性”或“零度”的反文学介入观，而他在其一生中三次社会冲突尖锐时期（法西斯占领时期、战后反资本主义运动时期，和 1968 年社会大动荡时期）采取的脱离具体社会实践而最终将压制自由的根源说成是（资产阶级）语言结构本身的结论，无疑是一种伦理学逃避主义的表现。不妨说，相对于文学政治道德学，巴尔特试图为自己建立一种“文学（写作）的（反）伦理学”。

实际上，由于现代历史和社会的根本改变，巴尔特和其同时代人，获得了外在于历史的理由和条件，可不必参与各种人为的社会性实践（它们为各种隐蔽的意识形态力量所推动和操纵），而得以逻辑上合理地“实验”其“中性”而“快乐”的生存方式：所谓实践一种“写作伦理学”。而巴尔特说，他心目中想写的东西，其实常常是一些老旧的东西和古老的故事，并不一定是先锋派作品（他的枕边书永远只是古典类书籍）。所谓“写作”范畴因此不是相关于内容的，而是相关于形式的。他说：“写作是提问题的艺术，而不是回答或解决问题的艺术。”巴尔特在法兰西学院四年中的最后阶段，本其“文本欢娱”哲学而陷入了一种极端唯美主义实践。他不仅在其最后一部作品中返回到最初一部作品中的写作主题，而且在其中返回自己最初曾热衷的“纪德自我主义”。这种伦理学的自我主义，结果以消除伦理选择主体的存在为目的，此主体的剩余部分遂成为被动的“美感享乐主义者”。伊壁鸠鲁主义式的享乐主义，遂成为躲避道德问题的借口。1977年在回答访问者的“你有一种道德观否”的问题时，他刻意加以回避问题本身而答称：这是“一种感情关系的道德，但我不能进一步说明，因为我有许多别的东西要说”。因此，巴尔特和众多当代西方的反主体论者，实质上是在进行着一种放弃伦理选择权的“选择”。巴尔特类型的反主体观，结果反而从反面使伦理主体的作用更加凸显。而巴尔特的文学理论思想之所以比大多数纯学者或哲学理论家的论述更重要，正因为他是能够从文学的理论和实践这两方面来思考和表现此一伦理危机情境的。此外，巴尔特理论话语的时代适切性，还表现在他的超越（18世纪）启蒙主义和超越（19世纪）现实主义的潜在思想前提上，因为这使他不必把启蒙时代不可回避的宗教问题和政治问题纳入自己的理论思辨构架之内，从而使自己的伦理学情境较为单纯。对于我们来说，巴尔特伦理思想中的虚无主义之本质，因轮廓更为清晰也就更具有普遍意义。

巴尔特对启蒙主义时代的负面评价，凸显了他和相当多当代西方知识分子对历史、政治、社会、文化错综复杂关系认知的简单化态度。一方面正是这种态度为其反介入伦理观提供了运作上合理的边界，另一方面也客观地反映了他这位对“历史形式”进行分析的思想家本人，未曾有机会亲历和深入较复杂的“历史内容”过程。当他揶揄伏尔泰积极进取的道德“快乐感”是来自君主专制时代历史之偶然时，这只不过反映着处于民主时代的西方知识分子伦理经验的单薄和肤浅；而主体意识本来是深植于人类伦理学情境本身的。在启蒙时代和19世纪，西方知识分子生存于丰满真实的历史社会张力场内而必须面对个人的伦理学选择；20世纪社会和知识条件的革命性演变使得知识分子脱离了此社会性选择张力场。其结果是，一者进行不适切的社会性反应；另一者拒绝进行社会性反应。理论知识和实践知识，遂陷入持久而普遍的结构性分裂之中。

时代思想的混乱和丧母之痛使得巴尔特陷入空前忧郁心境，但终于在辞世前完成了自己向学院和读者应许的一部“小说”作品，实为一部关于小说和文学的论述。巴尔特为文学赏鉴和文学分析而生，而非为故事编织而生；毕生以各种叙事文本为研究对象，却从不曾自行制作（文学的或历史的）叙事。小说是他的分析对象，一如电影是麦茨的分析对象，他们不是也不需是故事编写者。但重要的是：巴尔特确曾把自己“写小说”之意愿，当作一种计划加以期待、准备甚至宣布，并把最后一部作品定名为意义含混的“小说的准备”。是就一般小说理论而言，还是针对自己的小说写作意愿而言？巴尔特对听众抱歉道，即使期待中的小说不是由自己直接完成的，所勾勒的理念轮廓也可供其他作家参照。1977 年曾经主持 Cerisy 巴尔特研讨会并与作者熟识的研究专家安托万·孔帕尼翁（Antoine Compagnon）在不久前回顾说，在《小说的准备》原稿手迹上，他吃惊地看出巴尔特写稿时流露出来的深刻的忧郁和不安，这部作品似乎像是作者对自身死亡准备的一部分。巴尔特对此死亡意象的演示，表现出一个现代“无永生之念者”与其死亡预期的关系，从而凸显了反人本主义伦理学的内在困境。因此，巴尔特远不只是学者理论家，其内心蕴含着（不合时宜的）诗学怀乡病，而其表面的主张不过是另一种生存愿望的变相表白。这种向往文学乌托邦境界的分析性表达，遂可成为我们再次反思人类一般伦理学情境和文学伦理学情境的一面镜子。巴尔特在《小说的准备》中援引但丁、渴望“新生”，实则正在积极地奔向自身的死亡，以使其最终达成一种美学虚无主义实践。

8. 文学和理性

德里达在其《论书写学》中说：“理性这个词应当抛弃”。但是我们应该注意到有关现代西方“理性”的多元表达。作为理论家的巴尔特，正是以其推理的精细而成为现代人文科学意义论中不可多得的思想家的；对象的非理性性格和方法的理性性格应当加以区别。另外当然也有一个作为唯美主义“非理性”作家的巴尔特，此时他可跻身于福楼拜和马拉美以来的前卫作家行列。重要的是，在将理性的“巴尔特分析”对比于非理性的“巴尔特美感”时，二者的交互作用所产生的一种特殊的“可理解性”，遂成为特别具有解释学潜力的一种独特智慧。巴尔特自身文学唯美主义追求（古典诗人原型）和怀疑主义理性思辨（古典哲学家原型）的二重身份，使其文学思想具有一种特殊价值。巴尔特的文学探索相当于美学认识论问题的提出，而并非其解决。换言之，巴尔特是以对先锋派文艺的“肯定句式”来提出一种实质上是“疑问的”句式。因此，读赏古典和探索前卫，虽然存于一心，却属于两类精神过程。在此意义上，一个世纪以来的现代派、先锋派、前卫派文艺，代表着现代西方文化精神的动荡不安，其严重性和难以解脱性，也源于两种内外不同的冲力：唯物质主义的科技工商社会之永恒精神压力和传统价值信仰基础在理性面前的解体。对于20世纪人类历史的这一全新局势而言，巴尔特的这面文学怀疑主义之镜，对其作出了最深刻的“反映”。

图书在版编目（CIP）数据

显义与晦义：文艺批评文集之三/（法）罗兰·巴尔特（Roland Barthes）著；怀宇译．—北京：中国人民大学出版社，2018.1

（罗兰·巴尔特文集）

ISBN 978-7-300-23540-0

Ⅰ.①显… Ⅱ.①罗… ②怀… Ⅲ.①文艺评论—法国—现代—文集 Ⅳ.①I565.065-53

中国版本图书馆 CIP 数据核字（2016）第 281966 号

罗兰·巴尔特文集

显义与晦义

——文艺批评文集之三

［法］罗兰·巴尔特 著

怀宇 译

Xianyi yu Huiyi

出版发行	中国人民大学出版社		
社　　址	北京中关村大街 31 号	**邮政编码**	100080
电　　话	010－62511242（总编室）		010－62511770（质管部）
	010－82501766（邮购部）		010－62514148（门市部）
	010－62515195（发行公司）		010－62515275（盗版举报）
网　　址	http://www.crup.com.cn		
	http://www.ttrnet.com(人大教研网)		
经　　销	新华书店		
印　　刷	唐山玺诚印务有限公司		
规　　格	148mm×210mm　32 开本	**版　　次**	2018 年 1 月第 1 版
印　　张	11.5 插页 4	**印　　次**	2024 年 2 月第 2 次印刷
字　　数	282 000	**定　　价**	42.00 元